KB001494

Suite Française
Tempête en juin

이렌 네미롭스키 선집 *2*

이상해 옮김

프랑스풍 조곡 1

6월의 폭풍

Irène Némirovsky

SUITE FRANÇAISE
Tempête en juin

레모

차례

편집자의 말

2차 대전이 종전된 지 올해로 84주년이 된다. 누군가는 전쟁을 원하고 더러는 무력을 그리워하는 이때, 우리는 무엇을 해야 할까. 이 책의 편집자로서 나는 〈프랑스풍 조곡 Suite française〉 두 권을 읽자고 제안하고 싶다. 한 작가가 자신의 모든 것을 걸고 전쟁이 어떻게 모든 것을 파괴하는지, 삶은 어떤 식으로 계속되는지 써내려간, 끝내 완성하지 못한 이 이야기로 세상이 조금은 바뀌길 기대하면서.

러시아 출신 프랑스 작가 이렌 네미롭스키는 대하소설 〈프랑스풍 조곡〉을 기획했다. '몇 개의 소곡 또는 악장을 조합하여 하나의 곡으로 구성한 복합 형식의 기악곡'이라는 '조곡組曲'의 정의처럼, 네미롭스키는 베토벤 〈5번 교향곡〉을 모델로 삼아 리듬과 어조가 각기 다른 다섯 이야기로 구성 된 1000페이지에 달하는 대작을 쓰고자 했다. 작가는 계획 한 대로 1부와 2부에 해당하는 『6월의 폭풍Tempête en juin』 과 『돌체Dolce』를 성실히 써냈지만, 작가가 아우슈비츠 수 용소로 끌려가면서 3부 '포로'는 대략적인 줄거리만이, 4부 와 5부는 '전투', '평화'라는 제목만이 남았다. 2014년 영화 로 만들어져 사랑받은 〈스윗 프랑세즈〉는 두 번째 이야기 인 『돌체』를 각색한 작품이다.

이렌 네미롭스키는 1903년 우크라이나 키이우의 부유 한 유대인 집안에서 태어났다. 2017년 볼셰비키 혁명 후 아 버지의 목에 현상금이 걸리자 도피 생활을 시작하여 핀란 드와 스웨덴 등지를 전전하다 1918년 프랑스 파리에 정착 했다. 소르본 대학에서 공부하며 열여덟 살부터 글을 쓰기 시작했다. '피에르 네르세이'라는 필명으로 짧은 소설들을 신문에 기고하던 작가는 스물여섯에 쓴 장편소설 『데이비 드 골더David Golder』를 출판사에 투고하는데, 다른 정보 없 이 남편의 성인 엡스타인(Epstein)이라고만 적어서 보냈다. 이 소설에 매료된 그라세 출판사의 대표가 신문에 광고까 지 내서 이 미지의 작가를 찾아낸 이야기로 출판계가 떠들 썩해지기도 했다. 이렇게 출간된 데뷔작 『데이비드 골더』

는 평단과 대중의 전폭적인 지지를 받았고, 이렌 네미롭스
키는 1930년대를 대표하는 작가로 자리매김하며 왕성하게
소설을 써나간다.

하지만 이 꿈 같은 시절은 십 년도 채 지나지 않아 악몽
으로 변하고 만다. 2차 대전이 발발하고 파리가 독일군에
게 점령되자 유대인인 작가가 자신의 이름으로 책을 출간
할 길이 막혀버린 것. 은행에서 일하던 남편마저 직장을 잃
자 1940년 5월, 박해와 생활고에 시달리던 작가는 어린 두
딸을 데리고 프랑스 중부의 이시레베크라는 작은 마을로
내려간다. 이곳에서 네미롭스키는 단지 유대인이라는 이
유로 프랑스 경찰에 체포되기 전까지 가슴에 노란 별을 달
고 생활했다. 발표할 지면을 잃었지만 집필을 멈출 수는 없
었다. 1957년 봄에야 빛을 보게 된 『체호프의 삶La vie de
Tchekhov』과 『가을의 불Les feux de l'automne』이 이 시기에 쓰
였고, 대하소설 〈프랑스풍 조곡〉 집필에 착수한 것도 이때
였다. 나치의 횡포가 극에 달하면서 작가는 이 대작을 끝낼
시간이 자신에게 남아 있을지 의심하기 시작한다. (체포되
기 한 달 전의 상황이다.) 마지막이 얼마 남지 않았음을 직감
한 작가는 소설 집필과 더불어 메모를 계속 작성해 나간다.
'프랑스의 상태에 관한 메모'라는 제목을 붙인 메모의 첫 페
이지에 그는 이렇게 적었다

'그토록 무거운 무게를 들어 올리기 위해
시시포스, 너의 용기가 필요하리라.
작품에 대한 열성은 부족하지 않지만
목표는 멀리 있고 시간은 짧구나.'

그 메모들에는 사회를 위해 개인이 죽어야만 하는 공동
체 시대에 대한 비판과 작가 자신의 글쓰기에 대한 신뢰
와 자신감으로 가득 차 있다. 작가는 시간과 종이를 아껴가
며 수용소에 끌려가기 전날까지도 빼곡하게 소설을 썼지
만, 결국 프랑스 헌병들에게 체포되어 아우슈비츠로 이송
된다. 그리고 1942년 8월 17일 살해된다. 죽음을 목전에 둔,
1942년 6월 2일의 메모에서 이렌 네미롭스키는 이렇게 힘
겹게 글을 쓰는 목적을 분명하게 밝힌다.

'전쟁은 끝날 것이고, 역사의 한 부분도 모두 희미해지리
라는 것을 잊지 말 것. 가능한 한 1952년 혹은 2052년에
도 사람들의 관심을 끌 수 있는 무언가를, 논쟁을 만들어
보려 애쓸 것.'

이렌 네미롭스키의 남편 미셸 엡스타인은 비시 프랑스
(친나치 정권)의 수장인 필리프 페탱에게 편지를 보내 아내

의 건강 상태를 설명하며, 아내 대신 자신을 수용소로 보내 달라고 애원한다. 하지만 비시 정부는 답장 대신 미셸마저 체포하고, 그 역시 아우슈비츠의 가스실에서 사망하고 만다. 프랑스 헌병들은 여기서 그치지 않고 그들의 두 딸을 집요하게 추적한다. 다행히도 자매는 후견인의 도움을 받아 피란길에 올랐고, 고된 피란길에도 어머니가 생전에 남긴 가방을 끝까지 지켜낸다. (이렌 네미롭스키는 자신이 곧 체포될 것을 직감하고, 미리 딸들의 후견인에게 남기는 유언장을 써두었다. 유언장에는 그저 담담히 갑자기 부모를 잃은 아이들을 위한 구체적인 지침을 적었을 뿐 항의의 말은 없었다.) 그러나 전쟁이 끝난 후에도 차마 그 가방을 열어볼 엄두조차 내지 못한다.

다시 세월이 한참 흘러 1990년대 초반이 되었다. 자매는 반세기 넘게 간직하고 있던 어머니의 가방에 든 모든 자료를 '현대 출판물 기념관(IMEC)'에 맡기기로 결심한다. 자료를 보내기 전, 큰딸 드니즈는 처음으로 어머니가 남긴 공책을 열고, 커다란 돋보기를 든 채 빼곡하게 적힌 어머니의 글씨를 한 줄 한 줄 따라가며 해독하듯 읽는다. 내용을 확인하지 않고 보낼 수는 없었기 때문이다. 어머니가 남긴 일기일 것으로 짐작하고 차마 펼쳐보지 못했던 공책 속 글은 다름 아닌 〈프랑스풍 조곡〉이었다. 원고를 타자로 쳐서 옮기는 데에만 2년 반에 걸렸다. (종이를 아끼기 위해 140쪽에 빼곡하게 잉크로 쓴 이렌 네미롭스키의 원고는 출간 당시 총 516페이지였다.) 하지만 자매는 어머니의 퇴고를 거치지 않은 원고를 출판하고 싶지 않았다. 그렇게 또 몇 해가 흘렀고, 드노엘 출판사의 집요한 설득 끝에 작가 집필 62년 만인 2004년 〈프랑스풍 조곡〉이 마침내 빛을 보게 되었다. 이렌 네미롭스키는 최초로 사후에 르노도상을 수상한 작가가 되었다. 〈프랑스풍 조곡〉은 출간 즉시 전 세계 40여 개 언어로 번역 출간되어 250만 부가 팔렸으며(번역서로서는 이례적으로 영어권에서 100만 부 이상 팔리는 대성공을 거두었다) 이렌 네미롭스키의 다른 작품들이 재조명되는 계기가 되기도 했다. 원고를 직접 타이핑한 드니즈는 당시 BBC와의 인터뷰에서 이렇게 밝힌다. "제게 가장 큰 기쁨은 많은 독자들이 이 책을 읽고 있다는 사실입니다. 나의 어머니가 살아 돌아온 것 같은 말로 형용할 수 없는 감정을 느낍니다. 이 책의 출간은 나치가 진정으로 어머니를 죽이지 못했다는 방증입니다. 이것은 복수가 아니라 승리입니다." 미래를 볼 수는 없지만, 우리는 알고 있다. 2023년에도 2052년에도 사람들은 이렌 네미롭스키의 소설을 읽을 것이다. 그의 예언은 이루어졌다.

　레모에서 출간한 『6월의 폭풍』과 『돌체』는 프랑스판 출간 직후 번역한 원고를 18년 만에 번역자가 전면 재검토하여 새롭게 '이렌 네미롭스키 선집'으로 구성한 것이다. 시대가 달라지면 언어 또한 변하기 마련이기에, 오늘의 독자들이 편안하게 읽도록 원고를 세심하게 교정하고 편집하였다. 이렌 네미롭스키 선집의 첫 권『무도회』에서 날카롭게 드러난 삶의 아이러니가, 전쟁이라는 참사 속 다양한 사회계층의 인간 군상으로 구체화되는 과정을 살펴보는 것도 작가에게 다가가는 한 가지 방법이 될 것이다.

　이제 독일 점령 치하의 1940년 프랑스로 떠나보자. 독일군이 몰려와 다양한 계층의 파리지앵들이 남쪽으로 피란을 떠난다. 독일군이 주둔하게 된 프랑스의 작은 마을에서는 운명적인 사랑이 싹튼다. 어쩌면 이들의 이야기 속에서 지금 우리의 모습을 찾을 수 있을 것이다. 책을 덮으며 작가가 쓴 이야기와 쓰지 못한 이야기를 떠올려보자. 보잘것없어 보이는 일상과 전쟁 앞에 선, 너무나 하찮아 보이는 사랑에 대하여. 1000페이지에 달하는 책을 쓰고자 했던 이렌 네미롭스키의 원대한 계획은 결국 아우슈비츠 수용소로 끌려가며 미완으로 남았다. 그리고 우리는 미완의 소설을 읽는 것으로 작가의 꿈을 완성한다.

6월의 폭풍

Tempête en juin

1

아, 더워, 파리 사람들은 생각했다. 초여름 기운. 전시의 밤이었다. 공습경보. 하지만 어둠은 지워질 것이고, 전쟁은 멀리 있다. 아직 잠들지 못한 사람들, 병상을 떠나지 못하는 환자, 자식을 전쟁터에 보낸 어머니, 전장에 나간 연인을 그리워하며 눈물로 밤을 지새우는 여자들이 먼저 사이렌의 첫 숨결을 들었다. 여전히 억눌려 있는 가슴에서 터져 나오는 깊은 한숨 같은 것이었다. 잠시 후, 온 하늘이 아우성으로 가득 찼다. 아주 멀리, 지평선 저 깊은 곳으로부터, 서두르지 않고 천천히 다가왔다. 급할 것 없다는 듯이. 잠든 사람들은 꿈에서 파도와 자갈을 앞세우고 밀려오는 바다와 3월이 숲을 흔들어놓은 폭풍, 지축을 뒤흔들며 달리는 황소

떼를 보았다. 마침내 잠에서 깨어난 남자는 무거운 눈꺼풀을 들며 이렇게 웅얼거렸다.

"공습경보야?"

신경이 예민해 잠이 얕은 여자들은 이미 깨어 있었다. 창문과 덧창을 닫고 다시 잠자리에 든 여자들도 있었다. 전날인 6월 3일 월요일, 전쟁이 시작된 이래 처음으로 파리에 폭탄이 떨어졌다. 하지만 사람들은 크게 동요하지 않았다. 그사이, 나쁜 소식도 들려왔다. 사람들은 믿지 않았다. 아마 승리했다는 소식이 전해졌어도 믿지 않았을 것이다. "이거야 원, 어떻게 돌아가는지 알 수가 있어야지." 사람들은 이렇게 말하곤 했다. 그들은 회중전등을 켜놓고 아이들에게 옷을 입혔다. 어머니들은 제법 묵직하고 따뜻한 그 작은 몸들을 두 팔로 번쩍 안아 올렸다. "무서워할 거 없다, 애야. 울지 마." 아우성치는 공습경보. 파리의 조명이 모두 꺼졌다. 하지만 황금빛으로 물든 6월의 투명한 밤하늘 아래, 집과 거리는 훤히 드러났다. 센강은 여기저기 흩어져 있는 불빛을 모두 모아 백배나 밝게 반사하는 반짝이 거울 같았다. 덜 가려진 창, 옅은 어둠 속에서 달빛을 반사하는 지붕, 도드라진 곳마다 약하게 반짝이는 문의 쇠붙이, 이유는 알 수 없지만 다른 것들보다 더 오래 켜져 있는 몇몇 붉은 신호등. 센강은 불빛들을 끌어들여 붙잡아두고는 물결 위에서 노닐게 했다. 저 위에서 보면 센강은 우유가 흐르는 강처럼 희게 보일 터였다. 어떤 사람들은 강물이 적군 전투기들을 유인한다고 생각했다. 다른 사람들은 그럴 수는 없다고 주장했다. 사실, 그들은 아무것도 몰랐다. "그냥 침대에 있을래. 난 안 무서워." 잠에 취한 목소리들이 웅얼거렸다. "그래도 대피해야지. 잠깐이면 돼." 현명한 사람들은 이렇게 다독였다.

사람들은 새 건물에 설치된 비상계단 유리창을 통해 작은 불빛이 하나, 둘, 셋 내려오는 것을 보았다. 7층 거주자들이 아래층으로 대피하고 있었다. 그들은 규정을 어기고 환하게 켜진 회중전등을 손에 들고 있었다. "계단에서 넘어져 코가 깨지는 것보다는 낫잖아. 이리 올래, 에밀?" 그들은 본능적으로 목소리를 낮췄다. 마치 온 세상이 적들의 눈과 귀로 가득 차 있는 것처럼. 사람들은 열렸던 문이 하나씩 다시 닫히는 소리를 들었다. 가난한 동네의 케케묵은 냄새가 나는 지하철역과 방공호는 늘 사람들로 북적였다. 하지만 부유한 사람들은 사냥의 밤이 다가온다고 해도 숲속에서 불안에 떠는 짐승들처럼 귀를 쫑긋 세우고는 폭탄 투하를 예고하는 파열음과 폭발음에 온 신경을 기울인 채, 지층에 있는 건물 관리인의 방에 머물면 그만이었다. 그렇다고 가난한 사람들이 부자들보다 더 겁이 많은 것은 아니었다. 삶에 더 집착하는 것도 아니었다. 그들은 단지 양들처럼 함께 모여 있는 것을 더 좋아할 뿐이었다. 그들에겐 서로가 필요했다. 팔꿈치를 맞대고 함께 신음하거나 웃는 것이 필요했다. 곧 날이 밝을 것이다. 보랏빛과 은빛이 감도는 반사광이 포석, 강둑 난간, 노트르담 대성당의 탑들 위에서 미끄러졌다. 주요 건물들의 허리까지 감싼 모래주머니들이 카르포*가 오페라 극장 전면에 조각한 무용수들의 다리를 붙들었으며, 개선문에 조각된 라 마르세예즈**의 외침을 억눌렀다.

제법 멀리서 울려 퍼지던 대포 소리가 점점 다가왔고, 포탄이 터질 때마다 유리창들이 부르르 떨었다. 빛이 새어 나가지 않게 창문 틈을 꼭꼭 메운 따뜻한 방에서 아기들이 태어났고, 아기들의 울음소리는 엄마들에게 아우성치는 사이렌과 전쟁을 잊게 해주었다. 죽어가는 자들의 귀에도 대포 소리는 울렸지만, 그 소리는 그들을 맞이하는 음산하고 불분명한 웅성거림 속에서 들려오는 또 하나의 소음에 불과했다. 아이들은 엄마의 따뜻한 옆구리에 바싹 달라붙어 평화롭게 잠들었고, 때때로 어미젖을 빠는 어린 양처럼 입술을 쪽쪽대는 앙증맞은 소리를 냈다. 신선한 꽃으로 가득한 가판용 수레들은 경보가 울리자마자 내동댕이쳐진 채로 텅빈 거리를 지키고 있었다.

붉은 태양이 구름 한 점 없는 하늘에 떠올랐다. 대포 한

---

* Jean-Baptiste Carpeaux(1827-1875) 프랑스의 조각가, 파리 오페라 극장 전면에 조각한 '춤(1869)'이 대표작이다.
** 파리 개선문 전면에는 '1792년 용사들의 출정'이 조각되어 있는데, 이를 프랑스 국가에 해당하는 라 마르세예즈라 일컫기도 한다.

발이 발사됐다. 이제 포격은 파리에서 무척 가까워졌다. 기념물들 위로 새들이 일제히 날아올랐다. 평소에는 볼 수 없었던 거대한 검은 새들이 붉은 태양 아래 가장 높은 지점에서 이슬에 젖은 날개를 펼치고 날았다. 그 아래로 통통하게 살이 오른 아름다운 비둘기와 제비들이 바삐 오갔고, 참새들은 한적한 거리를 태평스럽게 폴짝폴짝 뛰어다녔다. 센강을 따라 서 있는 포플러마다 작은 갈색 새들이 삼삼오오 모여 앉아, 있는 힘을 다해 노래를 불러댔다. 지하 창고 깊숙한 곳에서 사람들은 마침내 먼 거리를 달려오느라 지쳐버린 아련한 소리를 들었다. 일종의 팡파르였다. 세 가지 음조를 가진 그 소리는 경보가 해제되었음을 알려주었다.

2

페리캉 집안사람들은 무거운 침묵 속에서 라디오 저녁 뉴스에 귀를 기울이고 있었다. 하지만 다들 뉴스에 관해 이러쿵저러쿵 논평하는 것은 자제했다. 페리캉 부부는 보수주의자였다. 그들은 그들만의 전통과 사고방식, 부르주아적이고 가톨릭적인 유산, 교회와의 유대(심지어 장남 필리프 페리캉은 신부였다)를 가지고 있었다. 그리고 그 모든 것 때문에 부부는 공화국 정부를 불신의 눈길로 바라보았다. 하지만 페리캉 씨가 국립 박물관의 관리자로 일했기에, 가족들은 어쨌거나 공복들에게 명예와 이익을 주는 정부와 연을 맺고 있었다.

고양이 한 마리가 거의 뼈만 남은 생선 조각을 날카로운 이빨로 조심스럽게 물고 있었다. 삼키자니 겁이 나고 뱉어 버리자니 아까운 모양이었다.

요컨대 샤를로트 페리캉은 뉴스에 나오는 이상하고도 심각한 사건들은 오로지 남자들만 냉정하게 판단할 수 있다고 생각했다. 하지만 집에는 남편도 장남도 없었다. 남편은 친구의 집에서 저녁 식사를 하고 있었고, 장남은 파리를 떠나 있었다. 페리캉 부인은 집안 살림, 아이들 교육, 남편의 경력 관리 등 일상생활과 관련된 모든 걸 혼자서 도맡았고, 누구의 의견도 듣지 않았다. 하지만 뉴스 속 사건들은 다른 영역이었다. 그녀에게 믿어야 할 것과 믿지 말아야 할 것을 일러줄 권위 있는 목소리가 필요했다. 한번 옳다 싶은 쪽으로 방향을 잡고 나면 페리캉 부인은 모든 장애를 무시하고 전력 질주했다. 누군가 증거를 손에 쥐고 그녀의 생각이 틀렸다는 것을 보여줘도, 부인은 깔보는 듯한 차가운 미소를 흘리며 이렇게 대답했다. "제 아버님께서 그리 말씀하셨어요. 제 남편이 더 잘 알아요." 그러고는 더는 왈가왈부하지 말라는 투로 장갑 낀 손을 허공에 대고 짧고 날카롭게 퉁겼다.

페리캉 부인은 지금의 자리에 오른 남편이 자랑스러웠다. (더 가정적이면 좋겠지만, 이 세상을 살아가는 사람들은 주 그리스도를 본받아 각자 자신의 십자가를 져야 하니까!) 그녀는 아이들의 공부와 막내의 젖병, 하녀들의 가사를 점검할 요량으로, 여기저기 다니느라 바쁜 와중에 잠시 짬을

내어 막 귀가한 참이었다. 보란 듯이 차려입은 옷을 벗을 겨
를조차 없었다. 그녀는 언제나 머리에는 모자를, 손에는 흰
장갑을 착용했는데(투철한 절약 정신으로 여러 번 수선한 그
녀의 장갑에서는 늘 드라이클리닝 약품 냄새가 났다), 페리캉
집안 아이들은 어머니를 집에 있을 때도 언제든 외출할 준
비가 된 모습으로 기억할 것이다.

　그날 저녁에도 페리캉 부인은 막 귀가해 거실의 라디오
앞에 서 있었다. 그녀는 검은색 옷에, 머리에는 한창 유행하
는, 이마 부분에 꽃 세 송이와 비단 방울 술이 달린 아담한
비비 모자를 쓰고 있었다. 그 아래로 창백한 얼굴이 불안에
휩싸여 있었는데, 그래서인지 나이 들고 피곤한 기색이 더
또렷하게 드러났다. 그녀는 마흔일곱 살로 다섯 아이의 엄
마였다. 하느님은 작정이라도 한 것처럼 그녀에게 붉은 머
리카락을 주었다. 극도로 섬세한 피부는 세월에 의해 구겨
졌고, 곧고 위풍당당한 코에는 주근깨가 다닥다닥 찍혀 있
었다. 녹색 눈은 고양이 눈만큼이나 날카로운 빛을 발했다.
하지만 하느님이 마지막 순간에 망설였는지, 아니면 새빨
간 머리카락이 페리캉 부인의 흠결 없는 도덕성이나 사회
적 지위에 어울리지 않는다고 여겼는지, 막내를 낳은 후로
는 그 붉던 머리카락이 한 움큼씩 빠지면서 윤기 없는 갈색
으로 변하고 말았다. 페리캉 씨는 아주 엄격한 남자였다. 그
는 투철한 종교심으로 격렬한 욕망을 억눌렀고, 명예를 잃

을 수 있다는 두려움 때문에 평판이 나쁜 곳에는 얼씬도 하
지 않았다. 페리캉 집안의 막내는 겨우 두 살이었다. 장남인
필리프 신부와 막내 사이에 띄엄띄엄 자식 셋이 태어났다.
페리캉 부인이 에둘러 '세 번의 사고'라고 부르는, 거의 출
산 예정일까지 배에 품고 있었지만 결국 살아남지 못해 엄
마를 무덤가로 이끈 아이 셋을 제외하면.

　라디오 소리가 울려 퍼지는 거실은 창 네 개가 들레세르
대로를 향해 나 있는, 균형이 잘 잡힌 아주 넓은 공간이었
다. 옛날식으로 큼직한 안락의자와 황금색 쿠션을 올려놓
은 소파들도 갖춰져 있었다. 고령으로 걷지 못하는 데다 가
끔 노망기까지 보이는 페리캉 노인은 발코니 쪽에 밀어놓
은 휠체어에 앉아 있었다. 그는 자신의 막대한 재산이(그는
리옹 말테트 가의 유산을 물려받은 페리캉 말테트 집안사람
중 하나였다) 문제가 될 때만 정신을 차렸다. 전쟁과 그에 관
한 이런저런 이야기들은 이제 그의 관심을 끌지 못했다. 그
는 아름다운 은빛 턱수염을 규칙적으로 끄덕이며 라디오에
서 흘러나오는 소리를 무심히 듣고 있었다. 페리캉 부인 뒤
로는 아이들이 반원을 형성하고 서 있었다. 제일 어린 아이
는 유모의 품에 안겨 있었는데, 아들 셋을 전선에 내보낸 유
모는 식구들에게 저녁 인사를 시키기 위해 아이를 안고 거
실에 들어왔다가, 그 틈을 이용해 잔뜩 긴장한 표정으로 라
디오 아나운서의 말에 귀를 기울였다.

살짝 열린 문틈을 통해 페리캉 부인은 다른 하인들도 그
곳에 모여 있다는 걸 알아차렸다. 침실 하녀 마들렌이 불안
에 사로잡혀 귀 기울이다가 자기도 모르게 문턱을 넘고 말
았다. 집안의 규율을 어기는 이러한 행동이 페리캉 부인에
게는 나쁜 징조로 여겨졌다. 배가 난파할 때는 모든 계층이
갑판 위에서 만나는 법이다. 하지만 민중은 심리적으로 잘
버텨내질 못했다. '저렇게 막되먹게 행동한다니까.' 그녀는
꾸짖듯 속으로 생각했다. 페리캉 부인은 민중을 신뢰하는
부르주아였다. "잘 다루기만 하면 사납지 않아요." 그녀는
마치 우리에 갇힌 짐승에 대해 말하듯 너그럽고 약간은 슬
픔에 빠진 어조로 이렇게 말하곤 했다. 그녀는 하인들을 오
랫동안 데리고 있는 것을 자랑스러워했다. 그들이 아플 때
는 직접 나서서 간호했다. 마들렌이 구협염*에 걸렸을 때는
입안을 헹굴 용액을 직접 만들어주기도 했다. 낮에는 바빴
으므로 밤에 연극 공연을 보고 와서 만들었다. 자다가 소스
라쳐 깨어난 마들렌은 나중에 가서야, 페리캉 부인이 보기
에는 냉랭한 태도로 고맙다는 인사를 했다. 상것들은 그랬
다. 전혀 만족할 줄을 몰랐다. 잘해주면 잘해줄수록 더 변덕
스럽고 배은망덕하게 굴었다. 하지만 다행스러운 것은 페
리캉 부인이 오로지 주님의 보상만을 바란다는 점이었다.

---

* 인두 및 목구멍 편도에 발병하는 급성 염증.

페리캉 부인이 어두운 현관을 돌아보며 선심 쓰듯 말했다.

"궁금하면 들어와서 들어요."

"고맙습니다, 부인." 목소리들이 공손하게 웅얼거렸고, 하인들이 발끝을 세운 채 거실로 미끄러지듯 들어왔다.

마들렌, 마리, 시종 오귀스트, 그리고 마지막으로 식모 마리아가 생선 비린내가 폴폴 풍기는 손을 부끄러워하며 나타났다. 하지만 뉴스는 이미 끝나 있었다. 이제 라디오에서는 '물론 심각하지만 우려할 수준은 아닌(아나운서는 그렇게 장담했다)' 상황에 대한 논평들이 흘러나왔다. 아나운서는 '프랑스, 조국, 군대'라는 단어를 발음할 때만 목청을 높일 뿐, 아주 부드럽고 침착하고 평온한 목소리로 청취자의 가슴에 낙관을 심어주고 있었다. 그에게는 '적이 우리 진지들에 맹렬한 공격을 퍼붓고 있지만, 곳곳에서 우리 군의 완강한 저항에 부딪히고 있다'는 공식 성명을 상기시키는 자신만의 독특한 방식이 있었다. 그는 문장 첫 부분을 가볍고 냉소적인, 깔보는 듯한 어조로 읽었다. 마치 '적어도 그들이 우리로 하여금 그렇게 믿게 만들려고 애쓰고 있다'고 말하려는 것처럼. 반면, 두 번째 부분을 읽을 때는 각 음절에 또박또박 힘을 주어 발음했다. 특히 '완강한'이란 형용사와 '우리 군' 같은 단어들은 너무나 자신 있게 발음해서 사람들은 '쓸데없이 걱정했잖아!'라고 생각하지 않을 수 없었다.

페리캉 부인은 자신에게 쏠려 있는 의문스러우면서두 희

망에 찬 눈길들을 보았다. 그래서 단호하게 말했다.

"내가 생각하기엔 전혀 나쁘지 않아요!"

정말 그렇게 믿어서가 아니라 집안의 사기를 올리는 것
이 그녀의 의무였기 때문에 한 말이었다.

마리아와 마들렌이 안도의 한숨을 내쉬었다.

"그렇게 믿으세요?"

페리캉 집안의 둘째 아들, 분홍빛이 도는 볼이 통통한 열
여덟 살 청년 위베르만이 큰 충격을 받아 절망과 놀라움에
사로잡힌 것처럼 보였다. 그는 똘똘 말린 손수건으로 목을
타고 흐르는 땀을 신경질적으로 닦아냈다. 그러고는 간간
이 쉰 소리가 섞인 날카로운 목소리로 외쳤다.

"말도 안 돼! 어떻게 이럴 수가 있어! 엄마, 도대체 저 사
람들은 남자란 남자는 모조리 군대에 소집하지 않고 뭐 하
는 거죠? 열여섯부터 예순 살까지, 남자란 남자는 모두, 지
금 당장 말이에요! 그게 지금 그들이 해야 하는 일이에요.
안 그래요, 엄마?"

위베르는 공부방으로 달려가 큰 지도를 들고 돌아와서는
탁자 위에 활짝 펼쳐놓고 열에 들떠 거리들을 쟀다.

"우린 지고 말 거예요, 제가 장담해요. 제가 보기엔….."

위베르의 얼굴에 다시 희망이 감돌았다.

"어떻게 해야 하는지 이제 알겠어." 하얀 이를 드러내는
환한 미소를 지으며 마침내 위베르가 말했다. "그래, 맞아.

계속 전진하게 놔두는 거야. 그런 다음에 여기하고 여기서 적군을 기다리는 거야. 보세요, 엄마! 아니면…."

"그래 알았어. 알았으니까 가서 손 씻고 눈을 찌르는 그 머리카락 좀 정리하렴. 네 꼬락서니가 어떤지 좀 봐."

위베르는 화가 나서 지도를 다시 접었다. 오로지 필리프 형만이 그를 진지하게 대해주었다. 오로지 필리프 형만이 그를 대등하게 인정해주며 대화를 나눴다. '난 이 집안이 싫어!' 위베르는 속으로 외쳤다. 그러고는 거실을 나서면서 분풀이 삼아 동생 베르나르의 장난감을 힘껏 걷어찼다. 베르나르가 빽빽 소리를 질러대기 시작했다. '산다는 게 그런 거야, 이 자식아.' 위베르는 생각했다. 유모가 서둘러 베르나르와 자클린을 거실에서 데리고 나갔다. 두 살배기 에마뉘엘은 유모의 어깨 위에서 이미 잠들어 있었다. 유모는 베르나르의 손을 잡고 이미 죽었을지도 모르는 세 아들을 떠올리며 큰 보폭으로 성큼성큼 걸어갔다. "고난과 불행, 고난과 불행!" 백발이 성성한 머리를 가로저으며 낮은 목소리로 반복했다. 정치 상황뿐만 아니라, 자신의 삶까지 요약하는 것같이 보이는 그 두 단어를 끊임없이 중얼거리며 욕조 수도꼭지를 틀고 목욕물을 데우기 시작했다. 유모는 젊었을 적에는 죽어라고 밭일만 했다. 그러다 일찍이 남편을 여의었고, 못된 며느리들에게 시달렸다. 16년 전부터 남의 집을 전전하며 살아왔으니 그녀의 삶은 그야말로 고난과 불행의 연속이었다.

시종 오귀스트는 살금살금 부엌으로 돌아갔다. 엄숙하고 멍청한 그의 얼굴에서 많은 것을 향한 경멸감이 피어올랐다. 페리캉 부인은 자기 방으로 들어갔다. 놀라우리만치 활동적인 페리캉 부인은 아이들 목욕과 저녁 식사 사이 15분 간의 짬을 이용해 자클린과 베르나르에게 공부한 것을 암송하게 했다. 맑은 목소리들이 울려 퍼졌다. "지구는 허공에 뜬 커다란 공이다." 페리캉 노인과 고양이 알베르만 거실에 남아 있었다. 멋진 날이었다. 저녁 햇살이 무성한 마로니에 잎을 부드럽게 어루만지고 있었다. 아이들의 친구인 혈통 없는 작은 회색 고양이 알베르가 즐거워 미치겠다는 듯 양탄자 위를 뒹굴며 등을 비벼댔다. 알베르는 벽난로를 오르내리고, 커다란 청색 화분에 꽂힌 모란 줄기 끝을 물어뜯고, 장식용 탁자 모서리에 청동으로 새겨진 늑대 아가리를 앙칼지게 할퀴다가, 노인의 휠체어 위로 펄쩍 올라가 그의 귀에 대고 야옹거렸다. 페리캉 노인은 고양이를 향해 늘 차갑고 가늘게 떨리는 보라색 손을 뻗었다. 고양이가 겁을 집어먹고 훌쩍 뛰어 달아났다. 곧 저녁상이 차려질 것이다. 오귀스트가 나타나 노인의 휠체어를 식당까지 밀고 갔다. 모두가 식탁에 앉았을 때, 페리캉 부인은 자클린에게 영양 시럽을 퍼주다 말고 숟가락을 든 채 동작을 멈췄다.

"아버지 오셨다, 얘들아." 열쇠가 자물통 속에서 돌아가는 소리를 듣고 그녀가 말했다.

정말이었다. 부드럽지만 약간은 부자연스러워 보이는 외모에 키 작고 통통한 페리캉 씨가 문을 열고 들어왔다. 평소 붉은 기가 돌아 혈색이 좋아 보이는 그의 얼굴은 그날따라 유난히 창백했다. 겁에 질리거나 불안하기보다는 뭔가에 몹시 놀란 것같이 보였다. 고통스러워하거나 두려워할 겨를도 없이 사고로 순식간에 죽음을 맞이한 사람들의 얼굴에서 볼 수 있는 표정이었다. 책을 읽거나, 자동차 창문을 통해 밖을 내다보거나, 혹은 사업 생각을 하며 기차 식당칸으로 걸어가다가 갑자기 지옥에 떨어진 것 같은.

페리캉 부인이 의자에서 살짝 몸을 일으키며 불안에 잠긴 목소리로 말했다.

"아드리앵, 무슨…."

"아냐, 아무것도." 그는 눈짓으로 아이들과 아버지 그리고 하인들을 가리키고는 서둘러 입을 막았다.

페리캉 부인은 단번에 그의 의중을 알아차렸다. 페리캉 부인은 식사 시중을 계속하라는 신호를 보내고는 앞에 놓인 음식들을 억지로 삼켰다. 하지만 입에 든 음식이 돌처럼 딱딱하고 맛없게 느껴졌고 자꾸만 목에 걸렸다. 그래도 페리캉 부인은 30년 전부터 저녁 식사 때마다 의식처럼 되풀이해온 말들을 했다. 그녀가 아이들에게 말했다.

"수프 먹기 전에는 물 마시지 마. 얘, 너는 칼을 좀 조심스럽게 다루렴….”

페리캉 부인은 페리캉 노인 앞에 놓인 참가자미의 살을
꼼꼼하게 발라주었다. 페리캉 노인에게는 만들기가 아주
까다롭고 복잡한 요리를 해줘야 했다. 그리고 페리캉 부인
은 늘 직접 노인의 식사 시중을 들었다. 물도 따라주고, 빵
에 버터도 발라주고, 목에 냅킨도 둘러주면서. 마음에 드는
음식을 보면 노인이 자기도 모르게 침을 흘렸기 때문이다.
“몸이 불편한 노인들은 하인들의 손이 몸에 닿는 걸 끔찍
이 싫어하거든.” 페리캉 부인은 친구들에게 이렇게 말하곤
했다.

“할아버지한테는 늦기 전에 서둘러 애정을 표시해야 한
단다, 얘들아.” 페리캉 부인은 무시무시한 애정이 담긴 눈
길로 노인을 바라보며 아이들에게 이렇게 가르쳤다.

페리캉 노인은 원숙한 나이에 접어들면서 여러 가지 자
선사업을 벌였는데, 그중에서도 특히 파리 16구의 프티 르
팡티*에 각별한 애정을 보였다. 이 자선단체는 풍속 사건에
연루된 미성년자들을 도덕적으로 교화시키는 데에 그 목적
이 있었다. 페리캉 노인이 죽으면 그의 재산 중 일부가 이
단체에 돌아가기로 오래전에 약조가 되어 있었다. 하지만
짜증스럽게도 노인은 좀처럼 그 액수를 구체적으로 밝히지

---

* ‘참회한 아이들’이라는 뜻의 프랑스어.

않았다. 음식이 마음에 안 들거나 아이들이 너무 소란스럽게 굴면, 노인은 멍한 상태에서 갑자기 깨어나 약하지만 또렷한 목소리로 이렇게 말했다.

"프티 르팡티에 오백만 프랑을 줘버릴 거야."

그러면 찬물을 끼얹은 듯한 침묵이 뒤따랐다.

반대로, 잘 먹고 햇빛 드는 창가에 앉아 한숨 잘 자고 났을 때면 페리캉 노인은 신생아나 새끼 강아지처럼 초점이 잡히지 않은 말간 눈으로 며느리를 바라보곤 했다.

페리캉 부인은 요령이 아주 좋았다. 다른 사람 같았으면 충분히 그러고도 남았을 텐데 그녀는 분통을 터뜨리지 않았다. 그녀는 부드러운 목소리로 대답했다. "지당한 말씀이세요, 아버님." 또는 "오래오래 사실 테니 천천히 생각하세요."

페리캉 부부는 막대한 재산을 갖고 있었다. 그러고도 페리캉 노인의 유산을 탐하느냐고 그들을 비난한다 해도 전혀 부당한 일이 아닐 것이다. 그들은 돈에 집착하지 않았다. 돈이 그들을 따라다닐 뿐이었다! 가만히 있어도 그들의 몫이 되는 것들이 있었다. 예를 들면, 그들이 절대 쓰지 않을, 자식들의 자식들을 위해 꼭꼭 쟁여둘 '리옹 말테르 가문의 수백만 프랑' 같은 것들이. 프티 르팡티 자선사업의 경우, 그들 부부는 페리캉 부인이 1년에 두 차례씩 그 불행한 아이들을 위해 고전음악 연주회를 열 정도로 지대한 관심을

보였다. 그녀는 그 행사에서 하프를 연주했는데, 어떤 대목
에 이르러서는 자신의 연주에 응답이라도 하듯 감동을 받
아 눈물을 훌쩍이는 소리가 어두운 객석에서 들리더라며
자랑하곤 했다.

페리캉 노인의 눈길이 며느리의 손을 집요하게 따라다녔
다. 페리캉 부인은 소스를 잊을 정도로 정신이 다른 데에 가
있었다. 노인의 하얀 턱수염이 불안하게 흔들렸다. 현실로
되돌아온 페리캉 부인이 서둘러 상아처럼 흰 생선 살 위에
다진 파슬리를 뿌린 다음 녹여놓았던 신선한 버터를 부어
주었다. 그녀가 접시 가장자리에 레몬 조각을 얹어주고 나
서야 노인은 온전히 평정을 되찾았다.

위베르가 허리를 숙여 동생 귀에 대고 속삭였다.

"안 좋아?"

"응." 동생이 눈짓과 몸짓을 동원해 대답했다.

위베르는 부들부들 떨리는 손을 무릎 위에 올려놓았다.
고삐 풀린 상상력이 그에게 전투와 승리의 장면들을 생생
하게 그려주었다. 위베르는 보이스카우트였다. 위베르와
동료들은 독일에 대항하는 유격대를 조직해 조국을 끝까지
사수할 것이다. 그의 정신은 순식간에 시간과 공간을 가로
질렀다. 위베르와 동료들, 명예와 충성의 깃발 아래 뭉친 그
들은 밤의 어둠을 틈타 싸우고, 또 싸울 것이다. 그들은 폭
격으로 불타버린 파리를 구할 것이다. 얼마나 신나고 멋진

삶인가! 위베르의 가슴은 마구 요동쳤다. 하지만 전쟁은 끔
찍하고 야만적이었다. 위베르는 상상 속 장면들에 취해 있
었고, 그러다 고기를 썰던 칼에 너무 힘을 주는 바람에 로스
트비프 조각을 바닥으로 떨어뜨리고 말았다.

"멍청이." 옆에 앉아 있던 베르나르가 식탁보 밑에서 방
어 태세를 취하며 말했다.

베르나르와 자클린은 각각 여덟 살과 아홉 살로, 둘 다 빼
빼 말랐으며 금발에 들창코였다. 후식을 먹자마자 둘은 침
대로 보내졌고, 페리캉 노인은 평소 자기 자리인, 활짝 열린
창문 곁에서 잠이 들었다. 잔잔한 6월의 하루가 그대로 죽기
는 싫다는 듯 지평선 너머에서 마지막 빛을 퍼뜨리고 있었
다. 빛의 꿈틀거림은 언제나 그전 보다 약하고 그윽했다. 대
지에 보내는, 아쉬움과 사랑으로 가득한 작별 인사처럼. 고
양이가 창가에 앉아 향수에 젖은 표정으로 먼 지평선을 바
라보았다. 그때, 페리캉 씨는 방 안을 오락가락하고 있었다.

"모레, 어쩌면 내일, 독일군이 파리 문턱까지 들이닥칠
거야. 사람들 말로는 최고사령부가 파리 앞에서, 파리 안에
서, 파리 뒤에서 총력을 다해 싸우기로 했다더군. 다행히도
사람들은 아직 그걸 모르고 있어. 하지만 내일이면 역과 도
로들이 피란을 떠나는 사람들로 북새통일 거야. 샤를로트,
당신은 내일 아침 일찍 부르고뉴에 있는 당신 어머니 집으
로 떠나요. 나는 내가 맡은 보물들과 운명을 같이할 테니."

페리캉 씨가 엄숙한 표정으로 말했다.

"박물관은 작년 9월에 이미 철수한 것으로 알고 있었는데요." 위베르가 말했다.

"그랬지. 그런데 그때 선택한 브르타뉴의 임시보관소가 영 아니었나 봐. 지하 창고처럼 습기가 많다고 하더라고. 도무지 이해가 안 돼. 국보 보존 위원회를 구성하고 국보를 세 개 그룹과 아홉 개 하위 그룹으로 나눈 다음, 그 각각에 대해 전문가들로 구성된 소위원회를 지정했거든. 그들에게 전시 동안 예술품을 옮기고 보존하는 일을 맡긴 거지. 그런데 지난달에 임시 박물관 관리인이 우리에게 그림들 위에 수상쩍은 얼룩이 생겼다고 알려왔어. 그래, 미냐르*가 그린 멋진 초상화의 손 부분이 일종의 녹색 문둥병에 걸리고 만 거지. 그래서 우리는 서둘러 그 소중한 상자들을 파리로 다시 가져오게 했어. 머지않아 그것들을 더 먼 곳으로 옮기라는 명령이 떨어질 거야. 난 그 명령을 기다려야 해."

"그럼 우린요, 우린 어떻게 움직이죠? 당신도 없는데?"

"차 두 대에 아이들을 태워. 그리고 가구니 가방이니, 당신이 가져갈 수 있는 건 몽땅 나눠 싣고 내일 아침 일찍 떠나요. 당장 이번 주말에 파리가 파괴되고, 불타고, 게다가 약탈당할 수도 있는데, 내일 아침이면 그걸 구태여 숨길 필

---

* Nicolas Mignard(1600-1668) 프랑스 화가.

요도 없을 테니.”

"당신 정말 놀랍군요. 그런 얘기를 그토록 태연하게 하다니!” 페리캉 부인이 소리쳤다.

페리캉 씨는 분홍빛 안색을 — 하지만 갓 도살당한 돼지의 윤기 없는 분홍빛이었다 — 되찾은 얼굴로 아내를 돌아보았다. 그러고는 차분하게 설명했다.

"나도 믿을 수가 없어서 그래. 지금 내가 당신에게 말하고, 당신 말을 들으면서, 우리가 집을 버리고 달아나기로 결정을 내리고 있다는 걸 말이야. 나는 이 모든 게 진짜라는 걸 믿을 수가 없어, 이해하겠어? 샤를로트, 내일 아침까지 모든 걸 준비하려면 빠듯할 테니 어서 가서 서둘러요. 저녁때쯤 당신 어머니 집에 도착할 수 있을 거야. 나도 가능한한 빨리 뒤따라갈게.”

페리캉 부인은 아이들이 한꺼번에 병에 걸렸을 때 흰 간호사 가운을 걸치며 지어 보였던, 체념과 투지가 동시에 드러나는 표정을 지었다. 아이들은 각각 다른 병에 걸렸을 때도 약속이라도 한 것처럼 한꺼번에 아프곤 했다. 그럴 때면 페리캉 부인은 손에 든 체온계를 순교의 종려나무잎처럼 흔들며 아이들 방에서 나왔다. 그 모습은 마치 이렇게 외치는 것 같았다. "자애로우신 주 예수님, 최후의 날이 오면 주님께서는 주님의 종들을 알아보시겠지요!”

"그럼 필리프는요?” 페리캉 부인이 물었다.

"필리프는 파리를 떠날 수 없어."

페리캉 부인은 고개를 꼿꼿이 세운 채 나갔다. 짐이 아무리 무거워도 그녀는 주저앉지 않을 것이다. 성치 않은 노인네, 네 아이, 하인들, 고양이, 은그릇 세트, 귀중한 식기들, 모피 옷들, 아이들 소지품, 식량, 예상치 못한 상황을 위한 약상자까지. 그녀는 온몸을 부르르 떨었다.

거실에서는 위베르가 아버지에게 애원하고 있었다.

"전 남게 해주세요. 필리프 형하고 여기 있을래요. 그리고… 절 비웃지 마세요! 젊고 건장하고 뭐든 할 준비가 되어있는 친구들과 함께 의용군 부대를 만들 수도…. 그러니까…."

페리캉 씨가 그를 물끄러미 바라보다 말했다.

"불쌍한 녀석!"

"끝났어요? 이미 전쟁에 진 거예요? 설마… 아니죠?" 위베르가 더듬거리며 물었다.

그리고 갑자기, 공포에 질려 위베르는 울음을 터뜨릴 것만 같았다. 위베르는 결국 어린아이처럼, 베르나르처럼, 커다란 입을 실룩거리며 울음을 터뜨리고 말았다. 굵은 눈물이 뺨을 타고 줄줄 흘러내렸다. 부드럽고 고요한 밤이 오고 있었다. 이미 짙게 깔린 어둠 속에서 제비 한 마리가 발코니에 닿을 듯 스치고 지나갔다. 고양이가 작고 탐욕스러운 울음소리를 냈다.

3

　소설가 가브리엘 코르트는 테라스에 앉아, 춤추듯 일렁이는 어두운 숲과 센강 위로 저물어가는 녹황색 석양 사이에서 글을 쓰고 있었다. 사방이 너무나 고요했다! 가브리엘의 곁을 잘 훈련된 친구들이, 잠든 게 아니라 차가운 포석에 코를 박고 눈을 반쯤 감은 채 꼼짝 않는 커다란 흰색 개들이 지키고 있었다. 가브리엘의 연인이 그의 발치에 앉아 가브리엘이 떨어뜨리는 원고들을 말없이 주워서 모았다. 하인들과 비서는 번쩍이는 유리창에 가려 보이지 않았다. 그들은 집 안쪽에, 가브리엘이 발레처럼 눈부시고 화려하고 절도 있기를 바라는 삶의 무대 뒤에 숨어 있었다. 쉰 살인 가브리엘에게는 자신만의 놀이가 있었다. 가브리엘은 낯씨와 기분에 따라 하늘의 주인이 되기도 했고, 고되고 헛된 노동에 짓눌리는 불쌍한 작가가 되기도 했다. 가브리엘은 자신의 책상에 이렇게 새겨두었다. "그토록 무거운 짐을 짊어지려면, 시시포스여, 너의 용기가 필요하리라." 동료 작가들은 가브리엘을 부러워했다. 어마어마하게 돈이 많았으니까. 하지만 정작 가브리엘 자신은 아카데미 프랑세즈*에 처음 출마했을 때 유세 중에 만난 한 투표권자가 "당신 집에는 전화 회선이 세 개나 되잖아!"라고 차갑게 말했다며 불만인 듯 투덜거리곤 했다.

가브리엘은 고양이처럼 나른하고 잔인한 태도에, 손은 표현력이 풍부하고 부드러우며, 얼굴은 약간 살이 찐 미남이었다. 아침까지 그의 침대에 머물 수 있는(다른 여자들은 결코 그의 곁에서 자지 않았다) 공인된 연인 플로랑스만이 창백한 두 줄의 눈 밑 주름과 지나치게 가늘어 여성스러워 보이는 눈썹을 지닌 이 늙은 멋쟁이가 얼마나 다양한 얼굴을 가졌는지 알고 있을 터였다.

그날 저녁에도 가브리엘 코르트는 평소처럼 거의 벌거벗은 채 글을 쓰고 있었다. 생클루에 위치한 그의 집은 푸른 시네라리아들이 심긴 넓고 멋진 테라스로, 외부인의 무례한 눈길이 닿지 못하게 지어졌다. 푸른색은 가브리엘이 가

---

* 프랑스에서 가장 권위 있는 학술기관.

장 좋아하는 색이었다. 가브리엘은 강렬한 푸른색을 띤 작은 청금석 잔을 곁에 둬야만 글을 쓸 수 있었다. 가브리엘은 때때로 그것을 바라보며 어여쁜 애인인 양 사랑스럽게 어루만졌다. 게다가 가브리엘이 플로랑스에게서 가장 좋아하는 것도—그는 그녀에게 그 말을 자주 했다— 청금석 잔 못지않게 신선한 느낌을 주는, 자연 그대로의 푸른색을 띤 그녀의 눈이었다. "당신 눈을 바라보고 있으면 갈증이 풀려." 가브리엘 이렇게 속삭였다. 가브리엘은 플로랑스가 약간 포동포동하고 부드러운 턱, 아직까지는 아름다운 콘트랄토* 목소리를 가졌으며, 소의 눈이 그렇듯 시선 속에 흐릿한 뭔가를 지니고 있다고 친구들에게 털어놓았다. "난 그게 좋아. 여자란 자고로 크림처럼 하얀 몸이 부드럽고 풍만하고 순진한 암송아지 같아야 해. 자주 마사지를 받아서 유연하고, 연지와 분 냄새가 밴 나이 든 여배우의 피부, 자네들도 알지?" 가브리엘이 허공으로 가느다란 손가락을 들어올려 캐스터네츠처럼 딱딱 퉁겼다. 그러자 플로랑스가 그에게 레몬을 가져다주었다. 그는 그것을 한입 베어 문 다음 오렌지 한 조각과 얼린 딸기 몇 개를 집어먹었다. 그는 엄청난 양의 과일을 먹어치웠다. 플로랑스는 벨벳 쿠션에 가브리엘이 좋아하는 경배의 자세로(그는 다른 자세는 상상조차

---

* 여성의 가장 낮은 음역.

하지 못했을 것이다) 거의 무릎을 꿇고 앉아 연인을 바라보았다. 가브리엘은 지쳐 있었다. 하지만 그것은 그가 가끔 표현하는 말대로라면, 사랑을 나눈 후의 피로보다 훨씬 나은, 술술 풀리는 일에 집중한 뒤 찾아오는 기분 좋은 피로였다. 가브리엘은 애정 어린 눈길로 플로랑스를 바라보았다.

"오늘은 그리 나쁘지 않았던 것 같아. 가운데 고비(그는 허공에 삼각형을 그리고 그 정점을 가리켰다), 그걸 넘겼으니까."

플로랑스는 가브리엘이 뭘 말하는지 알고 있었다. 늘 소설이 반 정도 진행될 때쯤이면 영감이 급속도로 떨어지곤 했다. 그러면 가브리엘 코르트는 아무리 용을 써도 진창에 빠진 마차를 끌어내지 못하는 말처럼 힘들어했다. 플로랑스는 찬탄과 놀라움이 깃든 우아한 몸짓으로 두 손을 모았다.

"벌써요? 축하해요, 자기. 이제 나머지는 저절로 술술 써질 거예요. 난 그렇게 확신해요."

가브리엘이 근심 어린 표정으로 웅얼거렸다. "주님께서 당신 말을 들어주시길! 그런데 뤼시엔 때문에 걱정이야."

"뤼시엔?"

그는 매섭고 차갑고 기분 나쁜 눈길로 그녀를 쏘아보았다. 가브리엘이 기분이 좋을 때, 플로랑스는 "당신 또 바실리스크*의 눈초리를 하고 있네요"라고 말했다. 그러면 그는 우쭐해서 껄껄거리며 웃었다. 하지만 한창 창작에 집중

할 때는 농담을 끔찍이 싫어했다.

플로랑스는 뤼시엔이라는 소설 속 인물이 전혀 기억나지 않았다. 그래서 그냥 둘러댔다.

"아, 그 여자! 내가 정신을 어디다 팔고 있는 건지!"

"내 말이 그 말이야." 가브리엘이 상처 입은 어조로 말했다.

하지만 플로랑스가 너무나 슬프고 처량해 보여서 가브리엘은 한결 누그러진 어조로 말했다.

"내가 늘 말하잖아, 당신은 단역들을 너무 하찮게 여긴다고. 소설은 아는 사람이 기껏해야 두셋밖에 안 되는, 모르는 사람들로 가득한 거리와 같아야 해. 프루스트 같은 작가들을 봐. 그들은 단역을 적절하게 이용할 줄 알았어. 중심 인물들을 겸허하게 만들고 깎아내리기 위해 단역들을 사용했지. 소설에서 주인공들에게 주어진 이런 겸허의 교훈보다 더 유익한 건 없어. 생각 안 나? 『전쟁과 평화』에서 시골 아가씨들이 웃으면서 길을 건너다가 앙드레 왕자의 자동차 앞을 지나가. 그러다 그 아가씨들은 자기들에게 말을 거는 왕자를 먼저 발견하지. 그런데 그와 동시에 독자의 관점은 공중으로 날아오르게 돼. 그렇게 되면 왕자는 더는 하나의 얼굴, 하나의 영혼이 아니게 되고, 독자는 영혼이 담긴 무수히 많은 틀을 발견하는 거야. 기다려봐, 그 구절을 읽어줄

---

* 유럽 신화에 나오는, 그 눈을 흘끗 쳐다보기만 해도 죽음에 이른다는 괴상한 뱀.

게. 정말 멋진 구절이야. 불 좀 켜, 어두우니까."

"비행기들." 플로랑스가 하늘을 가리키며 대답했다.

가브리엘이 투덜거렸다. "빌어먹을 비행기들은 언제까지 날 괴롭힐 거지?"

가브리엘은 전쟁을 증오했다. 전쟁은 그의 삶 혹은 안녕을 위협했다. 전쟁은 가브리엘이 자신과 외부 세계 사이에 공들여 쌓아놓은 크리스털 벽을 허물어뜨리는 트럼펫의 끔찍한 불협화음 같았다. 전쟁은 가브리엘이 행복하다고 느끼는 유일한 세계, 허구의 세계를 매 순간 파괴했다.

"제기랄! 이건 악몽이나 다름없어!" 가브리엘이 한숨을 쉬며 말했다.

하지만 가브리엘은 현실로 돌아왔다. 그가 물었다. "신문 있어?"

플로랑스가 말없이 신문들을 가져다주었다. 그들은 테라스를 떠나 실내로 들어왔다. 가브리엘이 어두운 얼굴로 신문을 훑어보았다.

"새로운 건 아무것도 없군." 그가 말했다.

가브리엘은 아무것도 보지 않으려 했다. 그는 한창 꿈을 꾸다 깨어난 사람처럼 겁에 질린 몸짓으로 현실을 밀쳐냈다. 너무 밝은 빛으로부터 눈을 보호하려는 것처럼 두 손으로 눈을 가렸다.

플로랑스가 라디오로 다가가 켜려고 하자 가브리엘이 말

렸다.

"아니, 아니, 켜지 마."

"하지만 가브리엘…"

가브리엘의 얼굴이 분노로 창백해졌다.

"아무것도 듣고 싶지 않아. 내일, 내일 들으면 돼. 지금 나쁜 소식을 들으면 내 기세는 꺾일 거고, 영감도 사라질 거야. 그 멍청한 작자들이 정권을 쥐고 있는 한 나쁜 소식밖에 들을 수 없겠지. 오늘 밤엔 아무래도 불안으로 인한 발작을 일으킬 것 같아. 그러고 있지 말고 쉬드르 양이나 불러줘. 몇 쪽 정도는 받아쓰게 할 수 있을 것 같으니까!"

플로랑스는 서둘러 그의 말을 따랐다. 그녀가 비서에게 호출을 알리고 살롱으로 돌아오는데 전화벨이 울렸다.

"총리 관저의 쥘 블랑 씨인데, 주인님을 바꿔달라고 합니다." 시중꾼이 말했다.

플로랑스는 가브리엘과 비서가 일하고 있는 방으로 소리가 새어 들어가지 않게 모든 문을 꼭꼭 닫았다. 그사이, 시중꾼은 주인의 즐거움을 위해 평소처럼 차가운 밤참을 준비하고 있었다. 가브리엘은 식사 시간에는 거의 먹지 않았기 때문에 밤에 자주 허기를 느꼈다. 밤참으로는 먹다 남은 어린 자고새 고기 약간, 복숭아, 그리고 플로랑스가 센강 왼쪽 기슭에 있는 가게에 직접 주문한 맛 좋은 치즈 파이와 포므리 샴페인 한 병이 있었다. 오랜 기간 연구와 성찰을 거듭

한 끝에 가브리엘은 자신의 간 질환을 고려할 때 마셔도 되
는 술은 오로지 샴페인뿐이라는 결론에 도달했다. 플로랑
스는 수화기에서 흘러나오는, 거의 들리지 않을 정도로 기
진맥진한 쥘 블랑의 목소리에 귀를 기울이고 있었다. 동시
에 그녀는 집 안에서 나는 모든 친근한 소리, 접시와 잔이
부딪치는 맑은 소리, 피로에 전 걸걸하고 깊은 가브리엘의
목소리도 듣고 있었다. 플로랑스는 마치 혼란스러운 꿈을
꾸고 있는 것 같았다. 그녀가 수화기를 내려놓고 시중꾼을
불렀다. 그는 아주 오래전부터 그들의 시중을 들었고, 자신
이 '집안의 역학'이라 이름 붙인 일에 능숙해진 사람이었다.
가브리엘은 그가 이렇듯 위대한 세기*를 무의식적으로 모
방하는 것을 무척 마음에 들어했다.

  "어떡하지, 마르셀? 쥘 블랑 씨가 우리더러 서둘러 떠나
라는데…."

  "떠나라니요? 어디로요, 부인?"

  "브르타뉴, 남프랑스, 어디든. 독일군이 센강을 건넌 모
양이야, 어떡하지?"

  플로랑스가 다시 물었다.

  "저도 전혀 모르겠는데요, 부인." 마르셀이 냉랭한 어조
로 대답했다.

_____

* 태양왕 루이 14세가 통치했던 17세기 후반.

그리고 속으로 생각했다. '일찍도 물어보는군. 떠나려면 진작 떠났어야지. 돈 많고 유명한 사람들이 판단력은 짐승들만도 못하다니까! 짐승들도 위험은 바로 알아차리는데!' 마르셀은 독일군이 전혀 두렵지 않았다. 그는 1914년도에 이미 그들을 봤다. 이제는 소집 대상이 아니니 그가 군대에 불려 갈 염려는 없었다. 하지만 마르셀은 주인이 호화로운 가구며 은 식기 일체를 제때 챙기지 않는 것에 부아가 나 있었다. 마르셀은 몰래 한숨을 내쉬었다. 그였다면 이미 오래전에 모든 걸 잘 포장해서 튼튼한 상자에 넣은 다음 안전한 곳에 감췄을 터였다. 그는 보기에는 멋져도 머리에 든 것이 없는 흰 사냥개를 볼 때마다 느끼는 애정 어린 경멸 같은 것을 주인들에 대해서도 느끼고 있었다.

"부인, 주인님께 알리는 편이 낫겠는데요." 마르셀이 결론지었다.

플로랑스는 거실을 향해 걸어갔다. 문을 살짝 열자마자 가브리엘의 목소리가 들려왔다. 그것은 그가 극도로 예민해지는 날, 영감에 휩싸인 순간에 내는, 때때로 발작적인 기침 때문에 끊기는 느리고 쉰 목소리였다.

플로랑스는 마르셀과 침실 하녀에게 이런저런 지시를 내렸다. 그러고는 사람들이 위기에 처했을 때, 급히 달아날 때 흔히 가져가는 귀중품들을 떠올렸다. 그녀는 침대 위에 가볍고 단단한 트렁크를 올려놓았다. 그런 다음, 혹시 몰라 금

고에서 미리 꺼내둔 보석함을 트렁크 깊숙이 숨겼다. 그리
고 그 속에 속옷 몇 벌, 세면도구, 갈아입을 블라우스 두 벌,
혹시 길에서 지체할지도 모르니 도착하자마자 입을 수 있
는 이브닝드레스 한 벌, 목욕 가운과 슬리퍼, 화장품 상자
(이게 자리를 많이 차지했다) 그리고 물론 가브리엘의 원고
들도 당연히 넣었다. 그러고는 가방을 닫으려고 애썼지만
소용이 없었다. 그녀는 보석함 위치를 바꿔놓고 다시 시도
했다. 이거야 원, 도대체. 어쩔 수 없이 뭔가 포기해야 했다.
뭘 포기하지? 하나같이 없어서는 안 될 것들이었다. 트렁크
를 무릎으로 누르면서 자물쇠를 힘껏 당겨보았지만 헛수고
였다. 짜증이 난 그녀는 결국 침실 하녀를 불렀다.

"너라면 이걸 닫을 수 있을 거야. 그렇지, 쥘리?"

"너무 꽉 찼는데요, 부인. 도저히 안 돼요."

순간, 플로랑스는 화장품 상자와 원고를 두고 망설였다.
그녀는 화장품 상자를 택하고 가방을 닫았다.

원고는 모자 상자에 쑤셔 넣으면 될 거야, 그녀는 생각했
다. 아냐! 난 그를 알아. 노발대발 분통을 터뜨리고, 불안에
휩싸여 발작을 일으키고 말 거야. 내일 보지 뭐, 그에게는
알리지 말고 오늘 밤 출발 준비를 다 해두는 편이 나아. 그
런 다음 두고 봐야지….

4

　리옹 말테트 집안은 페리캉 집안사람들에게 재산뿐 아니라 결핵에 쉽게 걸리는 체질까지 물려주었다. 이 질병은 페리캉 씨의 두 누이를 아주 어린 나이에 데려갔다. 필리프 신부도 몇 해 전에 그 병을 앓았다. 다만 산에서 2년간 요양한 덕분에 사제 서품을 받을 때는 완쾌된 것처럼 보였다. 하지만 폐는 여전히 허약했고, 전쟁이 발발하자 실시된 징병검사에서 필리프는 불합격 판정을 받았다. 그럼에도 필리프는 겉보기에는 아주 건장한 사내였다. 그는 혈색이 좋은 데다 눈썹은 짙고 검었으며, 투박하고 건강해 보였다. 필리프는 오베르뉴 지방에 있는 한 마을의 신부였다. 페리캉 부인은 장남의 소명이 확실해지자 아들을 주님의 품에 맡겼다.

아마 페리캉 부인은 아들이 사교계에서 명성을 얻기를, 퓌드롬의 무지렁이 농부들에게 교리나 가르치기보다는 전도양양한 성직자로 출세하기를 바랐을 것이다. 고위 성직을 맡을 수 없다면 그 촌구석 교구를 맡느니 차라리 수도원에 들어가기를 원했을 것이다. "낭비야, 낭비! 넌 선하신 주님께서 주신 재능을 낭비하고 있어." 페리캉 부인은 안타깝다는 듯 이렇게 말하곤 했다. 그녀는 그나마 아들이 신선한 공기를 마시며 생활할 수 있어 다행이라고 생각하며 스스로 위로했다. 필리프가 두 해 동안 스위스에서 호흡한 고산지대의 공기는 이제 그에게 없어서는 안 되는 것이 되어버린 듯했다. 파리로 돌아온 그는 유연한 걸음걸이로 성큼성큼 거리를 활보했다. 신부복과 걸음걸이가 어울리지 않았기 때문에 행인들은 필리프를 보고 킥킥 웃어댔다.

그날 아침, 필리프는 한 회색 건물 앞에서 걸음을 멈추고 배추 냄새가 물씬 풍기는 뜰 안으로 들어섰다. 프티 르팡티는 임대용 고급저택 뒤에 세워진 작은 건물에 입주해 있었다. 페리캉 부인이 1년에 한 번씩 함께 자선활동을 하는 친구들에게(설립 회원은 매년 5백 프랑, 후원자는 백 프랑, 가입자는 20프랑을 냈다) 보내는 편지에 적었듯, 아이들은 그곳에서 다양한 기술을 연마하고, 건강한 신체 활동을 하며, 물질적으로나 정신적으로나 최상의 환경 속에서 생활했다. 유리창으로 둘러싸인 작은 창고 하나가 건물 옆에 세워져 있었다. 그곳에 목공과 구두 수선 기술을 익히는 작업장이 있었다. 페리캉 신부는 유리창을 통해 그의 발소리에 잠시 고개를 든 아이들의 동그란 머리를 보았다. 현관 층계와 창고 사이에 있는 네모난 화단에서 열다섯 살과 열여섯 살 된 소년 둘이 사감의 지시에 따라 작업하고 있었다. 그들은 원복을 입지 않았다. 아이 중 몇몇이 이미 경험한 감화원의 기억을 일깨우지 않으려는 조치였다. 그들은 자원봉사자들이 모직 자투리 천으로 만들어준 옷을 입고 있었다. 둘 중 하나는 녹색 스웨터를 입어서 솜털로 뒤덮인 기다랗고 야윈 손목이 드러났다. 그들은 말없이 흙을 뒤엎고, 잡초를 뽑고, 숙달된 솜씨로 꽃들을 더 큰 화분에 옮겨 심었다. 그들이 인사를 하자, 페리캉 신부는 미소로 답했다. 신부의 얼굴은 평온했다. 그의 표정은 엄하고 약간 슬퍼 보였지만, 미소는 더없이 부드러웠고 약간의 소심함과 애정 어린 힐책을 품고 있었다. 마치 '난 너희를 사랑한단다. 그런데 왜 너희는 날 사랑하지 않니?'라고 말하는 듯했다. 아이들은 그를 쳐다보고는 입을 다물었다.

"날씨가 정말 좋구나." 필리프가 말했다.

"예, 신부님." 차갑고 어색한 목소리로 그들이 대답했다.

필리프는 그들에게 몇 마디 더 말을 붙이다가 현관으로 들어섰다. 회색으로 칠해진 집 안은 깨끗했다. 그가 들어선 방은 등나무를 엮어 만든 의자 두 개만 덩그러니 놓여 있었다.

그곳은 외부인이 원생들을 만나는 면회실이었다. 면회는 허락되었지만 장려되지는 않았다. 게다가 원생들은 대부분 고아였다. 죽은 부모와 알고 지냈던 이웃집 아주머니나 지방에 정착한 누나가 그들을 기억해내고 찾아오는 일이 간혹 있었다. 하지만 페리캉 신부가 그 면회실에서 누군가와 마주친 적은 단 한 번도 없었다. 원장실은 같은 층에 있었다.

원장은 키가 작고 창백한 사람으로, 눈꺼풀은 벌겋게 물들었고, 예민한 코는 먹이 냄새를 맡는 짐승의 주둥이처럼 뾰족했다. 아이들은 그를 '쥐' 혹은 '맥'이라 불렀다. 원장이 필리프를 향해 양팔을 내밀었다. 그의 손은 차갑고 축축했다.

"신부님 호의에 어떻게 감사를 드려야 할지 모르겠군요! 정말 저 대신 아이들을 맡아주시겠습니까?"

아이들은 이튿날 철수하기로 되어있었다. 그런데 원장은 남쪽 지방에 있는 아내가 아파서 급히 가봐야 했다.

"사감이 걱정이 태산입니다. 혼자서 아이 서른 명을 맡기에는 벅차거든요."

"아이들이 고분고분한 것 같던데요." 필리프가 말했다.

"그럼요! 착한 아이들이죠. 저희가 그렇게 이끌었습니다. 가장 반항적인 아이들도 온순해지도록 교육했죠. 자랑이 아니라, 제가 없으면 여긴 돌아가질 않아요. 사감들이 겁이 많거든요. 그마저도 전쟁 탓에 하나둘씩 떠나버렸지만…"

원장이 입을 삐죽거렸다.

"시키는 일은 곧잘 하는데 스스로 나서서 뭘 하려고 하질 않아요. 누가 꺼내주지 않으면 접시 물에도 코를 박고 죽을 녀석들이죠. 부친께서 신부님이 파리에 들렀다가 내일 다시 교구로 내려가실 거라고, 그리고 기꺼이 우리를 도와주실 거라고 말씀하셨을 때, 전 주님께서 철수를 돕기 위해 우리에게 착한 사람을 보내주시는구나, 이렇게 생각했습니다."

"기꺼이 도와드리겠습니다. 아이들은 어떻게 철수시킬 생각이시죠?"

"어렵사리 트럭 두 대를 마련해놓았습니다. 휘발유도 충분히 확보해뒀고요. 아이들이 갈 곳이 신부님 교구에서 오십 킬로미터 정도 떨어진 곳에 있으니 많이 돌아가지는 않으셔도 될 겁니다."

"목요일까지는 시간이 있습니다. 동료 신부님 한 분이 저 대신 교구를 보살피고 있으니까요."

"아, 여행이 그렇게 오래 걸리지는 않을 겁니다. 부친 말씀으로는, 저희를 후원해주시는 부인 한 분께서 저희가 쓸 집을 제공하셨는데, 신부님은 그곳을 아신다고 하던데요? 숲 한가운데에 있는 커다란 저택이랍니다. 그 부인께서 작년에 유산으로 물려받은 집인데, 아름다운 가구들은 전쟁이 터지기 얼마 전에 모두 팔렸다더군요. 아이들은 정원에서 야영하면 될 겁니다. 이 좋은 계절에 아이들에겐 얼마ㅏ

신나는 경험이겠습니까! 전쟁 초기에도 저희를 후원하는 부인 한 분이 친절하게도 코레즈의 성 한 채를 제공해주셔서 그런 식으로 석 달을 보낸 적이 있었죠. 그런데 거기서는 난방을 할 방법이 전혀 없었어요. 아침마다 물통에 꽁꽁 언 얼음을 깨야만 했죠. 하지만 아이들은 어느 때보다 건강했어요. 편한 것을 찾을 시절이 아니었으니까요."

신부가 시계를 들여다봤다.

"저와 점심이라도 함께하시겠습니까, 신부님?"

필리프는 거절했다. 밤새 여행을 한 끝에 그날 아침 파리에 도착해서 피곤한 데다, 위베르가 성질을 부리지 않을까 걱정스럽기도 했다. 필리프가 파리로 온 건 그를 데려가기 위해서였다. 온 가족이 그날 니에브르로 떠나기로 되어 있었다. 필리프는 출발을 지켜볼 작정이었다. 한 사람이라도 더 있으면 그만큼 일이 더 수월할 테니까, 그는 속으로 웃으며 이렇게 생각했다.

"신부님께서 저 대신 보살펴줄 거라고 아이들에게 알려주러 가야겠습니다. 신부님께서도 아이들 얼굴도 익힐 겸 한 말씀 하시면 어떨까요? 고국이 겪는 전쟁에 대해서 깊이 생각해보도록 제가 직접 훈화하려고 했는데, 전 네 시에 출발하기로 되어 있어서…."

"제가 해보죠." 페리캉 신부가 말했다.

필리프는 눈을 내리깔고 손끝을 모아 입술에 갖다 댔다.

엄격하면서도 슬픈 표정이 얼굴에 떠올랐다. 둘 다 그 자신을, 스스로의 마음을 향한 것이었다. 필리프는 이 불쌍한 아이들을 사랑하지 않았다. 그는 자신에게 있는 선의를 그러모아 부드럽게 그들에게 다가갔다. 하지만 그들에게선 냉랭함과 반감밖에 느껴지지 않았다. 샘솟는 사랑도, 은총을 갈구하는 가장 비천한 죄인들에게서 느껴지는 신실한 감동도 전혀 찾을 수가 없었다. 오히려 늙은 무신론자나 냉혹한 신성모독자의 허풍에 이 아이들의 말이나 눈길에서 찾을 수 있는 것보다 더 큰 겸허함이 깃들어 있을 터였다. 그들이 겉으로 보이는 유순함은 끔찍했다. 아이들은 세례를 받았지만, 영성체와 고해성사를 하긴 했지만, 어떠한 구원의 빛도 그들에게 가닿지 않았다. 이 어둠의 자식들에게는 구원의 빛을 욕망할 수 있는 영적인 힘조차 없었다. 그들은 영적인 힘을 느끼지 못했고, 소원하지도 아쉬워하지도 않았다. 페리캉 신부는 교리문답을 하는 자기 교구의 선량한 아이들을 떠올렸다. 그는 그 아이들에 대해서도 환상을 품지 않았다. 그 어린 영혼들 속에 악이 단단하고 거친 뿌리를 내리고 있다는 것을 필리프는 이미 알고 있었다. 하지만 그가 그리스도의 수난을 얘기할 때면 아이들에게서 따뜻한 애정과 순순한 감사의 마음이 피어나는 것을, 아이들이 연민과 공포로 전율하는 것을 느낄 수 있었다. 필리프는 어서 그 아이들에게 돌아가고 싶었다. 7는 일요일로 정해진 첫 영성체 의식을 떠올렸다.

필리프는 원장을 따라 아이들이 모여 있는 방으로 들어
갔다. 덧창은 모두 닫혀 있었다. 그가 어둠 속에서 계단을
헛디뎌 비틀거리다가 넘어지지 않으려고 원장의 팔을 붙들
었다. 필리프는 아이들이 킥킥거리며 억눌린 웃음을 터뜨
릴 거라고 예상하며, 또 그러길 기대하며 그들을 바라보았
다. 때에 따라서는 그런 우스꽝스럽고 사소한 사건으로 선
생과 제자 사이를 가로막은 마음의 벽이 허물어지기도 하
니까. 하지만 천만에. 그들 중 감정을 드러내는 아이는 아무
도 없었다. 창백한 얼굴, 꽉 다문 입술, 내리깐 눈. 그들은 벽
에 등을 기댄 채 반원형을 이루며 서 있었다. 열한 살부터
열다섯 살까지인, 개중 어린 아이들이 앞으로 나와 서 있었
는데, 거의 모두가 나이에 비해 몸집이 작고 병약해 보였다.
뒤쪽에는 열다섯 살부터 열일곱 살까지의 소년들이 서 있
었다. 몇몇은 이마가 좁고, 살인자처럼 손이 거칠었다. 그들
을 보자마자, 페리캉 신부는 또다시 거의 공포에 가까운 묘
한 혐오감을 느꼈다. 그는 어떠한 대가를 치르더라도 그것
을 극복해야 할 터였다. 필리프가 그들을 향해 나아갔다. 그
러자 그들이 흠칫 뒤로 물러섰다. 마치 벽으로 들어가려는
것처럼.

"애들아, 내일부터 여행이 끝날 때까지 내가 원장님을 대
신해 너희를 보살필 거란다. 알다시피, 너희는 파리를 떠나

게 될 거야. 우리 병사들, 우리의 소중한 조국이 어떻게 될지는 오로지 주님만이 아신단다. 오로지 그분만이 한없는 지혜를 통해 앞으로 며칠 동안 우리 각자에게 예정된 운명을 알고 계시지. 우리는 여행하는 도중에 분명 주변의 불행을 보게 될 거고, 그러면 마음이 몹시 아플 거야. 모두의 불행은 수많은 개인적인 불행으로 이루어져 있으니까. 하지만 눈이 멀고 배은망덕한 우리는 그 고통을 통해 우리를 한몸으로 묶어주는 연대 의식을 가지게 돼. 내가 너희에게 바라는 것은 주님을 마음 깊이 믿는 거란다. 우리는 입으로는 걸핏하면 '주님의 뜻대로 이루어지기를'이라고 말하지만, 마음속으로는 '제 뜻대로 이루어지게 해주소서, 주님'이라고 외치지. 그런데 왜 우리는 주님을 찾는 걸까? 우리가 행복을 바라기 때문이란다. 인간은 본래 행복을 갈망하게 되어 있으니까. 그런데 그 행복을 주님께서는 죽음과 부활을 기다릴 필요 없이 지금 당장 우리에게 주실 수 있단다. 우리가 그분의 뜻을 받아들이기만 한다면, 우리가 그분의 뜻을 우리의 뜻으로 삼기만 한다면 말이야. 너희 각자가 주님께 자신을 맡기기를. 너희 각자가 그분을 아버지 대하듯 하기를. 너희 각자가 자비로우신 그분의 손에 목숨을 맡기기를. 그러면 곧 하늘의 평화가 너희 각자에게 깃들 거야."

필리프는 잠시 기다렸다가 아이들을 바라보았다.

"다 함께 기도하자."

날카롭고 무심한 서른 개의 목소리가 주기도문을 암송했다. 서른 개의 야윈 얼굴이 신부를 에워싸고 있었다. 필리프가 아이들을 행해 성호를 긋자, 아이들은 갑작스럽고 기계적인 움직임으로 고개를 숙였다. 입술이 부르트고 입이 큼직한 꼬마 하나가 고개를 들어 창문 쪽을 바라보았다. 닫힌 덧창 틈으로 미끄러져 들어온 햇살이 주근깨로 뒤덮인 섬세한 뺨과 가늘고 뾰족한 코를 훤히 밝혀주었다.

그들 중 어느 누구도 움직이거나 말하지 않았다. 사감이 호루라기를 불자, 아이들이 열을 지어 방을 나갔다.

5

거리는 텅 비어 있었다. 사람들은 상점의 셔터를 내리고 있었다. 고요 속에서 셔터의 금속성 소리만이, 소요나 전쟁으로 위협받는 도시의 아침을 날카롭게 할퀴고 지나가는 소리만 들려왔다. 미쇼 부부는 저 멀리, 짐을 잔뜩 실은 채 각 부처 청사의 문 앞에서 대기하고 있는 트럭들을 바라보았다. 부부는 마주 보며 고개를 끄덕였다. 그날 아침에는 길이 텅 비어 있었지만, 그들은 사무실 앞 오페라 대로를 건너기 위해 습관적으로 서로의 팔을 잡았다. 그들은 둘 다 은행 직원이었고, 같은 건물에서 일했다. 남자는 15년 전부터 회계원으로 일했지만, 여자는 '전시 임시직'으로 고용된 지 몇 달도 채 되지 않았다. 성악 선생이었던 여자는 지난 9월 폭

격을 두려워한 학부모들이 아이들을 모두 지방으로 피신시
키는 바람에 제자들을 모두 잃었다. 남자의 봉급만으로는
먹고살기조차 빠듯했다. 외아들은 전쟁이 발발하자마자 동
원되었다. 여자가 얻은 비서 자리 덕분에 그때까지 근근이
나마 생활을 꾸려올 수 있었다. "나한테 불가능한 걸 요구
하진 말아요, 여보." 여자는 이렇게 말하곤 했다. 그들은 늘
어렵게 생활해왔다. 부모의 뜻을 거스르고 결혼하기 위해
함께 가출한 날부터. 그건 아주 오래전 일이었다. 여자의 야
윈 얼굴에는 아직 아름다움의 흔적이 남아 있었다. 하지만
머리카락은 벌써 희끗희끗했다. 체구가 작은 남자는 지친
기색이 완연했다. 하지만 간혹, 아내를 바라보며 미소 지을
때, 남자의 눈에는 장난기와 애정 어린 불꽃이 피어올랐다.
똑같아, 거의 옛날 그대로야, 그는 이렇게 생각했다. 남자는
아내가 인도로 올라가도록 부축해주었고, 그녀가 떨어뜨린
장갑을 주워주었다. 여자는 남편이 내미는 손을 손가락으
로 살짝 잡아 답례했다.

다른 직원들이 열려 있는 은행 문을 향해 서둘러 걸어가
고 있었다. 직원 하나가 미쇼 부부 곁을 지나가며 물었다.

"드디어 떠나는 건가요?"

미쇼 부부는 아무것도 모르고 있었다. 그날은 6월 10일
월요일이었다. 이틀 전 퇴근할 때는 아무 일도 없는 것 같았
다. 유가증권은 모두 지방으로 옮겼지만, 직원들의 거취에

관해서는 결정된 게 전혀 없었다. 그들의 운명은 책임자 사무실이 있는 2층에서 결정되었다. 미쇼 부부는 누비질된 두 개의 커다란 녹색 문 앞을 말없이 빠른 걸음으로 지나친 다음 복도 끝에서 헤어졌다. 그는 경리과로 올라갔고, 그녀는 그 특권자들의 영역에 남았다. 그녀는 책임자 중 하나인 은행의 진정한 우두머리, 코르뱅 씨의 비서였다. 이인자인 퓌리에르 백작은(그는 살로몽-보름스 가의 딸과 결혼했다) 은행의 외신을 맡아 몇 안 되는 최상급 고객들을 관리했다. 대지주와 제철업계의 거물들만이 그의 고객이 될 수 있었다. 코르뱅 씨는 퓌리에르 백작이 자신이 자키 클럽*에 가입하는 것을 수월하게 해줄 거라고 기대했다. 벌써 몇 해 전부터 그는 그것만을 학수고대하며 살아왔다. 반면에 백작은 그를 저녁 식사나 사냥에 초대하는 것만으로도 자기가 누리는 금전적인 편의를 보상하고도 남는다고 여기고 있었다. 미쇼 부인은 저녁이면 남편을 위해 두 책임자의 대화와 가시 돋친 미소, 코르뱅의 일그러진 얼굴 그리고 백작의 득의양양한 시선을 흉내 냈다. 그렇게 하는 것이 일상의 단조로움을 조금이나마 덜어주었다. 하지만 얼마 전부터는 그 오락거리마저 없어져버렸다. 퓌리에르 백작이 알프스 전선으로 동원되어 코르뱅 혼자 은행을 꾸려가고 있었으니까.

---

* 유명 인사들을 회원으로 둔 경마 클럽.

미쇼 부인은 우편물을 챙겨 책임자 사무실에 딸린 작은 방으로 들어갔다. 가벼운 향수 냄새가 허공을 떠다니고 있었다. 그녀는 즉각 코르뱅에게 손님이 왔다는 것을 알아차렸다. 코르뱅은 무용수 아를레트 코라이의 뒤를 봐주고 있었다. 그는 오로지 무용수들만을 애인으로 삼았다. 다른 직종에 종사하는 여자들에겐 눈길조차 주지 않았다. 아무리 예쁘거나 젊어도 타자수는 결코 그의 눈길을 끌 수 없었다. 코르뱅은 예쁘건 추하건, 젊건 늙었건, 모든 여직원에게 까다롭고 거칠고 인색하게 굴었다. 그는 크고 무거운 몸집에 먹기도 잘 먹었음에도 머리에서만 울리는 작고 기묘한 목소리로 말했다. 화가 나면 그의 목소리는 여자 목소리처럼 떨렸고 점점 날카로워졌다.

미쇼 부인이 익히 아는 날카로운 목소리가 닫힌 문 너머로 새어 나왔다. 한 직원이 들어와 낮은 목소리로 말했다.

"떠난대요."

"언제요?"

"내일요."

그림자들이 수군대며 복도를 지나갔다. 직원들은 창가나 사무실 문턱에 삼삼오오 모여 있었다. 코르뱅이 마침내 문을 열고 무용수를 데리고 나왔다. 그녀는 진한 장밋빛 정장 차림에, 염색한 머리에는 챙이 넓은 밀짚모자를 쓰고 있었다. 몸매는 날씬했지만, 화장 아래 드러나는 얼굴은 딱딱하게 굳어 피곤해 보였다. 뺨과 이마에는 붉은 반점이 돋아 있었다. 화가 난 게 분명했다. 미쇼 부인은 여자의 말소리를 들었다.

"나더러 걸어서 가라는 거예요?"

"곧장 자동차 정비소로 가봐. 왜 이렇게 말을 안 듣는지, 원. 인색하게 굴지 말고 원하는 대로 주겠다고 해. 그러면 당장 고쳐줄 거야."

"그게 안 된다니까요! 불가능하다고요! 내 말 못 알아들 어요?"

"대체 내가 무슨 말을 해주길 원해? 독일군이 코앞에 와 있어. 그런데 베르사유 도로로 가겠다고? 도대체 왜 그리로 가겠다는 거야? 기차를 타고 떠나."

"역마다 무슨 일이 벌어지고 있는지 알기나 해요?"

"도로라고 더 낫진 않을 거야."

"당신은… 당신은 정말 인정머리 없는 사람이에요. 자동 차가 두 대나 있으면서…."

"난 서류와 직원들을 실어 날라야 해. 빌어먹을, 지금 나 더러 직원들을 내동댕이치라는 거야?"

"아! 천박하게 굴지 말아요, 제발 좀! 당신 마누라 차도 있잖아요!"

"지금 내 마누라 차에 타고 싶다는 거야? 정말 멋진 생각 이군!"

무용수는 등을 돌리고 휘파람을 불어 강아지를 불렀다.
그녀는 화가 나 부들부들 떨리는 손으로 달려온 강아지 목
에 줄을 걸었다.

"내 청춘을 저런…."

"그만 좀 해! 저녁에 전화할게. 방법이 있는지 알아보
고…."

"아뇨, 하지 마세요. 구덩이에 처박혀 죽는 수밖에 없다
는 걸 나도 잘 아니까요… 아, 그만 좀 해요! 분통만 터지니
까…."

그들이 마침내 비서가 듣고 있다는 것을 알아차렸다. 코
르뱅은 황급히 목소리를 낮추고는 애인의 팔을 잡아 재빨
리 문 쪽으로 데리고 갔다. 그는 심각한 얼굴로 되돌아와서
미쇼 부인을 쏘아보며 말했다.

"부서장들 회의실로 모이라고 해요. 지금 당장!"

미쇼 부인은 지시를 전하기 위해 밖으로 나갔다. 잠시 후,
고령으로 얼마 전부터 뇌연화 증상에 시달리고 있는 현 회
장 오귀스트 장의 전신 초상화와 은행 설립자의 대리석 흉
상이 굽어보는 대회의실로 직원들이 하나둘 모여들었다.

코르뱅 씨는 명패 아홉 개로 이사들의 자리를 표시해놓
은 타원형 탁자 뒤에 서서 그들을 맞이했다.

"여러분, 우리는 내일 아침 여덟 시에 이곳을 떠나 투르
지점으로 이동합니다. 이사회 서류는 제 차로 운반할 겁니

다. 미쇼 부인, 부인은 부군과 함께 저와 동행하세요. 차가 있는 사람들은 제가 뽑아놓은 직원들을 태우고 가야 하니 내일 아침 여섯 시에 은행 정문 앞에 모이고, 나머지 직원들에 대해선 내가 어떻게든 해보죠. 하지만 정 안 되면 기차를 타야 할 겁니다. 고마워요, 그럼."

코르뱅이 사라지자 곧 불안한 목소리들이 웅성거리며 방 안을 가득 메웠다. 이틀 전만 해도 코르뱅은 본점을 떠나는 것은 염두에 두고 있지 않다고, 떠도는 헛소문은 배신자들이 퍼뜨린 거라고, 다른 은행들이 다 도망가도 우리 은행만은 파리에 남아 의무를 다할 거라고 선언했었다. 사람들이 쑥스러워하며 입에 담았던 말인 '후퇴'는 전격적으로 결정된 것으로 보였다. 모든 게 끝장난 게 분명했다! 여자들은 가득 고인 눈물을 닦았다. 사람들 사이를 헤치고 다니다 마침내 서로를 찾은 미쇼 부부가 서로의 손을 꼭 잡았다. 그들은 아들 장마리를 생각했다. 아들의 마지막 편지는 6월 2일자였다. 이제 겨우 8일, 그사이 무슨 일이든 일어날 수 있었다, 오 주님! 불안에 휩싸인 그들에게 유일한 위안은 둘이 떨어지지 않아도 된다는 사실이었다.

"같이 가게 되어서 얼마나 다행인지 몰라요." 그녀가 그에게 속삭였다.

6

날이 어두워지기 시작했지만 페리캉 부부의 차는 여전히 집 앞에 대기하고 있었다. 그들은 28년 전부터 부부의 침대를 돋보이게 했던 부드럽고 푹신푹신한 매트리스를 차 위에 묶었다. 아이들의 장난감 자동차와 자전거는 차 트렁크에 고정했다. 그들은 집안 식구의 손가방, 짐 가방, 트렁크, 그리고 샌드위치와 보온병, 아이들 젖병, 차가운 닭고기, 햄, 빵 그리고 페리캉 노인의 맥아 분유통을 담은 각종 바구니, 끝으로 고양이 요람까지, 이 모든 걸 차에 실으려고 갖은 애를 썼다. 처음에는 세탁소에 맡긴 세탁물이 배달되지 않아 출발이 지연되었다. 아무리 전화를 해도 받질 않았다. 그 수놓은 시트들은 보석, 은 식기 그리고 책꽂이와 함께 페리캉 말테트 집안 대대로 내려오는 유산이었다. 시트를 포기하는 것은 불가능해 보였다. 세탁물을 찾으러 다니느라 오전 시간이 허비되었다. 세탁소 주인 역시 떠날 채비를 하느라 정신이 없었다. 그는 결국 맡아두었던 세탁물을 잔뜩 구겨지고 축축한 보따리 꼴로 페리캉 부인에게 돌려주었다. 페리캉 부인은 빨랫감을 직접 챙기느라 점심까지 거르고 말았다. 위베르와 베르나르, 그리고 하인들은 기차 편으로 떠나기로 되어 있었다. 하지만 역마다 철책이 둘러쳐졌고, 군인들이 지키고 있었다. 철책에 매달려 흔들어대던 군중이 인근 거리로 벌 떼처럼 쏟아져 나왔다. 여자들은 품에 아이를 안은 채 울부짖으며 이리저리 뛰어다녔다. 사람들은 마지막 택시들을 세우고 파리를 벗어나게만 해주면 2천 프랑이든 3천 프랑이든 내겠다고 소리쳤다. "오를레앙까지라도…." 하지만 택시 기사들은 휘발유가 곧 떨어질 것 같다면서 거절했다. 페리캉 집안사람들도 집으로 되돌아올 수밖에 없었다. 그들은 어렵사리 마들렌, 마리아, 오귀스트, 베르나르와 막내(막내는 베르나르의 무릎에 앉혔다)를 실어 나를 작은 트럭을 구하는 데 성공했다. 위베르는 자전거로 그들 행렬을 따르기로 했다.

들레세르 대로 곳곳에서 여자들과 노인들, 아이들 무리가 집 밖으로 모습을 드러냈다. 그들은 처음에는 차분하게, 이어 열에 들떠서, 그러다 결국에는 겁에 질려 미친 듯이 온

식구와 짐들을 소형 르노 자동차, 관광용 자동차, 로드스
터*에 실으려고 애썼다. 불이 켜진 창은 단 하나도 없었다.
별들이 하나둘 나타나기 시작했다. 은빛으로 부드럽게 반
짝이는 초여름의 별들이. 파리는 후추처럼 씹히는 먼지들
과 함께 가장 달콤한 향기, 꽃이 만발한 밤나무와 향유 향기
를 퍼뜨리고 있었다. 어둠 속에서 위험은 점점 커져갔다. 사
람들은 고요한 공기 속에서 불안을 들이마셨다. 평소에는
누구보다 냉철하고 침착했던 사람들조차도 그 혼란스럽고
치명적인 공포를 극복할 수 없었다. 모두가 애타는 심정으
로 자기 집을 바라보며 이렇게 생각했다. '내일이면 폐허로
변하고 말 거야. 내일이면 난 빈털터리가 될 거야. 아무에게
도 해를 끼친 적이 없는데, 도대체 왜?' 하지만 곧 담담함의
파도가 그들의 영혼을 집어삼켰다. '저따위 것들이 무슨 소
용이야! 결국은 돌맹이야, 나무일 뿐이야, 생명 없는 물건
에 지나지 않아! 무엇보다 목숨을 구하는 게 중요하지!' 조
국의 불행을 생각한 사람이 과연 있었을까? 있었다고 해도
그들은 아니었다. 그날 밤 파리를 떠나는 사람 중에는 없었
다. 걷잡을 수 없는 공포는 동물적인 본능이 아닌 모든 것,
피부로 느끼는 움직임이 아닌 모든 것을 마비시켜 버렸다.
세상에서 가장 소중한 것을 들쳐 업고 달아나는 일! 그날 밤

---

* 지붕을 접을 수 있는 2인승 자동차.

에는 살아 있는 것, 숨 쉬고 울고 사랑하는 것만이 가치가 있었다! 재산을 아쉬워하는 사람은 드물었다. 사람들은 사랑하는 연인이나 아이를 품에 꼭 안았다. 나머지는 조금도 중요하지 않았다. 나머지는 화염에 휩싸여 사라져도 괜찮았다.

귀를 기울이면 하늘에서 비행기 소리가 들려왔다. 아군일까, 적군일까? 아무도 몰랐다. "서둘러, 더 빨리." 페리캉 씨가 외쳐댔다. 하지만 하인들은 레이스 상자를 잊고 왔다느니 다리미판을 깜빡했다느니 하면서 끊임없이 출발을 지연시켰다. 도대체 하인들은 말귀를 알아듣질 못했다. 그들은 무서워 벌벌 떨었고, 한시라도 빨리 떠나고 싶어 했다. 하지만 타성이 공포보다 강했다. 그들은 시골로 휴가를 떠날 때 하던 것처럼 모든 것을 챙기려고 했다. 모든 것이 트렁크 속의 늘 있던 자리에 있어야만 했다. 그들은 자신들에게 닥친 일을 이해하지 못하고 있었다. 말하자면 반은 현재, 반은 과거인 두 종류의 시간 속에서 움직이고 있었다. 마치 최근의 사건들이 고요 속에 잠들어 있는 의식의 깊은 부분은 건드리지 않은 채 가장 피상적인 부분만 파고든 것처럼. 유모의 회색 머리칼은 헝클어졌고 눈꺼풀은 눈물로 벌겋게 물들어 있었다. 그래도 그녀는 입술을 꽉 다문 채 놀라울 만큼 재빠르고 정확한 동작으로 갓 다린 자클린의 손수건을 갰다. 벌써 차에 탄 페리캉 부인이 소리쳐 불렀지만, 유모는 대답하지 않았다. 아니, 아예 듣지 않고 있었다. 결국은 필리프가 그녀를 데리러 올라가야만 했다.

"어서 가요, 아주머니. 떠나야 하는데, 왜 그러세요?" 필리프가 그녀의 손을 잡으며 부드럽게 물었다.

"흑, 그냥 내버려두렴, 얘야." 서품을 받은 이후로 그를 '필리프 씨' 혹은 '신부님'이라 불렀다는 걸 까맣게 잊어버린 채, 본능적으로 예전처럼 반말을 하면서 유모가 신음하듯 말했다. "날 두고 가거라. 고맙다만 우린 이젠 끝장이야!"

"그렇지 않아요. 너무 슬퍼하지 마세요, 아주머니. 손수건은 놔두고 어서 옷 입고 내려오세요. 어머니가 기다리고 있어요."

"이제 난 내 새끼들을 두 번 다시 못 볼 거야, 필리프!"

"아니에요, 그렇지 않아요." 그는 이렇게 다독이며 헝클어진 유모의 머리칼을 정리해주고 그 위에 검은색 밀짚모자를 씌워주었다.

"내 새끼들을 위해 성모 마리아께 기도해주겠니?"

필리프는 유모의 뺨에 가볍게 입을 맞췄다.

"그럼요, 그럼요, 약속할게요. 자, 이제 가요."

그들은 층계에서 페리캉 노인을 데리러 올라가는 운전기사와 관리인과 마주쳤다. 노인이 소란에 놀라지 않게 마지막 순간까지 따로 모셔두었던 것이다. 오귀스트와 간호사가 노인에게 옷을 입히고 있었다. 얼마 전에 수술을 받아 붕대로 칭칭 감아놓은 데다, 선선한 밤공기에 감기라도 들까봐 넓고 큼지막한 플란넬 허리띠를 둘러놓은 통에 노인의 몸은 마치 미라처럼 보였다. 오귀스트가 그의 구식 반장화 단추를 채워주고, 따뜻하고 가벼운 편물과 윗도리를 입혀주었다. 낡고 뻣뻣한 인형처럼 그때까지 아무 말도 없이 하는 대로 순순히 따르던 페리캉 노인이 갑자기 꿈에서 깨어난 듯 중얼거렸다.

"모직 조끼!"

"너무 더우실 거예요." 오귀스트가 이렇게 말하고는 하던 일을 계속하려 했다.

하지만 노인은 창백하고 흐릿한 눈길로 오귀스트를 쏘아보며 더 큰 소리로 반복해 말했다.

"모직 조끼…!"

오귀스트는 어쩔 수 없이 노인에게 조끼를 입혀준 다음 그 위에 긴 외투를 걸쳐주고, 목도리로 목을 두 번 감고는 목뒤에서 옷핀으로 고정해주었다. 이제 페리캉 노인을 휠체어에 앉혀 다섯 층을 내려가야 했다. 그런데 휠체어가 엘리베이터에 들어가지 않았다. 결국에는 머리카락이 붉은 알자스 출신의 건장한 간호사가 앞에서 휠체어를 든 채 뒷걸음질을 쳐서 층계를 내려갔고, 오귀스트가 허리를 굽히고 끙끙거리며 조심스럽게 따라 내려갔다

두 남자가 층계참마다 멈춰 서서 이마에 흘러내리는 땀을 닦는 사이, 페리캉 노인은 평온한 표정으로 천장을 멀뚱멀뚱 바라보며 아름다운 턱수염을 부드럽게 흔들었다. 노인이 이 황급한 출발을 어떻게 생각하는지 짐작하는 것은 불가능했다. 하지만 사람들이 생각하는 것과는 달리, 노인은 최근의 사건들을 훤히 꿰고 있었다. 옷을 입히는 사이 그가 중얼거렸다.

"달빛이 밝은 아름다운 밤… 난 놀라지 않을 거야…."

노인은 잠이 드는 것처럼 보였다. 하지만 잠시 후 문턱에 이르렀을 때 하던 말을 끝맺었다.

"난 놀라지 않을 거야… 길에서 폭격을 당해도!"

"그럴 리가요, 페리캉 씨." 직업에 걸맞은 낙관주의로 무장한 간호사가 외쳤다.

하지만 이미 노인은 예의 무심한 표정으로 돌아갔다. 마침내 남자들이 휠체어를 집 밖으로 들고 나왔다. 그들은 페리캉 노인을 바람이 들지 않는 뒷좌석 오른쪽 구석에 앉혔다. 페리캉 부인이 초조한 나머지 덜덜 떨리는 손으로 노인의 어깨에 스코틀랜드 숄을 덮어주었다. 노인은 그 숄의 기다란 장식용 술을 배배 꼬길 좋아했다.

"이제 다 된 건가요?" 필리프가 물었다. "그럼, 어서 출발하세요."

아침이 밝기 전에 파리를 벗어나기만 한다면 다들 무사

할 거라고 필리프는 생각했다.

"내 장갑." 페리캉 노인이 불쑥 말했다.

누군가 그에게 장갑을 끼워주었다. 껴입은 옷 때문에 장갑이 잘 들어가지 않았지만, 노인은 단추 하나 덜 채우는 것도 봐주지 않았다. 마침내 모든 준비가 끝났다. 에마뉘엘이 유모의 품 안에서 빽빽 울어댔다. 페리캉 부인은 남편과 장남을 번갈아 포옹했다. 그녀는 그들을 꼭 껴안았다. 애써 눈물을 참으며. 하지만 그들은 세차게 콩닥거리는 그녀의 심장을 가슴으로 느낄 수 있었다. 운전기사가 자동차에 시동을 걸었다. 위베르가 자전거에 올라탔다. 그때, 페리캉 노인이 손을 번쩍 들었다.

"잠깐." 그가 약하지만 또렷한 목소리로 말했다.

"왜 그러세요, 아버님?"

노인은 며느리에게는 말할 수 없다는 몸짓을 했다.

"뭘 잊으셨어요?"

그가 고개를 숙였다. 차가 멈춰 섰다. 페리캉 부인이 화가 나 창백해진 얼굴을 차창 밖으로 내밀었다.

"아버님이 뭘 잊으셨나 봐요." 집 앞에 서서 손을 흔들고 있는 남편과 필리프, 간호사를 향해 그녀가 소리쳤다.

자동차가 후진해 집 앞에 서자, 노인이 은밀한 몸짓으로 간호사를 불러 귀에 대고 뭔가를 속삭였다.

"도대체 왜 그러세요? 이러다간 내일까지 여기서 이러고

있겠어요!" 페리캉 부인이 소리쳤다. "뭘 원하세요, 아버
님? 뭘 원하시냐고요?" 그녀가 물었다.

　간호사가 눈을 내리깔며 대답했다.

　"다시 올라가고 싶으시답니다. 소변이 마려우시다고…."

7

샤를 랑줄레는 거실 마룻바닥에 무릎을 꿇고 앉아 직접 도자기를 포장하고 있었다. 그는 몹시 뚱뚱했고 심장병을 앓고 있었다. 그의 억눌린 가슴에서 터져 나오는 한숨은 헐떡거림과 비슷했다. 텅 빈 아파트에는 그 혼자뿐이었다. 파리 사람들이 재가 비 내리듯 떨어져 만들어진 인위적인 안개 아래에서 깨어난 그날 아침, 지난 7년 동안 그를 모셨던 하인들은 장을 본다며 일찌감치 집을 나선 뒤 아무도 돌아오지 않았다. 샤를 랑줄레는 쓰라린 마음으로 그동안 그들에게 베풀어준 넉넉한 보수와 선물을 떠올렸다. 모르긴 해도 다들 고향 마을에 아늑한 집 한 채나 자그마한 농장 하나쯤은 족히 마련했을 거야!

샤를 랑줄레는 벌써 오래전에 떠났어야 했다. 이제는 스스로도 그것을 인정하고 있었다. 하지만 오랜 습관을 버릴 수가 없었다. 그는 소심하고 거만했으며 오로지 자신의 아파트와 자신의 발치에 널려 있는 물건들만을 사랑했다. 양탄자들은 나프탈렌 종이로 싸서 지하 창고에 감춰두었다. 창문은 전부 부드러운 장미색과 푸른색의 기다란 접착 용지 띠로 장식되어 있었다. 랑줄레 씨는 통통하고 창백한 손으로 그것들을 별, 선박, 유니콘 모양으로 직접 꾸몄다! 그것들을 본 친구들은 감탄을 연발했다. 랑줄레는 음침하거나 허접한 곳에서는 살 수 없었다. 그의 주위, 그의 집 안, 그의 생활 방식을 구성하는 것들은 보잘것없든, 값비싼 것이든 한데 어울려 부드럽고 눈부신 특별한 분위기를, 오로지 교양인에게만 어울리는 분위기를 연출하는 아름다운 조각들로 이루어져 있었다. 스무 살 적에 랑줄레는 안쪽에 〈This thing of Beauty is a guilt forever(이렇게 아름다운 것은 영원토록 죄악이다)〉라고 새겨진(랑줄레는 혼잣말을 할 때 영어를 썼다. 영어의 정취와 힘이 마음을 나타내는 데 적합했다) 반지를 끼고 다녔다. 이후 유치한 짓거리라는 생각에 반지는 빼버렸지만, 경구는 가슴속에 남아 있었고, 그는 그 경구에 충실하게 행동했다.

샤를 랑줄레가 한쪽 무릎을 짚고 일어나 모든 것을 껴안는 깊고 슬픈 눈길로 주변을 둘러보았다. 창문 아래로 흐르는 센강, 거실을 두 쪽으로 갈라놓는 우아한 중앙기둥, 고색 창연한 장작 받침쇠가 놓여 있는 벽난로, 발코니에 쳐놓은 연녹색 천 블라인드에 빛이 반사되어 맑고 푸른 물이 일렁 이는 것 같은 천장.

가끔 전화벨이 울렸다. 떠나는 것을 두려워하는, 기적이 일어나기를 기대하는 결단력 없는 사람들과 정신 나간 사 람들이 아직 파리에 남아 있었다. 랑줄레는 천천히 한숨을 내쉬며 수화기를 귀에 갖다 댔다. 그는 친구들이 ─ 파리의 명사들로 구성된 아주 폐쇄적인 작은 집단 ─ '흉내조차 낼 수 없는 말투'라고 불렀던, 초연함과 아이러니가 배어 있는 비음 섞인 차분한 목소리로 말했다. 그랬다, 랑줄레는 떠나 기로 마음먹었다. 그는 아무것도 두렵지 않았다. 프랑스군 은 파리를 지키지 않을 것이다. 다른 곳도 사정은 크게 다 르지 않을 터였다. 위험은 곳곳에 깔려 있었다. 하지만 그는 위험을 피해 달아나는 것이 아니었다. "난 이미 전쟁을 두 번이나 겪었어." 말은 이렇게 했지만, 사실 그는 심장병 탓 에 징집을 면제받고 노르망디에 있는 자기 소유지에 틀어 박힌 채로 1차 대전을 경험했다.

"이것 봐, 내 나이가 올해 예순이야. 내가 두려운 건 죽음 이 아니야!"

"그럼, 왜 떠나죠?"

"난 이 무질서를, 증오가 폭발하는 것을, 몸서리쳐지는 전쟁의 광경을 견딜 수가 없어. 구석지고 조용한 곳으로, 시골로 갈 거야. 사람들이 다시 제정신을 차릴 때까지 나에게 남은 몇 푼 안 되는 돈으로 살아갈 거야."

가벼운 빈정거림이 귀를 간질였다. 랑줄레는 인색하고 지나치게 신중하다고 평판이 나 있었다. 사람들은 그에 대해 이렇게 말했다. "샤를? 그는 낡은 옷을 금 조각으로 기워 입는 사람이야." 랑줄레는 차갑고 씁쓸한 미소를 지었다. 그는 사람들이 자신의 풍족한 삶을 시기한다는 것을 잘 알고 있었다. 그의 여자친구가 외쳤다.

"오! 궁하게 살지는 않겠군요. 하지만 누구나 다 당신만큼 부자는 아니에요!"

샤를이 눈썹을 찌푸렸다. 이런, 눈치 없는 여자 같으니라고, 그는 속으로 생각했다.

"어디로 가요?" 목소리가 물었다.

"시부르*에 있는 내 오두막으로."

"국경 근처네요?"

속셈이 훤히 들여다보인다는 투로 여자친구가 말했다.

그들은 냉랭하게 전화를 끊었다. 샤를 랑줄레는 반쯤 채워진 상자 곁에 다시 무릎을 꿇고 앉아 짚과 비단 종이에 싼 도자기, 난징산 찻잔, 웨지우드 장식 접시, 세브르산(産) 항

---

* 프랑스 남서부 스페인 국경 근처 피레네산맥에 있는 소도시.

아리들을 어루만졌다. 목숨과도 바꿀 수 없는 물건들이었다. 그의 심장은 피를 흘리고 있었다. 박물관에나 있을 법한 진귀한 작센 자기 한 점과 화장대, 장미로 장식된 침실 거울을 두고 가야 했기 때문이었다. 그것들을 미친개들에게 던져줄 수밖에 없다니! 샤를은 검은 줄 끝에 매달린 외알박이 안경을 바닥에 늘어뜨린 채 쭈그리고 앉아 잠시 꼼짝도 하지 않았다. 그는 몸집이 크고 힘이 셌다. 섬세한 두피를 덮은 가벼운 머리칼은 무척이나 정성스럽게 다듬어져 있었다. 평상시 샤를은 난로 근처에 웅크리고 앉아 가르랑거리는 늙은 고양이처럼 부드러우면서도 경계심 가득한 표정을 짓곤 했다. 잠을 설친 탓에 그의 얼굴에는 피곤한 기색이 역력했고, 아래턱은 며칠 사이에 갑자기 죽은 사람처럼 축 늘어져버렸다. 그 새침데기 여자가 전화에 대고 도대체 뭐라고 지껄인 거야? 그녀는 샤를이 해외로 달아나려고 한다고 은근히 암시했다. 멍청한 여자! 그녀는 그의 속을 뒤집어놓았다고, 창피를 줬다고 믿고 있었다! 하지만 아무리 그래도 샤를은 떠날 것이다. 앙다이*까지만 갈 수 있다면 국경을 넘는 것은 식은 죽 먹기다. 그는 리스본에 잠시 머물다가, 피가 뚝뚝 떨어지는 이 흉측한 유럽을 벗어날 것이다. 샤를은 수많은 상처로 너덜너덜해진, 반쯤 썩어 문드러진 유럽을

---

* 프랑스 남서부 스페인 국경에 위치한 소도시.

상상해보았다. 그러고는 온몸을 부르르 떨었다. 유럽은 샤를이 있을 곳이 못 되었다. 그는 이 썩은 시체에서 생겨날 세계를 위해 태어난, 무덤에서 기어 나온 구더기 같은 사람이 아니었다. 거칠고 잔인한 세계에서는 자신을 지키기 위해 안간힘을 다해야 할 것이다. 샤를은 일이라곤 해본 적 없는 손을, 조각상이나 오래된 보석 세공품, 호화 장정 또는 엘리자베스 여왕 시대의 가구들만을 어루만져온 자신의 아름다운 손을 바라보았다. 그가, 스스로도 지나치다 싶을 정도로 섬세한 취향과 까다로운 성격을 가진 샤를 랑줄레가 그 무분별한 군중 틈에서 도대체 뭘 할 수 있을까? 그는 늑대들에게 던져진 불쌍한 개처럼 빼앗기고 얻어맞다가 결국에는 살해당하고 말 것이다. 그는 정글에서 길을 잃은 금빛 털을 가진 페키니즈* 같은 자신의 모습을 그리며 희미하고 씁쓸한 미소를 지었다. 샤를은 보통 사람들과 달랐다. 사람들의 야망, 두려움, 비열함, 불평은 그에게 낯설었다. 샤를은 평화와 빛의 세계에 살고 있었다. 그 세계를 벗어나면 미움을 받고 속임을 당하는 게 그의 운명이었다. 줄행랑을 쳐버린 하인들을 떠올리며 그는 냉소를 지었다. 그것은 새로운 시대의 경고이자 전조였다! 샤를은 무릎 관절이 성치 않아 힘겹게 일어선 다음 양손으로 허리를 짚고 상자에 못질

---

* 베이징이 원산지인 발바리의 일종.

을 하기 위해 못과 망치를 가지러 관리실로 갔다. 그러고는
직접 상자를 들고 내려가 차에 실었다. 그가 무엇을 가지고
가는지 관리인들에게 보여줄 필요는 없으니까.

8

미쇼 부부는 떠나기 전에 아파트를 말끔히 정리하려고 새벽 5시에 일어났다. 값어치도 얼마 되지 않고, 정황으로 보아 파리에 첫 폭탄이 떨어지는 순간 잿더미로 변해버릴 게 분명한 물건들에 그토록 정성을 쏟는 것은 물론 이상한 일이었다. 하지만 죽은 사람들도 땅속에서 썩어 문드러질 게 뻔한데 정성 들여 입히고 치장해주잖아, 미쇼 부인은 이렇게 생각했다. 그것은 소중했던 사람에게 바치는 마지막 경의, 더없는 애정의 증거였다. 그 작은 아파트는 미쇼 부부에게 무척이나 소중했다. 그들은 16년 전부터 그곳에서 살았다. 추억이 깃든 물건을 모두 가져갈 수는 없을 것이다. 그들이 힘닿는 데까지 챙겨 간다 해도, 많은 것들이 여기,

이 허름한 벽들 사이에 남을 것이다. 그들은 벽장 아래쪽 칸에 있는 책과 사진들을, 늘 앨범에 붙여야지 하고 생각했지만 퇴색된 채로 서랍 속에 쌓아만 두었던 사진들을 정리했다. 장마리의 어릴 적 사진들은 이미 가방 깊숙이 들어가 있었다. 갈아입을 원피스 주름 사이에. 은행에서는 그들에게 꼭 필요한 것, 약간의 속옷과 세면도구만 챙겨오라고 거듭 지시했다. 마침내 모든 준비가 끝났다. 미쇼 부부는 간단히 요기를 했다. 미쇼 부인은 침대에 깔린 약간은 색이 바랜 장밋빛 비단에 먼지가 내려앉지 않도록 침대에 커다란 천을 씌웠다.

"이제 가야 할 시간이에요." 미쇼 씨가 말했다.

"먼저 내려가요. 금방 갈게요." 미쇼 부인이 목멘 소리로 대답했다.

그는 그녀를 혼자 남겨두고 내려갔다. 그녀는 장마리의 방으로 들어갔다. 덧창이 닫혀 있어서 방 안은 적막하고 어둡고 음산했다. 그녀는 침대 곁에 잠시 무릎을 꿇고 큰 소리로 기도했다. "주님, 그 아이를 보호해주세요." 그런 다음, 문을 닫고 내려갔다.

미쇼 씨가 층계에서 기다리고 있었다. 그가 그녀를 끌어당겨 꼭 껴안았다. 너무 세게 껴안는 바람에 그녀가 가벼운 비명을 흘렸다.

"아! 모리스, 아파요!"

"뭘 했다고." 모리스가 목멘 소리로 속삭였다.

은행 로비에 모인 직원들은 각자 작은 가방을 무릎 위에 올려놓고 낮은 목소리로 최근 소식을 교환하고 있었다. 코르뱅은 아직 도착하지 않은 듯했다. 인사과 과장이 번호표를 나눠줬다. 각자 호명하는 대로 지정된 자동차에 올라타야 했다. 정오까지 출발은 순조롭게, 침묵 속에서 이루어졌다. 정오가 되자, 코르뱅이 다급하고 침울한 얼굴로 로비에 들어섰다. 그는 지하에 있는 금고실로 내려갔다가 상자 하나를 망토로 반쯤 감춘 채 다시 올라왔다. 미쇼 부인이 남편 귀에 대고 속삭였다.

"아를레트의 보석이에요. 마누라 보석은 그저께 벌써 꺼내 갔거든요."

"우리도 잊지 않았으면." 모리스가 냉소적이면서도 불안한 표정을 지으며 한숨을 쉬었다.

미쇼 부인이 결연히 코르뱅 앞을 막아서며 말했다.

"저희는 함께 떠나기로 되어있는 거죠, 행장님?"

코르뱅은 그렇다는 손짓을 하고는 당장 따라오라고 지시했다. 미쇼 씨가 가방을 집어 들었고, 세 사람은 밖으로 나갔다. 코르뱅 씨의 자동차가 대기하고 있었다. 하지만 차에 다가가서는, 미쇼 씨가 근시인 눈을 깜빡이며 부드럽고 느린 목소리로 말했다.

"저희 자리에 이미 누가 앉아 있는데요?"

아를레트 코라이와 그녀의 강아지, 그리고 그들의 짐이 자동차 안쪽을 차지하고 있었다. 아를레트가 차 문을 벌컥 열며 외쳤다.

"저를 차 밖으로 끌어내 내동댕이칠 건가요?"

싸움이 시작되었다. 몇 걸음 뒤로 물러나긴 했지만 미쇼 부부는 그들의 대화를 낱낱이 들었다.

"투르에 도착하는 즉시 마누라와 합류하게 되어 있단 말이야!" 코르뱅이 강아지를 걷어차며 버럭 소리를 질렀다.

강아지가 깨갱거리며 아를레트의 다리 사이로 기어 들어갔다.

"짐승!"

"아! 입 좀 다물어! 네가 그저께 그 영국인 비행사와 바람이 나서 차만 끌고 나가지 않았어도… 물에 빠져 죽어버렸으면 속이라도 시원했을 텐데…."

그녀는 점점 더 날카로운 목소리로 "짐승! 짐승!"이라고 반복해 외쳤다. 그러다 갑자기, 아주 차분한 목소리로 말했다.

"투르에 남자친구가 있어요. 거기까지만 데려다주면 더는 도와달라고 매달리지 않을게요."

코르뱅은 날카로운 눈초리로 그녀를 쏘아보았다. 하지만 그는 이미 마음을 정한 것 같았다. 코르뱅이 미쇼 부부를 돌아보며 말했다.

"안됐지만, 보다시피 이 차엔 자리가 없어요. 코라이 양차가 사고가 나서 투르까지 태워달라고 저렇게 난리니… 한 시간 후에 기차 편이 있으니 그걸 타세요. 북새통이라 고생스럽겠지만 여정이 그리 길지 않으니 조금만 참으면 될 겁니다. 어쨌거나 가능한 한 빨리 우리와 합류할 수 있도록 어떻게 해봐요. 미쇼 부인, 당신만 믿어요. 당신이 부군보다 훨씬 씩씩하니까. 여담이지만, 미쇼 씨, 앞으론 이전보다 훨씬 역동적인(그는 음절을 하나씩 끊어 '역, 동, 적, 인'이라고 발음했다) 모습을 보여줘야 할 거예요. 근무 태만은 내가 더는 용납하지 않을 테니까. 자리를 지키고 싶으면 내 말 명심해요. 늦어도 모레까지는 투르에 꼭 도착하도록 해요. 전 직원이 다 있어야 일이 제대로 돌아가니까."

코르뱅은 그들에게 살짝 손짓하고는 아를레트 옆에 올라탔다. 차가 출발했다. 인도에 남은 미쇼 부부는 어안이 벙벙한 표정으로 서로를 바라보았다.

"정말 기가 막히는군. 방귀 뀐 놈이 성질부린다더니, 꼭 그 짝이네!" 미쇼 씨가 어깨를 가볍게 으쓱하며 태평스러운 목소리로 말했다.

미쇼 부부는 실소를 터뜨렸다.

"이제 어떡하지?"

"돌아가서 점심이나 먹죠." 부인이 화난 목소리로 말했다.

미쇼 부부는 부엌 창문 블라인드를 전부 내려놓고 가구

들을 모조리 천으로 덮어놓아 시원한 느낌이 드는 아파트로 돌아왔다. 모든 것이 비밀스럽고 친근하고 부드러운 분위기를 띠고 있었다. 마치 어둠 속에서 어떤 목소리가 "다들 제자리에서 당신들을 기다리고 있었어요"라고 말하는 것 같았다.

"그냥 파리에 있읍시다." 모리스가 제안했다. 그들은 거실의 긴 의자에 앉아 있었다. 미쇼 부인이 가늘고 앙상한 손으로 그의 관자놀이를 어루만지며 말했다.

"가엾은 양반, 그럴 순 없어요. 살아야 하니까요. 알다시피 그동안 모아두었던 돈은 내 수술비로 다 들어갔잖아요. 통장엔 겨우 백칠십오 프랑밖에 안 남았어요. 코르뱅은 옳거니 하며 우릴 해고할 거예요. 이런 난리 통에는 모든 은행이 직원 수를 줄이려 들 테니까요. 무슨 일이 있어도 투르까지 가야 해요."

"내 생각엔 불가능할 것 같아."

"가야만 해요." 그녀가 반복해 말했다.

미쇼 부인은 이미 일어나서 모자를 쓰고 가방을 집어 들고 있었다. 그들은 밖으로 나가 역을 향해 걷기 시작했다.

그들은 자물쇠가 채워진 문과 역을 지키는 군인, 몰려들어 철책을 흔들어대며 아우성치는 인파 때문에 역 안에 발도 들여놓을 수 없었다. 그들은 안간힘을 쓰며 날이 어두워질 때까지 그곳에 있었다. 주변 사람들이 말했다.

"할 수 없지. 걸어서라도 가야지."

그들은 넋 나간 표정을 짓고 있었다. 말은 그렇게 해도 그게 가능하리라고 생각하진 않았으니까. 그들은 주변을 둘러보았다. 그들은 기적을, 자동차든 트럭이든, 무엇이든 그들을 태워다줄 것이 나타나기만을 기다렸다. 하지만 아무것도 나타나지 않았다. 그래서 그들은 파리 시문(市門)을 향해 출발했고, 시문을 지나 먼지 속에 가방을 질질 끌며 하염없이 걸었다. 교외에 이어 전원으로 접어들며 그들은 생각했다. '이건 꿈이야!'

미쇼 부부도 다른 사람들과 마찬가지로 무작정 걸었다. 무더운 6월 밤이었다. 그들 앞에서 하얗게 센 머리에 크레이프로 장식된 모자를 삐뚜름하게 쓴 상복 차림의 여자가 돌부리에 걸려 비틀대다 미친 사람처럼 중얼거렸다.

"제발 겨울에는 피란길에 오르지 않게 해달라고 기도들 하세요… 기도들 해요…. 기도하라고요!"

9

가브리엘 코르트와 플로랑스는 6월 11일 밤을 자동차에서 보냈다. 저녁 6시쯤 도착했지만, 호텔에는 지붕 바로 아래의 좁고 더운 방 두 개밖에 남아 있지 않았다. 가브리엘은 화가 나서 성큼성큼 걸어 방 두 개를 가로지르더니, 창문을 벌컥 열어젖혔다. 난간에 손을 짚고 상체를 내밀어 잠시 밖을 내다보던 그가 툭 던지듯 말했다.

"나, 여기 안 묵어."

"다른 방은 없습니다, 손님. 죄송합니다. 피란민들이 너무 많아 당구대 위에도 재운걸요. 이 정도면 아주 훌륭한 거예요!" 지배인이 창백하고 지친 기색이 완연한 얼굴로 말했다.

"난, 여기, 안, 묵을, 거야." 가브리엘이 성마른 말투로 한 자 한 자 또박또박 끊으며 다시 말했다. 그가 책 발행인들과 흥정을 끝내고자 문턱에 서서 "이런 조건으로는 합의가 안 될 것 같군요, 선생!"이라고 말할 때 쓰는 말투였다. 그러면 대개 발행인이 한발 물러섰고, 계약금은 8만에서 10만 프 랑으로 수직 상승했다.

하지만 호텔 지배인은 슬프게 고개를 저을 뿐이었다.

"다른 방은 없습니다."

"당신, 내가 누군지 알아요?" 가브리엘은 갑자기 위협이 배어나는 차분한 어조로 물었다. "나, 가브리엘 코르트요. 저런 쥐덫 같은 곳에 묵느니 차라리 차에서 자겠어요."

"코르트 씨, 여기서 나가시면 층계참에서 기다리고 있는 열 가족이 달려들어 제발 이 방을 달라고 저에게 무릎 꿇고 아우성칠 겁니다." 기분이 상한 지배인이 대꾸했다.

코르트가 비웃는 듯한 웃음을 터뜨렸다.

"나, 가브리엘은 결코 이따위 방을 놓고 그들과 다투지는 않을 겁니다. 안녕히 계시오, 선생."

가브리엘은 어느 누구에게도, 로비에서 그를 기다리는 플로랑스에게도 자신이 그 방을 거절한 이유를 털어놓지 않을 것이다. 그는 난간에 서서 6월의 옅은 어둠 너머로 바로 옆에 있는 휘발유 저장고와 조금 더 떨어진 곳에 줄지어 서 있는 탱크와 장갑차들을 어렴풋이 보았기에.

'폭격당할 거야!' 가브리엘은 생각했다. 너무나 갑자기 온몸이 부들부들 떨려서 그는 '내가 병에 걸린 거야. 열이 있어서 그런 거야'라고 생각했다. '두려움? 천하의 가브리엘 코르트가? 아냐, 내가 겁을 집어먹다니! 무슨 소리!' 그는 마치 보이지 않는 상대에게 대답하듯 멸시와 연민이 담긴 미소를 지어 보였다. 물론 가브리엘은 두렵지 않았다. 하지만 다시 한번 창밖으로 몸을 내밀었을 때, 그는 당장이라도 불과 죽음이 쏟아질 것 같은 어두운 하늘을 보았다. 또다시 끔찍한 느낌이 그를 사로잡았다. 처음에는 뼈까지 느껴지는 떨림이, 이어 혼절하기 전에 찾아오는 그 아득함이, 메스꺼움과 내장의 뒤틀림이. 두려움이든 아니든, 그게 뭐가 중요한가! 그는 지금 플로랑스와 침실 하녀를 데리고 달아나고 있었다.

"차에서 자지 뭐, 하룻밤은 금방 지나가니까!"

잠시 후, 그는 다른 호텔에도 들러 방을 알아볼 걸 그랬다고 생각했다. 하지만 그가 망설이는 사이 피란민들이 계속 밀어닥쳤다. 파리에서 이어진 길 위로 승용차, 트럭, 수레, 자전거 그리고 아이와 가축을 이끌고 남쪽으로 떠나는 농부들이 물결을 이루며 서서히 흘러갔다. 자정 무렵, 오를레앙에는 방 한 칸, 침대 하나 남아 있지 않았다. 사람들은 카페 홀, 길, 기차역 바닥에 가방을 베개 삼아 누워서 잠을 청했다. 교통이 극도로 혼잡해 도시를 빠져나가는 것은 불가능했다. 군대에 길을 내주기 위해 교통이 통제되고 있다는 소문이 떠돌았다.

위로는 침대 매트리스를 하나씩 단단하게 묶고, 가방, 가구, 아이들 자동차, 새장, 상자와 빨래 바구니를 짜부라질 정도로 가득 실은 차들이 헤드라이트를 끈 채 소리 없이 속속 도착했다. 차들은 허술하게 세운 공사장 발판처럼 금방이라도 무너질 듯했고, 모터의 도움 없이도 자기 무게에 떠밀려 내리막길들을 따라 광장까지 굴러 내려오는 것처럼 보였다. 이제 차들이 모든 출구를 막고 있었다. 그들은 그물에 갇힌 물고기처럼 다닥다닥 붙어 있었다. 그래서 단 한 번의 투망질로도 그들을 모두 걷어 올려 강기슭에 내동댕이칠 수 있을 것 같았다. 울음소리도 칭얼대는 소리도 들려오지 않았다. 아이들조차 입을 다물고 있었다. 사방이 고요했다. 가끔 창문이 내려가고 얼굴 하나가 불쑥 나와 오랫동안 하늘을 바라보곤 했다. 억눌린 숨소리, 한숨, 염탐하고 있는 적에게 들킬까 봐 두렵다는 듯 낮은 목소리로 주고받는 대화들로 이루어진 희미하고 무거운 웅성거림이 피란민 무리로부터 피어올랐다. 사람들은 가방 모서리에 이마를 찧어가며, 저린 다리를 펴지도 못한 채로, 혹은 차창 유리에 뜨거운 뺨을 대고 잠을 청했다. 젊은 남녀들은 각자의 차 안에서 다른 차의 사람들과 농담을 주고받으며 가끔 쾌활하게 웃기도 했다. 하지만 총총히 별들이 빛나는 밤하늘에 검은

얼룩이 미끄러져 지나가면 곧 웃음소리가 멈추고 모두 촉
각을 곤두세웠다. 엄밀히 말해, 그것은 불안이 아니라 인간
적인 면이 조금도 남아 있지 않은, 투지도 희망도 찾아볼 수
없는 이상한 슬픔이었다. 죽음을 기다리는 짐승, 그물에 갇
혀 어부의 그림자가 지나가는 걸 바라보는 물고기의 눈에
깃든 것과 같은.

　비행기가 그들 머리 위로 갑자기 나타났다. 사람들은 곧
멀어져 사라졌다가는 또다시 도시의 웅성거림을 지배하고
헐떡거리는 모든 숨결을 멈추게 하는 가늘고 날카로운 소
리를 들었다. 강, 철교, 철도 레일, 역, 공장 굴뚝들이 부드럽
게 빛을 발하고 있었다. 그 '전략적 포인트'들은 적이 노리
는 목표물이 될 수 있는 만큼 소리 죽인 군중에게는 접근해
선 안 되는 위험이었다! 낙관주의자들은 "내가 보기엔 우리
군 비행기인 것 같아!"라고 말했다. 하지만 아군 비행기인
지 적군 비행기인지 아는 사람은 아무도 없었다. 이제 그것
은 멀어져가고 있었다. 가끔 멀리서 폭발음이 들려왔다. '우
릴 노린 게 아니었어.' 사람들은 행복의 한숨을 내쉬며 생각
했다. '우리가 아니라 다른 사람들을 노린 거야. 우린 운이
좋았어!'

　"빌어먹을 밤! 지긋지긋해!" 플로랑스가 신음했다.

　꽉 다문 입술 사이로 휘파람처럼 새어 나오는, 거의 알아
들을 수 없는 목소리로 가브리엘이 개에게 뼈다귀를 던져

주듯 말했다.

"난 안 자. 나처럼 해."

"방에서 편하게 잘 수도 있었는데! 방을 잡을 수 있는 절호의 기회가 있었는데!"

"그게 절호의 기회였다고? 악취 풍기는 그 더러운 지붕 아랫방이? 그 바로 아래가 부엌인 거, 눈치 못 챘어? 나더러 거기 묵으라고? 내가 그럴 것 같아?"

"하지만 가브리엘, 자존심 내세울 상황이 아니잖아요."

"아! 그만해, 듣기 싫으니까. 나는 늘 생각해왔어, 당신이 어떤 뉘앙스…" 그는 낱말을 찾았다. "…어떤 수치심에는 아주 둔감하다고."

"지금 엉덩이가 아픈 건 똑똑히 느껴요!" 플로랑스가 지난 5년의 세월을 갑자기 잊은 채 소리를 빽 질렀다. 그러고는 반지로 뒤덮인 손으로 자신의 허벅지를 천박할 정도로 힘차게 내리쳤다. "아! 정말 지긋지긋해!"

가브리엘이 코를 벌름거리며 분노로 하얗게 질린 얼굴로 그녀를 돌아보았다.

"나가! 빨리, 나가! 안 그러면 내가 내던져버릴 거야!"

바로 그 순간, 갑자기 눈부신 빛이 광장을 훤히 밝혔다. 비행기가 떨어뜨린 조명탄이었다. 가브리엘은 말을 이을 수 없었다. 조명탄이 꺼지자 하늘이 비행기로 가득 차 있는 것처럼 보였다. 비행기들은 급할 것 없다는 듯 천천히 광장

위를 지나가고 또 지나갔다. 사람들이 투덜거렸다.

"우리 비행기들은 다 어디 갔지?"

가브리엘 왼쪽에는 지붕에 매트리스를 얹고 그 위에 상스럽고 무거운 청동 장식이 달린 살롱 원탁을 올려놓은 찌그러진 작은 자동차 한 대가 서 있었다. 그 안에는 챙 모자를 쓴 남자 하나와 여자 둘이 앉아 있었다. 한 여자는 무릎 위에 아이를, 다른 여자는 새장을 올려놓고 있었다. 아마 오는 길에 사고가 난 것 같았다. 차체는 심하게 긁혔고, 범퍼는 찌그러져 있었으며, 가슴에 새장을 안은 뚱뚱한 여자는 피 묻은 헝겊으로 머리를 감고 있었다.

가브리엘은 오른쪽에 있는 작은 트럭을 보았다. 트럭에는 마을 사람들이 장날에 가축을 운반할 때 흔히 사용하는 고리 바구니들이 누더기로 가득 채워진 채 잔뜩 실려 있었다. 그리고 바로 옆 차의 문에서는 좁고 투박한 이마 위로 오렌지색 머리카락을 늘어뜨리고 눈 화장을 짙게 한 늙은 창녀의 얼굴이 보였다. 그녀는 빵을 우적우적 씹으며 가브리엘을 집요하게 쳐다보았다. 그는 온몸을 부르르 떨었다.

"정말 추악하군. 눈 뜨고 못 볼 얼굴들이야!" 가브리엘이 중얼거렸다.

그는 서둘러 차 앞쪽을 향해 시선을 돌리고 눈을 감았다.

"나 배고파요, 당신은요?" 플로랑스가 말했다.

그는 생각 없다는 손짓을 했다.

그녀가 작은 트렁크를 열고 샌드위치 몇 개를 꺼냈다.

"오늘 저녁도 안 먹었잖아요. 그러지 말고 좀 먹어둬요."

"못 먹겠어. 목구멍에서 넘어가질 않을 것 같아. 저쪽에 피에 젖은 헝겊으로 머리를 싸매고 새장을 안고 있는 늙은 여자 봤어?"

플로랑스가 샌드위치 하나를 집고는 나머지를 침실 하녀와 운전기사에게 나눠주었다. 하인들이 빵을 씹는 소리를 듣고 싶지 않았던 가브리엘은 기다란 두 손으로 귀를 틀어막았다.

10

　페리캉 일가가 길을 나선 지 벌써 일주일 가까이 지났다. 그들은 운이 나빴다. 차가 고장 나는 바람에 지앙*에서 이틀간 발이 묶여 있었고, 좀 더 가서는 상상조차 할 수 없는 혼잡한 상황에서 자동차가 하인과 가방들을 실어 나르던 작은 트럭을 들이받고 말았다. 느베르** 인근에서 일어난 일이었다. 페리캉 일가에게는 다행스럽게도 어느 지방 구석진 곳을 가더라도 도움을 청할, 아름다운 정원이 있는 넓은 집과 갈아입을 옷장을 갖춘 친구나 친척이 있었다. 리옹 말

---

* 파리 바로 아래에 위치한 루아레에 있는 소도시.
** 파리 남동쪽에 위치한 니에브르의 주도.

테트 집안의 사촌 하나가 그들을 맞아 이틀 동안 돌봐주었
다. 하지만 공포가 점점 확산되어 화염처럼 도시에서 도시
로 번져가고 있었다. 페리캉 일가는 그럭저럭 자동차를 고
쳐 다시 출발했다. 토요일 정오, 불행하게도 자동차를 다시
손보지 않으면 꼼짝도 할 수 없다는 게 확실해졌다. 페리캉
일가는 국도에서 약간 떨어진 작은 도시에서 길을 멈추고
묵을 곳을 찾기 시작했다. 하지만 이미 길은 온갖 종류의 차
량으로 꽉 차 있었다. 혹사당한 브레이크의 날카로운 비명
이 사방에서 들려왔다. 강가에 있는 광장은 집시들의 야영
장 같았다. 기진맥진한 남자들은 땅바닥에 누워 잠을 잤고
잔디에 용변을 봤다. 한 젊은 여자는 나무에 작은 거울을 걸
어놓고 서서 화장을 하고 머리를 빗었다. 또 어떤 여자는 샘
터에서 빨래를 했다. 주민들은 문가로 나와 얼이 빠진 표정
으로 그 광경을 바라보았다.

"불쌍한 사람들! 하지만 어쩌겠어!" 동정 어린 말투로,
하지만 내심 만족하며 말하곤 했다. 피란민들은 파리에서,
항상 침략과 전쟁에 시달리는 북부와 동부 지방에서 온 사
람들이었다. 반면 그들은 늘 안전했다. 이제 하루하루가 지
나갈 것이고, 군인들이 적을 물리칠 것이다. 그사이, 대로
의 철물상과 수예 재료상 뒤부아 양은 계속 냄비와 리본을
팔고, 부엌에서 따뜻한 수프를 먹고, 날이 저물면 그들의 정
원과 나머지 세상을 분리하는 작은 나무 울타리를 닫을 것

이다.

차를 몰고 온 사람들은 휘발유를 구하려고 날이 밝기를 기다렸다. 휘발유가 벌써 부족했다. 주민들은 피란민들에게 소식을 물었다. 그들은 아무것도 알지 못했다. 누군가 "프랑스군이 모르방산에서 독일군을 기다리고 있다"라고 말했다. 그 말을 들은 사람들의 반응은 회의적이었다.

"말도 안 돼. 1914년에도 그렇게 멀리까지는 오지 못했어." 뚱뚱한 약사가 고개를 저으며 말했다. 마치 1914년에 흘린 피가 적의 진군을 영원히 막아주는 신비로운 방책을 세워놓기라도 한 것처럼 모두가 동의했다.

다른 자동차들이, 또 다른 자동차들이 속속 도착했다.

"다들 지친 모습이야. 얼마나 더울까!" 사람들은 반복해 말했다. 하지만 누구도 문을 열어 이 불쌍한 사람들을 들이고, 집 뒤로 어렴풋이 보이는 그늘진 작은 천국, 소사나무와 까치밥나무 아래 장미꽃에 둘러싸인 나무 벤치를 제공할 생각을 하지는 않았다. 피란민이 너무 많았다. 땀에 젖은 지친 얼굴들, 빽빽 울어대는 아이들, 떨리는 입으로 "어디 가면 방을, 몸 누일 만한 곳을 구할 수 있을까요?" "식당이 어디 있는지 좀 가르쳐 주시겠어요, 부인?" 하고 묻는 사람들이 너무나 많았다. 그래서 그들은 함부로 자비를 베풀 수 없었다. 비참한 사람들에겐 인간적인 구석이라곤 남아 있지 않았다. 그들은 재난을 맞아 피신하는 짐승 떼 같았다. 그들에게는 뚜렷한 공통점이 있었다. 구겨진 옷, 초췌한 얼굴, 쉰 목소리, 그들은 모두 똑같아 보였다. 모두가 똑같은 몸짓과 똑같은 말을 했다. 그들은 차에서 내려 술에 취한 것처럼 비틀거렸다. 지끈거리는 관자놀이를 손으로 누르며 "정말 지긋지긋한 여행이야!" "우리 꼬락서니 좀 봐!" 또는 어깨 너머로 보이지 않는 한 지점을 가리키며 "그래도 저긴 좀 나아 보이네"라고 말하곤 했다.

페리캉 부인은 역 근처의 작은 카페로 일행을 데리고 갔다. 그들은 음식이 든 바구니를 풀고, 맥주를 주문했다. 이웃 식탁에서는 잘생긴 남자아이가 완전히 구겨지긴 했지만 아주 우아한 녹색 망토를 입고 온화한 표정으로 버터 바른 빵을 먹고 있었다. 옆 의자에는 아기가 빨래 바구니 안에 누워 울고 있었다. 페리캉 부인은 숙련된 눈썰미로 그 아이들이 양갓집 자식들이라는 것을, 그들에겐 말을 붙여도 괜찮다는 것을 즉각 알아차렸다. 그래서 선의를 가득 담아 사내아이에게 말을 붙였고, 때마침 나타난 아이 엄마와 대화를 나누었다. 그 가족은 랭스에서 오는 길이었다. 아이 엄마가 페리캉 아이들의 푸짐한 간식에 부러움이 섞인 눈길을 던졌다.

"빵을 초콜릿이랑 같이 먹고 싶어요, 엄마." 녹색 망토를 입은 아이가 말했다.

"안됐구나, 얘야! 우리한텐 지금 초콜릿이 없단다. 엄마가 시간이 없어서 못 사 왔어. 오늘 밤 할머니 댁에 도착하면 맛있는 디저트를 먹을 거야." 칭얼대는 아기를 무릎 위에 올려놓고 달래며 젊은 부인이 말했다.

"비스킷 좀 드시겠어요?"

"오, 부인! 정말 친절하세요!"

"천만에요."

그들은 쿠키와 차 한 잔을 받아들이거나 사양하기 위해 평상시 하던 몸짓과 미소를 취하며 더없이 쾌활하고 우아한 어조로 이야기를 나누었다. 하지만 아기가 빽빽 울어댔고, 피란민들이 아이와 짐 그리고 개들을 데리고 카페 안으로 줄지어 들이닥쳤다. 강아지 한 마리가 냄새를 맡고는, 신이 나서 짖어대며 녹색 옷의 아이가 비스킷을 맛있게 먹고 있는 페리캉 일행의 식탁 아래로 달려왔다.

"자클린, 네 가방에 막대 사탕 있잖니." 페리캉 부인이 '굶주린 사람들과는 나눠 먹고, 곤경 속에서는 서로 도와야 한다는 것쯤은 너도 잘 알겠지. 지금이 바로 교리문답 시간에 배운 것을 실천할 때야'라고 말하는 듯한 은근한 몸짓과 눈길로 말했다.

페리캉 부인은 온갖 부를 다 누리는 동시에 몹시 자비로운 자신을 떠올리며 무척이나 만족스러워했다! 모두가 자신의 선견지명과 착한 마음씨를 증명해주었다. 그녀는 어린 소년뿐 아니라 닭장을 가득 실은 소형 트럭을 타고 막 도착한 벨기에 가족에게도 막대 사탕을 나눠주었다. 아이들에게는 작은 건포도 빵까지 건넸다. 그녀는 끓는 물을 가져오게 해서, 페리캉 노인이 마실 가벼운 차를 준비했다. 위베르는 방을 알아보러 가고 없었다. 페리캉 부인이 밖으로 나가 사람들에게 길을 물었다. 그녀는 도시 한가운데에 있는 교회를 찾아갔다. 수많은 피란민 가족이 인도 위에, 커다란 돌계단 위에 진을 치고 있었다.

흰색으로 칠한 교회는 완전 새 건물이었다. 금방 칠한 페인트 냄새가 아직 풍겼다. 교회 안에서는 이중적인 삶이, 하루하루 반복되는 평온한 일상과 묘하게 열에 들뜬 또 다른 삶이 이어지고 있었다. 구석에서는 수녀가 성모상 발치에 놓인 꽃을 갈고 있었다. 수녀는 전혀 서두르는 기색 없이 온화하게 미소를 지으며 시든 가지들을 쳐내고 싱싱한 장미로 굵은 다발을 만들었다. 전지가위가 부딪히는 소리에 이어, 타일 위를 걸어가는 차분한 발소리가 들려왔다. 수녀가 초의 심지들을 잘랐다. 늙은 신부가 고해실을 향해 천천히 걸어갔고, 노인 하나가 묵주를 손에 든 채 의자에 앉아 졸고 있었다. 잔 다르크 상 앞에는 많은 초가 켜져 있었다. 밝은 태양 빛 아래에서, 눈부시게 흰 벽들 안에서, 창백하고 투명한 작은 불꽃들이 춤을 추었다. 두 창문 사이에 붙은 대리석 판 위에서 1914년 전쟁 때 사망한 사람들의 이름이 금색 글씨로 번쩍였다.

  그 사이, 점점 더 많은 피란민이 파도처럼 교회를 향해 밀려들었다. 여자들과 아이들은 자신들을 여기까지 올 수 있게 해주신 주님께 감사 기도를 드리기 위해 혹은 무사히 여행을 끝낼 수 있게 해달라고 빌기 위해 몰려왔다. 어떤 사람들은 울음을 터뜨렸다. 또 어떤 사람들은 부상을 입어 머리를 천으로 싸매거나 한쪽 팔을 붕대로 감고 있었다. 며칠 동안 옷도 벗지 않고 아무 데나 기대어 잔 것처럼, 얼굴에는 붉은 얼룩이 찍혀 있었다. 옷은 구겨지고 찢어지고 더럽혀져 있었고, 먼지로 뒤덮인 창백한 얼굴에서 굵은 땀방울이 눈물처럼 흘러내렸다. 여자들은 교회가 마치 적들이 침범할 수 없는 은신처인 양 황급히 뛰어 들어왔다. 그들은 흥분과 열에 들떠 잠시도 가만히 있을 수 없는 것처럼 보였다. 그들은 기도대를 이리저리 옮겨 다니며 무릎을 꿇었다 일어서기를 반복했다. 몇몇은 환한 방에 갇힌 밤새처럼 겁에 질린 표정으로 오락가락하다 의자에 부딪히기도 했다. 하지만 그들은 서서히 안정을 되찾아 두 손으로 얼굴을 가렸고, 검은 나무로 된 커다란 십자가 앞에 이르러서는 마침내 땀과 눈물로 탈진하며 평온을 얻었다.

  페리캉 부인은 기도를 올리고 교회를 나섰다. 밖으로 나온 그녀는 후한 인심을 쓰는 바람에 크게 줄어든 비스킷을 넉넉히 다시 채워놓고자 했다. 페리캉 부인은 제법 커 보이는 식료품 가게로 들어갔다.

"아무것도 없는데요, 부인." 종업원이 말했다.

"아무것도 없다니? 버터도, 빵 과자도, 아무것도요?"

"아무것도 없습니다, 부인. 싹 다 팔렸어요."

"그럼, 스리랑카산 차 한 파운드만 줘요. 그것도 없어요?"

"없습니다, 부인."

페리캉 부인은 다른 식료품점에도 들러봤지만 아무것도 살 수 없었다. 피란민이 도시를 싹 쓸어버린 것이다. 그녀는 카페 근처에서 위베르를 만났다. 그 역시 방을 찾지 못했다.

그녀가 외쳤다. "먹을 게 아무것도 없어. 가게가 모두 텅 비었어!"

"난 꽉 차 있는 가게를 두 군데나 봤어요."

"아! 그래? 어디서?"

위베르가 킬킬거리며 대답했다.

"피아노 가게하고 장례용품 가게요!"

"멍청한 녀석 같으니." 페리캉 부인이 말했다.

"보아하니 사람들이 앞으로 장례용품을 많이 찾을 것 같은데, 지금 사서 쟁여놓으면 어떨까요, 엄마?"

페리캉 부인은 어깨를 으쓱하고는 카페를 향해 걸어갔다. 카페 앞에서 자클린과 베르나르가 손에 초콜릿과 사탕을 가득 든 채 주변 사람들에게 나눠주고 있었다. 그녀는 단숨에 달려갔다.

"얘들아 들어가자! 여기서 뭣들 하는 거니? 앞으로 먹을 거리에는 절대 손대지 마. 자클린, 넌 벌받을 각오해. 베르나르, 아빠한테 다 일러줄 거야." 영문을 몰라 어리둥절해하는 두 죄인을 끌고 가며 페리캉 부인이 말했다. 기독교의 자비심, 수 세기에 걸친 문명사회의 너그러움이 헛된 장식처럼 벗겨지고 그녀의 메마른 영혼이 적나라하게 드러났다. 이 적대적인 세상에 오로지 아이들과 그녀뿐이었다. 새끼들을 먹이고 보호해야 했다. 나머지는 이제 중요하지 않았다.

11

미쇼 부부는 포플러가 줄지어 선 널찍한 도로를 따라 앞
서거니 뒤서거니 걸었다. 어디를 보아도 피란민뿐이었다.
도로 중간중간에 솟아있는 나지막한 구릉에 올랐을 때, 그
들은 멀리 지평선까지, 그들의 시선이 닿는 곳까지, 먼지 속
에서 발을 질질 끌며 나아가는 피란민 행렬이 펼쳐지는 것
을 보았다. 그나마 형편이 나은 사람들은 가방, 옷 보따리,
잠든 아이들의 무게에 찌부러진, 조잡한 바퀴에 판자 네 개
를 대충 조립해 만든 짐수레나 외바퀴 손수레를 가지고 있
었다. 걸어가는 사람들은 가난하고, 운이 없고, 약하며 수
완 없는 사람, 어딜 가나 맨 뒷줄로 밀려나는 사람들이었다.
그들 중에는 비싼 기차 운임 때문에, 여행 경비와 위험 때

문에 마지막 순간까지 망설인 소심하거나 인색한 사람들도
있었다. 그들 역시 다른 사람들과 마찬가지로 갑자기 걷잡
을 수 없는 공포에 사로잡혔다. 그들은 자신이 왜 달아나는
지 알지 못했다. 프랑스 전체가 화염에 휩싸였고, 어딜 가나
위험하기는 마찬가지였다. 그들은 자신이 어디로 가는지조
차 몰랐다. 지쳐 길바닥에 쓰러진 사람들은 일어설 수 없다
고, 차라리 그 자리에서 죽겠다고, 어차피 죽을 거라면 편히
있다가 죽는 게 낫다고 말했다. 하지만 비행기가 다가오면
그들이 제일 먼저 일어섰다. 이 민초들은 전쟁이나 재난 같
은 예외적인 시기가 찾아오면 연민과 자비, 적극적이고 호
의에 넘치는 우애를 서로에게 베풀었다. 뚱뚱하고 억센 아
낙네들은 벌써 열 번도 넘게 잔 미쇼의 팔을 잡아 부축해주
었다. 잔 역시 아이들의 손을 잡아 이끌어주었고, 그녀의 남
편은 때로는 옷 보따리를, 때로는 살아 있는 토끼 한 마리와
감자가 든 바구니를 어깨에 멨다. 그것은 낭테르에서 도보
로 피란길에 나선 어느 작은 할머니의 전 재산이었다. 피곤
하고 굶주리고 불안했지만, 모리스 미쇼는 아주 불행하다
고 느끼지는 않았다. 그는 독특한 사고방식을 갖고 있었다.
모리스는 자기 자신이 그다지 중요하다고 생각하지 않았
다. 다른 사람들처럼 자신을 그 무엇으로도 대체할 수 없는
희귀한 존재로 여기지 않았다. 모리스는 피란민이 불쌍하다
고 생각했지만, 그럼에도 냉철하고 차가웠다. 그에게 이러

한 인간의 대이동이 자연법칙에 따르는 것처럼 보였다. 짐
승 떼가 계절에 따라 집단으로 이동하듯, 인간 역시 때마다
대대적으로 이동할 필요가 있는지도 몰랐다. 모리스는 이
런 생각에서 묘한 위안을 얻었다. 지금 주위에 있는 사람들
은 운명이 유독 그들만, 불행한 자기들 세대만 못살게 군다
고 믿었다. 하지만 모리스는 이러한 집단적인 탈주가 어느
시대에나 있었다는 것을 알고 있었다. 얼마나 많은 사람이
아이들을 가슴에 끌어안은 채 화염에 휩싸인 도시를 버리
고 적을 피해 달아나다 피눈물을 흘리며 이 땅에 쓰러졌던
가! 하지만 아무도 그렇게 죽어간 사람들에 대해선 생각하
지 않았다. 후손에게 그들은 도살당한 닭들처럼 조금도 중
요하지 않았다. 모리스는 원통하게 죽어간 사람들의 유령을
상상했다. 그들이 길에서 일어나 그의 귀에 대고 속삭였다.

'우린 너보다 먼저 이 모든 걸 경험했어. 너라고 해서 우
리보다 행복해야 할 이유가 어디 있지?'

곁에서 걷던 한 뚱뚱한 여자가 신음하듯 말했다.

"이런 참혹한 광경은 아무도 본 적이 없을 거야!"

"그렇진 않아요, 부인. 그렇진 않아요." 모리스가 부드럽
게 말했다.

사흘 동안 그렇게 걷고 나서야 그들은 처음으로 패주하
는 프랑스 군대를 보았다. 하지만 프랑스인들의 가슴에는
신뢰가 너무나 단단히 뿌리를 내리고 있었다. 피란민은 그

병사들을 보고도 군 사령부가 마침내 명령을 내려서 군인들이 단위부대별로 우회로를 거쳐 집결하는 모양이라고, 프랑스 군대는 아직 건재하다고 생각했다. 이러한 희망이 그들에게 버틸 힘을 주었다. 병사들은 대체로 말이 없었다. 거의 모두가 어두운 표정으로 생각에 잠겨 있었다. 몇몇 병사들은 트럭 안쪽에 누워 자고 있었다. 전차들이 가벼운 나뭇가지로 위장한 채 먼지 속으로 무겁게 나아갔다. 뜨거운 태양 빛에 시든 나뭇잎들 사이로 분노와 피로에 찌든 창백한 얼굴들이 보였다.

미쇼 부인은 그들 틈에서 끊임없이 아들의 모습을 보았다. 단 하루도 빠짐없이 잔은 아들이 속한 연대의 숫자를 보았다. 하지만 그것은 잔을 사로잡은 환각이었다. 모르는 얼굴, 모르는 눈길, 모르는 음성에도 잔은 갑자기 걸음을 멈추고 가슴에 손을 얹은 채 약하게 웅얼거렸다.

"아! 모리스, 저기 혹시….."

"뭐가?"

"아뇨! 아무것도 아니에요….."

하지만 모리스는 그것도 알아채지 못하는 멍청이가 아니었다. 그가 고개를 설레설레 흔들었다. "또 장마리를 본 게로군, 불쌍한 잔!"

잔이 한숨을 쉬며 말했다. "비슷하게 생겼잖아요. 안 그래요?"

하지만 있을 수도 있는 일이었다. 죽음을 모면한 아들, 그
녀의 장마리가 불쑥 나타나 쾌활하고 다정한 목소리로, 남
성적이면서도 부드러운 목소리로 그녀를 부를 수도 있었
다. 그녀는 또다시 그 아이의 목소리를 들은 것 같았다. '엄
마, 아빠, 거기서 뭐 하고 계세요?'

오! 그 아이를 볼 수만 있다면, 한 번 안아볼 수만 있다면,
입술로 그 싱그럽고 투박한 뺨을 느껴볼 수만 있다면, 그
생기 넘치는 눈길, 그 아름다운 두 눈을 바라볼 수만 있다
면. 장마리는 눈썹이 여자아이처럼 길었고, 밤색 눈동자로
무엇이든 뚫어질 듯 쳐다보았다! 잔은 아들이 어렸을 때부
터 다른 사람들의 재미있고 감동적인 면을 보도록 가르쳤
다. 그녀는 웃길 좋아했고, 사람들을 불쌍히 여겼다. "엄마
는 디킨스 같아요"라고 아들은 말하곤 했다. 아, 마음이 얼
마나 잘 통했던지! 모자는 그들에게 잘못을 저지른 사람들
을 쾌활하게, 때로는 잔인하게 비웃어주었다. 그러면 말 한
마디, 몸짓 하나, 한숨 한 번으로도 그들의 양심은 씻은 듯
가셨다. 모리스는 달랐다. 그는 훨씬 더 차분하고 차가웠다.
잔은 모리스를 사랑하고 존경했다. 하지만 장마리는…. 오!
하느님, 그 아이는 그녀가 되고 싶고, 꿈꾸었던 모든 것, 그
리고 그녀가 가진 최고의 것, 그녀의 기쁨, 그녀의 희망이었
다…. '내 아들, 내 사랑, 나의 자노' 잔은 아이가 다섯 살 때,
머리를 뒤로 젖혀 깔깔대기 시작하는 아이의 귀를 부드럽

게 쥐고 얼굴과 목을 입술로 간질이며 속삭였던 애칭인 자
노를 떠올렸다.

잔은 길을 걸을수록 점점 더 열에 들뜨고 혼란스러운 생
각에 빠져들었다. 잔은 걷는 거라면 이골이 나 있었다. 젊은
시절, 모리스와 잔은 짧은 휴가를 이용해 배낭을 메고 시골
을 자주 돌아다녔다. 호텔 숙박비를 낼 돈이 없으면 식량 약
간과 침낭을 챙겨 도보 여행을 떠나기도 했다. 덕분에 그녀
는 다른 피란민보다 피로를 덜 느꼈다. 하지만 끊임없이 펼
쳐지는 만화경이, 잔 앞에 장마리의 모습을 하고 나타났다
가 멀어져 결국 사라져버리는 그 낯선 얼굴들이 육체적 피
로보다 더 고통스러웠다. '슬라이드가 어지럽게 획획 지나
가는 것 같아.' 잔은 생각했다. 군중 속에서 차들은 마치 보
이지 않는 끈에 붙들린 것처럼, 콸콸 흐르는 물 위에서 빙빙
맴돌기만 하는 풀잎들처럼 오도 가도 못하고 있었다. 잔은
그들을 보지 않으려고 고개를 돌렸다. 차에서 나는 휘발유
냄새가 공기를 오염시켰다. 자동차들은 비켜설 곳이 없는
데도 길을 터달라고 헛된 아우성을 치며 피란민들의 귀를
멍하게 만들었다. 화가 나 소리를 지르거나 체념한 듯 음울
한 표정을 지으며 앉아 있는 운전기사들을 보며 피란민들
은 고소해했다. '차가 있으면 뭐 하나. 걷는 것보다 더 느린
걸!' 그들은 속으로 이렇게 말했고, 남들 역시 자기만큼 불
행하다는 데에서 작은 위안을 얻었다.

　피란민은 삼삼오오 무리를 지어 걸어갔다. 어떤 우연이 그들을 같은 피란길에 던져놓았는지 알 수 없었지만, 어깨를 맞대고 걷는 사람의 이름조차 몰랐지만, 이제 그들은 잠시도 떨어지지 않았다. 미쇼 부부는 가짜 보석으로 장식된 낡은 망토를 입은 키 크고 비쩍 마른 여자와 함께 걷고 있었다. 도대체 무슨 사연이 있기에 귀에는 먼지처럼 작은 다이아몬드로 둘러싸인 커다란 인조진주 귀걸이를 하고, 손에는 녹색과 붉은색 반지를 끼고, 블라우스에는 작은 황옥들로 장식된 인조 보석 브로치를 달고 피란길에 나섰을까. 잔은 막연히 생각했다. 건물 관리인 아주머니와 그녀의 딸이 그 뒤를 따랐다. 엄마는 키가 작고 창백한 반면에 딸은 뚱뚱하고 튼튼해 보였다. 검은색 옷을 입은 두 사람은 검은 콧수염을 길게 기른 뚱뚱한 남자의 초상화가 비스듬히 걸린 가방을 질질 끌고 있었다. "제 남편이에요. 묘지기로 일하죠." 여자가 말했다. 임신 중인 그녀의 동생이 아이를 태운 유아차를 밀며 그들을 따랐다. 아이는 아직 젖먹이였다. 그녀 역시 군 수송 행렬이 지나갈 때마다 몸을 움찔하며 군인들 틈에서 누군가를 찾았다. "제 남편이 동원되었거든요." 그녀가 말했다. 어쩌면 저들 틈에 있을지도…. 모든 것이 가능했다. 잔 역시 백 번도 넘게 그녀에게 털어놓았다. 하지만 잔은 이제 자신이 무슨 말을 하고 있는지조차 확실히 알지 못했다. "제 아들도요. 제 아들도…."

그들은 아직 공습을 당한 적이 없었다. 처음으로 공습을 당했을 때, 그들은 처음에는 무슨 일이 일어나고 있는지조차 이해하지 못했다. 그들은 첫 폭발음과 또 다른 폭발음, 다급한 외침들을 들었다. 그 와중에 잔은 어렴풋이 생각했다. '우리 꼬락서니가 정말 우스꽝스러워 보일 거야!' 잔은 겁이 나지는 않았다. 하지만 가슴이 너무 세차게 뛰는 바람에 두 손으로 가슴을 부여안은 채 돌덩이에 대고 눌러야 했다. 장밋빛 꽃봉오리가 달린 풀잎 하나가 헐떡이는 그녀의 입을 간질였다. 잔은 땅에 엎드렸다가 보았던, 이 꽃에서 저 꽃으로 유유히 날아다니던 작은 흰나비를 떠올렸다. 마침내 누군가 그녀의 귀에 대고 말했다. "끝났어요. 비행기들이 떠났어요." 잔은 일어나서 무의식적으로 먼지가 잔뜩 묻은 치마를 털었다. 총에 맞은 사람은 아무도 없는 것 같았다. 하지만 다시 걷기 시작하자 첫 번째 시체들이 보였다. 남자 둘과 여자 하나. 그들의 몸은 갈가리 찢겼지만, 우연하게도 셋 다 얼굴만은 말짱했다. 너무나 음울하고 평범한 얼굴들은 마치 뭔가에 깜짝 놀란 것 같은, 방금 자신에게 일어난 일을 이해하려고 애쓰는 것처럼 열중한 표정을 짓고 있었다. 오, 주님, 그들은 전쟁이나 죽음과는 너무나 거리가 먼 사람들이었다. 아마 그 여자는 "파 가격이 또 올랐어" 또는 "어떤 자식이 유리창을 또 더럽힌 거야?" 같은 말 외에는 해본 적이 없었을 것이다.

하지만 내가 어떻게 알겠어? 잔은 생각했다. 그 좁은 이마 뒤에, 풀어헤친 윤기 없는 머리칼 아래, 영민하고 사려 깊은 면모가 감춰져 있을지도 몰랐다. 모리스와 나 역시 보잘것없는 회사원 부부가 아니면 무엇으로 보이겠어? 어떤 의미에선 정말 그래. 하지만 다른 의미에서 우린 소중하고 귀한 존재지. '정말 끔찍한 낭비야.' 그녀는 다시 생각했다.

잔이 몸을 떨며 눈물에 젖은 뺨을 모리스의 어깨에 기댔다.

"저쪽으로 갑시다." 그가 그녀를 부드럽게 이끌며 말했다.

'왜?' 그들은 동시에 생각했다. 그들은 결코 투르에 도착하지 못할 것이다. 은행이 여전히 존재할까? 코르뱅의 유가증권은? 코르뱅의 정부는? 그리고 코르뱅 부인의 보석들은! 그 모든 것이 여전히 존재했으면 좋겠지만 그럴 리가 없어, 잔은 잔혹한 충동을 느끼며 생각했다. 모리스와 그녀는 절뚝거리며 다시 걷기 시작했다. 걷는 것 외에는, 주님의 손에 운명을 맡기는 것 외에는 달리 할 수 있는 일이 없었다.

12

　금요일 저녁, 미쇼 부부와 일행은 다행히 군용 트럭을 얻
어 탈 수 있었다. 그들은 상자들 사이에 누운 채 밤새 달려
이름을 알 수 없는 도시에 도착했다. 철도가 파괴되지 않아
기차가 운행된다고 사람들이 말했다. 투르까지는 직행으로
갈 수 있을 거라고 했다. 잔은 도시 변두리의 눈에 띄는 첫
번째 집에 들어가 좀 씻게 해달라고 부탁했다. 부엌은 이미
개수대에서 속옷을 헹구는 사람들로 가득했다. 하지만 다
행히도 집주인이 정원으로 들어갈 수 있게 해주어서 잔은
펌프로 퍼 올린 지하수로 씻을 수 있었다. 모리스는 사슬이
달린 작은 거울을 사서 나뭇가지에 걸어놓고 면도를 했다.
기분이 한결 나아진 그들은 수프를 나눠주는 군 막사 입구

의 긴 줄과 기차역의 삼등칸 승차권 판매 창구 앞에 늘어선 더 긴 줄에 맞설 각오가 되었다. 그런데 식사를 끝낸 그들이 역 광장을 가로지르는 순간 공습이 시작되었다. 사흘 전부터 적군 비행기들이 도시 상공을 끊임없이 날아다녔다. 공습경보가 쉴 새 없이 울렸다. 낡은 화재경보기가 공습 사이렌을 대신하고 있었다. 자동차들의 소란, 아이들 울음소리, 겁에 질린 군중이 내지르는 비명에 덮여 약하고 우스꽝스러운 소리는 거의 들리지도 않았다. 막 도착한 사람들이 기차에서 내려 물어댔다. "공습경보인가요?" 그러면 사람들이 대답했다. "아뇨, 막 해제됐어요." 5분 후, 희미한 자명종 소리가 또다시 들려왔다. 사람들은 낄낄대며 웃었다. 이곳에는 아직 문을 연 상점들, 인도에서 고무줄놀이를 하는 여자아이들, 낡은 성당 근처에서 먼지 속으로 뛰어다니는 개들이 있었다. 이탈리아와 독일 비행기들이 도시 상공을 유유히 지나가도 사람들은 크게 두려워하지 않았다. 결국에는 무엇에든 익숙해지는 법이니까.

갑자기, 비행기 한 대가 무리에서 벗어나 군중을 향해 급강하하기 시작했다. 처음에 잔은 '추락하나 봐' 하고 생각했다. '아니, 폭격하려는 거야. 이제 곧 폭탄을 떨어뜨릴 거야. 우린 끝장이야…' 그녀는 비명을 지르지 않으려고 본능적으로 입을 손으로 막았다. 역과 철로에 폭탄이 떨어졌다. 깨진 유리창 파편이 광장으로 날아들고, 그곳에 있던 사람들은 다치거나 즉사했다. 걷잡을 수 없이 공포에 질린 여자들이 자식들을 거추장스러운 짐인 양 팽개치고 죽을힘을 다해 달아났다. 어떤 여자들은 자식들을 자기 뱃속에 다시 집어넣으려는 것처럼, 마치 그곳이 유일하고 확실한 피란처인 것처럼 있는 힘껏 아이들을 끌어안았다. 한 불운한 여자가 잔의 발치에 나뒹굴었다. 모조 보석으로 치장하고 있던 그 여자였다. 모조 보석들이 그녀의 가슴과 손가락에서 번쩍였다. 그녀의 깨진 머리에서 피가 콸콸 흘러나왔다. 그 뜨거운 피가 잔의 원피스와 양말 그리고 신발에 튀었다. 다행히도 잔에겐 죽은 사람들을 바라보고 있을 여유가 없었다! 부상자들이 돌 더미와 깨진 유리 조각 아래에서 도움을 청하고 있었다. 잔은 모리스에게 달려가 몇몇 남자들과 함께 잔해를 치우려고 애썼다. 하지만 그녀에게는 너무나 힘든 일이었다. 잔은 울부짖으며 엄마를 찾아 광장을 헤매는 아이들을 떠올렸다. 잔은 아이들을 불러 모아 그곳에서 약간 떨어진 성당 현관 아래에 데려다놓고 군중 속으로 되돌아갔다. 정신 나간 사람처럼 광장을 이리저리 뛰어다니며 아이의 이름을 불러대는 여자를 본 잔은 침착하고 힘찬 목소리로, 스스로 놀랄 정도로 침착하고 힘찬 목소리로 이렇게 외쳤다.

　"아이들은 성당 현관에 있어요. 그곳에 가서 찾아봐요! 아이를 잃은 분들은 성당으로 가보세요!"

여자들이 일제히 성당으로 달려갔다. 아이를 확인하고 우는 여자들도 있었고, 웃음을 터뜨리는 여자들도 있었으며, 어떤 소리와도 닮지 않은, 목이 졸린 듯한 괴성을 지르는 여자들도 있었다. 아이들은 훨씬 더 차분했다. 그들의 눈물은 금세 말랐다. 엄마들은 아이를 끌어안고 서둘러 가버렸다. 잔에게 고맙다는 인사를 하는 사람은 아무도 없었다. 광장으로 돌아온 잔은 도시가 입은 피해는 크지 않지만 막역으로 들어오던 부상병 수송 열차가 폭탄에 맞았다는 얘기를 사람들에게 들었다. 투르행 노선 역시 피해를 입지 않았다. 그 순간에도 기차는 준비되고 있었고, 15분 후에 출발할 예정이었다. 사람들은 벌써 사망자와 부상자들에 대해선 까맣게 잊은 채 구명 튜브에 매달린 조난자들처럼 자신의 가방과 모자 상자에 매달려 역을 향해 달려갔다. 사람들은 좌석 하나를 놓고 다퉜다. 그때 부상병을 실어 나르는 들것들이 미쇼 부부 눈에 들어왔다. 하지만 너무 혼잡해 부부는 가까이 다가갈 수도, 부상병들의 얼굴을 볼 수도 없었다. 사람들이 부상병들을 군용 트럭과 급히 징발한 민간 차량에 나눠 실었다.

잔은 한 장교가 아이들로 가득한 트럭으로 다가가는 것을 보았다. 신부가 인솔하는 아이들이었다.

"신부님, 대단히 죄송하지만, 트럭을 징발하지 않을 수 없군요. 부상병들을 블루아까지 수송해야 하거든요."

신부는 아이들에게 내리라는 손짓을 했다.

장교가 다시 한번 사과했다.

"대단히 죄송합니다, 신부님. 학생들인 모양이죠?"

"고아원 원생들입니다."

"휘발유를 구할 수 있으면 트럭을 곧 돌려드리겠습니다."

열네 살에서 열여덟 살 사이의 소년들이 작은 가방을 하나씩 손에 들고 내리더니 신부 주위에 모였다. 모리스가 아내를 돌아보며 말했다.

"뭐 해요?"

"잠깐만요."

"뭔데 그래요?"

잔은 군중을 헤치고 들것에 실린 채 한 명씩 옮겨지는 부상병들의 얼굴을 보려고 애썼다. 하지만 사람들이 너무 많아 아무것도 볼 수가 없었다. 그녀 옆에서 다른 여자 하나도 발끝을 세운 채 두리번거리고 있었다. 입술이 끊임없이 달싹였지만 알아들을 수 있는 말소리는 전혀 나오지 않았다. 기도를 하거나 어떤 이름을 반복해 외고 있는 것 같았다. 여자가 잔을 쳐다보며 말했다.

"아들 녀석이 꼭 저기 있을 것만 같아서요."

잔은 가볍게 한숨을 쉬었다. 사실, 저기서 갑자기 모습을 드러내는 군인이 다른 이의 아들이 아니라 자기 아들일 이유는 없었다. 오, 내 아들, 내 사랑, 어쩌면 잠잠한 구석에 처박혀 안전하게 있을지도 모르잖아? 가장 끔찍한 전투가 벌어지는 와중에도 화염 벽이 만들어져 피해가 전혀 없는 공간도 있다고 하니까.

그녀가 옆에서 서성이는 여자에게 물었다.

"저 기차, 어디서 온 건지 모르세요?"

"예."

"희생자가 많나요?"

"객차 두 대가 온통 시체래요."

모리스가 재촉하는 바람에 잔은 더 꾸물댈 수 없었다. 그들은 어렵사리 군중을 헤치고 역까지 나아갔다. 그들은 무너져 내린 돌 더미와 깨진 유리 조각 더미를 넘어 마침내 검은색 투르행 열차가 아무 피해도 입지 않고 평화로운 모습으로 김을 뿜으며 대기하고 있는 3번 플랫폼에 도착했다.

13

장마리는 이틀 전에 부상을 당했다. 그는 폭격을 당한 기차에 타고 있었다. 이번에는 다행히도 별 탈 없었지만, 그가 타고 있던 객차에 불이 붙고 말았다. 장마리가 자리에서 내려와 문 쪽으로 가려고 애쓰는 사이, 꿰매놓은 상처가 벌어지고 말았다. 사람들이 그를 들것으로 날라 트럭에 실었을 때 장마리는 반쯤 의식을 잃은 상태였다. 그는 들것 위에 그냥 누워 있었는데, 머리가 밖으로 미끄러져 차가 흔들릴 때마다 빈 상자에 심하게 부딪혔다. 부상병들을 가득 실은 차 석 대가 공습으로 인해 심하게 파인, 차가 다닐 수 없을 지경인 도로를 천천히 나아갔다. 수송 행렬 위로 적군 비행기들이 수시로 지나갔다. 혼란스러운 착란 상태에서 잠시 깨

어난 장마리는 생각했다. '닭이나 오리들도 매가 날아다닐 때 우리 같은 기분이 들겠지….'

장마리는 의식이 몽롱한 상태에서 어릴 적 부활절 방학 때마다 놀러 갔던 유모의 농장을 떠올렸다. 마당에는 햇빛이 가득했다. 암탉들은 열심히 모이를 쪼아 먹고는, 잿더미 위에서 즐거이 뛰어놀았다. 그러다 뼈마디가 툭 불거진 유모의 거대한 손이 닭 한 마리를 붙들어 다리를 모아 잡고는 어디론가 들고 갔다. 그리고 5분 후, 걸쭉하고 기괴한 소리와 함께 쏟아져 나오던 피. 그것은 죽음이었다…. 나 역시 붙잡혀 끌려갔어, 그가 생각했다. 붙잡혀 끌려가…. 내일이면 나 역시 비쩍 마르고 벌거벗겨진 모습으로 땅에 내동댕이쳐진 암탉보다 꼴이 낫진 않을 거야….

이마가 상자에 너무 세게 부딪히는 바람에 장마리는 항의하듯 내뱉었다. 소리를 지를 힘조차 없었다. 하지만 그의 목소리가 다리에 가벼운 부상을 입고 곁에 누워 있던 동료의 관심을 끌었다.

"왜 그래, 미쇼? 이제 좀 괜찮아?"

마실 것 좀 줘. 그리고 내 머리 좀 어떻게 해봐. 자꾸 부딪혀. 눈앞에 떠도는 파리도 좀 쫓아주고. 장마리는 이렇게 말하고 싶었지만, 그의 입에서는 한숨만 새어 나왔다.

"아니…." 그리고 장마리는 눈을 감았다.

"두고 보자, 독일 놈들." 동료가 이를 갈았다.

바로 그 순간, 수송 행렬 근처에 포탄이 떨어졌다. 작은 다리 하나가 파괴되었다. 블루아로 가는 길이 끊긴 것이다. 되돌아가 피란민 행렬을 뚫고 지나가든지 아니면 방돔으로 돌아가야 했다. 어떻게 해도 어두워지기 전에 도착하는 것은 불가능했다.

가엾은 녀석, 가장 부상이 심한 장마리 미쇼를 바라보며 군의관은 생각했다. 그는 그에게 주사를 놔주었다. 그들은 다시 출발했다. 가벼운 부상병을 실은 트럭 두 대는 방돔을 향해 올라갔고, 장마리를 실은 트럭은 거리가 몇 킬로미터 더 짧은 지름길로 접어들었다. 트럭은 휘발유가 떨어져 곧 멈춰 섰다. 군의관이 환자들을 쉬게 할 만한 집을 찾으러 나섰다. 그곳은 피란 행렬에서 약간 떨어진 곳이었다. 저 아래로 자동차들의 물결이 흘러가고 있었다. 언덕에 오른 군의관은 6월의 부드럽고 평온한, 보랏빛을 띤 푸른색 석양이 비추는 검은 무리를 보았다. 어렴풋한 자동차 경보음과 비명, 그리고 누군가를 부르는 목소리가 조화롭지 않게 어우러진 소리들과 가슴을 아리게 하는 무겁고 음산한 웅성거림이 들려왔다.

군의관은 옹기종기 모여 있는 농가 몇 채를 발견했다. 남자들은 모두 전선으로 떠나고 여자와 아이들만 남은 곳이었다. 장마리는 그 농가 중 한 곳으로 옮겨졌다. 이웃집들은 다른 부상병을 맞아주었다. 그 사이, 여성용 자전거 한 대를 발견한 군의관은 가장 가까운 도시로 가서 도움을 청하겠다고, 휘발유든 트럭이든 필요한 건 무엇이든 구해보겠다고 했다.

'어차피 죽을 거라면….' 장마리 미쇼를 바라보며 그는 생각했다. 여자들이 침대를 정리하는 동안, 장마리는 여전히 농가 부엌 바닥에 놓인 들것 위에 누워 있었다. '길 위를 헤매다 죽는 것보다는 깨끗한 시트 위에서 편하게 숨을 거두는 게 나을 거야….'

군의관은 방돔을 향해 페달을 밟았다. 밤새 달려 도시로 들어서려는 순간, 그는 매복하고 있던 독일군에게 붙잡혀 포로가 되고 말았다. 아무리 기다려도 그가 돌아오지 않자, 여자들은 병원 의사와 수녀들에게 도움을 청하기 위해 마을로 달려갔다. 하지만 병원은 이미 최근 있었던 폭격의 희생자들로 만원이었다. 그래서 부상병들은 마을에 그냥 남겨졌다. 여자들은 불평을 늘어놓았다. 남자들이 없어서 밭일과 가축 돌보는 일만으로도 허리가 휘어질 판인데 부상병까지 떠맡다니! 불붙은 것처럼 뜨거운 눈꺼풀을 힘겹게 들어 올린 장마리는 침대 앞에 앉아 뜨개질을 하다가 때때로 그를 바라보며 한숨을 쉬는, 코가 길고 노란 노파를 보았다. "우리 아들 녀석도 어디선가 나랑 아무 관계도 없는 저 청년처럼 보살핌을 받고 있으면 좋으련만…." 장마리는 혼란스러운 꿈속에서 뜨개바늘이 부딪히는 소리를 들었다.

실 꾸러미가 발을 덮은 이불 위로 굴러떨어지기도 했다. 착
란에 빠진 장마리의 눈에는 노파에게 뾰족한 귀와 꼬리가
있는 것처럼 보였다. 그는 손을 뻗어 노파를 만지려고 했다.
때때로 노파의 집에 사는 젊은 여자가 와서 그의 상태를 살
폈다. 약간 통통하고 붉그스름한 얼굴은 생기가 넘쳤으며,
눈동자는 맑고 활기찬 갈색의 젊은 여자였다. 어느 날, 그녀
가 버찌 한 다발을 들고 와 장마리의 머리맡에 놓아주었다.
사람들이 말려서 먹을 수는 없었지만, 장마리는 불처럼 뜨
거운 자신의 볼에 그것을 갖다 대보았다. 그는 마음이 한결
놓였고, 행복과 비슷한 감정을 느꼈다.

14

　가브리엘 코르트와 플로랑스는 오를레앙을 떠나 보르도로 향했다. 생각보다 일이 복잡해졌는데, 그들 자신이 어디로 가야 할지 정확하게 몰랐기 때문이었다. 그들은 처음에는 브르타뉴로 가다가 곧 남프랑스 쪽으로 방향을 틀었다. 이제 가브리엘은 프랑스를 떠나겠다고 선언했다.

　"우린 살아서 이곳을 벗어나지 못할 거야." 플로랑스가 말했다.

　플로랑스는 피곤과 공포가 아닌 분노를, 광기에 넘치는 맹목적인 분노를 느꼈다. 분노가 내면에서 부글부글 끓어올라 그녀를 질식시켰다. 플로랑스는 가브리엘이 그들을 묶어주던 묵시적인 계약을 깨버렸다고 생각했다. 그들 나이에, 그들과 같은 상황에 처한 남녀의 사랑은 하나의 계약에 불과했다. 플로랑스는 가브리엘로부터 물질적이고 정신적인 보호를 받길 바랐기 때문에 그에게 자신을 바쳤다. 그리고 그 대가로 돈과 일신의 안전을 보상받았다. 가브리엘은 마땅히 지불해야 하는 것을 지불했던 것이다. 그런데 갑자기 플로랑스의 눈에 그가 허약하고 경멸스러운 인간으로 보이기 시작했다.

"외국에 나가서 우리가 뭘 할 수 있는지 말해볼래요? 무엇을 해서 먹고살죠? 당신이 런던에 있던 재산을 다 들여오는 바보짓을 하는 바람에 당신 돈이 몽땅 이곳에 있잖아요. 도대체 왜 그런 짓을 했는지, 원!"

"영국이 여기보다 더 위험하다고 생각했으니까. 내 조국을, 내 조국의 군대를 믿었으니까. 설마 그걸로 날 탓하지는 않겠지, 안 그래? 그리고 도대체 무엇 때문에 그렇게 안달이야? 난 어디서나 유명해. 적어도 내가 알기로는!"

가브리엘이 갑자기 말을 멈추고는 짜증 섞인 몸짓으로 차창 밖으로 머리를 내밀더니, 고개를 젖혀 위를 올려다보았다.

"또 무슨 일이에요?" 플로랑스가 덩달아 하늘을 올려다보며 속삭였다.

"저 사람들…"

가브리엘은 방금 그들을 추월한 차를 가리켰다. 플로랑

스는 그 차에 타고 있는 사람들을 쳐다보았다. 그들은 오를
레앙 광장에서 함께 밤을 보낸 사람들이었다. 망가진 차체
와 무릎 위에 아기를 안은 여자, 천으로 머리를 싸맨 여자,
새장, 그리고 챙 달린 모자를 쓴 남자는 쉽게 알아볼 수 있
었다.

"오! 아예 쳐다보질 말아요." 플로랑스가 짜증스럽다는
듯 말했다.

가브리엘이 팔꿈치를 받치고 있던, 금과 상아로 장식된
상자를 여러 차례 격렬하게 내리쳤다.

"패배와 집단 탈주처럼 고통스러운 이야기들은 거룩하
고 위대하게 포장되어야 해! 그렇지 않다면, 그건 존재할
가치조차 없어! 나는 저 상점 주인이나 건물 관리인이, 제
대로 씻지도 않은 저 더러운 사람들이 상스럽게 훌쩍거리
고 수군대면서 비극의 분위기를 망치는 걸 참을 수가 없어.
저 사람들 좀 봐! 저 꼬락서니를 좀 보라고! 또 가까워졌잖
아. 날 약 올리려는 거야, 틀림없어…!"

가브리엘이 운전기사에게 소리를 질렀다.

"앙리, 속력을 좀 내봐! 저 천민들을 좀 따돌려버릴 수 없
나?"

앙리는 대답조차 하지 않았다. 차량과 자전거, 보행자들
이 뒤엉킨, 상상할 수 없는 혼잡 속에서 차는 3미터쯤 나아
가다가 멈춰 섰다. 가브리엘은 또다시 두 발짝 떨어진 곳에

서 천으로 머리를 싸맨 여자를 보았다. 그녀의 눈썹은 넓고 짙었으며, 길고 흰 치아는 촘촘하면서도 번뜩였고, 입술 위에는 검실검실하게 털이 나 있었다. 머리를 싸맨 천에는 피가 묻었고, 검은 머리칼이 솜뭉치와 천에 붙어 있었다. 가브리엘은 혐오감으로 몸을 떨며 고개를 돌렸다. 그런데 그 여자가 그에게 미소를 지으며 말을 걸었다.

"길이 막혀 답답하죠?" 내려놓은 차창 너머로 그녀가 상냥하게 말을 붙였다. "그래도 이쪽으로 온 게 얼마나 다행인지 몰라요. 저쪽은 폭격을 당해 난리래요! 루아르강을 따라 서 있는 성들이 모두 파괴되었답니다, 선생님."

그녀는 얼음처럼 차갑게 굳어 있는 가브리엘의 눈길을 보고는 결국 입을 다물었다.

"이래도 내가 그들에게서 벗어날 수 없다는 걸 모르겠어?"

"아예 쳐다보질 말아요!"

"말이야 쉽지! 이건 정말 악몽이야! 오! 군중은 추하고, 상스럽고, 끔찍하게 천박해!"

그들은 투르에 다가가고 있었다. 얼마 전부터 가브리엘은 계속 하품을 해댔다. 오를레앙에서부터 거의 아무것도 먹지 않아 배가 고팠다.

가브리엘은 자신이 바이런처럼 검소한 식습관을 가졌다고 자부하며 채소, 과일, 탄산수로 끼니를 해결했지만, 일

주일에 한두 번은 반드시 거하게 포식했다. 그리고 지금이
바로 그때였다. 가브리엘은 두 눈을 감은 채 말없이 꼼짝하
지 않고 앉아 있었다. 창백하고 초췌하지만 잘생긴 그의 얼
굴에, 소설의 건조하고 순수한 첫 문장을(가브리엘은 매미
처럼 가볍고 살랑대는 소리가 나는 첫 문장을 좋아했다. 그런
다음에는 그가 '나의 바이올린'이라고 부르는 묵직하고 열정
적인 음들이 뒤따랐다. ─ 그러면 그는 "자, 이제 내 바이올린
들이 노래를 부르게 해보자고"라고 말하곤 했다) 머릿속에
서 그릴 때와 같은 고통의 표정이 번졌다. 하지만 그날 저녁
가브리엘은 다른 생각에 빠져 있었다. 그는 오를레앙에서
플로랑스가 권했던 샌드위치를 놀랍도록 또렷하게 떠올렸
다. 그때 그 샌드위치는 더위에 약간 물러져서 별로 맛이 없
어 보였다. 작은 브리오슈에 푸아그라를 다져 넣은 것과 검
은 빵에 신선할 것이 분명한 오이 조각과 상추 샐러드를 얹
어 톡 쏘는 맛이 나는 것이 있었다. 가브리엘은 다시 하품을
하고 작은 가방을 열어 뒤져보았다. 하지만 그 안에는 얼룩
진 냅킨과 피클 병밖에 없었다.

"뭘 그렇게 찾아요?" 플로랑스가 물었다.

"샌드위치."

"없어요."

"없다니? 조금 전에 여기 세 개나 있었잖아."

"마요네즈가 흘러나와 먹을 수 없을 것 같아서 버렸어요.

투르에 도착하면 푸짐하게 저녁 식사를 할 수 있을 거예요.
내 바람이지만." 플로랑스가 덧붙였다.

멀리 지평선에 투르의 변두리 동네가 보였지만 차들은
나아가지 못했다. 교차로에 바리케이드가 설치되는 바람에
모두가 차례를 기다려야 했다. 그렇게 한 시간이 흘렀다. 가
브리엘의 안색은 점점 더 창백해졌다. 그가 꿈꾸는 것은 이
제 샌드위치가 아니라 언젠가 비아리츠에서 돌아오는 길에
투르에 들러 먹었던 가볍고 뜨거운 포타주*와 버터 파테**
였다. (당시 그는 다른 여자와 함께 있었고, 비아리츠에서 돌
아오는 길이었다. 그런데 이상하게도 그 여자의 이름과 얼굴
이 도무지 생각나질 않았다. 부드럽고 매끈매끈한 반죽 속에
초승달 모양의 트러플을 감추고 있던 그 작은 버터 파테들만
기억에 또렷하게 남아 있었다.) 이어 가브리엘은 고기를 떠올
렸다. 붉은 피가 흐르는 큼직한 로스트비프 조각의 연한 살
을 버터가 살살 녹을 정도로 구우면… 얼마나 맛있을까….
그랬다, 그에게 필요한 건 바로 고기였다…. 로스트비프 한
조각, 비프스테이크, 샤토브리앙*** 한 조각, 하다못해 양고
기나 양 갈비라도. 가브리엘이 깊은 한숨을 내쉬었다.

바람 한 점 없지만 그리 덥지도 않은, 황금빛에 물든 상쾌

* 고기, 야채 따위를 넣어서 진하게 끓인 수프.
** 밀가루 반죽 속에 잘게 썬 고기를 양념하여 넣고 익힌 요리.
*** 고급 안심 스테이크.

한 저녁이었다. 부드러운 어둠이 마치 날개처럼 들판과 도로를 서서히 뒤덮었다. 인근 숲에서 딸기 향기가 은은하게 풍겨왔다. 휘발유와 매연 냄새로 무거워진 공기 속에서도 사람들은 순간적으로 그 향기를 느꼈다. 차들이 커브를 돌아 다리 밑으로 들어갔다. 여자들이 강에서 한가로이 빨래를 하고 있었다. 이 평화로운 장면 때문에 처참하고 낯선 그들의 처지가 더욱 절실하게 와닿았다. 멀리 풍차 하나가 우뚝 서서 천천히 돌아가고 있었다.

"보아하니 물고기가 아주 많겠군." 가브리엘이 꿈꾸듯 말했다. 2년 전 오스트리아에 갔을 때, 그는 이곳처럼 맑고 물살이 빠른 작은 강 근처에서 소스를 뿌려 구운 송어를 먹었다! 진줏빛과 쪽빛 껍질 아래 드러난 속살은 어린 아기의 피부처럼 분홍색이었다. 그리고 노릇노릇하게 찐 감자들… 신선한 버터와 다진 파슬리를 살짝 얹은… 너무나 단순하고, 너무나 고전적인…. 그는 희망에 부풀어 도시의 벽들을 바라보았다. 마침내, 그야말로 마침내, 그들은 도시로 들어섰다. 하지만 차창 밖으로 고개를 내밀자마자 그들은 길 위에 길게 늘어서 있는 피란민을 보았다. 사람들은 무료 급식소가 설치되어 굶주린 사람들에게 먹을 것을 나눠주고 있다고, 그것 말고는 아무것도 없다고 말했다.

손으로 아이를 붙들고 있는, 잘 차려입은 여자가 가브리엘과 플로랑스를 돌아보며 말했다.

"저흰 여기서 벌써 네 시간째 기다리고 있어요. 아이는 울어대고, 정말 끔찍해요."

"끔찍하군요." 플로랑스가 반복해 말했다.

그들 뒤쪽에서 천으로 머리를 싸맨 여자가 불쑥 나타났다.

"기다려봤자 헛일이에요. 문을 닫는대요. 이제 아무것도 없대요."

그녀는 손날로 뭔가를 자르듯 작게 손짓했다.

"아무것도, 아무것도. 빵 한 덩이도. 저랑 함께 있는 친구는 삼 주 전에 출산했는데, 어제부터 아무것도 못 먹고 아기에게 젖을 물리고 있어요. 그런데도 그들은 계속 아이를 낳으라고 하죠. 아이들, 좋죠! 먹여 살릴 수만 있다면!"

줄을 따라 침울한 웅성거림이 흘러나왔다.

"시내에도 아무것도 없는지 가봤나요?"

"당연하죠! 다들 떠난걸요. 마치 죽은 도시 같아요. 게다가 벌써 사재기하는 사람들까지 있대요, 글쎄!"

"끔찍하군요." 플로랑스가 다시 신음하듯 말했다.

플로랑스는 불안해하며 망가진 차를 타고 있는 사람들에게 말을 걸었다. 무릎 위에 아이를 안고 있는 여자는 마치 죽은 사람처럼 창백했다. 다른 여자가 어두운 표정으로 고개를 설레설레 흔들며 말했다.

"그건 아무것도 아니에요. 사재기는 부자들이나 하는 짓이죠. 가장 고통받는 건 노동자들이에요."

"우리는 이제 어떡하죠?" 플로랑스가 절망적인 표정으로 가브리엘을 돌아보며 말했다.

가브리엘은 여기를 벗어나자는 신호를 보내고는 성큼성큼 걸어갔다. 막 떠오른 달빛만으로도 도시를 큰 어려움 없이 돌아다닐 수 있었다. 도시의 모든 덧문은 닫혀 있었고, 문마다 빗장이 걸렸으며, 등불 하나 반짝이지 않았다. 창문에도 사람 모습 하나 보이지 않았다. 가브리엘이 낮은 목소리로 말했다.

"그 사람들 얘기는 다 헛소리야. 돈을 주고도 먹을 걸 구하지 못할 리가 없지. 내 말만 믿어. 허둥대다 굶주리는 멍청이들이 있는가 하면, 안전한 곳에 식량을 감춰두고 쏙쏙 뽑아 먹는 여우들도 있기 마련이야. 그 여우들을 찾아내야지."

가브리엘이 걸음을 멈췄다.

"여기가 파레르모니알이지, 그렇지? 내가 뭘 찾으러 왔는지 와서 좀 봐. 이 년 전에 이곳 식당에서 식사한 적이 있어. 주인이 틀림없이 날 기억할 거야. 기다려봐."

가브리엘은 자물쇠가 채워진 문을 요란스럽게 두들기며 위압적인 목소리로 외쳤다.

"문 열어요, 문 좀 열어요, 주인장! 친구가 왔어요!"

그리고 기적이 일어났다. 가브리엘과 플로랑스는 발소리를 들었다. 자물통 속에서 열쇠가 돌아갔고, 불안에 찬 얼굴이 슬며시 모습을 드러냈다.

"말해봐요, 나 알아보겠죠, 안 그래요? 나 코르트, 가브리엘 코르트요. 내가 지금 배가 고파 죽을 지경이에요, 주인장. 알아요, 알아, 아무것도 없다는 거. 하지만 날 위해… 잘 찾아보면… 뭔가 남아 있지 않겠어요? 아! 아! 이제 기억이 나시는 모양이군."

"선생님, 죄송하지만 지금 선생님을 식당에 들일 수가 없습니다." 주인이 속삭이듯 말했다. "그랬다간 피란민들에게 완전히 포위당하고 말 테니까요! 길모퉁이까지 내려가서 잠시 기다리시면 제가 곧 가겠습니다. 저도 코르트 씨를 기분 좋게 모시고 싶지만 저희한테도 워낙 남은 게 없어서… 하지만 잘 찾아보면…."

"그래요, 바로 그거요, 잘 찾아보면…."

"사람들한테는 아무 말도 안 하실 거죠? 오늘 여기서 무슨 일이 벌어졌는지 상상도 못 하실 겁니다. 다들 미친 사람들 같았어요. 집사람이 머리를 싸매고 드러누웠답니다. 모조리 먹어치우고는 돈도 안 내고 가버렸거든요!"

"주인장만 믿겠어요." 가브리엘이 그의 손에 지폐를 쥐여주며 말했다.

5분 후, 플로랑스와 가브리엘은 수건으로 싼 바구니 하나를 몰래 들고 차로 돌아가고 있었다.

"이 안에 뭐가 들었는지 정말 모르겠군." 가브리엘은 탐나지만 아직은 품에 안지 못한 여자들에게 말할 때처럼, 꿈에 잠긴 초연한 어조로 속삭였다. "아니, 전혀… 하지만 얼핏 푸아그라 냄새를 맡은 것 같기도 해…."

　　바로 그 순간, 그림자 하나가 가브리엘과 플로랑스 사이를 쏜살같이 지나가며 그들이 쥐고 있던 바구니를 낚아채고는 주먹을 휘둘러 그들을 갈라놓았다. 겁에 질린 플로랑스는 두 손으로 자기 목을 쥐고는 "내 목걸이! 내 목걸이!" 하고 소리쳤다. 하지만 목걸이와 그들이 지니고 있던 보석 상자는 여전히 그 자리에 있었다. 도둑들은 먹을 것만 훔쳐 달아났다. 주먹에 맞아 얼얼한 턱과 코를 손수건으로 연신 누르며 가브리엘이 반복해 말했다.

　　"여긴 정글이야. 우린 정글에 갇히고 만 거야…."

15

"그러지 말았어야 했어." 갓난아기를 품에 안은 여자가 한숨을 쉬며 말했다.

여자의 뺨에 생기가 조금 돌아왔다. 반쯤 찌그러진 낡은 시트로앵 자동차는 제법 능숙하게 피란 행렬을 빠져나왔다. 그 차에 탔던 사람들은 이제 어느 작은 숲의 이끼 위에 앉아서 쉬고 있었다. 맑고 둥근 달이 밝게 빛나고 있었다. 달이 없었어도, 멀리 지평선을 따라 타오르는 불길만으로도 소나무 아래 여기저기 누워 있는 사람들이며 움직이지 않는 자동차들을 밝히기에 충분했을 것이다. 그리고 젊은 여인과 챙 달린 모자를 쓴 사내와 그 곁에 있는 반쯤 비어버린 음식 바구니, 마개를 딴 샴페인 병의 금빛 주둥이를 밝히기에도.

"아니, 그러지 말았어야 했어… 마음이 영 불편해. 아무리 배가 고파도 그렇지 어떻게 그런 짓을, 쥘!"

얼굴을 다 차지하는 것 같은 넓은 이마에 커다란 눈, 가는 입과 뾰족한 턱의 키 작고 병약해 보이는 남자가 항의하듯 말했다.

"그럼 어쩌자고? 굶어 죽자고?"

"쥘한테 뭐라고 그러지 마. 그가 옳아." 천으로 머리를 싸맨 여자가 말했다. "아니, 그럼 넌 우리가 어떡하길 바라는 거야? 그 두 사람은 살아 있을 자격이 없다고 했잖아!"

그들은 입을 다물었다. 한때 하녀였던 그녀는 르노 공장에서 일하던 노동자를 만나 결혼했다. 전쟁이 터지고 처음 몇 달 동안은 남편을 파리에 묶어두는 데 성공했지만, 지난 2월 남편은 결국 떠났고, 지금은 주님만이 아시는 곳에서 싸우고 있었다. 남편은 부모 없이 동생 넷을 키운 맏형이었으니, 자신만의 전쟁을 이미 치른 셈이었다. 하지만 세상은 인정사정없었다. 특권, 면제, 배려는 부르주아의 몫이었다. 그녀의 가슴 깊은 곳에는 여러 가지 증오가 서로 뒤섞이지 않은 채 켜켜이 쌓여 있었다. 도시 사람들을 본능적으로 미워하는 시골 여자의 증오, 남의집살이를 하느라 지치고 성깔 사나워진 하녀의 증오, 끝으로 지난 몇 달 동안 남편 대신 공장에서 일한 여직공의 증오. 그녀는 남자의 일에는 절

대 익숙해지지 않았다. 그 일은 그녀의 팔뿐만 아니라 영혼
까지 무감각하게 만들어놓았다. 그녀가 동생에게 말했다.

"아닌 게 아니라 아주 멋지게 해치우던걸, 쥘. 네가 그럴
수 있을 줄은 정말 몰랐어!"

"알린은 굶주려 죽어가고 있는데, 그 더러운 것들이 포도
주와 푸아그라가 가득 든 바구니를 들고 가는 걸 보니 눈이
뒤집히잖아."

더 소심하고 부드러워 보이는 알린이 끼어들었다.

"좀 나눠 먹자고 부탁할 수도 있었을 거야, 안 그래요, 오
르탕스?"

알린의 남편과 시누이가 동시에 소리를 질렀다.

"그걸 말이라고 해? 넌 그들을 몰라! 우리가 굶주려 개처
럼 죽어가도 그들은 보고만 있었을 거야. 나눠 먹는다고?
천만의 말씀! 난 그들을 알아. 최악이지. 잘난 체하는 바랄
뒤죄 백작 부인의 집에서 그 사람을 본 적이 있어. 소설과
희곡을 쓴다지 아마? 운전기사 말로는 미치광이에다 아주
멍청한 작자래."

오르탕스는 말을 하면서 남은 음식을 정리했다. 붉고 뭉
툭한 두 손의 움직임은 놀라울 정도로 날렵하고 능숙했다.
이어 그녀는 아기를 안아 배내옷을 벗겼다.

"어이구, 요 불쌍한 녀석, 끔찍한 여행이지? 쯧쯧, 이 어
린 나이에 이런 일을 겪다니! 아니 차라리 잘된 일인지도 몰

라. 나도 가끔은 힘하게 자란 게 오히려 다행이라는 생각이
들기도 하니까. 손을 쓰는 법은 공짜로 배울 수 없지! 기억
나, 쥘? 엄마가 돌아가셨을 때, 난 열세 살도 채 안 됐었어.
그 나이에 빨래 보따리를 등에 지고 시도 때도 없이 빨래터
로 갔지. 겨울에는 얼음을 깨면서 빨래를 했어. 꽁꽁 얼어
갈라진 손을 호호 불어가며 말이야… 손이 너무 아려 울음
을 터뜨리기도 했지. 난 그렇게 혼자 힘으로 살아가는 법을,
아무것도 두려워하지 않는 법을 배웠어."

"어떠한 어려움도 이겨낼 수 있게 말이죠."

알린이 감탄 어린 목소리로 말했다.

오르탕스가 아기를 씻기고 말리고 옷을 갈아입히자, 알
린이 블라우스 단추를 풀고 아기를 품에 안았다. 남편과 시
누이가 흐뭇한 미소를 지으며 알린을 바라보았다.

"적어도 오늘은 저 가엾은 녀석이 먹을 게 좀 있겠어. 자,
힘껏 빨아봐!"

샴페인 기운이 서서히 올라오기 시작했고, 그들은 부드
럽고 혼란스러운 취기를 느꼈다. 그들은 몽롱한 눈길로 멀
리서 타오르는 화염을 바라보았다. 그 순간 그들은 자신들
이 왜 이 낯선 곳에 와 있는지, 어쩌다 파리의 리옹 역 근처
에 있는 작은 아파트를 떠나 도로를 달리고, 퐁텐블로 숲을
헤매고, 코르트의 바구니를 강탈했는지 잊어버렸다. 모든
것이 꿈처럼 흐릿하고 몽롱했다. 새장은 낮은 나뭇가지에

매달려 있었다. 오르탕스가 새들에게 모이를 주었다. 오르
탕스는 그 정신없는 와중에도 새들에게 줄 모이를 잊지 않
았다. 그녀는 주머니 깊숙한 곳에서 설탕 몇 조각을 꺼내 뜨
거운 커피잔에 던져 넣었다. 충격에도 불구하고 보온병은
말짱했다. 오르탕스는 커피를 흘리지 않도록 한 손을 커다
란 가슴에 올려놓은 채 두꺼운 입술을 내밀어 요란하게 후
루룩후루룩 소리를 내며 커피를 마셨다. 갑자기, 사람들 사
이에 말이 오갔다.

  "독일군이 오늘 아침 파리에 들어왔대요."

  오르탕스는 아직 반쯤 차 있는 커피 잔을 떨어뜨리고 말
았다. 오르탕스의 큼지막한 얼굴이 더욱 붉어졌다. 그녀는
고개를 떨구고 울음을 터뜨렸다.

  "여기가 아파. 여기가 아파…." 그녀가 가슴을 가리키며
말했다.

  오르탕스는 좀처럼 울지 않았지만, 그 눈물은 뜨거웠다.
자신에 대해서도 타인에 대해서도 좀처럼 연민을 느끼지
않는 억척스러운 여자의 눈물이었다. 오르탕스는 분노와
슬픔, 수치심이 뒤섞인 감정에 사로잡혔다. 그 감정이 너무
격렬해, 가슴이 에는 듯한 날카로운 통증까지 느껴졌다. 마
침내 그녀가 입을 열었다.

  "너도 알다시피 난 그이를 사랑해. 불쌍한 루이, 술도 안
마시고, 바람도 안 피우고, 죽어라 일만 했는데, 서로 사랑

하는데, 나한테 그 사람밖에 없는데… 그런데 그들은 이제
더는 그를 볼 수 없을 겁니다, 그는 죽었습니다, 하지만 우
린 승리했습니다, 라고 말하겠지… 빌어먹을! 차라리 그랬
으면 좋겠어! 농담 아냐, 차라리 그랬으면 좋겠다고!"

　"아! 차라리 확신이라도 가질 수 있었으면." 애써 더 강
한 표현을 찾고 있던 알린이 말했다.

　쥘은 징집과 전쟁을 면하게 해준, 반쯤 마비된 자기 팔을
떠올리며 입을 다물었다. '난 정말 운이 좋았어.' 그는 속으
로 생각했다. 하지만 동시에 그 자신도 뭔지 정확하게 알 수
없는, 양심의 가책과 비슷한 혼란스러운 감정을 느꼈다.

　"어쩔 수 없는 걸 어떡하겠어. 우리로선 아무것도 할 수
없는걸." 쥘이 어두운 표정으로 여자들에게 말했다.

　그들은 코르트 이야기를 다시 하기 시작했다. 그들은 그
를 대신해 먹어치운 멋진 식사를 흐뭇하게 떠올렸다. 이제
그들은 그를 조금 더 관대하게 평했다. 바랄뒤죄 백작 부인
집에서 작가들, 아카데미 회원들을 봤으며, 언젠가 노아이
백작 부인까지 직접 본 오르탕스가 그들의 우스꽝스러운
모습을 흉내 내는 바람에 그들은 한바탕 눈물이 날 정도로
자지러지게 웃었다.

　"악한 사람들이라 그런 건 아니에요. 삶을 몰라서 그렇
지." 알린이 말했다.

16

　도시에서 방을 구하지 못한 페리캉 집안사람들은 인근 마을의 교회 맞은편에 있는 두 노파의 집에서 커다란 빈방을 찾아냈다. 그들은 피로에 절어서 아이들을 옷도 벗기지 않은 채 눕혔다. 자클린이 떨리는 목소리로 자기 옆에 고양이 바구니를 놓아달라고 부탁했다. 자클린은 고양이가 달아나 길을 헤매다가 굶어 죽고 말 거라는 생각에 사로잡혀 있었다. 자클린은 바구니의 나무살 사이로 손을 넣었다. 그것은 고양이에게 작은 창 역할을 해주며, 고양이의 번뜩이는 녹색 눈과 분노로 곤두선 수염을 들여다볼 수 있게 해주었다. 그럴때만 자클린은 조용해졌다. 바구니 구멍을 손으로 꼭 잡은 채 곤한 잠에 빠져들었다. 에마뉘엘은 너무 크기만 하고 낯선 방과, "어쩌면 좋으니, 에고 불쌍해라… 죄없는 아이들이 이 무슨 고생이람…"이라고 신음하며 혼비백산한 풍뎅이처럼 이리저리 뛰어다니는 두 노파 때문에 겁에 질려 있었다. 베르나르는 등을 대고 누워서는, 더운 날씨에 사흘 전부터 주머니 속에서 굴러다닌 탓에 연필심과 소인이 찍힌 우표, 실오라기가 들러붙은 막대 사탕을 쪽쪽 빨았다. 그리고 눈 한번 깜빡하지 않은 채 멍하고 심각한 표정으로 두 노파를 바라보았다. 방에 있는 다른 침대는 페리캉 노인이 차지했다. 페리캉 부인과 위베르, 하녀들은 부엌에 있는 의자에서 밤을 보내기로 했다.

열린 창문들 너머로 달빛이 훤히 비추는 작은 정원이 내다보였다. 평온하고 환한 빛이 새끼 고양이가 조심스레 걷고 있는 좁은 길에 있는 은색 자갈 위를, 향기로운 백합 꽃송이들 위를 은은히 흐르고 있었다. 피란민과 마을 주민들은 주방에 모여 함께 라디오에 귀를 기울이고 있었다. 여자들은 울음을 터뜨렸고, 남자들은 말없이 고개를 떨궜다. 엄밀히 말하자면, 그들은 절망감을 느끼는 것이 아니었다. 그들은 오히려 받아들이고 싶지 않은 거부감을 느꼈다. 아니면 잠의 어둠이 걷히고 날이 밝아오는 것을 느끼며, 모든 존재가 빛을 바라는 순간, '이건 악몽일 뿐이야. 난 곧 깨어날 거야'라고 생각하는 순간, 우리가 꿈속에서 느끼는 것과 같은 몽롱함을 느꼈다. 그들은 서로 눈길을 피하며 꼼짝하지 않았다. 위베르가 라디오를 끄자, 남자들이 아무 말 없이 자리를 떴다. 부엌에는 여자들만 남았다. 여자들은 수군거리고 한숨짓는 소리를 냈다. 그들은 조국의 불행에 눈물을 흘리며, 지금도 전선에서 싸우고 있는 소중한 남편과 자식들의 모습을 떠올리고는 거기서 조국을 보았다. 여자들의 고통은 남자들의 고통보다 훨씬 더 동물적이고 단순하고 수다스러웠다. 그들은 불평과 비난으로 그 고통을 달랬다. "그러니까 말짱 헛고생이었군! 어쩌다 이 지경이… 운이 나빴던 것은 아니에요. 우리 배신당한 거예요, 부인, 배신당했다고요… 우린 팔린 거예요. 이제 가진 것 없는 사람들이 제일 고통받을 거예요…."

위베르는 가슴에 울분을 품은 채 주먹을 움켜쥐며 그들의 말을 듣고 있었다. '내가 지금 여기서 뭘 하고 있지? 이 늙은 수다쟁이들 틈에서? 그는 생각했다. '아! 내가 두 살만 더 먹었어도!' 나이보다 더 미숙한, 나약하고 가볍기만 했던 위베르의 정신 속에 갑자기 성숙한 남자의 열정과 번민이 깨어났다. 조국에 대한 걱정, 자신을 희생해야 한다는 뜨거운 욕망과 수치심, 고통 그리고 분노까지. 위베르는 마침내 난생처음으로, 너무나 심각한 사태가 닥쳐 자신에게 결단을 내리라고 요구하고 있는 거라고 생각했다. 눈물을 흘리거나 배반을 외칠 수만은 없었다. 그는 남자였다. 법적으로는 아직 군에 갈 나이가 안 됐지만, 위베르는 지금 전선에서 싸우고 있는 서른다섯 혹은 마흔 살 늙은이들보다 자신이 더 힘이 세고, 피로도 더 잘 견디며, 더 능숙하고, 머리가 더 잘 돌아간다는 것을 알고 있었다. 게다가 위베르는 자유로웠다. 돌봐야 할 처자식도 사랑하는 사람도 없었으니까!

"난 떠나고 싶어! 떠나고 싶단 말이야!" 위베르가 웅얼거렸다.

위베르는 페리캉 부인에게 다가가 손을 잡고는 한쪽으로 데려갔다.

"엄마, 식량 약간하고 엄마 가방에 들어 있는 내 붉은색 스웨터 좀 꺼내주세요. 그리고… 한번 꼭 안아주세요. 저는 떠날 거예요."

위베르는 감정이 북받쳐 말을 이을 수가 없었다. 그의 뺨 위로 눈물이 흘러내렸다. 위베르를 멍하니 바라보던 페리캉 부인이 아들의 의중을 알아차렸다.

"얘, 너 미쳤구나…."

"엄마, 난 떠날 거예요. 여기서 이러고 있을 수는 없어요. 남들은 싸우는데 여기서 팔짱이나 끼고 있어야 한다면 난 스스로 목숨을 끊고 말 거예요. 독일군이 오면 제 또래 아이들을 강제로 데려가서 그들 대신 싸우게 할 거라는 걸 모르시겠어요? 전 그러고 싶지 않아요. 떠나게 해주세요."

위베르는 자신도 모르는 사이에 목청을 높였고, 나중에는 아예 소리를 질렀다. 터져 나오는 외침을 억누를 수가 없었다. 위베르는 화들짝 놀라 몸을 떠는 늙은 여자들에 에워싸여 있었다. 위베르와 거의 비슷한 또래의 집주인 조카가 늙은 여자들 틈을 비집고 나섰다. 그는 금발 곱슬머리에 눈은 크고 천진난만했다. 소년은 남쪽 지방 억양이 섞인(부모는 공무원이었고, 그는 타라스콩에서 태어났다) 말투로 말했다.

"떠나야 해. 오늘 밤 당장! 들어봐, 여기서 그리 멀지 않은 생트 숲에 군대가 주둔하고 있어. 자전거를 타고 달려가기만 하면 돼…."

"르네, 애야, 네 엄마를 좀 생각해보렴!" 숙모들이 그에게 매달리며 신음하듯 말했다.

"놔주세요, 숙모. 이건 여자들이 나설 문제가 아니에요." 숙모들을 밀치며 소년이 대답했다. 소년의 매력적인 얼굴은 기쁨으로 벌겋게 달아올랐다. 멋지게 한마디한 것이 자랑스러웠던 것이다.

소년은 위베르를 쳐다보았다. 위베르는 눈물을 닦고 어둡고 결연한 표정으로 창가에 서 있었다. 그는 위베르에게 다가가 귀에 대고 속삭였다.

"떠날 거야?"

"물론이지." 위베르가 목소리를 낮춰 대답했다.

그러고는 잠시 생각에 잠겨 있다 덧붙였다.

"자정에 마을 입구에서 만나."

그들은 몰래 악수를 나누었다. 주위에서 여자들이 계획을 포기하라고, 미래를 위해 소중한 목숨을 남겨두라고, 부모가 불쌍하지도 않으냐고 한꺼번에 떠들어대기 시작했다. 그 순간, 위층에서 자클린의 날카로운 비명이 들려왔다.

"엄마, 엄마, 빨리 와보세요! 알베르가 달아났어요!"

"알베르라니, 부인의 둘째 아들인가요? 오, 하느님!"

나이든 여자들이 외쳤다.

"아뇨, 아니에요. 알베르는 고양이 이름이에요."

미쳐버릴 것 같은 심정으로 페리캉 부인이 말했다.

그사이, 묵직하고 깊은 폭발음이 공기를 뒤흔들었다. 멀리서 대포 소리가 울려 퍼졌다. 사방이 온통 위험이었다! 페리캉 부인이 의자에 털썩 주저앉으며 말했다.

"위베르, 내 말 잘 들어! 아빠가 안 계실 때 집안을 이끄는 건 바로 나야! 넌 아직 어려. 이제 겨우 열아홉 살이잖니. 네 의무는 미래를 위해 목숨을 아끼는 거야."

"다음 전쟁을 위해서요?"

"다음 전쟁을 위해서." 페리캉 부인이 기계적으로 반복했다. "그때까지는 입 다물고 내 말에 따라. 넌 못 떠나! 네가 조금이라도 분별이 있다면, 그토록 잔인하고 멍청한 생각을 떠올리지 않았을 게다! 네 눈에는 내가 충분히 불행해 보이지 않는 모양이지? 모든 게 끝났다는 걸 넌 아직도 모르겠니? 독일군이 오면 넌 백 미터도 못 가서 사살당하거나 포로가 되고 말 거야. 그러니 입 닥쳐! 너랑 입씨름하고 싶지 않으니까. 여기서 나가려면 날 밟고 지나가야 할 거다!"

"엄마, 엄마." 그 와중에도 자클린이 계속 소리를 질러댔다. "알베르를 찾아줘요! 알베르 찾아오라고 해요! 독일 사람들이 알베르를 잡을 거예요! 알베르는 길을 잃고 헤매다 폭격을 당해 죽고 말 거예요! 알베르! 알베르! 알베르!"

"자클린, 입 다물어, 동생들 다 깨우겠다!"

모두가 동시에 소리를 질러댔다. 위베르는 입술을 부르르 떨며, 산발을 한 채 온갖 몸짓을 해가며 호들갑을 떠는 늙은 여자들의 무리에서 벗어났다. 그러니까 그들은 아무것도 이해하지 못한단 말인가? 삶이란 셰익스피어의 작품처럼 장엄하고 비극적이었다. 저 여자들은 자기들 좋을 대로 삶의 가치를 떨어뜨리고 있었다. 한 세계가 무너져 폐허로 변해가는데도 그들은 조금도 변하지 않았다. 그들은 열등한 존재여서 영웅심도, 위대함도, 믿음도, 희생정신도 없었다. 그들은 손에 닿는 모든 것을 그들 자신의 크기에 맞게 줄이는 법밖에 몰랐다. 오! 하느님, 남자가 하나라도 있었으면, 그의 손을 잡아봤으면! 하다못해 아빠의 손이라도. 아니 그보다는 소중하고, 선량하고, 위대한 필리프 형의 손을 잡아봤으면! 형의 존재가 너무나 절실해 위베르의 눈에 다시 눈물이 솟구쳤다. 끊임없이 들려오는 대포 소리가 그를 불안하게 만드는 동시에 흥분시켰다. 위베르는 부르르 몸서리를 쳤다. 그러다 갑자기 겁에 질린 망아지처럼 고개를 좌우로 마구 흔들었다. 아니, 위베르는 두렵지 않았다. 천만에! 위베르는 두렵지 않았다! 그는 죽음이라는 관념을 받아들여 쓰다듬고 있었다. 잃어버린 대의를 위한 아름다운 죽음이었다. 1914년 전쟁 때처럼 참호 속에 처박혀 있다 당하는 죽음보다는 훨씬 나았다. 적어도 지금은 6월의 아름다운 태양 아래에서, 혹은 눈부신 달빛 속에서 정정당당하게 싸울 수 있으니까.

페리캉 부인은 자클린 곁으로 올라갔다. 하지만 그전에 예방 조치를 해두었다. 슬그머니 정원으로 나가려던 위베르는 문이 잠겨 있는 것을 발견했다. 그는 문을 두드리고 흔들어보았다. 침실에 있던 집주인들이 항의하듯 외쳤다.

"그 문 좀 가만 놔두게, 젊은이! 밤이 깊었어. 피곤하고 졸리니 잠 좀 자게 해줘."

다른 목소리가 덧붙였다.

"가서 잠이나 자게, 어린 친구."

위베르는 분해서 어깨를 들썩였다.

"어린 친구라니… 늙은 올빼미 같으니!"

페리캉 부인이 돌아왔다.

"자클린이 신경 발작을 일으켰어. 가방에 오렌지꽃술 병을 챙겨 와서 정말 다행이야. 손톱 좀 물어뜯지 마! 위베르, 거슬리니까 거기 그러고 있지 말고 이 의자에 누워 잠이나 자."

"안 졸려요."

"상관없어, 자." 그녀가 에마뉘엘을 어를 때처럼 강압적이고 초조한 말투로 말했다.

위베르는 불만이 가득한 얼굴로 무명천을 씌운 안락의자에 몸을 던졌다. 의자가 그의 무게를 못 이겨 신음했다. 페리캉 부인이 짜증스럽다는 듯 고개를 들어 천장을 쳐다보았다.

"살살 좀 앉아! 의자 다 부서지겠다! 이제 조용히 잠이나 자렴."

"알았어요, 엄마." 그가 풀 죽은 목소리로 말했다.

"차에서 비옷은 꺼내왔니?"

"아뇨, 엄마."

"넌 왜 그렇게 생각이 없니!"

"비옷은 필요 없을 거예요. 날씨만 좋은데요, 뭘."

"내일 비가 올지도 몰라."

그녀는 가방에서 뜨개질 거리를 꺼냈다. 위베르가 어렸을 때, 페리캉 부인은 아들이 피아노 연습을 하는 동안 옆에 앉아 뜨개질을 하곤 했다. 위베르는 눈을 감고 자는 척하고 있었다. 얼마 후, 페리캉 부인 역시 잠이 들었다. 그러자 위베르는 살그머니 일어나 열린 창문을 넘어 자전거를 세워 둔 헛간으로 달려갔다. 그러고는 소리 나지 않게 울타리를 열고는 밖으로 미끄러져 나갔다. 모두가 잠든 시각이었다.

포성마저 잠잠해졌다. 지붕 위에서 고양이들이 울어댔다. 달빛을 받아 스테인드글라스가 푸른색으로 빛나는 멋진 성당이 피란민이 차를 주차해놓은 먼지투성이의 공터 한가운데에 서 있었다. 방을 구하지 못한 사람들은 차 안이나 풀밭에 누워 잠을 청했다. 창백한 얼굴들이 자면서도 두려운 듯 얼굴을 잔뜩 찡그린 채 불안을 뿜어냈다. 하지만 다들 납처럼 무거운 잠에 빠져, 날이 새기 전에는 그 무엇도 그들을 깨우지 못할 것 같았다. 보기만 해도 알 수 있었다. 그들은 자신도 모르는 사이에 잠에서 죽음으로 건너갈지도 몰랐다.

위베르는 연민과 놀라움의 눈으로 사람들을 바라보며 그들 사이를 지나갔다. 위베르는 전혀 피곤하지 않았다. 지나치게 흥분한 상태가 오히려 그에게 기운을 돋우고, 그를 이끌었다. 그는 슬픔과 가책을 느끼며 두고 온 가족을 떠올렸다. 하지만 슬픔과 가책만으로도 위베르는 더욱더 흥분되었다. 위베르는 맨몸으로 자신만의 모험에 뛰어든 것이 아니었다. 그는 조국에 자신의 목숨뿐만 아니라 가족들 모두의 목숨까지도 바치고 있었다. 위베르는 선물을 잔뜩 든 젊은 신처럼 자신의 운명을 맞으러 나아갔다. 적어도 위베르는 자신을 그렇게 보았다. 마을을 벗어나 벚나무에 도착한 그는 늘어진 가지들 아래 몸을 던지듯 쓰러졌다. 갑자기 아주 달콤한 감정이 그의 가슴을 설레게 했다. 위베르는 영광

과 위험을 함께 나눌 새로운 동지를 생각했다. 금발의 소년
은 거의 미지의 사람이었지만, 위베르는 그와 기이한 격렬
함과 애정으로 묶여 있음을 느꼈다. 위베르는 북부 지방에
서 독일군 부대가 다리를 건널 때 "전우의 시체를 넘고 넘
어…"라는 군가를 부르며 전투 중에 사망한 전우들의 시체
를 넘어가야만 했다는 얘길 들은 적이 있었다. 위베르는 그
일화에서, 거의 야만에 가까운, 순수한 사랑의 감정을 느꼈
다. 위베르는 무의식적으로 자신이 그토록 사랑했지만 오
로지 그리스도를 향한 애정과 열정 때문에 동생에게서 서
서히 멀어져간, 지나치게 엄격하고, 지나치게 성스러운 필
리프의 역할을 대신하려고 했다.

　지난 2년 동안 위베르는 실제로 몹시 외롭다고 느꼈다.
공교롭게도 학교 친구들마저 깡패나 속물 같은 녀석들뿐이
었다. 또한 스스로 의식하지는 못했지만, 위베르는 아름다
운 몸에 끌렸고, 르네의 얼굴은 천사 같았다. 위베르는 르
네를 기다렸다. 소리가 날 때마다 움찔하며 고개를 들었다.
12시 5분 전이었다. 기수는 없고 안장만 덩그러니 맨 말 한
마리가 지나갔다. 때때로 이 같은 묘한 광경들이 위베르에
게 참화와 전쟁을 상기시켰지만, 나머지는 더없이 고요했
다. 위베르는 긴 잡초 하나를 꺾어서 물어뜯었다. 그러고는
주머니를 뒤져 내용물을 살펴보기 시작했다. 빵 한 덩이, 사
과 하나, 호두 몇 개, 과자 부스러기 약간, 주머니 칼 하나,

실 꾸러미 하나, 그리고 작은 붉은색 수첩. 수첩 첫 페이지에 위베르는 이렇게 썼다. '제가 죽으면, 파리 들레세르 가 18번지에 거주하는 제 부모님 페리캉 부부에게 알려주십시오.' 그러고는 님에 있는 외갓집 주소도 함께 적었다. 위베르는 저녁기도를 하지 않았다는 것을 떠올렸다. 위베르는 풀숲에 무릎을 꿇은 채 사도신경을 외며 가족을 위해 기도한 다음, 깊은 한숨을 내쉬며 일어섰다. 위베르는 사람들과 하느님에 대해 해야 할 일을 다 했다고 느꼈다. 기도를 드리는 사이 12시를 알리는 종이 울렸다. 이제 떠나야만 했다. 달이 길을 훤히 밝히고 있었다. 아무것도 보이지 않았다. 위베르는 30분 동안 초조하게 기다렸다. 그는 점점 불안해졌다. 위베르는 자전거를 구덩이에 눕혀놓고 르네를 마중하기 위해 마을로 나아갔다. 하지만 르네는 나타나지 않았다. 위베르는 발길을 돌려 벗나무 아래로 돌아와 다시 기다렸다. 그는 두 번째 주머니의 내용물을 살폈다. 구겨진 담배 몇 개비, 약간의 돈. 위베르는 아무 맛도 느끼지 못하며 담배를 피웠다. 그는 아직 인이 박이지 않아 담배 맛을 몰랐다. 짜증이 나서 손이 덜덜 떨렸다. 위베르는 꽃을 꺾어 내던졌다. 벌써 한 시간이나 지났잖아. 혹시 르네가? 아냐, 아냐, 이런 식으로 약속을 저버릴 리가 없어. 아마 숙모들한테 붙잡혀서 갇혀 있을 거야. 하지만 나는 엄마가 조치를 취했는데도 몰래 빠져나오지 않았던가. 위베르의 엄마는 아직 자고 있을 것이다. 곧 잠에서 깨어나 위베르가 없는 것을 알면 엄마는 어떻게 할까? 사방으로 아들을 찾으러 다닐 것이다. 마을과 아주 가까운 곳에 계속 머물러 있을 수는 없었다. 하지만 르네가 늦게라도 온다면? 위베르는 동이 틀 때까지 르네를 기다리다가 해가 뜨는 즉시 떠나기로 했다.

　첫 햇살이 길을 비출 때, 위베르는 마침내 그곳을 떠났다. 그는 언덕 위에 있는 생트 숲으로 갔다. 위베르는 손으로 자전거를 잡고, 군인들에게 할 말을 준비하며 언덕을 조심스럽게 올라갔다. 사람들 목소리와 웃음소리, 말이 힝힝거리는 소리가 들려왔다. 그런데 누가 소리를 질렀다. 위베르는 그 자리에서 굳어버렸다. 숨조차 쉬지 못한 채. 그들은 독일어를 하고 있었다. 위베르는 나무 뒤로 몸을 던졌고, 거기서 몇 걸음 떨어진 곳에서 황록색 제복을 보았다. 위베르는 자전거를 내팽개치고 토끼처럼 비탈을 뛰어 내려갔다. 비탈을 내려온 다음에는 방향을 잘못 잡은 것도 모른 채 앞만 보고 무작정 달려 완전히 낯선 마을에 도착하고 말았다. 그러다 다시 국도로 되돌아갔고, 이번에는 피란민의 자동차 행렬과 마주쳤다. 차들은 그야말로 미친 듯이 내달렸다. 회색 경주용 차 한 대가 작은 트럭을 들이받아 구덩이에 처박고도 속력을 조금도 줄이지 않은 채 쏜살같이 달아났다. 위베르는 걸으면 걸을수록 마치 빨리 돌린 영화처럼 차량의 물결이 점점 더 빨리 흘러갔다고 생각했다. 병사들을 가득 태운 트럭을 본 위베르는 필사적인 몸짓으로 신호를 보냈다. 차는 멈추지 않았지만, 누군가 손을 뻗어 나뭇잎으로 위장되어 있는 대포와 덮개 상자들 사이로 위베르를 끌어올려 주었다.

"알려주고 싶었어요. 여기서 아주 가까운 숲에서 독일군들을 봤어요."

위베르가 헐떡이며 말했다.

"사방이 독일군 천지란다, 이 녀석아." 병사가 대답했다.

"저도 같이 가도 될까요?" 위베르가 머뭇거리며 물었다. "저도(그는 벅차오르는 감동 때문에 목소리가 갈라졌다), 저도 싸우고 싶어요."

병사는 그를 물끄러미 바라보고는 아무 대답도 하지 않았다. 어떠한 말도, 어떠한 광경도 더는 그 병사들을 놀라게 하거나 감동시킬 수 없을 것 같았다. 길을 가는 도중에 위베르는 병사들이 오는 길에 임산부 하나, 폭격으로 부상당한 아이 하나, 그리고 사람들이 버렸거나 잃어버린, 다리가 부러진 개 한 마리도 태웠다는 것을 알았다. 할 수만 있다면, 적이 다리를 건너지 못하게 해서 진군을 늦추려 한다는 것도.

'악착같이 따라다녀야지. 이제 됐어. 제대로 찾아온 거야.' 위베르는 생각했다.

점점 불어나는 피란민의 물결이 트럭을 에워싸 앞길을 막았다. 때때로 앞으로 나아갈 수 없게 될 때면 병사들은 팔짱을 낀 채 사람들이 길을 터주기를 기다렸다. 위베르는 트럭 뒤편에 걸터앉아 있었다. 그의 다리가 허공에서 대롱거렸다. 엄청난 동요가, 그리고 혼란스러운 생각과 열정들이 위베르를 들쑤셨다. 하지만 그의 마음을 지배하는 것은 인류 전체를 향한 모멸감이었다. 그 감정은 몸에서부터 느껴지는 것 같았다. 몇 달 전, 친구들의 강압에 못 이겨 난생처음 억지로 마셨던 술의 맛을, 입안에 남은 담즙이나 재처럼 끔찍한 질 나쁜 포도주 맛을 위베르는 지금 다시 느끼고 있었다. 위베르는 너무나 착한 어린애였다! 위베르는 세상이 단순하고 아름답다고, 사람들은 존중받을 자격이 있다고 생각했었다. 하지만 인간은… 야비한 짐승 떼에 불과했다. 떠나자고 부추겨놓고는, 나라가 망해가는데도 따뜻한 이불 속에 자빠져 잠이나 잔 르네. 피란민에게 물 한 잔, 침대 하나 내주지 않던 사람들, 달걀 몇 개를 금값에 팔던 사람들, 가방, 상자, 식량, 심지어 가구까지 차에 잔뜩 실어놓고는 피곤에 절어 죽어가는 여자에게, 파리에서 여기까지 걸어온 아이들에게 "태워줄 수가 없어요. 보다시피 자리가 없어서"라고 말하던 사람들. 화장을 짙게 하고는 장교들로 가득한 트럭을 얻어 타고 시시덕거리던 여자들. 너무나 만연한 이기주의, 비겁함, 야만적이고 아무 의미도 없는 잔인함이 위베르를 구역질 나게 했다. 하지만 정말 끔찍한 것은 몇몇 사람들의 희생, 영웅적 행동, 선의를 모른 척할 수 없다는

데 있었다. 예를 들면, 필리프 형은 성인이었다. 그리고 아
무것도 먹지도 마시지도 못했으면서(아침에 떠난 군수장교
가 제때 돌아오지 않았기 때문이다) 절망 속에서 대의를 위
해 싸우러 가는 그 병사들은 영웅이었다. 그들에게는 용기
와 자기희생, 그리고 사랑이 있었다. 그런데 그것이 끔찍하
게 느껴졌다. 선한 사람들은 타고난 것처럼 보였기 때문이다.
필리프 형은 자신만의 방식으로 그것을 설명했다. 필리프가
말을 하면 더없이 순수한 화염 덩어리를 내부에 품고 있는
듯, 빛과 열을 동시에 발하는 것처럼 보였다. 하지만 위베르
는 종교에 대해 회의감을 느꼈고, 필리프는 멀리 있었다. 그
리고 세상은 원칙도 기준도 없이 지옥의 색깔로 물들어 있
었다. 예수님도 결코 강림하지 않을 터였다. '왜냐면 그들이
갈가리 찢어놓을 테니까.' 위베르는 생각했다.

　피란민의 행렬에 공습이 가해졌다. 죽음은 하늘을 선회
하다가 갑자기 날개를 펼친 채, 도로를 따라 기어가는 검은
벌레들의 긴 행렬을 향해 부리를 번뜩이며 급강하했다. 모
두 바닥에 엎드렸다. 여자들은 아이들을 껴안아 몸으로 보
호하려 했다. 공습이 멎은 다음에는, 거센 폭풍우가 몰아치
는 날 보리 이삭들이 들판 위로 누운 모습처럼 행렬 사이로
깊은 고랑들이 파였다. 잠시 침묵의 순간이 지난 후에야 신
음 소리와 누군가를 부르는 소리들이 여기저기서 터져 나
왔다. 아무도 귀 기울이지 않는 신음, 불러도 대답 없이 음

산한 하늘로 퍼져가는 헛된 소리들….

　사람들은 길가에 세워둔 차에 올라 다시 출발했다. 하지만 몇몇 차량은 버려진 채 남아 있었다. 차 문이 열리고, 지붕에는 여전히 가방들이 묶여 있는 채로. 하지만 운전자는 차로 돌아오지 못할 것이다. 차 안의 버려진 보따리들 사이에서는 요란스레 짖으며 자신을 묶은 줄을 물어뜯는 개 혹은 닫힌 바구니 속에서 악을 쓰고 울어대는 고양이가 발견되기도 했다.

17

　가브리엘 코르트는 아직도 거의 반사적으로, 과거의 방식에 따라 행동했다. 누군가에게 해를 입으면, 우선 불평부터 늘어놓은 다음에야 자신을 보호했다. 가브리엘은 다급하게 플로랑스를 끌고 다니며 파레르모니알에서 결국 먹지 못한 저녁을 해결해줄 시장이든, 헌병, 의원, 도지사든 당국을 대표하는 사람을 찾았다. 하지만 이상하게도 거리는 텅 비었고, 집들은 죽은 듯이 고요했다. 그는 한 사거리에서 목적지 없이 방황하는 것처럼 보이는 여자들과 맞닥뜨렸다. 그들은 그의 질문에 답해주었다.

　"우리도 몰라요. 여기 사람이 아니거든요. 우리도 선생님처럼 피란민이에요." 한 여자가 말했다.

매캐한 연기 냄새가 6월의 부드러운 바람을 타고 그들에게까지 풍겨왔다.

얼마 후, 가브리엘과 플로랑스는 차가 어디 있는지 서로에게 묻고 있었다. 플로랑스는 차를 역 근처에 주차해놓았다고 생각했다. 가브리엘은 오는 길에 보았던 다리를 떠올렸다. 평화롭고 아름다운 달이 훤히 비춰주고 있었지만, 그들에게 이 고색창연한 작은 도시의 길들은 모두 비슷해 보였다. 어딜 가나 박공과 옛날식 경계석, 기우뚱한 발코니, 어두컴컴한 막다른 골목길뿐이었다.

"조악한 오페라 무대장치 같군." 코르트가 신음하듯 중얼거렸다.

아닌 게 아니라, 화장실 악취가 희미하게 섞인 역겹고 매캐한 무대 뒤편의 냄새가 풍겼다. 날이 몹시 더워 가브리엘의 이마 위로 땀이 흘러내렸다. 그는 뒤에서 따라오던 플로랑스가 부르는 소리를 들었다. 플로랑스는 고래고래 소리를 질러대고 있었다. "기다려요! 기다리라니까, 비겁한 놈, 나쁜 놈! 가브리엘, 어디 있어요? 어디 있어요? 가브리엘, 당신이 안 보여요. 돼지 같은 놈!" 플로랑스의 절규가 오래된 벽들에 부딪혀 메아리쳤다. "돼지, 더러운 놈, 비겁한 놈!"

플로랑스는 결국 역 근처까지 와서야 가브리엘을 만났다. 플로랑스는 가브리엘에게 달려들어 날카롭게 소리를 질러대며 몸을 사리는 그를 때리고, 할퀴고, 얼굴에 대고 침을 뱉었다. 가브리엘도 짜증 난 목소리로 웅얼거리며 맞섰다. 가브리엘 코르트의 낮고 지친 목소리에 그렇게 날카롭게 울리는, 여성스러우면서도 야성적인 소리가 숨어 있으리라곤 아무도 상상하지 못했을 것이다. 배고픔, 두려움, 피로 때문에 그들은 미쳐갔다. 그러는 와중에도 그들은 역 앞 대로가 텅 비어 있는 것을 보았고, 도시에서 철수하라는 명령이 떨어졌다는 것을 깨달았다.

저기 멀리 달빛으로 훤한 다리 위에 사람들이 있었다. 기진맥진한 군인들이 몇 명씩 무리 지어 포석에 앉아 쉬고 있었다. 그들 중에서 창백한 얼굴에 큼지막한 안경을 쓴 젊은 청년이 힘겹게 일어나 플로랑스와 가브리엘을 떼어놓으려고 다가왔다.

"이것 보세요, 선생님. 그만 하세요, 부인. 부끄럽지도 않으세요?"

"차들은 다 어디 있지?" 코르트가 외쳤다.

"철수하라는 명령이 떨어졌어요."

"누가? 왜 그러는데? 그럼 우리 가방은? 내 원고는? 나, 가브리엘 코르트야!"

"맙소사, 선생님 원고는 찾게 될 겁니다! 더 중요한 것을 잃은 사람들도 많아요!"

"이런 무식한!"

"그래요, 선생님. 하지만…."

"어느 작자가 그런 멍청한 명령을 내린 거야?"

"솔직히 말하자면, 멍청한 명령이야 시도 때도 없이 내려졌죠. 선생님 자동차랑 원고는 곧 되찾게 될 겁니다. 제가 장담하죠. 그러니 여기 이러고 계시지 마세요. 독일군이 곧 밀려올 겁니다. 우린 역을 폭파하라는 명령을 받았어요."

"그럼 우린 어디로 가야 하죠?" 플로랑스가 신음하듯 말했다.

"시내로 되돌아가세요."

"묵을 곳도 없는데요?"

"묵을 곳이 없진 않을 겁니다. 다들 도망갔으니까." 코르트에게서 몇 발짝 거리를 두고 서 있던 병사 중 하나가 말했다.

환한 보름달이 희미한 푸른빛을 드리웠다. 병사의 얼굴은 투박했고, 표정은 심각했다. 두툼한 볼에는 주름 두 줄기가 깊게 파여 있었다. 그가 가브리엘 코르트의 어깨를 잡아 큰 힘을 들이지 않고 돌려세웠다.

"엇차! 이제 가세요. 당신들 얼굴 충분히 봤으니까, 알았어요?"

가브리엘은 순간적으로 병사에게 달려들려고 했지만, 어깨를 잡은 억센 손의 압력에 뜻을 접고 뒤로 두 걸음 물러섰다.

"우린 월요일부터 내내 길에서 지냈어요. 그래서 배가 고파 죽을 지경이에요."

"배가 너무 고파요." 플로랑스가 반복했다.

"아침까지 기다리세요. 그때까지 우리가 여기 있다면 수프라도 얻어먹을 수 있을 테니까."

큼지막한 안경을 쓴 병사가 부드럽고 지친 목소리로 말했다.

"여기서 이러고 있으면 안 됩니다, 선생님. 자, 가세요." 그가 코르트의 손을 잡고는 아이들을 재우기 위해 거실에서 내보내는 것처럼 가볍게 떠밀었다.

가브리엘과 플로랑스는 광장을 다시 가로질렀다. 어쨌든 이제 그들은 지친 발을 끌며 나란히 걷고 있었다. 분노가 가시자 그들을 지탱해주던 신경질적인 힘도 함께 사라져버렸다. 사기가 떨어져 다시 식당을 찾아 나설 기운조차 없었다. 그들은 열리지 않는 문들을 두드려댔다. 그러다 결국 한 성당 근처의 벤치에 주저앉고 말았다. 플로랑스는 고통으로 얼굴을 찡그리며 신발을 벗었다.

밤이 지나가고 있었다. 아무 일도 일어나지 않았다. 역은 원래 모습 그대로 있었다. 가끔 근처에서 군인들의 발소리가 들려왔다. 사람들이 한두 차례 지나갔다. 그들은 무거운 머리를 맞대고 말없이 어둠 속에 웅크리고 있는 플로랑스와 코르트에게 눈길 한 번 주지 않았다. 상한 고기 냄새

가 풍겼다. 시외에 있는 도축장에 폭탄이 떨어져 화재가 발
생했기 때문이었다. 가브리엘과 플로랑스는 꾸벅꾸벅 졸았
다. 눈을 떴을 때 그들은 식기를 들고 지나가는 병사들을 보
았다. 플로랑스가 탐욕스럽고 경박하게 소리를 질렀다. 병
사들이 그녀에게 수프 한 사발과 빵 한 조각을 나눠주었다.
가브리엘은 날이 밝자 인간의 존엄성을 조금이라도 되찾았
는지 약간의 수프와 빵 덩이를 놓고 플로랑스와 다투지는
못했다! 플로랑스는 천천히 수프를 마셨다. 그러다 먹기를
멈추고 가브리엘에게 다가왔다.

"남은 거라도 먹어요."

그는 사양했다.

"아냐, 당신 먹을 양도 안 되는데."

플로랑스는 배추 냄새가 나는 따뜻한 수프가 든 알루미
늄 그릇을 가브리엘에게 내밀었다. 가브리엘은 떨리는 손
으로 그것을 받아 모서리에 입을 갖다 대고는, 불어서 식힐
겨를도 없이 벌컥벌컥 들이켰다. 식사를 끝낸 그가 만족스
러운 한숨을 내쉬었다.

"좀 살 만합니까?" 병사가 물었다.

가브리엘과 플로랑스는 지난밤 자신들을 역에서 쫓아냈
던 병사를 알아보았다. 막 떠오른 아침 햇살 때문에 로마군
대장 같던 그의 사나운 얼굴이 한결 부드러워 보였다. 가브
리엘이 주머니에 있는 담배를 떠올리고는 그것을 꺼내 그

에게 권했다. 두 남자는 잠시 아무 말 없이 담배를 피웠고, 그사이 플로랑스는 발이 부어 들어가지 않는 신발을 신으려고 헛되이 애쓰고 있었다.

마침내 병사가 입을 열었다.

"내가 당신들이라면 서둘러 달아날 거예요. 독일군이 다시 공격해올 게 분명하니까. 그들이 아직 시내로 진격해오지 않았다는 사실이 놀라울 뿐이에요." 그가 비통한 어조로 덧붙였다. "하긴 서두를 필요도 없지. 여기서 바욘까지 밀어붙이는 건 식은 죽 먹기일 테니…."

"이제 다 끝났다고 생각하세요?" 플로랑스가 머뭇거리며 물었다.

병사는 대답도 하지 않고 훌쩍 가버렸다. 가브리엘과 플로랑스도 절름거리며 도시 변두리를 향해 곧장 나아갔다. 텅 비어 있는 것처럼 보였던 도시에서 짐을 든 피란민들이 삼삼오오 무리를 지어 모습을 드러냈다. 폭풍우가 잦아들면 길 잃은 짐승들이 서로를 찾듯, 피란민들은 어디서나 서로를 찾아 뭉치려 했다. 피란민들은 군인들이 지키는 다리를 향해 걸어갔다. 병사들은 그들이 지나가도록 내버려두었다. 가브리엘 코르트와 플로랑스도 거기 있었다. 피란민 위로 구름 한 점없고 비행기 한 대 없는 눈부신 창공이 펼쳐져 있었다. 그들은 맞은편에서 남쪽을 향해 나 있는 도로와 신선한 푸른 잎으로 뒤덮인 숲을 보았다. 그런데 갑자기,

그 숲이 그들을 향해 다가오는 것처럼 보였다. 나뭇잎으로 위장한 독일군 트럭과 대포들이었다! 가브리엘 코르트는 앞서가던 사람들이 양팔을 들고는 부리나케 뛰어 길을 되돌아오는 것을 보았다. 바로 그 순간, 프랑스군이 일제히 사격을 개시했다. 독일군 기관총 사수들도 응사했다. 양 진영 사이에 갇혀버린 피란민은 사방으로 흩어져 달아났다. 얼이 빠진 것처럼 제자리에서 빙빙 도는 사람들도 있었다. 한 여자가 다리 난간을 넘어 강으로 뛰어들었다. 플로랑스가 가브리엘의 팔을 손톱이 박힐 정도로 세게 잡고는 부르짖었다.

"돌아가요, 빨리!"

"곧 다리가 폭파될 거야." 가브리엘이 외쳤다.

가브리엘은 그녀의 손을 잡아 앞쪽으로 끌고 갔다. 갑자기 섬광처럼 묘하면서도 뜨겁고 날카로운 생각이, 그들이 죽음을 향해 달려가고 있다는 생각이 가브리엘을 관통했다. 가브리엘은 플로랑스를 끌어당겨 억지로 고개를 숙이게 하고는 사형수의 눈을 가리듯 망토로 그녀의 머리를 가렸다. 가브리엘은 플로랑스를 거의 둘러업다시피 한 상태로, 비틀거리고 헐떡거리며, 반대편 강기슭까지 몇 미터를 질주했다. 심장이 마구 요동쳤지만 두렵지 않았다. 가브리엘은 무슨 일이 있어도 플로랑스의 목숨만은 구하고 싶었다. 그는 보이지 않는 뭔가를, 그를 보호해주는 손을 믿었다. 그는 너무나 약하고 초라하고 작아서 폭풍우 속의 지푸라기가 그렇듯 가혹한 운명을 면할 수 있을 것 같았다. 그들은 다리를 건넌 다음, 그대로 내달려 독일군 진영을 스칠 듯이 지나쳤다. 불을 뿜는 기관총과 녹색 군복들이 보였다. 이제 길은 안전했다. 죽음은 그들 뒤에 있었다. 그때 갑자기 거기, 작은 숲길 입구에서—그랬다, 그들이 잘못 본 게 아니었다. 그들은 분명히 알아보았다—그들의 차를 보았다. 그들을 기다리는 충실한 하인들과 함께. 플로랑스가 신음하듯 외쳤다. "쥘리, 오, 주님, 감사합니다. 쥘리!" 운전기사와 침실 하녀의 목소리가 혼절의 안개를 반쯤 꿰뚫는 먹먹하고 기묘한 소리처럼 가브리엘 코르트의 귀에 와 닿았다. 플로랑스가 울음을 터뜨렸다. 서서히, 믿을 수 없이 의아하고 정신이 오락가락하는 가운데, 힘겹게, 점진적으로, 코르트는 차를, 원고를, 삶을 되찾았다는 것을, 자신이 더는 굶주림에 고통스러워하는, 용감한 동시에 비겁한 보통 사람이 아니라 모든 악으로부터 보호받으며 특권을 누리는 존재, 가브리엘 코르트라는 것을 깨달았다.

18

위베르는 길에서 만난 병사들과 함께 마침내 알리에 강가에 도착했다. 6월 17일 월요일 정오였다. 도중에 지원병이 속속 합류했다. 기동 헌병, 세네갈 용병, 필사적인 용기로 뿔뿔이 흩어진 저항군을 모아 전열을 가다듬으려고 애쓰는 궤멸된 부대의 병사, 그리고 피란 중인 가족과 헤어지거나 '군에 합류하기 위해' 밤중에 몰래 빠져나온 위베르 같은 소년들. '군에 합류하기 위해'라는 마술적인 말이 마을에서 마을로, 농가에서 농가로 퍼져나갔다. "군에 합류할 거야, 루아르강 너머에서 전열을 재정비한 다음 독일군에 맞설 거야." 열여섯 살 소년들은 이구동성으로 이렇게 말했다. 그 아이들은 등에 보따리를, 전날 밤 엄마가 눈물을 흘리며

스웨터나 셔츠로 급하게 둘둘 말아준 간식거리를 짊어지고
있었다. 그들의 얼굴은 발그레하고 통통했으며, 손가락에
는 잉크가 묻었고, 목소리는 변성기여서 낮고 굵었다. 그들
중 셋은 나이 때문에 혹은 예전에 입은 부상과 가족을 돌봐
야 하는 상황 때문에 지난 9월 이후 전쟁에서 멀리 떨어져
지내야 했던 1914년 전쟁 참전 군인인 그들의 나이 든 아버
지와 함께 자원했다. 부대 사령부가 건널목 근처 돌다리 밑
에 설치되었다. 위베르는 길과 강가에서 대략 200명 가량
의 사람들을 보았다. 경험이 전혀 없는 위베르의 눈에는 그
들이 적군에 맞서는 막강한 군대로 보였다. 위베르는 돌다
리 위에 수 톤의 멜리나이트가 설치되는 것을 보았다. 하지
만 병사들이 점화용 도화선을 구하지 못했다는 것은 모르
고 있었다. 병사들은 묵묵히 일하거나 땅바닥에 드러누워
잠을 청했다. 그들은 어제부터 아무것도 먹지 못했다. 저녁
무렵에 병맥주가 배급되었다. 위베르는 배가 고프지 않았
지만, 블론드 맥주의 쓴맛과 숙성된 거품 덕분에 행복해졌
다. 용기를 내는 데 필요한 건 바로 그것이었다. 하지만 위
베르의 도움을 원하는 사람은 아무도 없어 보였다. 그는 이
리저리 돌아다니며 소심하게 일손을 보탰다. 병사들은 대
답은 고사하고 아예 위베르를 쳐다보지도 않았다. 위베르
는 다리 쪽으로 볏짚과 나뭇단을 끌고 가는 병사 둘과 타르
통을 밀고 가는 병사 하나를 보았다. 위베르는 어마어마하

게 큰 나뭇단을 집었다. 하지만 너무 섣불리 나서는 바람에 가시에 찔려 손을 다치고 말았다. 그는 자기도 모르게 작은 비명을 내질렀다. 아무도 자신의 비명을 듣지 못했으리라고 생각했는데, 잠시 후 마침내 다리 앞에 짐을 부려놓은 병사가 "너, 거기서 뭐 하고 있나? 네가 방해만 된다는 거, 모르겠냐?"하고 외쳤을 때는 쥐구멍에라도 들어가고 싶을 정도로 창피했다.

위베르는 자존심에 상처만 입은 채 물러났다. 그러고는 알리에 강 맞은편의 생푸르생 도로에 우두커니 서서 그로선 도무지 이해할 수 없는 작업이 완수되는 것을 지켜보았다. 볏짚과 나뭇단이 다리 위, 50리터짜리 휘발유 통 옆에 잔뜩 쌓여 있었다. 병사들은 그것을 방책 삼아 적군의 진격을 저지하고, 75밀리 포로 멜리나이트를 폭파할 작정이었다.

그날은 그렇게 흘러갔다. 밤과 이튿날 아침나절도. 신열처럼 텅 비고, 기묘하고, 일관성 없는 시간이었다. 먹고 마실 건 여전히 아무것도 없었다. 젊은 농부들 역시 풋풋한 안색을 잃은 지 오래였다. 굶주려 창백하고, 먼지를 뒤집어써 시커먼 얼굴, 덥수룩한 머리칼, 붉게 충혈된 눈, 고통에 일그러진, 냉혹하고 고집스러운 표정을 짓고 있는 그들은 갑자기 더 늙고, 더 위대해 보였다.

오후 2시, 강 반대편에 첫 독일군이 출현했다. 그날 아침 파레르모니알을 통과한 기계화 부대였다. 위베르는 입을

헤벌린 채 평화로운 벌판을 가로지르는, 야만적이고 전투
적인 번개처럼 빠르게 다리 위를 질주하는 부대를 바라보
았다. 하지만 그것도 잠시였다. 이쪽에서 대포를 발사해 방
책을 형성하고 있던 수 톤의 멜리나이트를 폭파했다. 다리
의 잔해, 장갑차와 장갑차에 타고 있던 독일군들이 알리에
강으로 떨어졌다. 위베르는 병사들이 앞으로 돌격하는 것
을 보았다.

  '드디어! 공격 개시야.' 위베르는 생각했다. 어릴 적 길에
서 처음으로 군악대의 연주를 들었을 때처럼 살갗에 소름
이 돋고 목이 탔다. 위베르는 앞으로 내달리다 병사들이 불
을 붙이는 볏짚과 나뭇단 뒤에 엎드렸다. 타르의 검은 연기
가 입과 코로 마구 쏟아져 들어왔다. 그 보호막 뒤에 숨어
있던 기관총 사수들이 독일군 탱크의 진격을 저지하려 했
다. 위베르는 숨이 막혀 기침과 재채기를 연발하며, 기어서
뒤로 몇 걸음 물러났다. 위베르는 절망에 빠져 있었다. 그에
게는 무기가 없었다. 할 일이 아무것도 없었다. 군인들은 싸
우고 있는데, 자신은 무기력하고 불필요하게 팔짱만 끼고
있었다. 그는 주위 사람들 역시 응사하지 않은 채 일방적으
로 적에게 공격당하는 것을 보고는 약간의 위안을 얻었다.
탄약이 거의 다 떨어졌다는 것을 깨달았을 때까지 위베르
는 그것을 고도의 전술이라고 믿었다. 위베르는 생각했다.
그래도 병사들이 우릴 여기 남아 있게 하는 건, 우리가 필요

하고, 쓸모가 있고, 우리가 ― 누가 알겠는가? ― 프랑스군
의 주력부대를 보호하기 때문이야. 위베르는 매 순간 어디
선가 원기 왕성한 부대가 나타나 생푸르생 도로를 따라 진
군하며 "우리가 왔다, 얘들아. 이제 걱정하지 마! 우리가 그
들을 해치울 테니까!"라거나 혹은 호전적인 말들을 외쳐주
기를 기대했다. 하지만 아무도 나타나지 않았다. 위베르는
바로 옆에서 머리가 피투성이가 된 채 술에 취한 것처럼 비
틀거리다 끝내 덤불 숲에 쓰러져, 무릎이 꺾인 채 가슴에 턱
을 올려놓는 기이하고 불편한 자세로 꼼짝 않고 앉아 있는
사내를 보았다. 그리고 한 장교가 화난 목소리로 외치는 소
리도 들려왔다.

"의사도, 간호사도, 구급차도 없는데 나더러 어떡하라는
거야?"

"세관 정원에도 부상병이 있습니다." 누군가 장교에게
말했다.

"빌어먹을, 그래서 나더러 어쩌라는 거야? 그냥 놔둬."
장교가 다시 말했다.

포탄이 떨어져 도시 어딘가에 불이 붙었다. 6월의 찬란한
빛 속에서 화염은 투명한 분홍색을 띠었고, 긴 연기 기둥은
금빛 햇살을 뚫고 반짝이는 황과 재와 함께 하늘로 솟았다.

"퇴각해야 해." 철교를 포기하고 도주하는 기관총 사수
들을 가리키며 한 병사가 위베르에게 말했다.

"왜요? 이제 싸우지 않나요?" 위베르가 슬픔에 잠겨 외쳤다.

"싸우다니, 뭘 가지고?"

위베르는 한숨을 내쉬었다. '이건 참담한 실패야, 패배라고! 난 워털루전투보다 더 큰 패전에 참가했어. 우린 모두 끝장이야. 엄마도 가족도 두 번 다시 못 만나겠지. 난 이제 곧 죽고 말 거야.' 위베르는 피로와 절망이 겹친 끔찍한 상태에 빠져 모든 것에 무감각해진 채 멍하니 앉아 있었다. 장교가 퇴각을 부르짖는 소리도 듣지 못했다. 위베르는 빗발치는 총탄 아래 쏜살같이 달아나는 사람들을 보았다. 위베르도 몸을 날려 아직도 장난감 자동차가 굴러다니는 정원 울타리를 훌쩍 뛰어넘었다. 그 와중에도 전투는 계속되고 있었다. 독일 정복자들이 사방에서 프랑스를 점령하는 사이, 탱크도, 대포도, 탄약도 없는 사람들이 얼마 안 되는 땅을, 중요하지도 않은 다리를 필사적으로 지키고 있었다. 위베르는 갑자기 광기와 유사한, 절망적인 용기의 외침에 사로잡혔다. 그는 불을 향해, 독일군의 집중사격에 아직도 집요하게 응사하고 있는 우군 기관총 사수들을 향해 달려가 그들과 함께 전사하는 것이 자신의 의무라고 생각했다. 위베르는 또다시 매 순간 죽음을 무릅쓴 채, 널려 있는 장난감을 짓밟으며 작은 정원을 가로질렀다. 이 작은 집에 살던 사람들은 다들 어디에 있을까? 이미 피란길에 올랐을까? 위베르는 총알이 빗발치는 가운데 금속 울타리를 기어올랐고, 아무 부상도 입지 않고 길로 떨어졌다. 그러고는 피투성이가 된 손과 무릎으로 강을 향해 다시 기어가기 시작했다. 결코 거기까지는 도달할 수 없을 것 같았다. 사방이 쥐 죽은 듯 조용해졌을 때, 위베르는 길의 중간에 있었다. 그제야 위베르는 날이 어두워졌다는 것을 알아차렸고, 자신이 너무 힘들어 기절해버렸다는 것을 깨달았다. 그를 정신 차리게 만든 것은 바로 그 갑작스러운 고요였다. 그는 일어나 앉았다. 텅 빈 머리가 종처럼 울려댔다. 찬란한 달빛이 도로를 훤히 밝히고 있었지만, 그는 길게 드리워진 나무 그림자에 가려져 있었다. 빌라르 구역은 여전히 불타고 있었고, 총소리는 어디서도 들려오지 않았다.

위베르는 도로에서 벗어나 작은 숲을 가로질렀다. 독일군과 마주칠까 두려웠기 때문이었다. 그는 때때로 걸음을 멈추고 어디로 갈지 생각해보았다. 겨우 닷새 만에 프랑스의 절반을 삼켜버린 독일군 기계화 부대는 내일이면 틀림없이 이탈리아, 스위스, 스페인의 국경에 도달할 것이다. 그리고 위베르는 독일군의 손아귀에서 벗어나지 못할 것이다. 위베르는 자신이 군복을 입지 않았으며 전투에 참여했음을 증명할 수 있는 것이 아무것도 없다는 사실을 까맣게 잊고 있었다. 그는 자신이 포로가 될 거라고 확신했다. 전투가 벌어진 곳에 위베르를 데려다놓았던 본능은 이제 화재

와 파괴된 다리, 그리고 생전 처음 시체와 마주한 이 악몽에
서 멀리 떨어진 곳으로 그를 이끌었다. 위베르는 본능적으
로 도망쳤다. 그는 아침까지는 독일군들이 다닐지 모르는
도로를 열에 들뜬 눈길로 훑어보았다. 그러고는 하나씩 적
에게 점령당한 도시들을, 패배한 병사들을, 버려진 무기를,
휘발유가 떨어져 길 위에 방치된 트럭을, 그가 미니어처 복
제품으로 보고 찬탄해 마지않았던 탱크와 대전차포를, 그
리고 적의 손에 떨어진 모든 전리품을 상상했다! 위베르는
치를 떨었고, 달빛이 드리워진 들판을 무릎과 손으로 기며
눈물을 쏟았다. 하지만 위베르는 아직 패배를 믿지 않았다.
젊고 건강한 존재는 이런 식으로 죽음에 대한 생각을 뿌리
치는 법이다. 병사들이 잠시 후퇴한 다음 전열을 정비해 다
시 전투를 시작할 것이며, 자신도 그들과 함께 싸울 거라고
위베르는 생각했다. 자신도… 그들과 함께…. '근데 내가 도
대체 뭘 했지? 총 한 발 쏘지 못했잖아.' 위베르는 갑자기 이
런 생각이 들었다. 그러자 자신이 너무나 부끄러워 뜨겁고
고통스러운 눈물이 또다시 솟구쳤다. '내 잘못이 아니야. 무
기도 없었잖아. 내가 가진 거라곤 두 주먹밖에 없었어.' 위
베르는 갑자기 강 쪽으로 나뭇단을 옮기려고 애쓰는 자신
의 모습을 다시 떠올렸다. 그랬다, 다리를 향해 뛰어들려고
했던 그는, 병사들을 이끌고 적의 탱크에 달려들어 "프랑스
만세!"를 외치며 장렬하게 전사하려 했던 그는 나뭇단을

옮기는 일조차 제대로 해내지 못했다. 위베르는 피로와 절망에 취해 있었다. 때때로 그의 머릿속엔 기묘하게 성숙한 생각들이 떠올랐다. 그는 패배를, 심원한 대의를, 미래를, 죽음을 생각했다. 그러고는 자신에 대해, 자신이 어떻게 될지에 대해 스스로 질문을 던졌다. 위베르는 조금씩 현실 감각을 되찾았다. "엄마한테 혼이 나도 단단히 날 텐데… 제길, 알 게 뭐야!" 그가 중얼거렸다. 단 이틀 사이에 비쩍 말라 나이 든 것 같았던 창백하고 구겨진 얼굴이 천진난만하고 선량한 아이의 미소로 한순간에 환해졌다.

위베르는 시골로 접어드는 작은 골목길을 발견했다. 그곳에서는 그 무엇도 전쟁을 이야기하지 않았다. 샘이 흘렀고, 꾀꼬리가 노래했으며, 종소리가 시간을 알렸다. 울타리마다 꽃이 피어 있었고, 나무에는 신선하고 푸른 나뭇잎이 살랑거렸다. 시냇물에 입과 손을 씻고, 손바닥으로 물을 떠 마시자 기분이 한결 나아졌다. 위베르는 필사적으로 나뭇가지에 매달린 과일을 찾았다. 과일이 열릴 계절이 아니라는 것은 위베르도 잘 알고 있었다. 하지만 그 또래의 아이들은 기적을 믿었다. 골목길 끝에 이르자 다시 도로가 나왔고, 도로 표지판도 보였다. 거기에는 '크레상주 22km'라고 적혀 있었다. 그는 어디로 가야 할지 난감해 걸음을 멈췄다. 그러다 농가 하나를 발견했고, 오랫동안 망설인 끝에 덧창을 두드렸다. 집 안에서 인기척이 들려왔다. 누구가 안에서 누구냐고 물었다. 위베르는 길을 잃었는데 배가 고파 죽을 지경이라고 대답했고, 문이 열렸다. 집 안으로 들어선 위베르는 프랑스 병사 세 명이 잠을 자고 있는 모습을 보았다. 위베르는 그들을 알아보았다. 물랭의 다리를 방어했던 병사들이었다. 지금 그들은 긴 의자에 누워 코를 골고 있었다. 그들의 얼굴은 마치 죽은 사람처럼 해쓱하고 꾀죄죄했다. 한 여자가 뜨개질을 하며 그들을 지키고 있었다. 실 꾸러미가 바닥에 떨어져 구르자 고양이가 장난을 쳤다. 그 장면이 너무나 친근한 동시에, 지난 일주일 동안 목격한 것에 비하면 너무나 낯설어서, 위베르는 그 자리에 풀썩 주저앉고 말았다. 위베르는 식탁 위에 놓인 병사들의 철모를 보았다. 철모는 달빛을 반사하지 않도록 나뭇잎으로 위장되어 있었다.

병사 하나가 깨어나 한쪽 팔꿈치를 세우고 머리를 기댔다.

"놈들 봤냐?" 병사가 묵직하고 걸걸한 목소리로 물었다.

위베르는 그가 독일군 얘길 하고 있다는 걸 알아차렸다.

"아뇨, 못 봤어요. 물랭에서 오는 동안 단 한 명도요." 위베르가 서둘러 대답했다.

"이젠 포로를 잡지도 않는 모양이군. 하긴, 감당하기 힘들 정도로 많으니까. 무장해제시키고는 얼른 꺼지라고 쫓아버리지."

"그런 모양이야." 여자가 말을 받았다.

침묵이 흘렀다. 위베르는 허겁지겁 먹었다. 여자가 수프와 치즈가 든 접시 하나를 그 앞에 놓아주었던 것이다. 요기를 끝낸 위베르가 병사에게 물었다.

"이제 어떡하실 거죠?"

병사의 동료가 눈을 떴다. 군인들이 토론을 시작했다. 한 사람은 크레상주로 가자고 했다. 두려움에 시달리는 표정으로, 덫에 걸려 겁에 질린 새의 눈길로 사방을 두리번거리며 또 한 사람이 말했다.

"뭐 하러? 놈들은 어디에나 있어. 어디에나 있다고…"

병사는 주위에서 그들을, 그를 붙잡으려 달려드는 독일군들을 실제로 보는 것 같았다. 때때로 그의 입에서 쓰디쓴 실소가 흘러나왔다.

"빌어먹을! 1914년 전쟁도 겪어놓고 또 이 꼴을 보다니…"

여자는 조금의 동요도 없이 뜨개질을 하고 있었다. 그녀는 나이가 아주 많아 보였고, 둥근 가두리 장식이 달린 흰 모자를 쓰고 있었다.

"난 지난 세기의 1870년 전쟁도 겪었다네…" 그녀가 웅얼거렸다.

위베르는 대화에 귀를 기울이며 겁에 질린 눈으로 그들을 바라보았다. 그의 눈에는 그들이 역사책에서 튀어나온 유령들처럼 비현실적으로 보였다. 맙소사! 과거의 죽은 영광들과 피 냄새보다는 현재의 참화들이 차라리 나았다. 위베르는 진하고 뜨거운 커피와 약간의 화주를 마시고, 여자에게 고맙다는 인사를 했다. 병사들에게 작별을 고한 위베르는 아침나절에 크레상주에 도착하고 말겠다는 굳은 결심을 하고 길을 나섰다. 거기 가면 가족에게 연락해서 자신의 소식을 전할 수 있을지도 몰랐다. 위베르는 아침 8시까지 걸었고, 크레상주에서 몇 킬로미터 떨어진 작은 마을에, 커피와 막 구운 빵의 맛있는 냄새가 물씬 풍기는 작은 호텔 앞에 도착했다. 거기서 위베르는 더는 걸을 수 없다고 느꼈다. 도저히 발걸음이 떨어지질 않았다. 위베르는 피란민으로 북적이는 호텔 로비로 들어섰다. 그리고 방이 있는지 물었다. 아무도 대답해주지 않았다. 누군가 그에게 여관 주인이 굶주린 사람들을 위해 먹을 것을 구하러 나갔는데, 곧 돌아올 때가 되었다고 말해주었다. 위베르는 밖으로 나갔다. 그리고 2층 창문 너머로 화장을 하고 있는 여자를 보았다. 그녀가 손에 쥐고 있던 립스틱이 위베르의 발치에 떨어졌다. 위베르는 그것을 줍기 위해 급히 허리를 굽혔다. 몸을 숙여 밖을 내다보던 여자가 그를 보고는 미소 지었다.

"지금 그걸 돌려받으려면 어떻게 해야 하죠?" 여자가 물었다.

그러고는 어깨까지 드러나는 팔과 창백한 손을 창밖으로 늘어뜨렸다. 매니큐어를 칠한 손톱이 햇빛에 반사되어 반짝거렸고, 작은 섬광들이 위베르의 시야를 어지럽혔다. 여자의 우윳빛 피부와 붉은 머리칼이 너무 밝은 빛처럼 위베르의 눈을 아프게 했다.

위베르는 황급히 눈을 내리깔고 더듬거리며 말했다.

"제가… 제가 갖다 드릴게요, 부인."

"미안하지만 그렇게 해줄래요?"

여자는 다시 미소를 지어 보였다. 위베르는 실내로 들어가 카페 홀을 가로지른 다음 어두컴컴하고 작은 층계를 올랐고, 내부가 온통 핑크빛으로 물든 객실의 문이 열려 있는 것을 보았다. 붉은색 싸구려 무명천으로 만든 커튼을 통해 햇빛이 스며들고 있었다. 방은 뜨겁고 생기 넘치는, 장미 덤불처럼 새빨간 그림자로 가득했다. 여자는 위베르를 안으로 들였다. 그녀는 손톱을 다듬고 있었다. 그녀가 립스틱을 받아들고는 위베르를 쳐다보았다. "어머 기절하려나 봐!" 위베르는 그녀가 자신의 손을 잡는 것을, 그녀가 자신을 부축해 안락의자에 앉히는 것을, 그러고는 머리 아래에 베개를 받쳐주는 것을 느꼈다. 위베르는 의식을 잃지 않았다. 하지만 가슴이 미친 듯이 뛰었다. 뱃멀미를 할 때처럼 주위의 모든 것이 춤을 추었다. 얼음처럼 차갑고 불처럼 뜨거운 거대한 파도들이 교대로 그의 몸을 휩쓸고 지나갔다.

위베르는 아리따운 여자 앞에서 주눅이 들긴 했지만 자신이 자랑스러웠다. 그녀가 "피곤해요? 배고파요? 어디 아파요?"라고 물었을 때, 위베르는 떨리는 목소리로 과장해 대답했다.

"괜찮아요…. 물랭에서 다리를 방어하다가 밤새 걸었더
니…."

그녀가 놀란 눈으로 그를 바라보았다.

"몇 살이에요?"

"열여덟 살요."

"군인이에요?"

"아뇨, 가족과 피란길에 나섰다가 군에 합류했어요."

"아주 훌륭하네요."

그녀는 위베르가 기대했던 그대로 찬탄하듯 말했다. 위
베르는 알 수 없는 이유로, 그녀의 시선에 얼굴이 자꾸 붉어
졌다. 가까이서 보니 그녀는 그리 젊어 보이지 않았다. 세심
하게 분을 발라도 감춰지지 않는 작은 주름들이 얼굴에 남
아 있었다. 그녀는 아주 날씬하고 우아했다. 그리고 멋진 다
리를 가지고 있었다.

"이름이 뭐예요?" 그녀가 물었다.

"위베르 페리캉."

"박물관 관장 중에도 페리캉 씨라고 있지 않나요?"

"그분이 제 부친입니다, 부인."

그녀가 이야기를 계속하며 자리에서 일어나 커피를 갖다
주었다. 방금 점심을 먹었는지 반쯤 찬 커피포트, 수프 그
리고 구운 고기 요리가 담긴 쟁반이 식탁 위에 아직 놓여 있

었다.

"아주 뜨겁진 않지만 마셔요. 기분이 한결 나아질 테니."

위베르는 커피를 마셨다.

"아래층이 피란민들로 난리라 아마 내일까지는 호텔 직원을 불러대도 올라오지 않을 거예요! 당연히 파리에서 오는 길이겠죠?"

"예, 부인 역시?"

"그래요. 투르를 지나다가 폭격을 당했죠. 이제 보르도로 내려갈 생각이에요. 모르긴 해도 파리 오페라단이 보르도로 철수했을 것 같아서."

"배우인가요?" 위베르가 정중하게 물었다.

"난 무용수 아를레트 코라이라고 해요."

위베르는 샤틀레 극장의 무대 위에서 말고는 무용수를 본 적이 없었다. 그는 호기심과 갈망이 담긴 눈길로 반짝이는 스타킹을 신어 더욱 돋보이는 아를레트의 긴 발목과 탄탄한 종아리를 본능적으로 바라보았다. 위베르는 가슴이 두근거려 어쩔 줄을 몰랐다. 금빛 머리칼 한 줄기가 그의 눈 위로 흘러내렸다. 아를레트가 그것을 손으로 부드럽게 쓸어 올려주었다.

"이제 어디로 갈 건가요?"

"저도 모르겠어요. 가족이 여기서 삼십 킬로미터 정도 떨어진 작은 마을에 머물고 있어요. 가족에게 돌아가고 싶지만 아마 거기에는 벌써 독일군이 들어와 있을 거예요."

"여기도 조만간 들어올 거예요."

"여기도요?"

위베르는 겁에 질려 도망가려고 벌떡 일어섰다. 아를레트가 웃으며 그를 붙들었다.

"그들이 당신한테 무슨 짓을 할까 봐 그래요? 당신같이 어린 소년한테?"

"그래도 전 그들과 싸웠어요." 자존심이 상한 위베르가 항의하듯 말했다.

"그래요, 물론이죠. 하지만 아무도 그들에게 그 얘길 하지는 않겠죠, 안 그래요?"

아를레트가 눈썹을 가볍게 찌푸리며 잠시 생각에 잠겼다.

"그럼 이렇게 하도록 해요. 내가 아래층에 내려가 당신이 묵을 방을 알아볼게요. 여기 사람들은 날 잘 알아요. 작은 호텔이긴 하지만 음식도 아주 맛있고요. 난 여기서 주말을 여러 차례 보냈죠. 주인이 군에 입대한 아들 방을 당신에게 내줄 거예요. 하루 이틀 푹 쉬고 부모님께 연락을 해봐요."

"어떻게 감사를 드려야 할지 모르겠군요." 위베르가 웅얼거렸다.

아를레트는 위베르가 쉬게 놔두고 잠시 자리를 떴다. 잠시 후 그녀가 돌아왔을 때 그는 잠이 들어 있었다. 아를레트는 그의 머리를 들어 올리고 넓은 어깨와 부드럽게 오르내리는 가슴을 팔로 안아주고 싶었다. 그녀는 그를 유심히 바라보다가 이마 위로 아무렇게나 흘러내린 금빛 머리카락을 다시 쓸어 올려주었다. 그러고는 작은 새를 바라보며 입맛을 다시는 고양이의 꿈꾸는 듯한 표정으로 위베르를 다시 바라보았다.

"잘생겼는걸, 이 꼬마…"

19

마을 사람들은 독일군을 기다리고 있었다. 정복자들을 처음 본다는 생각에 절망적인 수치심을 느끼는 사람들도 있었고, 불안을 느끼는 사람들도 있었지만, 대다수 사람은 새롭고 놀라운 볼거리가 예고되었을 때처럼 두려워하면서도 궁금해할 뿐이었다. 전날에는 공무원과 경찰, 그리고 우체국 직원들에게 마을을 떠나라는 명령이 떨어졌다. 면장은 남았다. 그는 무엇에도 흔들리지 않는, 통풍에 걸린 온화한 농부였다. 그가 있으나 없으나 마을은 어차피 똑같았다! 아를레트 코라이가 점심 식사를 막 끝낸 정오 무렵, 시끌벅적한 식당에 막 도착한 피란민들이 휴전 소식을 전했다. 여자들은 울음을 터뜨렸다. 피란민들은 상황이 혼란스럽다고 말했다. 몇몇 지역에서는 병사들이 아직 저항하고 있으며, 민간인들도 그들에게 합류했다는 것이었다. 사람들은 입을 모아 민간인들을 비난했다. 다들 모든 게 끝났으니 항복하는 수밖에 없다고 생각했다. 모두가 한꺼번에 의견을 쏟아냈다. 실내 분위기는 숨을 쉴 수 없을 정도로 무거워졌다. 아를레트는 접시를 밀어놓고는 담배와 접이식 의자, 책 한 권을 챙겨 호텔에 딸린 작은 정원으로 나갔다. 일주일 전 광기에 가까운 공황 상태에서 파리를 떠난 그녀는 위험한 상황을 여러 차례 겪은 다음 냉철함과 침착함을 완전히 되찾았다. 게다가 아를레트는 언제 어디서나 나쁜 상황을 벗어날 수 있다는 확신을, 자신이 어떤 상황에서든 최대한의 편리와 안락을 확보할 수 있는 천재성을 타고났다는 확신을 얻었다. 그 유연함, 명석함, 초연함은 무용수로서 경력을 쌓는 데, 애정 생활을 영위하는 데 크게 도움이 되었다. 하지만 아를레트는 그때까지 그 자질들이 일상에서 혹은 이렇게 예외적인 상황에서도 도움이 되리라고는 생각하지 못했었다.

자신이 코르뱅에게 보호해달라고 애원했던 걸 떠올리면 아를레트는 절로 실소가 흘러나왔다. 그들이 투르에 도착하기가 무섭게 폭격이 시작되었고, 코르뱅의 유가증권과 은행 서류들이 든 가방은 잔해 속에 묻혀버렸다. 반면, 아를레트는 손수건 한 장, 화장품 상자 하나, 신발 한 켤레 잃어

버리지 않은 채 그 참화를 벗어났다. 그녀는 겁에 질려 일그
러지던 코르뱅의 얼굴을 떠올렸다. 아를레트는 그에게 그
순간을 자주 일깨워주리라 생각하며 속으로 쾌재를 불렀
다. 잠시 후, 아를레트는 죽은 사람처럼 축 늘어졌던 코르뱅
의 턱을 떠올렸다. 턱을 받치기 위해 끈을 매주고 싶을 정도
였다. 형편없는 인간! 아를레트는 잿더미로 변해가는 혼란
스러운 도시에 코르뱅을 버려둔 채 차를 타고 휘발유를 구
해 떠나버렸다. 그러고는 이틀 전에 이 마을에 도착해 우왕
좌왕하는 군중들이 헛간과 광장에서 야영하는 동안 잘 먹
고 잘 자며 지냈다. 심지어 귀여운 소년 페리캉에게 자비롭
게 방을 내주는 사치까지 부렸다…. 페리캉? 페리캉 가문은
정관계는 물론, 혼인을 통해 리옹의 말테트 가문과 관계를
맺어 산업계에도 눈부신 인맥을 형성하고 있는, 돈 많고 명
망 있지만 음울한 부르주아 집안이었다. 인맥…. 그녀는 이
렇게 생각을 정리하며 앞으로 검토해야만 할 모든 것과 얼
마 전까지 퓌리에르 백작의 처남 제라르 살로몽보름스를 유
혹하느라 공을 들인 것을 떠올리며 가벼운 한숨을 내쉬었
다. 많은 시간과 정성이 모두 헛수고가 되어버렸던 것이다.

　아를레트는 미간을 가볍게 찌푸리며 손톱을 들여다보
았다. 열 개의 작은 거울들이 반짝거리며 그녀를 추상적
인 생각 속으로 이끄는 것 같았다. 아를레트의 옛 애인들
은 그녀가 그렇게 골똘한 표정으로 자기 손을 바라보고 있

으면 그녀가 곧 정치와 문학, 예술, 혹은 패션에 대해 자신의 의견을 말하리라는 것을 알아차렸다. 일반적으로 그녀의 의견은 예리하고 정확했다. 꽃이 만발한 작은 정원에서 꿀벌들이 맨드라미꽃에서 꿀을 따 모으는 동안 아를레트는 자신의 미래를 생각했다. 그러고는 자신은 아무런 손해를 보지 않을 거라는 결론에 도달했다. 아를레트의 재산은 보석과─그것들은 앞으로 가치가 높아질 것이다─토지로─그녀는 다행히도 전쟁이 일어나기 전 남프랑스 여기저기에 땅을 사두었다─이루어져 있었다. 하지만 그 모든 건 부차적인 것에 불과했다. 아를레트의 주된 재산은 늘씬한 다리, 잘록한 허리, 그리고 빈틈없이 돌아가는 머리였다. 그리고 그것들을 위협하는 것은 오로지 시간뿐이었다. 바로 그것이 문제였다…. 아를레트는 자신의 나이를 떠올리고는 액운을 쫓기 위해 부적을 만지작거리듯 핸드백에서 거울을 꺼내 주의 깊게 들여다보았다. 불길한 생각이 뇌리를 스쳤다. 아를레트는 다른 제품으로 대체할 수 없는 미국산 화장품을 사용하고 있었다. 앞으로 몇 주간은 그 제품들을 쉽게 구할 수 없을 것이다. 그녀는 기분이 울적해졌다. 쳇! 할 수 없지 뭐! 겉모습은 변해도 내면은 쉽사리 변하지 않는 법이야! 재앙이 일어난 다음에는 늘 그렇듯, 전쟁이 끝나면 새로운 부자들이, 쾌락을 위해 쉽게 번 돈을 물 쓰듯 쓸 준비가 되어 있는 남자들이 나타날 것이고, 사랑은 변함 없는 모습으로 남아 있을 것이다. 제발, 이 발작적인 광기가 될 수 있는 대로 빨리 진정되고, 어떤 것이든 정상적인 생활 방식이 자리 잡기를! 남자들은 전쟁이나 혁명, 역사처럼 모든 것을 뒤흔드는 대격변에 흥분했지만, 여자들은…. 아! 여자들이 느끼는 건 지겨움뿐이었다. 세상 모든 여자는 이 점에 있어서는 자신과 생각이 같을 거라고, 어떤 거창한 말이나 감정에 대해서는 너무 따분해서 눈물이 찔끔 나올 정도로 하품만 크게 해댈 거라고 아를레트는 확신했다! 남자들은, 어떤 면에서 보면 너무나 단순한 그들은, 사람들이 모르거나 드러내놓고 말할 수 없어서 그렇지 도무지 이해할 수 없는 존재였다. 하지만 여자들이 일상적이지 않고, 세속적이지 않은 모든 것에서 치유되려면 적어도 50년은 걸렸다. 아를레트는 고개를 들었고, 창문 밖으로 상체를 내밀고 뭔가를 유심히 쳐다보는 호텔 주인을 보았다.

"뭘 그렇게 보세요, 굴로 부인?" 아를레트가 물었다.

주인은 떨리는 목소리로 심각하게 대답했다.

"아가씨, 그들이에요… 그들이 오고 있어요…."

"독일군들요?"

"예."

아를레트는 일어나 길이 내다보이는 울타리로 가보려고 하다가, 자리를 비우면 누가 그늘에 놓인 자신의 천 의자를 차지할까 봐 그냥 앉아 있었다.

마을에 도착한 것은 독일군들이 아니라, 단 한 명의 독일
군이었다. 첫 독일군. 온 마을은 잠긴 문 뒤에 숨은 채 빠끔
히 열린 덧창 혹은 다락방 천창을 통해 독일군이 오는 것을
바라보고 있었다. 그는 텅 빈 광장에 도착해 모터사이클을
멈췄다. 그는 녹색 제복 차림에 손에는 장갑을 끼고 있었다.
그가 고개를 들자, 모자의 챙 아래로 거의 어린애 같은, 발
그레하고 야윈 얼굴이 드러났다. "뭐야, 완전히 어린애잖
아!" 여자들이 수군거렸다. 그들은 자신도 모르는 사이에
어떤 묵시록의 광경을, 기괴하게 생긴 끔찍한 괴물 같은 것
을 보게 되리라 예상하고 있었던 것이다. 독일군은 주변을
둘러보며 누군가를 찾았다. 그때, 1914년 전쟁에 참전했으
며 아직도 낡은 회색 웃옷 안쪽에 무공 십자 훈장을 달고 다
니는 담배 가게 주인이 가게에서 나와 적을 향해 다가갔다.
두 사람은 잠시 아무 말도 하지 않고 마주 보며 서 있었다.
잠시 후, 독일군이 담배를 가리키며 서툰 프랑스어로 불을
좀 빌려달라고 부탁했다. 1918년 독일이 패배하고 프랑스
군이 마인츠를 점령했을 때 그곳에서 지낸 적이 있는 담배
가게 주인이 서툰 독일어로 대답했다. 사방이 너무나 고요
해서(마을 전체가 숨을 죽이고 있었다) 그들이 나누는 대화
가 다른 사람들에게도 들려왔다. 독일군이 길을 물었다. 프
랑스인이 대답했다. 그러고는 대담하게 물었다.

"휴전협정이 체결됐나요?"

독일군이 어깨를 으쓱하며 대답했다.

"저희도 아직 모릅니다. 그러길 바랄 뿐이죠."

그 말 한마디의 인간적인 울림이, 그 몸짓이 독일군이 피에 굶주린 괴물이 아닌 여느 젊은이와 다를 바 없는 청년이라는 사실을 증명했고, 그러자 갑자기 마을과 적, 농부와 침략자 사이에 놓인 유리 장벽이 깨졌다.

"나쁜 놈은 아닌 것 같아." 여자들이 속삭였다.

독일군이 손을 모자에 갖다 댔다. 그는 전혀 뻣뻣하지 않게, 미소까지 지으며, 완전한 군인의 경례도 아니고 그렇다고 작별을 고하는 민간인의 인사도 아닌, 어정쩡한 몸짓을 해 보였다. 그러고는 잠시 닫힌 창문들을 향해 호기심 어린 눈길을 던졌다. 그리고 모터사이클에 시동을 걸고 사라져 버렸다. 그제야 하나둘씩 문이 열렸고, 온 마을 사람들이 광장으로 쏟아져 나왔다. 그러고는 주머니에 손을 넣고 미간을 찌푸린 채 독일군이 사라진 곳을 바라보는 담배 가게 주인을 에워쌌다. 담배 가게 주인의 얼굴에 모순되는 감정들이 교차했다. 모든 것이 끝났다는 안도감, 모든 것이 그런 식으로 끝나버렸다는 데에서 오는 슬픔과 분노, 과거에 대한 기억과 미래에 대한 두려움, 마치 거울에 반사라도 된 것처럼, 이 모든 감정이 다른 사람들의 얼굴에도 나타났다. 여자들은 그렁그렁한 눈물을 닦았고, 남자들은 아무 말 없이 얼굴을 굳혔다. 잠시 놀이를 멈췄던 아이들이 구슬치기와 돌 차기를 다시 시작했다. 은빛이 감도는 하늘은 여전히 눈부셨다. 시리도록 맑은 날에 흔히 그렇듯, 영롱한 빛을 띤 부드러운 수증기가 보일 듯 말 듯 허공을 떠다녔고, 그로 인해 6월의 온갖 싱그러운 색깔들은 마치 물의 프리즘을 통해 보는 것처럼 더욱 활기차고 풍부하고 부드러워 보였다.

아무 일 없이 시간이 흘러갔다. 길을 오가는 차들이 현저히 줄었다. 하지만 일주일 전부터 북동쪽에서 불어와 불쌍한 피란민들의 등을 떠밀던 거센 바람에 실려 가듯, 자전거들은 여전히 전속력으로 내달렸다. 잠시 후, 자동차 몇 대가 일주일 전과는 반대 방향으로 내달리는 놀라운 광경이 벌어졌다. 그들은 파리로 돌아가고 있었다! 그 풍경을 본 사람들은 정말로 모든 것이 끝났다고 생각했다. 사람들이 각자 자기 집으로 돌아가고 있었다. 주부들이 설거지하는 소리, 토끼들에게 풀을 먹이러 가는 할머니의 가벼운 발소리, 여자애가 물을 긷기 위해 펌프질을 하며 노래를 부르는 소리가 다시 사람들의 귀에 들려왔다. 개들은 먼지 속을 뒹굴며 싸워댔다.

아름다운 석양, 투명한 공기, 푸른 그림자. 신자들에게 기도 시간을 알리는 교회 종소리가 울리고, 황혼의 마지막 빛줄기가 장미들을 쓰다듬는 저녁 무렵이었다. 갑자기 길에서 여느 날과는 다른 소리가, 묵직하고 자신감 넘치는 소리가 들려오더니 점점 커졌다. 그 으르렁거림은 전혀 서두르

는 기색 없이, 위압적이고 거침없는 방식으로 다가왔다. 트
럭들이 마을을 향해 달려오고 있었다. 이번에는 진짜 독일
군들이었다. 광장에 멈춰 선 트럭에서 군인들이 내렸다. 트
럭들은 줄지어 속속 도착했다. 잠깐 동안에, 교회에서 면사
무소까지, 오래된 잿빛 광장 전체가 칙칙한 강철색을 띤 차
량으로 가득 찼다. 차량에는 위장의 잔해인 시든 나뭇가지
몇 개가 아직도 남아 있었다.

군인들이 얼마나 바글바글한지! 사람들은 다시 문간에
나와 말없이, 주의 깊게 그들을 바라보고, 그들의 말에 귀
를 기울였으며, 헛되게도 그들이 몇 명인지 세어보려고 애
썼다. 독일군이 사방에서 나타나 광장과 거리를 뒤덮었다.
그들은 어디선가 끊임없이 나타났다. 마을에서는 지난 9월
부터 발소리와 웃음소리, 젊은이들의 목소리를 들을 수 없
었다. 그래서 마을 사람들은 녹색 제복들이 밀물처럼 밀려
들며 일으키는 소란 때문에, 건강한 청년의 냄새, 신선한 살
냄새 때문에, 그리고 특히 그 낯선 언어 때문에 완전히 넋이
빠지고 말았다. 독일군이 순식간에 집과 상점, 카페를 점령
해버렸다. 부엌의 붉은색 타일 위에도 군화 소리가 울려 퍼
졌다. 그들은 먹을 것과 마실 것을 요구했다. 그들은 지나다
니며 아이들의 머리를 쓰다듬었다. 그들은 과장된 몸짓을
하며 노래를 부르고 여자들에게 미소를 지어 보였다. 그들
의 행복감, 정복자로서의 성취감, 흥분, 광기, 자신들이 벌

인 모험을 스스로도 믿기 어렵다는 듯, 조금은 의아해하며 느끼는 기쁨, 이 모든 것은 정복당한 사람들조차 얼마 동안 슬픔과 원한을 잊게 할 만큼의 흥분과 전율을 품고 있었다. 마을 사람들은 입을 헤벌린 채 바라보고만 있었다.

위베르가 잠들어 있는 호텔의 아래층에서 고함과 노랫소리가 울려 퍼졌다. 독일군들은 자리를 잡자마자 샴페인과 음식을 요구했고(제크트! 나룽!*), 코르크 마개들이 그들의 손에서 튀어 올랐다. 몇몇은 당구를 쳤고, 다른 몇몇은 분홍색 생고기 조각을 들고 부엌으로 들어가 짙은 연기를 퍼뜨리며 구워댔다. 병사들은 급한 마음에 그들을 도와주려는 종업원을 밀치고 직접 지하 창고로 내려가 맥주를 꺼내왔다. 금빛 머리칼에 벌건 얼굴을 한 젊은 병사가 달걀을 깬 난로 뚜껑 한구석에 올려놓았고, 또 어떤 병사는 정원으로 나가 갓 익은 딸기들을 땄다. 청년 둘이 웃통을 벗은 채 우물에서 막 길어 올린 차가운 물에 머리를 담갔다. 그들은 땅에서 나는 온갖 좋은 것으로 질리도록 배를 채웠다. 그들은 죽음을 면했다. 그들은 젊고 생기가 넘쳤다. 그들은 승리자였다! 그들은 큰소리로 빠르게 말하며 미칠듯한 기쁨을 표현했고, 그들의 말에 귀를 기울이는 모든 이에게 서툰 프랑스어로 이야기했다. 그들은 군화를 가리키며 "우리 걷고,

---

* Sekt는 '샴페인'을, nahrung는 '음식'을 뜻하는 독일어.

또 걷고, 전우들 쓰러지고, 그래도 또 걸었어요"라고 반복
해 말했다. 무기와 허리띠, 철모 부딪히는 소리가 아래층에
서 올라왔다. 위베르는 잠결에 그 소리를 들었고, 그것을 전
날의 기억과 혼동해 물랭 다리에서 전투를 치르는 꿈을 꾸
었다. 위베르는 몸부림을 치면서 신음했고, 보이지 않는 누
군가를 밀쳐댔다. 위베르는 끙끙대며 괴로워하고 있었다.
마침내 그가 낯선 방에서 깨어났다. 종일 잠만 자고 일어난
것이었다. 열린 창문을 통해 환한 보름달이 보였다. 위베르
는 놀란 사람처럼 벌떡 일어나 눈을 비비고는, 자신이 자는
사이 방에 들어온 아를레트를 쳐다보았다.

위베르는 더듬거리며 고맙고 죄송하다는 인사를 했다.

"배가 많이 고프죠?" 아를레트가 말했다.

사실 위베르는 배가 고파 죽을 지경이었다.

"하지만 이 방에서 나랑 같이 식사하는 편이 나을 거예
요. 아래층은 군인들이 들이닥쳐 난리가 났으니까."

"군인들요?" 위베르가 문을 향해 달려가며 말했다.

"그들이 뭐래요? 상황은 좀 어떻대요? 독일군은 어디 있
대요?"

"독일군? 아래층에 와 있는 게 독일군이에요."

위베르가 깜짝 놀라 겁에 질린 표정으로 황급히 뒤로 물
러섰다. 사냥꾼에게 쫓기는 짐승처럼.

"독일군요? 아냐, 그럴 리가 없어, 농담이죠?"

위베르가 다른 말을 찾다가 낮게 떨리는 목소리로 다시 물었다. "농담이죠?"

아를레트가 문을 열었다. 그러자 아래층에서 승리에 취한 행복한 병사들이 내는 왁자지껄한 소음(고함 소리, 웃음 소리, 노랫소리, 바닥에 대고 쿵쿵 울려대는 군화 소리, 권총을 대리석 식탁에 내팽개칠 때 나는 묵직한 소리, 철모가 허리띠의 금속 버클에 부딪히는 요란한 소리)이 짙고 매캐한 연기와 함께 올라왔다. '제길, 경기에 이겨 의기양양한 럭비 선수들 같네.' 위베르는 생각했다. 그는 터져 나오는 욕설과 울음을 겨우 참았다. 그리고 창으로 달려가 밖을 내다보았다. 이제 길은 거의 텅 비어 있었지만, 병사 넷이 집마다 돌아다니며 주먹으로 문을 두드려댔다. "소등! 불 다 꺼요!" 그러자 전등 불빛들이 하나둘씩 얌전하게 사라졌다. 곧 철모와 회색 포신에 반사되어 푸른빛을 내는 달빛만 남았다. 위베르는 두 손으로 창문에 걸린 커튼을 잡아 입을 틀어막고는 울음을 터뜨렸다.

"진정하고 그만 울어요." 아를레트가 연민의 손길로 위베르의 어깨를 어루만지며 말했다. "우리로선 어쩔 수가 없잖아, 안 그래요? 우리가 뭘 할 수 있겠어? 세상의 눈물을 모두 흘려도 바뀌는 건 아무것도 없어. 언젠가 좋은 날이 올 거야. 그걸 보려면 살아야 해. 어떻게든 살아야 해. 견뎌내야지. 넌 용감하게 싸웠어. 모두가 너만큼 용감했다면… 그리고 넌 아직 어려! 거의 어린아이나…."

위베르가 고개를 저었다.

"아니야? 그럼 남자야?" 아를레트가 목소리를 낮춰 속삭
였다.

아를레트는 입을 다물었다. 그녀의 손가락이 파르르 떨
렸다. 마치 신선한 먹잇감을 잡아놓고 배를 채우기 전에 연
하게 반죽하는 것처럼, 아를레트는 소년의 팔을 쥔 손에 힘
을 주고 손톱을 박았다. 그녀는 굶주린 목소리로 아주 낮게
속삭였다.

"울지 마. 우는 건 어린아이나 하는 짓이야. 넌 남자야. 남
자는 알지. 불행할 때 할 수 있는 일이 무엇인지…."

아를레트는 잠시 대답을 기다렸다. 위베르는 입을 다문
채 눈꺼풀을 내리깔고 있었지만, 그의 콧구멍은 흥분으로
벌름거렸다. 아를레트가 은근한 목소리로 말했다.

"사랑 같은 거 말이야…."

20

페리캉 집안 아이들이 잠든 방에 고양이 알베르도 잠자리를 마련했다. 알베르는 자클린의 발을 덮고 있는 꽃무늬이불 위로 훌쩍 뛰어올라 자리를 잡고, 아교와 과일 냄새를 풍기는 무명천을 가볍게 깨물기 시작했다. 하지만 유모가다가와 알베르를 쫓아냈다. 알베르는 유모가 등을 돌리자마자 소리내지 않고 우아하게 공중으로 뛰어올라 자기 자리로 되돌아갔다. 세 번 연속으로 그랬다. 하지만 결국 알베르는 눈치싸움을 포기하고 안락의자에 놓인 자클린의 원피스 아래로 들어가 배를 깔고 누웠다. 아이들은 모두 곤하게자고 있었다. 유모 역시 묵주를 손에 쥐고 기도를 하다 잠이들고 말았다. 알베르는 꼼짝하지 않은 채 한쪽 눈으로 달빛을 받아 반짝이는 묵주를 뚫어지게 바라보았다. 다른 쪽 눈은 감겨 있었다. 알베르의 몸은 분홍색 플란넬 원피스에 가려져 있었다. 알베르는 천천히, 극도로 조심스럽게 앞다리를 하나씩 앞으로 내밀어 길게 기지개를 켰다. 그러고는 부드럽고 따뜻한 털가죽 속에 강철 용수철이라도 감춰놓은 것처럼 상체 관절부터 딱딱하고 투명한 발톱에 이르기까지 온몸을 부르르 떨었다. 알베르는 유모의 침대 위로 펄쩍 뛰어 올라가서 동작을 멈추고 유모를 오랫동안 바라보았다. 긴 콧수염의 끝부분이 가늘게 떨렸다. 알베르는 한쪽 발을 가만히 내밀어 묵주 알을 톡톡 건드리더니, 이내 발톱 사이에서 굴러다니는 작고 완벽하게 동그란 물체들의 매끄럽고 신선한 감촉을 즐기기 시작했다. 그런데 고양이의 발길질에 묵주가 바닥으로 떨어지고 말았다. 알베르는 겁을 집어먹고 부리나케 달아나 의자 아래에 숨었다.

잠시 후, 잠에서 깨어난 에마뉘엘이 울어대기 시작했다. 창문과 덧문들은 열려 있었다. 달이 마을의 지붕들을 비추고 있었다. 기와가 생선 비늘처럼 번뜩였다. 향기로 가득한 정원은 평화로웠다. 달빛은 은빛으로 물들어 있었고, 투명한 물처럼 일렁이며 떠다니다가 과일 나무들 위로 쏟아지는 것 같았다.

고양이는 의자의 장식 술 사이로 주둥이를 내민 채 놀란 듯, 혹은 꿈에 잠긴 듯 심각한 표정으로 그 광경을 바라보았다. 알베르는 도시에서만 생활한 아기 고양이였다. 도시에서는 6월의 밤을 멀리서만 느낄 수 있었다. 따사롭게 훅훅 밀려오는 취할 듯한 숨결을 가끔 호흡할 수 있을 뿐이었다. 하지만 여기서는 6월의 향기가 알베르의 콧수염까지 올라와 그를 둘러싸고, 사로잡고, 파고들고 멍하게 만들었다. 알베르는 눈을 게슴츠레 뜬 채 강하면서도 부드러운 냄새들의 파동이 온몸을 타고 흐르는 걸 느꼈다. 부패의 냄새가 살짝 섞여 있는 마지막 백합들의 향기, 나무에서 흐르는 수액 냄새, 어둡고 신선한 땅 냄새, 새, 두더지, 생쥐, 온갖 먹잇감들의 냄새, 그들의 털과 가죽에서 풍기는 사향 냄새, 피 냄새…. 알베르는 탐욕스럽게 하품을 하고는 창문틀 위로 훌쩍 뛰어올랐다. 그러고는 빗물받이 홈통을 따라 천천히 걸어갔다. 이틀 전, 알베르는 바로 그곳에서 억센 손에 붙들려 울고 있는 자클린의 침대에 내던져졌다. 하지만 이번에는 절대 붙잡히지 않을 것이다. 알베르는 눈대중으로 홈통과 땅 사이의 거리를 쟀다. 그 정도 높이에서 뛰어내리는 것은 알베르에게는 식은 죽 먹기였다. 하지만 알베르는 뛰어내릴 높이를 과장함으로써 자신의 능력을 스스로에게 과시하고자 하는 것 같았다. 알베르는 정복자의 사나운 표정을 지으며 엉덩이를 흔들고 길고 검은 꼬리로 홈통을 쓸어본 다음, 두 귀를 뒤쪽으로 바싹 젖힌 채 허공으로 몸을 날려 최근에 갈아엎은 신선한 땅 위에 사뿐히 내려앉았다. 그

러고는 잠시 망설이다가 주둥이를 땅에 묻었다. 이제 알베
르는 밤의 중심에, 가장 깊은 곳에, 밤의 품 안에 있었다. 알
베르는 땅에서 밤을 느껴야 했다. 밤의 냄새는 거기, 뿌리와
자갈들 사이에서 풍겨 나왔다. 그 냄새들은 아직 증발하지
않았다. 하늘을 향해 날아가지도, 인간들 냄새에 섞여 희석
되지도 않았다. 그것들은 생생하고 은밀하고 따뜻했다. 그
것들은 살아 있었다. 그 각각의 냄새는 땅속에서 행복하게
살아가는, 먹을 수 있는 작은 생명체들을 드러냈다. 풍뎅이,
들쥐, 귀뚜라미, 그리고 목소리에 맑은 눈물을 가득 담고 있
는 것 같은 작은 두꺼비…. 은빛 털로 뒤덮인 분홍색 나팔
이나 메꽃처럼 뾰족하고 안쪽으로 살짝 말린 고양이의 기
다란 두 귀가 쫑긋 세워졌다. 알베르는 너무나 가늘고 신비
스러운, 하지만 자신에게만은 너무나 분명하게 들리는 암
흑의 소리에 귀를 기울였다. 새가 알을 품고 있는 둥지 속
의 지푸라기들이 스치는 소리, 깃털이 부르르 떨리는 소리,
부리로 나무껍질을 쪼는 소리, 날개를 퍼덕이는 소리, 생쥐
가 발로 땅을 부드럽게 긁는 소리, 그리고 싹이 움틀 때 나
는 나지막한 폭발음까지. 금빛 눈망울들이 어둠 속에서 달
아났다. 나뭇잎 아래에서 잠든 참새, 커다란 검은색 티티새,
박새, 암컷 꾀꼬리. 수컷 꾀꼬리는 깨어나 노래를 불렀다.
그러자 숲과 강이 화답했다.

　다른 소리들도 들려왔다. 멀리서 폭발음이 규칙적인 간

격을 두고 밀려와 꽃처럼 활짝 피어났다. 폭발음이 잦아들
면 마을의 모든 유리창이 부르르 떨었고, 어둠 속에서 덧문
들이 덜컹거리며 여닫혔으며, 불안에 찬 말들이 이 창에서
저 창으로 날아다녔다. 처음에는 알베르도 폭발음이 들릴
때마다 깜짝 놀라 꼬리를 세우며 흠칫 물러섰다. 공포가 매
끄러운 털 위로 일렁이며 지나갔고, 수염이 빳빳하게 곤두
섰다. 하지만 그는 점점 가까이 다가오는, 그가 아마 천둥소
리와 혼동했을지도 모르는 그 요란한 소리에 익숙해졌다.
그는 화단에서 재주를 넘었고, 발톱으로 쳐서 장미 꽃잎을
떨어뜨렸다. 만발한 장미는 누군가의 숨결만으로도 떨어져
죽었다. 하얀 꽃잎들이 향기를 품은 나른한 비처럼 쏟아졌
다. 알베르는 갑자기 나무 꼭대기까지 후다닥 뛰어 올라갔
다. 알베르의 움직임은 다람쥐만큼이나 날렵했다. 겁먹은
새들이 날아올랐다. 알베르의 발톱에 나무껍질이 벗겨졌
다. 알베르는 하늘과 땅, 짐승들, 그리고 달을 비웃으며 전
투적이고 무례하고 당돌하며 야만적인 춤을 추었다. 때때
로 알베르는 좁고 깊은 입을 열어 인근의 모든 고양이를 부
르는 도발적이고 날카로운 울음소리를 토해냈다.

　닭장과 비둘기집에서는 새들이 모두 깨어났다. 몸을 부
르르 떨고, 날개 밑에 머리를 감추고, 돌맹이와 죽음의 냄새
를 맡았다. 작고 하얀 암탉은 금속 그릇 위로 황급히 올라섰
다가 그릇이 뒤집히자 꼬꼬댁거리며 미친 듯이 달아났다.

하지만 이제 알베르는 풀밭에 내려와 있었다. 알베르는 움직이지 않고 기다렸다. 황금색의 둥근 두 눈이 어둠 속에서 번뜩였고 나뭇잎이 흔들리는 소리가 났다. 알베르는 생기 없는 작은 새 한 마리를 입에 문 채 새의 상처에서 흘러내리는 피를 혀로 부드럽게 핥았다. 그러고는 눈을 부릅뜨고 뜨거운 피를 음미하며 맛있게 들이켰다. 알베르는 새의 가슴에 발톱을 박고, 심장이 멈출 때까지 연한 살과 가벼운 뼈를 으스러질 듯 쥐었다 놓기를 반복했다. 알베르는 천천히 새를 먹은 다음, 입가를 깨끗이 닦고, 밤의 습기가 축축하고 반짝거리는 얼룩을 남겨놓은 아름다운 꼬리 끝을 핥아 윤기를 냈다. 온정을 베풀 만큼 배가 찼는지, 알베르는 뾰족뒤쥐 한 마리가 다리 사이로 뽀르르 달아나도 가만히 지켜보고만 있었다. 대신, 땅 위로 살짝 고개를 내민 두더지의 머리를 한 대 때려주었다. 두더지가 주둥이에 피를 흘리며 반쯤 죽은 상태로 널브러졌지만 알베르는 건드리지 않았다. 가소롭다는 듯 콧구멍을 가볍게 벌름거리며 쳐다보기만 했다. 알베르의 내부에서는 다른 허기가 일었다. 알베르는 옆구리를 홀쭉하게 하고 이마를 든 다음 다시 한번 위압적이고 걸걸한 외침으로 끝나는 울음소리를 냈다. 환한 달빛 아래 똬리를 틀고 있는 닭장 지붕 위로, 붉은색의 늙은 암고양이 한 마리가 나타났다. 6월의 짧은 밤이 끝나가고 있었다. 별빛이 흐려지고, 공기에서는 우유와 축축한 풀잎 냄새가 났다. 숲 뒤로 반쯤 숨은 달이 안개 속에서 지워지는 분홍빛 뿔로 변해갈 즈음, 이슬에 젖고 지친 알베르는 이빨로 풀잎을 씹으며 의기양양하게 자클린의 방으로, 야위고 작은 발들이 데워놓은 따뜻한 자리를 찾아 아이의 침대 속으로 미끄러져 들어갔다. 그리고 끓는 주전자처럼 가르랑거렸다.

　잠시 후, 폭탄이 터졌다.

21

　폭탄이 터졌다. 폭발음의 끔찍한 메아리가 멈추자마자
(마을의 공기 전체가 움직였다. 모든 문과 창문들이 뒤흔들리
고, 묘지의 낮은 담이 무너져 내렸다) 종탑에서 긴 화염이 쉭
쉭 소리를 내며 솟아올랐다. 소이탄 터지는 소리가 방금 터
진 폭탄 소리와 뒤섞였다. 눈 깜빡할 사이에 마을 전체가 화
염에 휩싸였다. 덤불 숲에는 건초가, 곳간에는 밀짚이 쌓여
있었다. 모든 것이 타올랐다. 지붕이 내려앉았고, 마루가 둘
로 갈라졌다. 피란민은 거리로 뛰쳐나왔다. 주민들은 가축
을 구하기 위해 축사로 달려갔다. 불길과 소란에 놀란 말들
이 앞발을 치켜들고 힝힝거렸다. 말들은 축사 밖으로 나오
기를 거부하며 머리와 치켜든 발굽으로 활활 타오르는 벽

들을 쳐댔다. 암소 한 마리가 불붙은 건초 더미를 뿔 끝에 매단 채 미친 듯이 머리를 흔들어댔다. 고통과 공포로 연신 울음을 쏟아내며 달아났고, 불붙은 지푸라기들은 사방으로 날아다녔다. 꽃이 만발한 정원수들이 피처럼 붉은 불빛 아래에서 환하게 밝혀졌다. 평상시 같으면 이미 진화 작업이 시작되었을 것이고, 첫 순간의 공포를 이겨낸 사람들도 조금은 냉정을 되찾았을 터였다. 하지만 엎친 데 덮친 격으로 닥친 이 불행에 사람들은 정신을 차리지 못했다. 게다가 그들은 소방수들이 사흘 전에 철수 명령을 받고 장비를 챙겨 떠났다는 사실을 알고 있었다. 그들은 모든 게 끝났다고 느꼈다. "남자들만… 남자들만 있었어도!" 여자들은 이렇게 외쳤다. 하지만 남자들은 먼 곳에 있었다. 겁에 질린 아이들이 비명을 지르며 뛰어다니는 바람에 혼란은 더욱 심해졌다. 피란민들이 울부짖었다. 아무렇게나 옷을 꿰어 입고, 얼굴은 시커멓게 그을리고, 머리칼은 풀어헤친 페리캉 집안사람들도 그들 사이에 끼어 있었다. 폭탄이 떨어진 직후의 도로에서처럼 처절한 외침들이 마을을 가득 메웠다. "장! 쉬잔! 엄마! 할머니!" 마을 전체가 하나의 소란덩어리였다. 사람들이 일제히 서로를 불러댔지만 대답하는 사람은 아무도 없었다. 불이 붙은 헛간에서 어렵사리 자전거를 끌고 나온 몇몇 젊은이들은 다른 사람들을 밀치며 자전거를 끌고 갔다. 하지만 묘한 것은 사람들이 자신의 냉정을 유지하고 있고, 할 일을 하고 있다고 여겼다는 사실이었다. 페리캉 부인은 에마뉘엘을 품에 안고 있었고, 자클린과 베르나르는 그녀의 치마를 붙들고 있었다(엄마가 침대에서 끌어낼 때 자클린은 재빨리 고양이를 바구니에 집어넣어 품에 꼭 끌어안았다). 페리캉 부인은 속으로 끊임없이 되뇌었다. '가장 소중한 것은 구했어! 오 하느님, 감사합니다!' 페리캉 부인은 보석과 돈을 가죽 주머니에 넣어 꿰맨 다음 블라우스 안쪽에 핀으로 꽂아두었는데, 달아나는 동안 그 주머니가 가슴을 때리는 것을 느꼈다. 페리캉 부인은 경황이 없는 와중에도 머리맡에 놓아두었던 모피 외투와 은 식기가 가득 든 트렁크를 집어 드는 침착성을 발휘했다. 그리고 아이들을 모두 데리고 나왔다. 셋 모두! 때때로 먼 곳에서 위험에 처해 있을 두 아들, 필리프과 위베르(어리석은!)에 대한 걱정이 전광석화처럼 뇌리를 스치고 지나갔다. 위베르의 가출은 그녀를 절망에 빠뜨렸다. 하지만 페리캉 부인은 위베르가 자랑스러웠다. 위베르는 경솔하고 무분별하게 행동했지만, 어떻게 보면 남자답게 행동한 것이기도 했다. 필리프와 위베르에 대해서는 그녀도 어쩔 수가 없었다. 하지만 나머지 세 아이는, 어린 세 아이는 구해냈던 것이다! 전날 밤 본능적으로 위험을 직감한 페리캉 부인은 아이들 옷을 거의 벗기지 않은 채 잠자리에 눕혔다. 자클린은 원피스를 입지는 못했지만, 맨 어깨에 재킷을 걸치고 있어서 춥지는 않을 터였다. 아기는 모포로 둘둘 말았고, 베르나르는 머리에 베레모까지 쓰고 있었다. 수없이 많아 보였던(단 두 대뿐이 었다!) 비행기들이 말벌처럼 사나운 소리를 내며 하늘을 오 가는 사이, 페리캉 부인은 맨발에 붉은색 슬리퍼를 신고 이 를 악문 채, 울지는 않았지만 겁에 질려 눈알을 굴리고 있는 아기를 품에 안고 걷잡을 수 없는 공포에 사로잡힌 군중들 을 헤치며 나아갔다. 자신이 어디로 가고 있는지조차 모르 면서도.

'그들이 더는 폭격만 하지 않는다면! 그들이 더는 폭격만 하지 않는다면! 그들이 더는⋯.' 페리캉 부인의 수그린 머 리에선 똑같은 말들이 쉬지 않고 맴돌았다. 그녀가 큰소리 로 외쳤다. "엄마 손 놓지 마, 자클린! 베르나르, 울음 뚝 그 쳐! 넌 여자아이가 아니잖아! 아가야, 아무 일도 아니란다. 엄마 여기 있어!" 페리캉 부인은 무의식적으로 이렇게 소 리치며 속으로 끊임없이 빌었다. '그들이 우리에게 폭탄을 떨어뜨리지 않기를! 폭탄이 우리 말고 다른 사람들에게 떨 어지기를! 오 주님, 저에겐 세 아이가 있습니다! 아이들을 구하고 싶습니다! 그들이 우리에게 폭탄을 떨어뜨리지 않 게 해주소서!'

마침내 페리캉 부인은 마을의 좁은 길을 벗어났다. 페리 캉 부인은 마을 밖 들판에 나와 있었다. 화재는 이제 그녀 뒤에 있었다. 화염이 하늘을 향해 부채꼴 모양으로 피어오르고 있었다. 종탑에 폭탄이 떨어진 새벽부터 고작 한 시간 밖에 지나지 않았다. 도로에는 파리, 디종, 노르망디, 로렌을 비롯해, 프랑스 전역에서 피란 온 차들이 여전히 줄을 잇고 있었다. 사람들은 차 안에서 꾸벅꾸벅 졸다가 한 번씩 고개를 들어 타오르는 지평선을 무심한 표정으로 바라보았다. 그들은 이미 너무나 많은 것을 봤던 것이다! 유모는 페리캉 부인을 뒤따라 걸었다. 공포로 입이 얼어붙은 것 같았다. 입술을 달싹거리기는 했지만 아무런 소리도 나오지 않았다. 유모의 손에는 방금 다린, 턱 끈이 달려있고 둥근 가두리 장식이 된 모슬린 모자가 쥐어 있었다. 페리캉 부인이 화난 눈으로 유모를 노려보았다. "좀 더 쓸모 있는 걸 들고 올 순 없었어요?" 유모는 입을 열기 위해 엄청나게 애를 썼다. 유모의 얼굴은 퍼렇게 질려 있었고, 눈에는 눈물이 그렁그렁했다. 페리캉 부인은 생각했다. '맙소사, 유모마저 미쳐버린 모양이군! 이제 난 어떡하지?' 하지만 여주인의 쌀쌀맞은 목소리가 기적적으로 유모의 숨통을 터놓았다. 그녀가 공손하면서도 가시 돋친, 평소의 말투로 대답했다. "부인은 제가 이걸 놓고 올 줄 아셨나요? 이래 봬도 제법 비싼 거예요!" 그 모자는 늘 불화의 화근이 되었다. 유모는 페리캉 부인이 강요하는 머리쓰개를 끔찍이 싫어했다. '단정한 머리쓰개가 하녀한테 얼마나 잘 어울려?' 페리캉 부인은 가게에 가면 물건에 가격표가 붙어 있듯, 신분을 둘러싼 오해를 피하려면 사회 각 계층은 자기 신분을 나타내는 뚜렷한 표시물을 몸에 부착해야 한다는 지론을 갖고 있었다. '자기가 빨래하고 다림질하지 않는다는 걸 누가 모르나, 돼먹지 않은 여편네 같으니!' 유모는 일하다가도 이렇게 투덜거리곤 했다. 유모는 부들부들 떨리는 손으로 이미 큼지막한 나이트캡이 씌워져 있는 머리 위에 나비 같은 레이스 모자를 올려놓았다. 페리캉 부인은 유모를 바라보며 이상한 무엇인가를 느꼈다. 하지만 그것이 무엇인지 깨닫지는 못했다. 모든 상황이 상상을 초월했으니까. 세상은 끔찍한 악몽이었다. 페리캉 부인은 비탈에 풀썩 주저앉아 에마뉘엘을 유모에게 넘겨주었다. "어떻게든 여길 벗어나야 해." 그녀는 남은 기운을 모두 끌어모아 당찬 목소리로 이렇게 외쳤다. 하지만 기적을 기다리며 멍하니 앉아 있을 수밖에 없었다. 기적은 일어나지 않았다. 대신 당나귀가 끄는 수레 한 대가 다가왔다. 수레 주인이 그녀와 아이들을 흘낏하고 속도를 늦추자, 페리캉 부인의 내부에서 본능이, 가진 것을 언제, 어디서 팔아야 하는지를 아는 부잣집 여자의 본능이 말을 했다.

"잠깐 멈춰보세요. 여기서 가장 가까운 역이 무슨 역이죠?" 페리캉 부인이 물었다.

"생조르주 역이죠."

"그 수레로 거기까지 가려면 얼마나 걸리죠?"

"아마 네 시간쯤."

"기차가 아직 다니나요?"

"그렇다고들 하던데요."

"잘됐네요. 좀 탈게요. 베르나르, 이리 와. 유모, 막내를 안아요."

"하지만 부인, 전 그쪽으로 안 가는데요. 거기까지 갔다 오려면 여덟 시간은 족히 걸려요."

"수고비를 두둑하게 드릴게요." 페리캉 부인이 말했다.

기차가 정상적으로 다닌다면 내일 아침쯤 님에 도착할 수 있을 거라고 계산하며 그녀는 수레에 올라탔다. 님⋯ 엄마의 오래된 집, 침실, 목욕. 생각이 고향 집에 이르자 페리캉 부인은 긴장이 풀리는 걸 느꼈다. 기차에 자리가 남아 있을까? '무슨 일이 있어도 아이 셋을 데리고 가고 말 거야.' 페리캉 부인은 스스로에게 이렇게 다짐했다. 페리캉 부인은 많은 가족을 거느린 엄마로서 어딜 가나 아주 당연히 제일 좋은 자리를 차지했다. 그녀는 자신의 특권을 무시하는 것을 누구에게도 허락하지 않는 그런 여자였다. 페리캉 부인은 팔짱을 낀 채 정복자의 표정으로 눈앞에 펼쳐진 풍경을 바라보았다.

"하지만 부인, 자동차는요?" 유모가 신음하듯 말했다.

"이미 잿더미로 변했을 거예요." 페리캉 부인이 대답했다.

"가방이랑 애들 물건은요?"

가방은 하인들이 탄 작은 트럭에 실려 있었다. 폭탄이 떨어져 화재가 일어났을 때는 가방이 세 개밖에 남아 있지 않았다. 그것도 빨랫감만 가득 든 채로.

"버리고 가야지 어쩌겠어요." 페리캉 부인이 눈을 들어 하늘을 올려다보며 한숨을 쉬었다. 하지만 그녀는 그 하늘에서 마치 달콤한 꿈에서처럼, 고급 천으로 가득한 님의 넓은 장롱을 보았다.

금속 테가 둘러진 커다란 트렁크와 돼지가죽으로 된 핸드백을 영영 되찾을 수 없게 된 유모가 흐느끼기 시작했다. 페리캉 부인은 유모가 주님에게 배은망덕하게 군다는 사실을 이해시키려고 헛되이 애를 썼다. "이렇게 멀쩡하게 살아 있는 걸 고마워해요, 유모. 나머지가 뭐가 그리 중요해요!" 당나귀가 종종걸음을 쳤다. 농부는 피란민의 행렬을 피해 지름길을 택했다. 11시, 그들은 생조르주 역에 도착했다. 페리캉 부인은 님으로 가는 기차에 오르는 데에 성공했다. 주위에서 휴전협정이 체결되었다는 말들이 들려왔다. 어떤 사람들은 그럴 리 없다며 화를 냈다. 하지만 대포 소리는 더는 들려오지 않았고, 폭탄도 떨어지지 않았다. '악몽이 드디어 끝난 모양이지?' 페리캉 부인은 생각했다. 그녀는 들고 온 모든 것을, '자신이 구해 낸 모든 것!'을, 아이들과 작은 트렁크를 다시 한번 쳐다보았다. 페리캉 부인은 블라우스 안쪽에 꿰매둔 보석과 돈을 만져보았다 그랬다, 그녀는 그 끔찍한 순간에 단호하고, 용감하고, 냉철하게 행동했다. 정신을 잃지 않았어! 잃지 않았어…. 잃지…. 페리캉 부인은 갑자기 억눌린 듯한 비명을 내지르더니, 손으로 목을 감싸 쥔 채 뒤로 쓰러졌다. 마치 질식이라도 하는 듯 목에서 무거운 헐떡거림이 새어 나왔다.

"맙소사, 부인! 부인이 어디가 안 좋으신가 봐!" 유모가 외쳤다.

페리캉 부인이 마침내 꺼져가는 목소리로 말했다.

"유모, 불쌍한 유모, 우리가 잊었어요…."

"뭘요? 도대체 뭘요?"

"시아버지를 두고 왔어요." 페리캉 부인이 눈물을 쏟으며 말했다.

22

샤를 랑줄레는 파리에서 몽타르지까지 밤새 달렸다. 그
역시 군중과 불행을 함께했던 것이다. 하지만 그는 강인
한 정신력을 보여주었다. 점심을 먹으려고 잠시 들른 여관
에서 주변 사람들이 피란길에 목격한 끔찍한 광경들에 대
해 하소연하며 그에게 동의를 구하려 하자 ―"그렇지 않
습니까, 선생님? 선생님도 보셨죠? 전혀 과장이 아니에
요!" ― 샤를은 쌀쌀맞은 말투로 대답했다.

"난 아무것도 못 봤어요!"

"뭐라고요? 폭격도요?" 깜짝 놀란 주인이 물었다.

"네, 못 봤습니다, 부인."

"화재는요?"

"흔한 자동차 사고조차 못 봤어요."

"운이 정말 좋으셨나 봐요." 잠시 생각해본 후에, 마치 '이 사람 정말 괴짜네!'라고 생각하는 것처럼 미심쩍은 표정으로 어깨를 으쓱하며 주인이 말했다.

샤를 랑줄레는 여관 종업원이 막 가져다준 오믈렛을 입술 끝으로 깨작거리다 접시를 밀쳐놓으며 낮은 목소리로 중얼거렸다. '도저히 못 먹겠군.' 그는 계산을 한 다음 곧 다시 출발했다. 샤를 랑줄레는 자신을 끌어들여서 공감을 얻으며 즐거워하려 했던 피란민의 의도를 꺾어놓은 것에서 변태적인 쾌감을 느꼈다. 더럽고 상스러운 종자들은 자신들이 인간적인 연민을 느낀다고 생각한 모양이지만, 그것은 멜로드라마에 대한 천박한 호기심에 불과했다. '다들 저렇게 천박함을 숨기며 살아가다니, 참 놀라워.' 샤를 랑줄레는 짐짓 슬픈 표정을 지으며 생각했다. 그는 성당도, 조각상도, 회화도 본 적 없는 불행한 자들로 가득한 현실을 마주할 때마다 깊은 충격과 슬픔을 느꼈다. 게다가 자신도 일원이라고 자부하는 행복한 소수조차도 참혹한 운명에 발길질을 당하면 천박한 자들과 다를 바 없이 나약하고 멍청해졌다. 제길! 그들이 나중에 이 '집단 탈주' 혹은 '그들의 집단 탈주'에 대해 뭐라고 떠들어댈지, 꼴사나운 중년 부인들이 자랑삼아 떠벌리는 무용담이 귀에 들리는 듯했다. "난 독일군이 조금도 무섭지 않았어요. 난 그들에게 가서 당당하게 말했어요. '이것 보세요, 여긴 프랑스군 장교 어머니의 집이에요.' 그랬더니 찍소리도 못하고 물러가더군." 혹은 "사방에서 총탄이 비 오듯 쏟아졌지요. 그런데 이상하게도 전혀 겁이 나질 않더라니까요." 그리고 그들은 입을 모아 끔찍한 장면들을 늘어놓을 것이다. 하지만 그는 이렇게 대답할 것이다. "신기하게도 나에겐 모든 게 아주 평범해 보였어. 평소와 달리 길에 사람들이 아주 많긴 했지." 샤를 랑줄레는 사람들이 놀라는 모습을 상상하며 위안을 얻었다. 그랬다. 샤를에게는 위안이 필요했다. 파리의 아파트를 떠올릴 때마다 가슴이 찢어질 듯 아팠기 때문이다. 그는 이따금 자동차 내부로 고개를 돌려 그의 가장 소중한 보물, 도자기가 들어 있는 상자들을 애정 어린 눈길로 바라보았다. 그는 이탈리아 카포디몬테산(産) 도자기 세트가 걱정됐다. '사이사이에 채운 대팻밥과 박엽지가 충분할까?' 포장이 끝날 무렵 박엽지가 떨어져 충분히 넣질 못했던 것이다. 젊은 아가씨들이 연인들, 공작들과 어울려 춤을 추는 모습이 새겨진 장식용 그릇 세트였다. 그가 한숨을 내쉬었다. 샤를은 속으로 자신을 폼페이의 용암과 화산재를 피해 달아나는 로마인 같다고, 노예와 집, 금을 버려둔 채, 튜닉 자락에 구운 흙으로 빚은 작은 조각상과 완벽한 형태의 항아리, 그리고 여인의 아름다운 가슴으로 본을 떠 만든 잔을 감싸 안고 피신하는 로마 귀족 같다고 생각했다. 자신은 남들과 다르다는

생각에 샤를은 위안과 회한을 동시에 느꼈다. 샤를은 창백
한 시선으로 피란 행렬을 굽어보았다. 차량의 물결이 계속
흘러갔고, 불안에 찬 어두운 얼굴들은 하나같이 닮아 있었
다. 불쌍한 족속들! 저들은 도대체 뭘 걱정하는 걸까? 먹을
것, 마실 것? 그는 루앙 대성당을, 루아르 강가의 성들을, 루
브르 박물관을 걱정하고 있었다. 역사적 기념물 하나하나
는 천 명의 목숨과 맞바꿀 가치를 지니고 있었다. 샤를이 작
은 마을 지앙에 다가가고 있을 때, 하늘에 검은 점 하나가
나타나 번개 같은 속도로 다가왔다. 샤를은 적군 비행기에
게 건널목 근처에 있는 피란민 행렬이 구미가 당기는 표적
이 될 거라고 짐작하곤 황급히 지름길로 방향을 틀었다. 잠
시 후, 그처럼 도로에서 벗어나려고 한꺼번에 방향을 튼 차
들이 겁에 질린 한 운전자의 핸들 조작 실수로 그에게서 몇
미터 떨어진 곳에서 서로 뒤엉키고 말았다. 이리저리 정신
없이 굴러가는 차에서 가방과 매트리스, 새장, 부상당한 여
자들이 튕겨져 나왔다. 샤를은 뒤쪽에서 나는 요란한 소리
를 어렴풋이 들었지만 돌아보지 않았다. 샤를은 우거진 숲
을 향해 전속력으로 달아났다. 그곳에 차를 세우고 잠시 기
다렸다가, 국도를 이용하는 것은 위험하다고 판단하고는
전원을 가로질러 다시 내달리기 시작했다.

　　샤를은 얼마 동안 루앙 대성당이 처한 위험에 대해 생각
하기를 그만두고 자신을 노리는 위험을 정확하게 가늠해보

려고 애썼다. 그것에 대해선 생각하고 싶지 않았지만, 너무
나 기분 나쁜 이미지들이 자꾸 떠올랐다. 핸들을 움켜쥔 샤
를의 섬세하고 야윈 손이 가늘게 떨렸다. 그의 주변에는 차
량이나 인가가 거의 없었다. 문제는 자신이 어디로 가고 있
는지 전혀 감을 잡을 수가 없다는 데 있었다. 그에게는 방향
감각이라곤 없었다. 직접 차를 몰고 여행하는 것은 처음이
었다. 샤를은 얼마 동안 지앙 주변을 헤매 다녔다. 휘발유가
떨어질까 봐 두려워서 점점 더 신경이 날카로워졌다. 샤를
은 한숨을 쉬며 고개를 설레설레 저었다. 샤를은 자신에게
닥칠 일을 정확하게 예측했었다. 그는, 샤를 랑줄레는 이런
천한 삶을 위해 태어난 사람이 아니었다. 일상에 숨어 있는
함정들은 그로서는 감당하기 힘든 것이었다. 마침내 휘발
유가 떨어져 차가 멈춰 섰다. 샤를은 그럴 줄 알았다는 듯,
손을 들어 스스로 우아한 동작을 해 보였다. 할 수 있는 게
아무것도 없었다. 숲에서 밤을 보내는 것 외에는.

　"혹시 저한테 팔 휘발유 좀 없으세요?" 샤를이 지나가는
차에 대고 물었다.

　차 주인이 거절하자, 샤를은 쓰디쓴 미소를 지었다. '인간
이란 이렇다니까! 이기적이고 매정한 족속이지. 아무도 불
행에 빠진 형제랑 빵 한 조각, 맥주 한 병, 그놈의 휘발유 한
통 나누려 하지 않아.' 차 주인이 돌아보며 소리쳤다.

　"여기서 십 미터 정도 떨어진 곳에 작은 마을이 있는데,

이름이…."

거리가 멀어 마을 이름은 들리지 않았다. 그사이 차는 나무들 사이로 이미 사라지고 없었다. 샤를은 멀리서 집 한두 채를 본 것 같기도 했다.

"그런데 차는? 차를 두고 갈 순 없잖아!" 샤를은 절망에 빠져 중얼거렸다. "다시 한번 시도해봐야겠어." 차 한 대가 손을 흔들어대는 샤를을 스쳐 지나갔다. 그는 먼지만 하얗게 뒤집어썼다. 술에 취한 것처럼 보이는 젊은이들이 덜컹거리며 힘겹게 나아가는 차의 내부와 발판, 지붕에까지 파리처럼 다닥다닥 들러붙어 고래고래 소리를 질러대며 지나갔다.

'불량배들이잖아.' 샤를 랑줄레는 몸을 떨며 생각했다. 하지만 그는 더없이 상냥한 목소리로 그들에게 말을 걸었다.

"여보게들, 혹시 남는 휘발유 좀 없는가? 휘발유가 떨어져 꼼짝을 할 수가 없어서 그러네."

낡은 브레이크가 끔찍한 신음 소리를 내며 차가 멈춰 섰다. 그들은 샤를을 쳐다보며 비웃었다.

"얼마나 쳐줄 건데요?" 마침내 그들 중 하나가 말했다.

샤를은 '자네들 원하는 대로'라고 말해야 한다는 걸 잘 알고 있었다. 하지만 그는 인색한 데다, 돈이 많다는 게 드러나면 혹시 그들이 무슨 짓이라도 할까 봐 겁이 났다. 게다가 그는 바가지 쓰는 걸 끔찍이 싫어했다.

"적당한 값을 치르겠네." 샤를이 거만하게 대답했다.

"없어요." 차를 몰던 남자가 말했다.

모래가 뿌려진 숲길로 차가 다시 출발하자, 당황한 랑줄레가 팔을 흔들며 그들을 불러댔다.

"잠깐 기다려봐! 차 세워! 적어도 얼마를 원하는지 말은 해줘야지!"

그들은 대답조차 하지 않았다. 샤를은 홀로 남았다. 하지만 곧 날이 저물어 다른 피란민이 서서히 숲을 점령했다. 그들은 호텔에서 방을 구하지 못했다. 인가도 금세 다 차버렸다. 그래서 그들은 숲에서 밤을 보내기로 결정했다. '곧 7월의 엘리자베스빌 야영장처럼 되겠군.' 혐오감을 느끼며 샤를 랑줄레는 생각했다. 아이들이 빽빽거리며 울어댔다. 구겨진 신문과 더러운 천, 빈 통조림 깡통에는 이끼가 뒤덮여 있었다. 흐느껴 우는 여자도 있었고, 소리를 지르거나 미친 듯이 웃어대는 여자도 있었다. 제대로 씻지도 않은 흉측한 몰골의 아이들이 다가오자, 그들의 부모와 말다툼을 벌이고 싶지 않았던 샤를은 언성을 높이는 대신 분노에 찬 눈망울을 굴려 그들을 쫓아버렸다. "천한 것들! 내가 어쩌다이 지경이 된 거지?" 샤를이 겁에 질려 웅얼거렸다. 우연하게도 파리에서 가장 평판이 안 좋은 동네 주민들이 이곳에 모인 걸까, 아니면 날카롭게 곤두선 상상력 때문에 마음이 어지러운 것일까? 샤를의 눈에는 모든 남자가 강도로, 모든 여자가 꽃뱀으로만 보였다. 곧 날이 완전히 저물었다. 우거진 나무들 아래에서, 6월의 투명한 어둠은 얼음처럼 하얀 달빛에 곳곳이 토막 난 암흑으로 변했다. 모든 소리가 독특하고 음산한 울림으로 다가왔다. 무리에서 뒤처진 새들처럼 어두운 하늘을 서둘러 지나가는 비행기들, 대포 소리인지 아니면 타이어 터지는 소리인지 확실히 알 수 없는 묵직한 폭발음들. 한두 차례, 누군가 주위를 배회하다가 코를 바싹 들이대고 샤를의 얼굴을 들여다보았다. 주변에서 소름 끼치는 말들이 들려왔다. 그 천민들은 제정신이 아니었다…. 그들은 부자들을 욕하기 시작했다. 가진 거라곤 달랑 두 다리밖에 없는 하층민들은 걷다가 지쳐 죽어가는데, 부자들은 어떻게든 자기들만 살겠다고 차에 가진 것 다 싣고 나와 길을 막는다고 했다. '차가 없었다면 자기들은 어떻게 여기까지 왔겠어. 훔친 차가 틀림없을 거야!' 기분이 상한 샤를은 이렇게 생각했다.

다른 피란민보다 조금 나아 보이는 젊은 남녀 한 쌍이 모는 작은 자동차가 그의 옆에 주차하자 샤를은 마음이 한결 놓였다. 젊은 남자는 한쪽 팔에 약간의 장애가 있었다. 남자는 그 팔을 보란 듯이 앞으로 내밀고 있었다. 마치 그 위에 큰 글씨로 '군복무에 부적절함'이라고 쓰여 있기라도 한 것처럼. 여자는 젊고 예뻤지만 아주 창백했다. 그들은 샌드위치를 나눠 먹고 차 안에 앉아 어깨를 맞댄 채 곧 잠이 들었다. 그들의 뺨이 맞닿았다. 샤를도 그들처럼 눈을 붙여보려

했지만, 피로와 과민, 그리고 공포 때문에 좀처럼 잠이 오지
않았다. 한 시간 후, 잠에서 깬 청년이 차에서 조심스레 빠
져나와 담배에 불을 붙였다. 그가 샤를 역시 잠을 못 이루고
있다는 걸 알아채고는 말을 걸었다.

"정말 힘들군요!"

젊은 남자가 샤를을 향해 몸을 숙이며 낮은 목소리로 말
했다.

"그래요, 정말 힘들어요."

"그래도 하룻밤이니 금방 지나가겠죠. 날이 밝으면 보장
시로 갈 생각입니다. 저 아래 도로는 다닐 수가 없는 상태니
지름길로 가야겠어요."

"정말요? 폭격을 집중적으로 당한 모양입니다. 그래도
당신은 떠날 수 있으니 좋겠어요. 난 기름이 떨어져 꼼짝도
못해요."

샤를은 잠시 망설이다 말했다.

"미안하지만 내 차 좀 잠시 봐줄래요?(청년은 진짜 신사
처럼 보였다. 적어도 샤를에게는 그렇게 보였다). 사람들 말
로는 이웃 마을에 아직 휘발유가 있다던데, 거기 한번 다녀
올게요."

젊은 남자가 고개를 저었다.

"안됐지만 거기도 다 떨어졌습니다. 제가 남은 휘발유를
다 사버렸거든요. 턱없이 비싼 가격에." 남자가 자동차 트

렁크에 묶어둔 휘발유 통들을 가리키며 말했다. "저걸로도 다리들을 폭파하기 전에 루아르 강을 건널 수 있을지 모르겠어요."

"뭐라고요? 다리들을 모두 폭파한답니까?"

"예. 다들 그러더군요. 루아르 강을 저지선 삼아 반격을 할 모양입니다."

"기름이 정말 다 떨어졌을까요?"

"예, 그건 확실해요! 좀 나눠드리면 좋겠지만 저희도 꼭 필요한 양밖에 없어서…. 제 약혼녀를 그녀의 부모님 댁까지 데려다줘야 하거든요. 그분들은 베르주라크에 살아요. 루아르 강만 건너면 휘발유를 훨씬 쉽게 구할 수 있을 겁니다. 제 바람이긴 하지만."

"아! 당신 약혼녀입니까?" 다른 것을 생각하며 샤를이 말했다.

"예. 원래 6월 14일에 결혼할 예정이었어요. 청첩장도 보내고, 결혼반지도 장만하고, 모든 준비가 끝나 있었죠. 웨딩드레스도 그날 아침 배달받기로 되어 있었고요."

젊은 남자는 깊은 생각에 빠져들었다.

"나중으로 미뤄졌을 뿐인데요, 뭘." 샤를 랑줄레가 점잖게 말했다.

"아! 선생님! 내일 당장 우리가 어떻게 될지 누가 알겠습니까? 그래도 전 그나마 나은 편이에요. 제 나이면 마땅히 군에 가야 하지만, 제 팔 때문에⋯ 예, 중학교 때 사고를 당했죠. 하지만 제 생각엔 이번 전쟁에서는 민간인들도 위험에 처한 것 같아요. 군인들과는 다른 위험요. 사람들 말로는 어떤 도시들은⋯."

남자가 목소리를 낮췄다.

"⋯잿더미로 변해 시체들로 뒤덮여 있답니다. 그리고 끔찍한 이야기들이 떠돌더군요. 아시는지 모르겠지만, 죄수와 정신병자들을 풀어줬답니다. 나라를 이끄는 사람들이 제정신이 아니에요. 죄수들이 간수도 없이 버젓이 거리를 활보하고 다닌대요. 한 교도소 책임자는 죄수들을 철수시키라는 명령을 받고 풀어줬다가 그들에게 살해당했답니다. 여기서 아주 가까운 곳에서 일어난 일이래요. 약탈을 당해 아수라장으로 변한 대저택들을 제 눈으로 똑똑히 봤어요. 그들이 피란민을 공격하고, 차를 턴다더군요⋯."

"차를 턴다고요?"

"요즘은 도대체 무슨 일이 일어나고 있는지 도통 알 수가 없어요. 이제 그들은 피란 가지 말고 집에 그냥 가만히 있으라고 말합니다. 듣긴 좋은 얘기죠. 하지만 집에 앉아 포격이나 폭격을 당하면 누가 책임집니까? 저는 결혼식 후에 아내의 친정으로 가기 전에 한 달간 조용히 지내려고 몽포르라모리에 작은 집 한 채를 빌렸어요. 그런데 그 집이 6월 3일 폭격으로 완전히 파괴되고 말았답니다." 젊은 남자가 분개

한 목소리로 말했다.

　젊은 남자는 열에 들떠 많은 얘기를 했다. 남자는 마치 피로에 취한 것처럼 보였다. 남자가 손가락으로 잠든 약혼녀의 뺨을 부드럽게 쓰다듬었다.

　"솔랑주가 무사할 수만 있다면."

　"두 분 다 아직 젊죠?"

　"전 스물둘이고, 솔랑주는 스물입니다."

　"저렇게 쪼그리고 자면 건강에 안 좋은데…." 샤를이 갑자기 아주 나긋한 목소리, 자신에게도 낯설게 느껴지는 꿀처럼 달콤한 목소리로 말했다. 터질 듯이 쿵쾅거리는 가슴을 억누르며. "저쪽 풀밭으로 데려가서 좀 더 편안하게 눕히지 그래요?"

　"하지만 차는요?"

　"오! 차는 내가 봐드릴 테니 안심해요." 터지려는 웃음을 참느라 입술을 실룩이며 샤를이 말했다.

　젊은 남자가 잠시 망설였다.

　"가능한 한 빨리 출발하고 싶은데, 잠이 깊이 들면 못 일어날 것 같아서…."

　"내가 깨워줄 테니 염려 말아요. 몇 시에 출발할 생각이에요? 어디 보자, 지금이 자정이니까 네 시에 깨워주면 되겠어요?" 샤를이 손목시계를 들여다보며 말했다.

　"오! 선생님, 너무 친절하시네요!"

"천만에요. 나 역시 스물두 살 때 사랑에 빠진 적이 있는 걸요…."

젊은 남자는 당황해 어쩔 줄 몰라 했다.

"저희는 6월 14일에 결혼식을 올릴 예정이었어요." 남자가 한숨을 쉬며 다시 한번 말했다.

"그럼요, 물론이죠. 우리가 끔찍한 시절을 보내고 있긴 하지만… 그렇다고 차 안에만 쪼그리고 있는 건 어리석은 짓이에요. 밤새 저러고 있다간 관절이 다 굳어버리고 말 겁니다. 모포는 있나요?"

"약혼녀에게 커다란 여행용 외투가 있습니다."

"풀밭에 깔고 눕기엔 딱 좋지. 당신 약혼녀가 나처럼 류머티즘으로 고생할 염려만 없다면… 아! 스무 살 청춘이란 얼마나 멋진지!"

"스물두 살입니다." 젊은 남자가 정정했다.

"당신들은 이 역경에서 벗어나 더 좋은 시절을 볼 거예요. 그렇지만 나 같은 불쌍한 늙은이는…."

샤를은 가르랑거리는 고양이처럼 눈꺼풀을 내리깔았다. 그러고는 손을 뻗어 달빛 아래 나무 사이로 희미하게 보이는 빈터를 가리켰다.

"저기 누우면 정말 좋겠군… 세상만사 다 잊을 것 같아."

샤를은 잠시 뜸을 들이다 짐짓 무심한 표정을 지으며 슬쩍 말했다.

"꾀꼬리 소리 들려요?"

조금 전부터 꾀꼬리 한 마리가 높다란 가지에 앉아 피란 민들의 소란과 푸념, 그들이 습기를 쫓기 위해 피운 불에 아랑곳하지 않으며 한가로이 울어대고 있었다. 들판 여기저기서 다른 꾀꼬리들도 화답했다. 젊은 남자는 몸을 숙여 한 팔로 잠든 약혼녀를 안은 채 새소리에 귀를 기울였다. 잠시 후, 남자가 그녀의 귀에 대고 뭐라고 속삭였다. 그녀가 눈을 뜨자, 젊은 남자가 또다시 집요한 어조로 그녀의 귀에 대고 뭐라고 졸랐다. 샤를은 고개를 돌렸지만 그들이 나누는 대화를 또렷이 들을 수 있었다. "차는 저분이 봐주겠다고 하셔… 당신은 날 사랑하지 않아, 솔랑주. 아니, 당신은 날 사랑하지 않아… 날 사랑한다면…."

샤를이 보란 듯이 길게 하품을 하며, 자연스럽기를 바라는 서툰 배우의 과장된 어조로 말했다.

"어쩌나, 나도 슬슬 졸리기 시작하는데…."

그러자 솔랑주도 더는 망설이지 않았다. 흥분에 들뜬 작은 웃음 소리와 곧 꺾이고 마는 도발적인 거부의 말들과 입맞춤 소리가 들리며, 그녀가 속삭였다.

"엄마가 우릴 보면… 오! 밥! 당신 정말 미워… 나중에 이 일로 날 비난하진 않을 거죠, 밥?"

그녀는 약혼자의 팔에 매달려 멀어져갔다. 샤를은 나무 아래에서 서로의 허리를 껴안은 채 키스를 나누는 그들을 바라보았다. 그들은 곧 사라졌다.

샤를은 기다렸다. 그의 생애에서 가장 긴 30분이 흘러가는 동안 샤를은 아무 생각도 하지 않았다. 그리고 걷잡을 수 없는 불안과 엄청난 쾌감을 느꼈다. 가슴이 너무나 격렬하고 고통스럽게 두근거려 샤를은 중얼거렸다. "이놈의 병든 심장이… 터져버리고 말 거야!"

하지만 샤를은 긴 세월을 살아오면서 이 같은 쾌감을 단한 번도 느껴본 적이 없었다. 벨벳 쿠션에 누워 하얀 닭 가슴살만 받아먹던 고양이가 우연히 전원으로 나와 아침 이슬로 뒤덮인 마른 나뭇가지에서 새를 사냥하고는 꿈틀거리는 피투성이 사냥감에 이빨을 박는다면 아마 그런 공포와 잔인한 쾌감을 느낄 거라고 그는 생각했다. 샤를은 자신의 내부에서 일어나는 일을 이해하지 못하기에는 너무나 영악했다. 그는 천천히, 아주 천천히, 차문이 삐걱거리는 소리를 내지 않기 위해 온 신경을 기울이며 이웃의 차 위로 기어 올라가 휘발유 통을 푼 다음 그것을 들고 내려왔다. 그러고는 손을 다쳐가며 자기 차의 연료 탱크 뚜껑을 열었고, 연료 탱크를 가득 채우고는 다른 차들이 시동을 거는 틈을 타 줄행랑을 쳤다.

숲을 벗어나자, 샤를은 고개를 돌려 환한 달빛에 은빛으로 물든 우듬지를 바라보았다. 그러고는 미소를 지으며 생각했다. '어쨌거나 저들은 6월 14일에 결혼한 셈이 됐군…'

23

　페리캉 노인은 거리에서 이는 소란 때문에 잠에서 깨어
났다. 그러고는 놀라움과 책망이 밴, 몽롱하고 창백한 한쪽
눈을 간신히 뜨며 생각했다. '왜 저렇게 소리를 질러대는 거
야?' 그는 여행과 독일군, 전쟁을 까맣게 잊었다. 한쪽 눈으
로 낯선 방을 멍하니 쳐다보면서도, 페리캉 노인은 자신이
들레세르 가의 아들 집에 있다고 믿었다. 그는 아무것도 이
해하지 못했다. 너무 늙어서 예전에 본 광경과 현재의 광경
을 구분하지 못했다. 페리캉 노인은 파리에 있는 자기 침실
의 녹색 벽지를 상상했다. 그는 머리맡 탁자 위로 떨리는 손
가락을 뻗어, 매일 아침 며느리가 그가 깨어나는 시간에 맞
춰 갖다놓는 오트밀과 다이어트 비스킷 접시를 찾았다. 그

러나 그곳에는 접시도 찻잔도, 심지어 탁자조차도 없었다. 그제야 페리캉 노인은 이웃집들이 불길에 무너지는 소리를 들었고, 매캐한 연기 냄새를 맡았다. 그리고 무슨 일이 일어나고 있는지 깨달았다. 그는 물 밖에 나온 물고기처럼 소리도 못 내고 입만 뻐끔거리다가 정신을 잃고 말았다.

하지만 다행히도 그 집에는 불이 옮겨붙지 않았다. 지붕 일부만 시커멓게 그을렸을 뿐이었다. 엄청난 무질서와 공포를 자아낸 후에 화재는 진정되었다. 불길은 광장의 잔해 더미 아래 똬리를 튼 채 아주 낮게 쉭쉭거리고 있었다. 하지만 여관은 아무런 피해도 입지 않았다. 사람들은 날이 저물 무렵 침대에 혼자 누워 있는 페리캉 노인을 발견했다. 그는 혼자 알아들을 수 없는 말을 웅얼거리고 있었다. 페리캉 노인은 얌전히 양로원으로 실려 갔다.

"저 양반한테는 양로원이 훨씬 나을 거예요. 제가 돌봐드릴 시간이 도통 없으니까. 생각해보세요! 득실대는 피란민, 곧 들이닥칠 독일군, 거기다 화재까지…." 여관의 주인이 말했다.

그녀는 자신에게 가장 소중한 사람들, 군에 동원되어 생사조차 알 수 없는 남편과 두 아들의 부재에 대해서는 입을 다물었다. 그들 셋은 명확하게 한정되지도 않고, 끊임없이 옮겨 다니며, 소름이 끼칠 정도로 가까이 있는 구역, 사람들이 '전쟁'이라 부르는 구역에 있었다.

　양로원은 생사크르망 수도원의 수녀들이 아주 깨끗하게
관리하고 있었다. 사람들은 페리캉 노인을 창가에 있는 침
대에 눕혔다. 제정신이었다면, 그는 창을 통해 6월의 푸른
나무들과 하얀 시트 위에 말없이 누워 있는 열다섯 명의 노
인을 볼 수 있었을 것이다. 하지만 페리캉 노인은 아무것도
보지 못했다. 그는 자신이 계속 아들의 집에 있다고 믿었다.
페리캉 노인은 때때로 회색 모포 위로 내놓은, 퍼렇게 질린
자신의 쭈글쭈글한 손에 대고 뭐라고 말을 하는 것처럼 보
였다. 손에 대고 뭐라고 엄하게 꾸짖고는, 오랫동안 고개를
설레설레 젓다가, 숨이 차면 눈을 감았다. 페리캉 노인은 화
상을 입지도 부상을 당하지도 않았지만 계속 열이 오르는
증세를 보였다. 의사는 이웃 도시에서 폭격 희생자들을 돌
보고 오느라 밤늦게야 페리캉 노인을 진찰할 수 있었다. 의
사는 별말을 하지 않았다. 의사는 몸을 가누지 못할 정도로
힘들어했다. 사십팔 시간 동안 눈 한 번 붙이지 못한 채 부
상자 60명을 치료했던 것이다. 의사는 페리캉 노인에게 주
사 한 대를 놔주고는 내일 다시 오겠노라고 약속했다. 수녀
들에게 페리캉 노인의 문제는 이미 끝난 것이었다. 임종을
하도 많이 접해봤기 때문에 그들은 한숨 한 줌이나, 가느다
란 신음, 구슬처럼 흐르는 식은땀, 꼼짝 않는 손가락에서 죽
음을 알아보았다. 그들은 이웃 도시로 가는 의사에게 사람
을 붙여 보냈고, 역시 눈 한 번 못 붙인 신부를 모셔오게 했

다. 신부가 병자성사를 해주는 동안 페리캉 노인은 잠시 의
식을 되찾은 듯 보였다. 신부는 양로원을 나서면서 그 가엾
은 노인이 선하신 하느님의 용서를 받았으니 아주 기독교
적인 최후를 맞이할 거라고 수녀들에게 말했다.

수녀 중 하나는 키가 작고 야위었으며, 뿔 모양의 하얀 모
자 아래 드러난 눈은 기지와 용기로 반짝였었다. 인상이 부
드럽고 소심해 보이는, 뺨이 발그레한 또 다른 수녀는 치
통을 앓고 있어서 묵주기도를 드리면서도 가끔씩 손을 들
어 아픈 잇몸을 어루만졌다. 그녀는 이 비탄의 시기에 자신
이 진 십자가가 너무 가벼운 게 부끄럽다는 듯 쑥스러운 미
소를 짓곤 했다. 페리캉 노인이 바로 그녀에게 불쑥 말했다
(자정을 넘긴 시간이었고, 낮의 소란은 이미 진정되어 있었
다. 수도원 정원에서 고양이 우는 소리만 가끔 들려왔다).

"샤를로트, 몸이 안 좋구나… 공증인을 불러다오."

페리캉 노인은 그녀를 며느리로 착각하고 있었다. 반 착
란상태에서도 며느리가 뿔 모양의 모자를 쓰고 있는 걸 보
고 놀라긴 했지만, 어쨌거나 그건 며느리일 수밖에 없었다!
페리캉 노인이 차분하고 끈기 있게 반복해 말했다.

"노가래 변호사… 공증인… 내 마지막 뜻…."

"어떡하죠, 자매님?" 생사크르망의 마리 수녀가 쉬뤼뱅
의 마리 수녀에게 말했다.

흰 모자가 두 개가 기울더니, 누워 있는 노인의 몸 바로

위에서 만났다.

"너무 늦은 시각이라 공증인이 안 올 거예요, 어르신…
그러니 주무세요… 내일도 시간은 있으니까요."

"아냐… 시간이 없어… 노가래 변호사는 올 거야… 전화
해봐." 낮은 목소리가 말했다.

두 수녀는 다시 의견을 주고받았다. 한명이 잠시 사라지
더니 아주 뜨거운 차를 들고 돌아왔다. 페리캉 노인은 몇 모
금 마셔보려고 애썼지만 곧 모두 뱉어내고 말았다. 차가 허
연 수염을 따라 흘러내렸다. 페리캉 노인이 갑자기 극도의
흥분 상태에 빠져 신음하며 명령했다.

"빨리 오라고 해… 나한테 약속했어… 전화하는 즉시…
부탁이야… 서둘러, 잔(그의 머릿속에서 앞에 서 있는 사람
은 이제 며느리가 아니라 40년 전에 죽은 아내가 됐다)."

아픈 치아에 느닷없이 날카로운 통증이 찾아오는 바람에
생사크르망의 마리 수녀는 뭐라고 대꾸할 경황이 없었다.
그녀는 고개를 끄덕여 알았다는 표시를 하고는 꼼짝 않고
손수건으로 연신 뺨을 눌러댔다. 대신 동료 수녀가 벌떡 일
어나며 말했다.

"공증인을 데려와야겠어요, 자매님."

쉐뤼뱅의 마리 수녀는 적극적이고 투쟁적인 기질을 갖고
있었다. 그래서 팔짱을 끼고 기다리고만 있는 것을 못 견뎌
했다. 이웃 도시가 폭격당했을 때도 마리 수녀는 의사와 신

부를 따라가 돕고 싶었지만, 양로원의 노인들 때문에 자리
를 비우지 못했다. (그녀는 생사크르망 마리 수녀의 일처리
를 크게 신뢰하지 않았다.) 화재가 일어났을 때도 마리 수녀
는 발만 동동 구르고 있지는 않았다. 그녀는 침대 열다섯 개
를 건물 밖으로 끌고 나오는 데 성공했고, 사다리와 줄, 물
양동이를 직접 준비했다. 하지만 폭격을 당한 교회에서 2킬
로미터나 떨어져 있는 양로원까지는 불이 번지지 않았다.
마리 수녀는 겁에 질린 군중의 비명에, 코를 찌르는 매캐한
연기 냄새에, 밤하늘을 훤히 밝히는 화염에 몸을 떨며, 무엇
이든 하겠다는 각오로 차분하게 자리를 지키며 기다렸다.
하지만 아무 일도 일어나지 않았다. 화재의 희생자들은 민
간 병원에서 치료를 받았다. 마리 수녀가 할 일이라곤 노인
열댓 명이 먹을 수프를 준비하는 것뿐이었다. 그런데 페리
캉 노인의 갑작스런 도착이 단번에 그녀의 모든 에너지를
일깨워놓았다.

"가야 해요."

"그럴까요, 자매님?"

"남기고 싶은 중대한 유언이 있는 모양이에요."

"샤르뵈프 변호사가 집에 없을지도 모르잖아요."

쉐뤼뱅의 마리 수녀가 어깨를 으쓱했다.

"자정이 넘은 이 시각에요?"

"오려고 하지 않을 거예요!"

"그건 두고 봐야죠! 이건 그의 의무예요. 필요하면 침대
에서 끌어내서라도 데려오고 말 거예요." 젊은 수녀가 화가
난 듯 말했다.

쉐뤼벵의 마리 수녀는 밖으로 나왔다. 그러고는 잠시 망
설였다. 그들 공동체는 수녀 네 명으로 구성되어 있었는데,
6월 초에 파레르모니알 수도원으로 간 두 명이 아직 돌아오
지 않고 있었다. 공동체에 자전거가 한 대 있긴 했지만, 마
을 주민들의 구설수에 오를까 봐 여태까지 누구도 감히 그
걸 이용할 생각은 하지 못했다. 마리 수녀는 자기 자신에게
이렇게 말했다. '위급한 경우에는 해괴한 짓을 해도 선하신
주님께서 용서하실 거야. 예를 들어, 위독한 환자가 발생하
면 의사 선생님과 신부님께 급히 알려야 하잖아! 일 분 일
초가 아까운데 어떻게 자전거를 두고 뛰어가겠어? 사정을
알게 되면 사람들도 뭐라 하지 않을 거야. 그리고 그다음부
터는 아마 내가 자전거를 타고 나타나도 놀라지 않을 거야!'
이번 일은 크게 위급한 경우는 아니었다. 하지만 마리 수녀
는 자전거에 올라타고 싶어 미칠 지경이었다! 예전에, 5년
전 그녀가 아직 속세에 있었을 때, 언니들과 어울려 놀이도
하고, 장도 보고, 소풍도 가며, 얼마나 즐거웠던가! 그녀는
검은 베일을 뒤로 젖히며 '지금의 절호의 기회야'라고 중얼
거리고는, 설레는 가슴으로 자전거 핸들을 잡았다.

잠시 후, 마리 수녀는 마을에 도착했다. 마리 수녀는 무

거운 잠에 빠진 샤르뵈프 변호사를 깨우느라, 즉시 양로원
에 가야 한다고 그를 설득하느라 조금 애를 먹었다. 발그레
하고 통통한 뺨과 빨간 입술 때문에 고장 처녀들에게 '큰 아
기'라는 놀림을 받았던 샤르뵈프 변호사는 늘 아내한테 쩔
쩔매는, 까다롭지 않은 성격을 가진 사람이었다. 그는 한숨
을 쉬며 옷을 입고는 양로원으로 향했다. 그리고 고열 때문
에 얼굴이 벌겋게 달아오른 페리캉 노인을 발견했다.

"공증인이 오셨어요." 수녀가 알렸다.

"앉으세요, 이리 앉아요. 시간 낭비는 하지 맙시다." 노인
이 말했다.

공증인은 양로원 정원사와 그의 세 아들을 증인으로 삼
았다. 페리캉 노인이 서두르는 것을 본 그는 주머니에서 종
이를 꺼내 받아 적을 준비를 했다.

"말씀하세요, 어르신. 우선 성, 이름, 신분부터 밝혀주
시죠."

"노가래가 아니잖아?"

페리캉 노인이 정신을 차렸다. 그는 양로원의 벽, 침대 맞
은편에 있는 작은 성 요셉 석고상, 쉬뢰뱅의 마리 수녀가 창
밖으로 몸을 내밀고 꺾어서 푸른색 화병에 꽂아놓은 아름
다운 장미 두 송이에 눈길을 던졌다. 페리캉 노인은 자신이
어디 있는지, 어째서 혼자 있는지 이해해보려고 애썼지만
곧 포기하고 말았다. 그는 곧 죽을 것이다. 그것으로 그만이

었다. 그리고 죽으려면 격식을 갖춰 죽어야 했다. 이 마지막 행위, 죽음, 유언을. 페리캉 말테트 가문의 한 사람으로서 세상의 무대에서 마지막으로 펼치는 눈부신 공연을 페리캉 노인은 얼마나 자주 상상했던가! 무려 10년 동안 사람들이 닦아주고, 입혀주고, 먹여주는 불쌍한 늙은이로 지내다가 갑자기 자신의 모든 중요성을 되찾는 이 순간을! 벌하고, 상주고, 실망시키고, 만족시키고, 자기 자신의 의지에 따라 지상의 부를 분배하는 것을. 사람들을 지배하고, 좌지우지하고, 무대의 전면을 차지하는 것을.(그 순간이 지나면 그는 검은 관 속에 누워 꽃으로 둘러싸인 무대 중앙을 차지하겠지만, 이는 하나의 의식일 뿐이었다. 그 의식에서 그는 상징으로, 날개 달린 정신으로만 존재할 것이다. 반면, 여기서는 다시 한번 생생하게 살아서⋯)

"실례지만 성함이⋯." 노인이 낮은 목소리로 물었다.

"샤르뵈프 변호사입니다." 공증인이 겸손하게 대답했다.

"좋아요, 상관없으니 시작합시다."

노인은 마치 그에게만 보이는, 허공에 써놓은 글을 읽듯이 천천히, 힘겹게 구술하기 시작했다.

"공증인⋯ 샤르뵈프 변호사의⋯ 입회하에⋯ 페리캉⋯"
공증인이 웅얼거리듯 말했다.

페리캉 노인은 자신의 성에 더 큰 무게와 울림을 주기 위해 안쓰러운 노력을 했다. 가쁜 숨을 골라야 했기 때문에,

명망 높은 음절을 소리 높여 외치는 것이 불가능했기 때문
에, 퍼렇게 질린 손이 잠시 하얀 시트 위에서 꼭두각시처럼
춤을 췄다. 예전에 명함이나 전표, 매출 장부, 그리고 계약
서 아래쪽에 굵고 검은 필체로 서명을 할 때처럼. 페리캉…
페-리-캉, 루이오귀스트.

"주소지는?"

"파리, 들레세르 가, 89번지."

"공증인과 증인들에게는 상기 의뢰인이 몸은 병들었으
나 정신은 온전한 것으로 보임." 샤르뵈프가 미심쩍은 표정
으로 환자를 바라보며 말했다.

하지만 샤르뵈프는 죽어가는 노인 때문에 숨이 턱턱 막
혀왔다. 그도 나름대로 경험이 있었다. 샤르뵈프의 고객은
주로 인근의 농장주들이었다. 하지만 부자들 역시 같은 식
으로 유언을 남겼다. 노인은 분명 큰 재산을 가진 사람이었
다. 거친 환자복 차림으로 양로원에 누워 있긴 했지만 엄청
난 거부가 분명했다! 이렇게 공증인으로서 그의 임종을 지
켜보는 것은 샤르뵈프 변호사로서는 가슴 벅찬 일이었다.

"어르신, 그러니까 아드님을 포괄 상속인으로 지명하길
원하십니까?"

"그렇소. 나는 내가 설립한 파리 16구의 자선단체 프티
르팡티에 즉각 그리고 지체 없이 오백만 프랑을 기부한다
는 조건으로 내 아들 아드리앵 페리캉에게 동산 및 부동산

을 망라한 모든 재산을 상속한다. 프티 르팡티는 탁월한 예술가에게 실물 크기의 내 초상화나 내 모습을 되살리는 흉상을 제작하게 하여 상기 단체의 현관에 배치해야 한다. 사랑하는 내 누이 아델에밀리엔 루이즈에게는 경애하는 내 모친 앙리에트 말테트의 유산 상속 시 빚어진 불화와 관련하여 보상을 하는 의미로 1912년 획득한 됭케르크 소재의 내 모든 토지와 그곳에 세워진 모든 건물, 그리고 내 소유로 되어 있는 화물 창고를 물려준다. 이 약속을 어김없이 지키는 임무는 내 아들에게 맡긴다. 칼바도스 지방, 보랑주에 있는 블레오빌 성은 전쟁에서 부상을 입어 신체가 마비되거나 정신적 장애를 겪게 될 사람들을 위한 보호시설로 바뀔 것이다. 벽에 단순한 석판을 박아 '샹파뉴에서 사망한 두 아들을 추모하며 자비로운 페리캉 말테트가 세운 재단'이라고 새겨주길 바란다. 전쟁이 끝나면⋯."

"제 생각엔⋯ 이미 끝난 것 같습니다." 샤르뵈프 변호사가 조심스레 끼어들었다.

하지만 그는 페리캉 노인이 그의 두 아들을 앗아간 대신 재산을 세 배로 불려놓은 다른 전쟁을 말하고 있다는 것을 까맣게 모르고 있었다. 페리캉 노인은 폐렴이 악화되어 죽을 뻔한, 그래서 온 가족을 불러 모았던(소식을 듣고 달려온 북부와 남부 지방의 친척들까지 있었다), 결과적으로 죽음의 예행연습이라 부를 수 있는 것을 실시했던 1918년 9월로 되돌아가 있었다. 그때도 페리캉 노인은 유언을 받아 적게 했었다. 지금 그는 당시에 했던 유언을 그대로 반복하고 있었다.

"전쟁이 끝나면, 유산 중 삼천 프랑을 할당해 블레오빌 광장에 전몰자들을 위한 추모비를 세워주길 바란다. 우선 금박을 입힌 커다란 글씨로 내 두 아들의 이름을 써 넣고, 약간의 여백을 둔 다음…."

페리캉 노인이 지쳤는지 눈을 감았다.

"…다른 이름들은 모두 작은 글씨로…."

페리캉 노인이 한참 동안 입을 다물고 있자, 공증인이 불안한 표정으로 수녀들을 바라보았다. 혹시? 숨을 거두신 건가요? 하지만 쉐뤼뱅의 마리 수녀가 담담하게 고개를 저었다. 노인은 죽은 게 아니었다. 그는 생각에 빠져 있었다. 미동도 없는 몸속에서, 그의 기억은 광활한 시공간을 돌아다니고 있었다.

"내 재산 거의 대부분은 사람들 말로 수익률이 높다는 미국 유가증권으로 이루어져 있다. 하지만 난 이제 그 말 안 믿어."

노인이 침울한 표정으로 긴 수염을 흔들었다.

"난 그 말을 더는 안 믿어. 난 내 아들이 그것들을 당장 프랑스 프랑으로 바꾸길 바란다. 그리고 금도 있는데, 그것도 더는 가지고 있을 필요가 없으니 모두 팔아버리기를. 그리

고 내 초상화 사본을 한 장 만들어 블레오빌 성 아래층의 대
연회장에 걸어놓도록 하라. 내 충실한 침실 하인에게는 매
년 종신 연금을 천 프랑씩 지불하도록 하고. 앞으로 태어날
내 자손들 이름은 아들이면 내 이름 루이오귀스트 중에서,
딸이면 루이즈오귀스틴 중에서 부모가 골라 붙여주어라."

"그게 답니까?" 샤르뵈프 변호사가 물었다.

페리캉 노인의 긴 수염이 앞으로 숙여지면서 그렇다는,
그게 다라는 표시를 했다. 공증인과 증인들 그리고 수녀들
에겐 짧게 여겨졌지만, 그에겐 한 세기만큼이나, 착란만큼
이나, 꿈만큼이나 길게 느껴진 잠시 동안, 페리캉 말테트 씨
는 이 세상에 태어나 걸어온 여정을 반대 방향으로 거슬러
올라갔다. 들레세르 가에서 가족끼리 가진 저녁 식사, 거실
에서 즐긴 낮잠, 그의 무릎 위에서 까불던 고양이 아나톨,
미친 듯이 화가 나 절연으로 끝난 형과의 마지막 대면(그는
그때 문제가 됐던 주식을 몰래 다시 사들였다), 그리고 류머
티즘에 시달려 등도 제대로 펴지 못한 채 손가락 사이에 종
이부채를 끼고 블레오빌 정원의 기다란 짚 의자에 누워 있
던 아내 잔(그녀는 일주일 후에 사망했다). 또 그로부터 35년
전, 그들의 결혼식 다음 날, 블레오빌의 잔, 열린 창문을 통
해 들어온 벌들이 침대 발치에 던져놓은 신부의 백합 부케
와 오렌지꽃 화관에 몰려들자, 깔깔대며 그의 품으로 피신
했던 잔….

페리캉 노인은 죽음이 다가오는 것을 분명히 느끼고 있었다. 페리캉 노인은 너무 좁은 문을 통과하려고 애쓰다가, "아닙니다, 먼저 들어가시지요"라고 말하는 것처럼 옹색하고 놀란 듯한 작은 몸짓을 했다. 그리고 그의 얼굴에 크게 놀란 듯한 표정이 떠올랐다.

"그러니까 그게 바로 이거야? 정말 이거야?" 그는 이렇게 말하는 듯했다.

곧 놀란 표정이 지워지고, 페리캉 노인의 얼굴이 엄하고 어둡게 변했다. 그러자 샤르뵈프 변호사가 서둘러 기록했다.

"…현 유언장에 서명을 하도록 손에 펜을 쥐여주는 순간, 유언자가 고개를 들기 위해 애썼으나 성공하지 못하고 결국 마지막 숨을 거두고 말았다. 이에 현장에서 상기 사실을 함께 확인한 공증인과 증인들이 본 유언장을 열람한 후에 법적 효력을 발효시키기 위해 서명하였다."

244   이렌 네미롭스키 선집 II

24

장마리는 마침내 정신을 차렸다. 장마리는 열에 들떠 의
식이 없는 채로 꼬박 나흘을 보냈다. 이제야 약간 기운이 나
는 것 같았다. 전날 의사가 방문해 붕대를 갈아주자 열이 떨
어지기 시작했다. 사람들이 눕혀준 침대에서는 다소 어둑
하고 넓은 부엌과 한쪽 구석에 앉아 있는 노인의 흰 헝겊 모
자, 벽에 걸려 번쩍이는 아름다운 냄비들, 그리고 달력이 보
였다. 달력에는 맷집 좋아 보이는 군인이 상기된 얼굴로 양
쪽에 알자스 처녀의 허리를 감싸고 있는 그림이 실려 있었
다. 지난 전쟁의 기념물이었다. 생생하게 살아 있는 전쟁 기
념물들을 보자 장마리는 기분이 묘했다. 눈에 가장 잘 띄는
자리에 나란히 걸린 제복 차림의 남자 초상화 넷, 한쪽 구석

에 매어놓은 작은 삼색 매듭과 크레이프 휘장, 그리고 회복
하면서 보라고 누군가 옆에 놓아둔, 검은색과 녹색 표지로
제본한 1914년부터 1918년까지의 삽화집 컬렉션.

　장마리가 어렴풋이 들은 대화에서는 이런 말들이 끊임없
이 되풀이되었다. "베르됭, 샤를루아, 라마른…." "지난 전
쟁이 터졌을 때는…." "내가 독일 점령기에 뮐루즈에서 지
냈을 때…." 사람들은 지금의 전쟁에 대해서는, 패배에 대
해서는 거의 이야기하지 않았다. 이 전쟁은 아직 사람들의
뇌리에 박혀 있지 않았다. 몇 달, 혹은 몇 년 후, 어쩌면 문
앞의 나지막한 나무 울타리 너머로 꾀죄죄한 얼굴을 내미
는 꼬맹이들이 어른이 되었을 때쯤에야 이 전쟁은 생생하
고 끔찍한 형태를 취할지도 몰랐다. 찢어진 밀짚모자를 쓰
고, 뺨은 구정물로 얼룩져 발그레해서, 기다란 녹색 작대기
를 손에 든 꼬맹이들은 겁에 질리고 호기심 가득한 눈망울
로 부상당한 병사를 구경하기 위해 앞다투어 나막신 뒤꿈
치를 세웠다. 장마리가 움직임을 보이자, 아이들은 물에 뛰
어드는 개구리들처럼 순식간에 사라졌다. 가끔 열린 쪽문
을 통해 암탉이나 사납게 생긴 늙은 개, 어마어마하게 큰 칠
면조가 드나들기도 했다. 낮에는 헝겊 모자를 쓴 노파가 장
마리를 맡았다. 날이 저물면, 젊은 여자 둘이 곁에 앉아 장
마리를 돌봤다. 세실과 마들렌이었다. 장마리는 한동안 그
들이 자매라고 생각했다. 하지만 천만에! 세실은 농가 어주

인의 딸이었고, 마들렌은 고아로 더부살이를 하고 있었다. 둘 다 매력적으로 보였다. 예쁘지는 않았지만 더없이 발랄했다. 세실의 얼굴은 크고 붉었으며, 눈동자는 생기 넘치는 갈색이었다. 더 순진해 보이는 마들렌은 금발에다 뺨은 사과 꽃처럼 반들반들하고 붉고 환했다.

장마리는 세실과 마들렌을 통해 그 주에 일어난 사건 소식을 들을 수 있었다. 엄청난 여파를 지닌 사건들도 약간은 거친 그 둘의 입과 혀를 지나면 비극적인 음조를 상실했다. 두 여자는 이런 식으로 말했다. "그 일은 정말로 슬퍼요." "그걸 보면 기분이 별로예요." "아! 아저씨, 걱정이 태산이에요!" 장마리는 이 고장 사람들이 모두 그들처럼 말을 하는지, 아니면 두 여자의 영혼이나 젊음에서 기인하는 더 심원한 어떤 것, 그들에게 전쟁은 곧 끝날 거라고, 침략자들은 가버릴 것이고, 변질되고 훼손되더라도 삶은 여전히 계속될 거라고 말하는 어떤 본능 때문에 그렇게 말하는 것인지 궁금했다. 장마리의 어머니는 불에 올려놓은 수프가 데워지는 동안 뜨개질을 하며 말하곤 했다. "1914년? 바로 그해 내가 네 아버지와 결혼했지. 그해의 초반에는 더없이 행복했지만, 그해가 끝날 무렵에는 아주 불행했단다." 하지만 그녀의 기억 속에 그 음울한 한 해는 사랑의 광채로 부드럽게 채색된 채 남아 있었다.

마찬가지로, 어쨌거나 그 여자들의 기억 속에 1940년의 여름은 스무 살 청춘을 보낸 한 계절로 남을 거라고 장마리는 생각했다. 아니, 생각을 하려고 한 것은 아니었다. 생각을 하는 것이 몸이 아픈 것보다 더 고통스럽다. 하지만 모든 것이 떠올라 지칠 줄 모르고 그의 머릿속을 맴돌았다. 5월 15일에 떨어진 휴가 복귀 명령, 앙제르에서 보낸 나흘, 좀처럼 나아가지 못하는 기차들, 짐승들에게 뜯어 먹혀가며 바닥에 누워 있는 병사들, 여기에 이어 공습경보, 폭격, 레텔 전투, 후퇴, 솜 전투, 또다시 후퇴, 지휘관도, 명령도, 무기도 없이 이 도시에서 저 도시로 달아나던 나날, 그리고 불길에 휩싸인 열차까지. 장마리는 몸부림치며 신음했다. 그는 자신이 현실 속에서 몸부림치고 있는지 아니면 갈증과 고열에서 비롯된 몽롱한 꿈속에서 발버둥을 치고 있는지 알지 못했다. 아니, 그것은 불가능했다…. 도저히 일어날 수 없는 일들이 있었다…. 누군가 스당 전투에 대해 말하지 않았나? 그건 1870년에 일어난 일이었다. 그의 기억 속에 아직도 또렷이 남아 있는, 표지가 붉은 천으로 된 역사책의 한 페이지 위쪽에 나와 있는 내용이었다. 그것은… 부드러운 운율에 맞춰 역사책에 적혀 있었다. "스당, 스당 패전… 스당에서의 참담한 패배는 전쟁의 운명을 결정했다…." 벽에 걸린 달력의 이미지, 뺨을 발그스레하게 붉히며 웃고 있는 병사, 흰 양말을 드러내 보이는 알자스 여자 둘. 그랬다, 그건 꿈, 과거였다. 그리고 그는…. 그가 부들부들 떨기 시작

했다. 여자들이 무겁고 뻣뻣한 그의 발 위에 뜨거운 물주머
니를 올려주는 동안 장마리가 말했다. "고마워요, 아무것도
아니에요, 고마워요, 그럴 필요 없어요…."

"오늘 저녁엔 훨씬 나아 보이네요."

"기분이 한결 나아요." 장마리가 대답했다.

장마리는 거울을 부탁했고, 턱을 따라 더부룩하게 자란
검은 수염을 바라보며 웃었다.

"내일은 면도를 해야겠네…."

"그럴 힘이 있으시면요. 면도는 누구 보기 좋으라고 하시
려고요?"

"당신들요."

여자들이 깔깔대며 웃고는 장마리에게 다가왔다. 그들은
그가 어디서 왔는지, 어디서 부상을 입었는지 궁금해했다.
때때로 가책을 느껴 말을 멈추기도 했다.

"오! 수다를 너무 떨었죠? 피곤하실 텐데… 이러다간 엄
마한테 혼날 거예요… 성이 미쇼예요? 이름은 장마리고?"

"그래요."

"파리 사람이세요? 직업이 뭐예요? 공장에서 일해요? 아
니죠? 손을 보면 알아요. 회사 사무원이죠? 아니면 공무원
이거나…."

"학생이에요."

"아! 공부하세요? 왜요?"

"글쎄요, 사실 나도 그게 궁금하답니다!"

장마리가 잠시 생각해보고는 말했다.

이상한 일이었다. 장마리와 급우들은 곧 전쟁이 터질 테니 공부해봤자 아무 소용도 없다는 걸 잘 알면서도 공부를 하고, 시험을 치고, 학위를 땄다. 그들의 미래는 정해져 있었고, 그들의 진로는 옛사람들이 흔히 '배우자는 하늘에 의해 결정되어 있다'라고 말하듯 하늘에서 결정되었다. 장마리는 1915년 아버지의 휴가 때에 잉태되었다. 장마리는 전쟁을 통해, 그리고 전쟁을 위해(그는 언제나 그것을 알고 있었다) 태어났다. 장마리가 같은 또래의 남자와 공유하는, 이 논리적이고 이성적인 생각에는 전혀 병적인 것이 없었다. 하지만 이제 최악의 순간이 지나갔으니 모든 게 달라졌어, 장마리는 생각했다. 또다시 미래가 주어졌다. 전쟁은 끝났다. 끔찍하고 치욕스럽지만 어쨌든 전쟁은 끝났다. 그리고 이제… 희망이 있었다.

"책을 쓰고 싶었어요." 장마리는 가슴속에 비밀스레 간직하고 있던 소명을 시골 여자들에게, 그 낯선 이들에게 수줍게 털어놓았다.

이어 장마리는 이 고장과 농장 이름을 알고 싶어 했다.

"촌구석이에요. 시골 벽촌이죠." 세실이 말했다. "매일 그날이 그날이에요. 짐승들을 돌보죠. 짐승 같은 꼴로. 안 그래, 마들렌?"

"여기서 산 지 오래됐나요, 마들렌 양?"

"태어난 지 3주 됐을 때부터요. 세실 엄마가 날 세실과 함께 키웠어요. 우린 자매처럼 자랐죠."

"서로 마음이 잘 통하는 것 같네요."

"꼭 그렇지는 않아요. 마들렌은 수녀가 되고 싶어하거든요!" 세실이 말했다.

"가끔은…." 마들렌이 미소를 지으며 말했다.

마들렌은 약간은 소심해 보이는 다소곳한 미소를 가지고 있었다.

'마들렌이 어떤 집안 출생인지 궁금하군.' 장마리는 생각했다. 마들렌의 손은 붉었지만 다리, 발목과 마찬가지로 우아해 보였다. 더부살이하는 처녀라…. 장마리는 약간의 호기심과 연민을 느꼈다. 마들렌은 장마리의 마음에 막연한 연정을 심어놓았고, 그는 그에 대해 고마운 마음을 느꼈다. 마들렌에 대한 관심이 그를 즐겁게 해주고 그 자신과 전쟁에 대한 생각을 막아주었기 때문이다. 다만 힘이 너무 없는 게 유감이었다. 그들과 함께 웃고 농담을 나누는 것조차 힘들었다. 그리고 그들도 역시 웃고 농담하길 기대했다! 시골에서 젊은 남녀가 농을 주고받는 것은 흔한 일이었다. 다들 아무 거리낌 없이 어울렸다. 그가 격식을 차려 거리를 뒀다면, 그들은 아마 크게 실망하고 당황했을 것이다.

장마리가 애써 미소 지어 보였다.

"언젠가 당신 생각을 바꿔놓을 남자가 나타날 거예요, 마들렌 양. 그러면 수녀가 되고 싶지 않을 겁니다!"

"가끔 그런 생각이 든다고 했잖아요!"

"어떤 때요?"

"아! 저도 모르겠어요… 특별히 슬픈 날들이 있어요…."

"여긴 남자 구경하기 힘들어요." 세실이 말했다. "촌구석이라고 했잖아요. 그나마 몇 안 되는 남자들도 모두 전쟁터로 끌려가버렸어요. 아, 처녀로 늙어가는 건 정말 불행해요!"

"누구나 다 불행해!" 마들렌이 말했다.

장마리 곁에 앉아 있던 마들렌이 벌떡 일어섰다.

"세실, 너 잊었니? 부엌 바닥 안 닦았잖아."

"네 차례야."

"어머머! 애 뻔뻔스럽게 말하는 것 좀 봐! 네 차례잖아!"

두 사람은 잠시 말다툼을 벌이다 함께 청소를 시작했다. 그들은 더할 나위 없이 발랄하고 능숙했다. 곧 붉은 타일이 신선한 물 아래에서 반짝반짝 빛났다. 풀, 우유, 그리고 야생 박하 향이 문턱을 넘어왔다. 장마리는 팔을 괴고 손바닥에 뺨을 올려놓았다. 기분이 묘했다. 절대적인 평화와 마음속에서 들끓는 소란이 끊임없이 대조되었다. 지난 6일 동안의 지옥 같은 소란이 그의 귓가에 맴돌았다. 잠시만 고요해도 그 소리들이 들려왔다. 금속이 찌그러지는 소리, 거대한 철침을 내리치는 느리고 묵직한 망치 소리…. 장마리는 부르르 몸서리를 쳤고, 온몸이 식은땀으로 뒤덮였다. 공습을 당한 객차가 내는 소리, 병사들이 내지르는 비명을 뒤덮는, 화약과 강철이 폭발하는 소리였다. 장마리가 큰 소리로 말했다.

"그런 것들은 다 잊어버려야 해, 안 그래?"

"뭐라고 하셨어요? 뭐 필요하세요?"

장마리는 대답하지 않았다. 그는 이제 세실과 마들렌을 알아보지 못했다. 그들은 놀란 표정으로 서로를 쳐다보았다.

"열이 다시 오르나 봐."

"네가 말을 너무 많이 시켜서 그래!"

"천만에! 저 사람은 아무 말도 하지 않았어. 우리만 계속 떠들었잖아!"

"그래서 피곤해진 거야."

마들렌이 몸을 숙여 장마리를 들여다보았다. 장마리는 눈앞에서 딸기 냄새가 나는 발그스레한 뺨을 보았다. 그는 뺨에 입을 맞추었다! 마들렌이 얼굴을 붉히고, 맑게 웃더니, 흐트러진 머리카락을 매만지며 몸을 일으켰다.

"어머, 어머, 깜짝 놀랐잖아요. 많이 아픈 척하더니!"

장마리는 생각했다. '저 아가씨가 왜 저러지?' 장마리는 신선한 물이 든 잔을 입으로 가져간다고 생각하며 그녀의 뺨에 입을 맞췄다. 목구멍이 타들어갔다. 입안이 화염의 열

기로 바짝 말라 쩍쩍 갈라지는 것 같았다. 마들렌의 눈부시
고 부드러운 피부가 갈증을 해소해주었다. 동시에 장마리
의 정신은 불면과 고열이 가져다주는 명료한 의식으로 가
득했다. 장마리는 그 여자들의 이름과 자신의 이름마저도
잊어버렸다. 자신이 이 낯선 곳에 와 있는 이유를, 자신이
처한 상황을 이해하려는 정신적 노력이 그에겐 너무나 버
거웠다. 장마리는 탈진하고 말았다. 물속을 유영하는 물고
기처럼, 바람에 실려 가는 새처럼, 그의 영혼은 평온하고 가
볍게 추상 속을 떠다녔다. 그는 자기 자신, 장마리 미쇼 대
신 다른 사람을 보았다. 패배했지만 포기하지 않는 이름 모
를 병사를, 죽음을 원치 않는 부상병을, 절망하지 않는 불행
한 청년을 보았다. '여기서 벗어나야 해… 여기서, 이 피바
다, 이 진흙탕에서 빠져나가야 해… 끈을 놓지 말아야 해…
매달려야 해… 놓으면 안 돼….' 장마리가 중얼거렸다. 그러
고는 베개를 부여잡고 침대 위쪽을 향해 기어오르며 두 눈
을 부릅뜬 채, 보름달로 훤히 밝혀진 밤을, 더운 하루가 끝
난 후 부상병의 신열을 식히기 위해 그 집 여자들이 평소와
는 달리 일부러 문과 창문들을 활짝 열어젖혀 맞아들인 향
기롭고 은은한 밤을, 눈부신 밤을 바라보았다.

25

　페리캉 신부는 소년들을 이끌고 루아르강을 떠나 숲을 향해 나아갔다. 소년들은 각자 모포 한 장과 마대 자루 하나씩을 들고 먼지 속에 발을 끌며 그를 따르고 있었다. 하지만 숲에는 부대가 이미 야영을 하고 있었다. 적군 비행기들이 병사들을 어김없이 찾아내고 말 거라고, 숲속이나 강가나 위험하긴 마찬가지라고 페리캉 신부는 생각했다. 그래서 그는 국도를 버리고 오솔길이나 다름없는 자갈투성이 길로 접어들었다. 그는 산에서 안개나 눈보라 속 어딘가에 있을 피란처로 스키팀을 인도했을 때처럼 본능이 그를 외딴 거처로 이끌어주리라 믿고 있었다. 멋진 6월의 하루였다. 날이 너무나 눈부시고 따뜻해서 소년들은 취해버린 것 같았다. 그때까지 조용하고 얌전했던, 지나칠 정도로 얌전했던 소년들이 서로 장난을 걸며 소리를 지르기도 했다. 웃음소리와 웅얼거리는 노래 토막들이 여기저기서 터져 나왔다. 페리캉 신부가 귀를 기울이자, 뒤쪽에서 반쯤 열린 입술로 속삭이는 외설적인 후렴구가 들려왔다. 페리캉 신부는 그들에게 행진곡을 합창하자고 제안했다. 그가 가사를 또박또박 힘차게 발음하며 선창을 했지만, 따라 부르는 목소리는 몇 되지 않았다. 그마저도 잠시 후 입을 다물어버렸다. 페리캉 신부 역시 곧 입을 다물고 걸으며 생각에 잠겼다. 이 갑작스러운 자유가 저 불쌍한 아이들에게 과연 무엇을 일깨워놨을까? 혼란스러운 욕망? 꿈? 어린 녀석 하나가 갑자기 걸음을 멈추고 소리쳤다. "도마뱀이다. 와! 도마뱀이야! 저것 봐!" 뙤약볕이 내리쬐는 돌멩이 두 개 사이로 민첩한 꼬리들이 나타났다가 사라졌다. 납작하고 가느다란 머리들도 나타났다. 겁에 질린 도마뱀들의 목이 신속한 박동 속에서 오르내렸다. 소년들은 홀린 듯 바라보았다. 몇몇은 오솔길에 무릎을 꿇기까지 했다. 페리캉 신부는 잠시 기다렸다가 출발 신호를 했다. 아이들은 순순히 일어섰다. 하지만 바로 그 순간, 놀랍도록 능숙하고 빠르게 돌멩이들이 날아갔고, 거의 푸른색에 가까운 섬세한 회색을 띤 아름답고 커다란 도마뱀 두 마리가 그 자리에서 즉사했다.

"왜 그런 짓을 한 거니?" 못마땅한 표정으로 신부가 소리쳤다.

아무도 대답하지 않았다.

"도대체 왜? 그건 나쁜 짓이야!"

"도마뱀도 독사랑 똑같아요. 물어요." 뾰족하고 기다란 코에 창백하고 맹한 얼굴을 한 아이가 말했다.

"바보 같은 소리! 도마뱀은 물지 않아."

"그래요? 그랬구나… 우린 그런 줄 몰랐어요, 신부님." 소년이 신부를 속이지 못한 순진함을 가장하며 불량한 목소리로 대답했다.

신부는 화가 치밀었지만 이런 일로 그들을 꾸짖기에는 때와 장소가 적당치 않다고 생각했다. 그래서 그는 마치 그 답변에 만족한 것처럼 고개를 가볍게 끄덕였다. 하지만 이렇게 덧붙였다.

"그럼 이젠 알았겠구나."

페리캉 신부는 아이들을 열을 지어 따라오게 했다. 여태까지 페리캉 신부는 그들 편한 대로 걷도록 내버려두었다. 그런데 갑자기 몇몇 녀석이 달아날 생각을 품을 수도 있겠다는 생각이 들었다. 그들이 너무나 완벽하게, 너무나 기계적으로 그의 명령에 복종했기 때문에 ― 그들은 호각소리, 정렬, 순종, 강요된 침묵에 이골이 나 있었다 ― 페리캉 신부는 가슴이 아팠다. 그는 연민이 가득한 눈길로 갑자기 생기를 잃어 음울하게 변해버린, 빗장을 걸어 잠근 집처럼 그야말로 닫혀버린, 영혼이 내부로 숨어버렸거나 부재하거나 죽어버린 그 얼굴들을 훑어보았다. 그리고 말했다.

"밤을 지낼 곳을 찾으려면 서둘러야겠다. 하지만 잠잘 곳을 찾고 식사를 마치는 즉시(곧 다들 배가 고파지기 시작할 테니까!) 모닥불을 피워놓고 밖에서 너희가 원하는 대로 실컷 놀게 해줄게."

페리캉 신부는 오베르뉴의 아이들과 스키, 등산 이야기를 하며 아이들의 관심을 끌고, 친해지려고 애쓰며 아이들 틈에 섞여 걸었다. 헛수고였다. 그들은 그의 말에 조금의 관심도 없는 것처럼 보였다. 페리캉 신부는 그들이 영혼을 닫아버렸기 때문에, 입과 귀를 틀어막았기 때문에 그들을 격려하고, 질책하고, 교육하는 일이 불가능하다는 것을, 자신이 그들에게 무슨 말을 건네든 그들 내부로 들어갈 수 없으리라는 것을 깨달았다.

'저 아이들을 좀 더 오래 데리고 있을 수 있다면.' 페리캉 신부는 생각했다. 하지만 내심으로는 자신이 그것을 원치 않는다는 것을 잘 알고 있었다. 페리캉 신부는 단 한 가지만을 바라고 있었다. 가능한 한 빨리 그들을 떨쳐버리는 것, 어깨에 짊어진 책임감과 불편함을 벗어버리는 것. 여태까지 쉬운 것으로 여겨온—주님의 은총이 그만큼 컸기 때문에, 그는 겸허하게 이렇게 생각했다—사랑의 법칙에 페리캉 신부는 이제 따를 수가 없었다. '이것은 아마 내가 처음으로 힘겨운 노력과 실제적인 희생을 바쳐야 하는 경우일 거야. 아, 나는 얼마나 약한 존재인가!' 그는 계속 뒤로 처지는 어린 소년 하나를 곁으로 불렀다.

"피곤하니? 신발 때문에 아파?"

그랬다, 페리캉 신부가 바로 알아맞혔다. 소년은 신발이 너무 끼여서 발이 아팠던 것이다. 페리캉 신부는 부드럽게 말을 걸면서 아이의 손을 잡아 편하게 걸을 수 있도록 부축해주었다. 아이는 어깨가 말리고 등이 굽어서 제대로 서질 못했다. 그는 아이가 허리를 곧추세울 수 있게 두 손가락으로 목을 가볍게 잡아 주었다. 어린 소년은 거부하지 않았다. 반대로 무심한 표정으로 먼 곳을 바라보며 그의 손에 목을 기댔다. 그 은근하고 집요한 기댐, 그 묘하고 애매한 어루만짐 혹은 어루만짐에 대한 기대 때문에 페리캉 신부는 얼굴로 피가 쏠렸다. 그래서 페리캉 신부는 아이의 턱을 잡고 아이의 시선을 자신의 눈 속에 담아보려고 애썼다. 하지만 아이는 눈을 내리깐 채 그와 눈길을 마주치지 않으려고 했다.

페리캉 신부는 슬픔이 밀려올 때면 늘 그러듯 묵도를 하려고 애쓰며 걸음을 재촉했다. 그것은 엄밀히 말해 기도가 아니었다. 종종 인간의 혀에서 나오는 낱말조차 아니었다. 그를 기쁨과 평화로 적셔주는 일종의 명상이었다. 하지만 오늘은 기쁨도 평화도 페리캉 신부를 외면했다. 그가 느꼈던 연민은 약간의 불안과 회한으로 인해 변질되어버렸다.

그 가엾은 존재들에게는 너무나 분명하게 은총이 결여되어 있었다. 신의 은총이. 페리캉 신부는 그들에게 은총이 넘쳐 흐르게 하고, 그들의 메마른 가슴에 믿음과 사랑을 심어주고 싶었다. 물론 기적이 일어나기 위해서는 십자가에 못 박힌 주님의 한숨 한 줌으로, 그분이 보내신 천사의 날갯짓 한 번으로 충분했다. 하지만 그, 필리프 페리캉은 그 영혼들을 순화하고 열어젖히라고, 주님을 맞이하게 교화하라고 주님에게 명을 받지 않았던가? 그는 그 성스러운 임무를 다하지 못하는 게 괴로웠다. 그는 신자를 덮쳐 지상의 왕자들에게 바치지 못하고, 그들을 깊은 어둠에 잠긴 사탄과 주님 사이의 중간 지점에 던져놓는 그 의심의 순간들, 그 갑작스러운 성령의 메마름을 이전에는 겪은 적이 없었다.

페리캉 신부에게 유혹은 다른 종류의 것이었다. 일종의 성스러운 초조함으로, 자신의 주변에 해방된 영혼들을 계속 축적하려 하며, 하나의 영혼을 주님께 인도하는 즉시 그를 다른 전투에 뛰어들게 만드는 욕망이었다. 그 욕망은 늘 그를 욕구불만의 상태로, 자신에게 만족하지 못하는 상태로 남겨놓았다. 이것으론 충분하지 않습니다! 아닙니다, 주님, 이것으론 충분하지 않습니다! 한평생 신앙 없이 지내다가 숨을 거두기 직전 속죄를 하고 영성체를 받은 노인, 몸 파는 일을 그만둔 매춘부, 세례를 간절히 원한 이교도, 그들로는 충분치 않습니다! 아뇨, 충분치 않습니다! 이럴 때 페리캉 신부는 금을 모으는 수전노의 탐욕과 유사한 뭔가를 느꼈다. 아니, 완전히 그런 것은 아니었다. 그 갈망은 어린 시절 강가에서 보낸 시간을 떠올리게 했다. 물고기를 낚아 올릴 때마다 기쁨으로 몸서리를 쳤지만(지금에 와서는 자신이 그 잔인한 놀이를 어떻게 좋아할 수 있었는지 이해가 안 됐다. 지금 페리캉 신부에게는 생선을 먹는 것조차 견디기 힘든 일이었다. 이제 그는 채소, 유제품, 신선한 빵, 밤, 그리고 숟가락을 꽂을 수도 있을 정도로 걸쭉한 농부들의 수프만으로 충분히 끼니를 해결했다) 어릴 적의 그는 도무지 잡은 것만으로는 만족할 줄 모르는 낚시광이었다. 그는 수면 위로 어둠이 드리울 때, 어망 속에 든 고기가 몇 마리 안 될 때, 휴일이 다 끝나간다는 것을 깨달았을 때 그를 사로잡았던 불안을 떠올렸다. 사람들은 페리캉 신부의 지나친 가책을 나무랐다. 그 자신도 그 불안이 주님이 아니라 사탄에게서 온 것일까 봐 두려웠다…. 어쨌거나 페리캉 신부는 그 길 위에서, 적군 비행기들이 번쩍이며 날아다니는 하늘 아래에서, 자신이 육신밖에 구원하지 못할 아이들 틈에서, 그 어느 때보다 더욱 절실하게 불안을 느꼈다….

한참을 걸어가자, 마을이 눈에 들어왔다. 마을은 아주 작았고, 전쟁의 피해를 전혀 입지 않은 채 텅 비어 있었다. 주민들은 모두 떠나고 없었다. 하지만 그들은 달아나기 전에 문과 창문들을 꼭꼭 걸어 잠갔고, 개, 토끼, 암탉을 한 마리도 남겨놓지 않고 가져갔다. 고양이 몇 마리가 남아 볕이 내리쬐는 정원 통로에서 잠을 자거나, 배부르고 느긋한 표정으로 낮은 지붕 위를 어슬렁거렸다. 장미의 계절이어서 현관마다 꽃이 흐드러지게 피어 있었다. 꽃들은 활짝 웃으며 말벌과 벌들이 자기 안으로 들어와 심장을 파먹도록 내버려두었다. 발소리도 목소리도 들려오지 않았다. 손수레가 삐걱거리는 소리, 비둘기들이 구구거리는 소리, 가금들이 짹짹거리는 소리 같은, 시골을 채우는 모든 소리가 사라졌다. 인간에게 버림받은 마을은 새와 벌 그리고 말벌들의 왕국으로 변해 있었다. 필리프는 그처럼 쾌활하고 활기찬 노래들을 들어본 적도, 주변에서 그처럼 많은 생명의 무리를 본 적도 없는 것처럼 느껴졌다. 꼴을 말리는 건조대, 딸기, 까치밥나무 열매, 마당을 둘러싼 이름 모를 작은 꽃들, 화단과 덤불에서 모두 은은한 향기가 풍겨왔다. 작은 정원들은 사랑을 담아 정성 들여 가꾼 티가 역력했다. 정원마다 장미로 뒤덮인 아치형 문, 그리고 아직 시들지 않은 라일락 꽃으로 장식한 야외 캐노피와 철제 의자 두 개와 볕을 즐기기 위한 벤치가 있었다. 까치밥나무 열매는 아주 크고 투명했으며 금빛으로 물들어 있었다. 필리프가 말했다.

"오늘 저녁 후식은 정말 맛있겠는걸. 새들에게 나눠 먹자고 하자. 저 열매들을 따 먹어도 누군가에게 해가 되지는 않을 거야. 각자 자루에 먹을 것을 넉넉히 넣어 왔으니 배

를 긁는 일도 없을 거고. 그리고 오늘은 침대에서 잘 생각은
마. 아름다운 별을 바라보며 밤을 보내는 게 무섭진 않지?
두툼한 모포를 한 장씩 갖고 있으니… 자, 이제 우리에게 뭐
가 필요하지? 야영할 넓은 들판, 그리고 샘. 헛간이나 축사
에서 자고 싶진 않지? 나도 그래. 날씨가 이렇게 좋은데. 이
제 과일 좀 따 먹고 기운들 차리렴. 그러고 나서 야영하기에
좋은 장소를 찾으러 가보자."

페리캉 신부는 아이들이 딸기로 배를 채우도록 15분 정
도를 기다렸다. 페리캉 신부는 아이들이 꽃과 채소를 짓밟
지 않도록 주의를 기울여 감시했다. 하지만 그가 개입할 필
요는 전혀 없었다. 다들 너무나 말을 잘 들었다. 그래서 페
리캉 신부는 이번에는 호루라기를 불지 않았다. 다만 목소
리를 높여 외쳤다.

"자, 나머지는 오늘 저녁을 위해 남겨두자. 이제 날 따라
와. 너희가 꾸물대지만 않는다면, 걸을 때 줄을 맞추지 않아
도 돼."

소년들은 이번에도 복종했다. 그들은 나무와 하늘, 꽃들
을 바라보며 무심히 걸었다. 필리프는 그들이 무슨 생각을
하는지 도무지 짐작할 수가 없었다. 그들을 즐겁게 하는 것,
그들의 가슴에 호소하는 것은 가시적인 세계가 아니라 그
들에게 너무나 새로운, 그들이 호흡하는 공기와 취할 듯한
자유의 향기인 것 같았다.

"시골에서 살아본 원생은 아무도 없니?" 필리프가 물었다.

"…아뇨, 신부님… 없어요, 신부님." 아이들이 띄엄띄엄 돌아가며 대답했다.

그들은 늘 잠시 침묵을 지키고 있다가 대답을 했다. 마치 핑곗거리를, 거짓말을 꾸며내는 것처럼, 사람들이 그들에게 말하고자 하는 것을 정확하게 이해하지 못하는 것처럼…. 그래서 그들과 있으면 늘 완전한 인간이 아닌 존재를 대하는 듯한 느낌이 들었다. 페리캉 신부가 큰소리로 외쳤다.

"자, 서두르자."

마을에서 벗어난 그들은 제대로 관리되지 않은 넓은 정원과 깊고 투명한 아름다운 연못, 그리고 언덕 위에 서 있는 저택 한 채를 발견했다.

누군가의 성인 모양이군, 필리프는 생각했다. 필리프는 사람이 살고 있으면 도움을 청할 요량으로 철책 문의 초인 종을 눌렀다. 하지만 관리인의 거처는 잠겨 있었고, 아무도 나와보지 않았다.

"마치 우릴 위해 만들어놓은 것 같은 풀밭이구나." 필리프가 손으로 연못가를 가리키며 말했다. "여기서 자면 정성 껏 다듬어놓은 저 작은 정원들보다는 피해가 덜 테고, 길에서 자는 것보다 훨씬 더 나을 거야. 소나기라도 내리면 저기 탈의용 방갈로로 피신하면 될 테고…."

정원은 가는 철사 울타리로만 둘러싸여 있어서 쉽게 넘

어갈 수 있었다.

필리프가 웃으며 말했다.

"내가 지금 너희에게 불법 가택침입의 예를 보여주고 있다는 걸 잊지 말아야 해. 이곳을 절대 망가뜨려서는 안 된다는 것도. 나뭇가지를 분질러서도, 풀밭에 신문이나 빈 깡통을 버려서도 안 된다. 다들 잘 알겠지? 지시를 잘 따르면, 내일 연못에서 물놀이를 할 수 있게 해줄게."

풀이 키가 커서 무릎까지 올라왔다. 그들의 발에 꽃들이 짓밟혔다. 필리프가 그들에게 하얀 꽃잎 여섯 장이 별 모양을 그리는 성모 마리아의 꽃들과 거의 분홍색에 가까운 가벼운 자홍색을 띤 성 요셉의 꽃들을 보여주었다.

"저것들은 꺾어도 되나요, 신부님?"

"그래, 꽃은 원하는 대로 꺾으렴. 약간의 비와 햇빛만 있으면 또 피니까. 하지만 저 꽃들에는 많은 정성과 노고가 들어갔단다." 필리프가 성 주위의 화단을 가리키며 말했다. 그 옆에서 있던 한 소년이 광대뼈가 불거진, 각이 지고 창백한 작은 얼굴을 들어 닫혀 있는 커다란 창문들을 바라보며 말했다.

"저 안에는 온갖 게 다 있을 거야!"

나지막한 아이의 목소리에 은근한 탐욕이 배어나서 페리캉 신부는 흠칫했다. 그가 대답을 않자 소년이 다시 말했다.

"별의별 것들이 다 있겠죠, 안 그래요, 신부님?"

"여태 저런 집은 한 번도 못 봤어." 다른 소년이 말했다.

"아마 아주 아름다운 물건들이, 가구나 그림, 조각상들이 있었겠지…. 하지만 저런 성의 주인들은 전쟁 통에 많이들 망해버렸어. 놀랍고 신비로운 것들을 볼 수 있을 거라고 상상한다면 크게 실망하고 말 게다." 필리프가 쾌활하게 대답했다. "너희가 가장 관심 있는 것은 아마 먹을거리겠지? 보아하니 이 고장 사람들은 용의주도해서 다 가져가버렸을 거야. 어쨌거나 우리 것이 아닌 물건에는 손을 댈 수 없으니, 그 생각은 잊어버리고 어떻게든 우리가 가진 걸로 해결하자. 이제 내가 너희를 세 개의 조로 나눌 테니, 첫 번째 조는 죽은 나뭇가지를 주워오고, 두 번째 조는 물을 길어오고, 세 번째 조는 식기를 준비하도록 해."

페리캉 신부의 지휘 아래 그들은 빨리, 그리고 열심히 일했다. 연못가에 모닥불이 피워졌다. 그들은 먹고, 마시고, 산딸기를 땄다. 필리프가 아이들을 모아놓고 놀이를 하게 했지만, 아이들은 소리를 지르지도 웃지도 않은 채 시큰둥한 표정으로 마지못해 놀이에 참여했다. 눈부시게 반짝이던 연못이 이제 광채를 잃고 마지막 빛줄기를 약하게 반사하고 있었다. 연못가에서 개구리들이 울어대기 시작했다. 모닥불이 모포로 몸을 감싼 채 꼼짝 않고 있는 아이들을 비췄다.

"자고 싶니?"

아무도 대답하지 않았다.

"춥지는 않지?"

또다시 침묵.

모두 잠이 들어서 대답하지 않는 게 아니야, 페리캉 신부는 생각했다. 그가 일어나 소년들 사이로 걸어갔다. 그러면서 때때로 허리를 굽혀 유달리 약하고 가냘픈 몸, 짧은 머리칼 밖으로 귀가 불쑥 튀어나와 있는 머리를 덮어주었다. 그들의 눈은 감겨 있었다. 잠든 척하는 아이들도 있었고, 진짜 잠에 빠진 아이들도 있었다. 필리프는 모닥불 쪽으로 돌아와 성무일도서를 읽기 시작했다. 그러다 한 번씩 고개를 들어 잔잔한 연못을 바라보았다. 고요한 명상의 순간은 피로를 가셔주고, 모든 노고를 보상해주었다. 빗물이 메마른 땅에 스며들 듯, 다시 사랑이 필리프의 가슴속으로 파고들었다. 처음에는 자갈들 사이로 길을 열어가며 힘겹게 한 방울씩, 이어 가슴으로 빠르게 흘러내리는 긴 물줄기로.

가엾은 아이들! 아이 하나가 꿈을 꾸는지 단조롭고 긴 신음을 냈다. 페리캉 신부는 어둠 속에서 손을 들어 그들을 축복해주었다. "파테르 아마트 보스*" 그가 속삭였다. 필리프가 오베르뉴의 아이들과 교리문답을 하며 금욕과 체념, 기도를 권할 때 즐겨 하는 말이었다. 내가 어떻게 저 불행한 아이들에게 은총이 결여되어 있다고 믿을 수 있었을까? 주님께서는 나보다 그들을 더 사랑하시고, 그들 중 가장 타락한 아이에게도 그 큰 관용과 애정을 베푸시는 게 아닐까? 오 예수님! 절 용서해주십시오! 그것은 오만의 발현, 악마의 함정이었습니다! 제가 누구입니까? 경이로운 주님의 발 아래에 있는 벌레만도, 먼지만도 못한 존재입니다! 그렇습니다, 어릴 적부터 사랑하시고 보호해주신 저에게 저 어린 양들을 주님께 인도하는 임무를 맡기신 것은 지당한 일이 아니겠습니까? 하지만 저 아이들은… 일부는 주님의 손에 의해 선택될 것이고… 나머지는… 성인들께서 구해주실 것입니다… 그렇습니다, 모든 것이 선이고, 모든 것이 은총입니다. 예수님, 제 슬픔을 용서해주십시오!

물은 부드럽게 일렁였고, 밤은 엄숙하고 고요했다. 주님의 존재감과 숨결, 눈길이 어둠 속에서 필리프를 감싸주었다. 어미의 품에 안겨 어둠 속에 누워 있는 아이는 빛이 없어도 어머니의 생김새와 손을, 그 손에 끼워진 반지들을 알아볼 수 있었다! 필리프는 기쁨에 겨워 나지막이 웃기까지 했다. '예수님, 거기 계시는군요. 다시 오셨군요. 늘 제 곁에 머물러 주십시오, 소중한 친구시여.' 검은 잿더미에서 분홍빛의 선명하고 긴 불꽃이 치솟았다. 늦은 시각이었다. 달이 떴지만, 필리프는 잠이 오질 않았다. 그는 모포를 덮고 풀잎 위에 누웠다. 꽃 한 송이가 뺨을 간질이는 것을 느끼며 눈을

---

* Pater amat vos, 하느님 아버지께서는 너희를 사랑하시다.

뜬 채 누워 있었다. 지상의 한구석에는 소리 한 점 없었다.

필리프는 보지도 듣지도 못했지만, 육감으로 소년 둘이 성을 향해 소리 없이 달려가는 것을 느꼈다. 순간적인 느낌이라 그는 처음에는 꿈을 꿨다고 믿었다. 필리프는 소리를 질러 잠들어 있는 다른 아이들을 깨우고 싶지는 않았다. 그래서 자리에서 일어나 옷에 붙은 풀잎과 꽃잎을 털어내고 성을 향해 내달렸다. 무성한 잔디가 발소리를 집어삼켰다. 필리프는 그제야 덧창 하나가 완전히 닫히지 않은 채 살짝 열려 있었던 것을 떠올렸다. 그랬다, 그의 육감이 틀린 게 아니었다! 건물 전면을 훤히 밝히는 달 아래, 소년 하나가 그 덧창을 밀어서 억지로 열고 있었다. 필리프가 소리를 질러 만류하기도 전에 그들은 돌로 유리창을 깨뜨렸고, 고양이처럼 훌쩍 넘어 집 안으로 사라졌다.

"아! 요 녀석들, 내가 혼쭐을 내주마!" 필리프가 외쳤다.

필리프는 신부복을 무릎까지 걷어 올리고 그들이 깬 창을 통해 덮개 천을 씌운 가구들이 널려 있는 거실로 들어갔다. 창으로 스며든 달빛을 받은 넓은 마룻바닥이 차갑게 번뜩였다. 필리프는 잠시 사방을 더듬어 전등 스위치를 찾았다. 마침내 불을 켰을 때, 그곳에는 아무도 없었다. 필리프는 잠시 머뭇거리며 주변을 둘러보았다. 소년들은 숨었거나 달아나버린 것 같았다. 소파, 피아노, 풍성한 주름이 잡힌 천으로 덮인 안락의자, 꽃무늬가 있는 인도 사라사 천 커튼, 사방이 숨을 곳 천지였다. 필리프는 커튼이 움직이는 것을 보고 창과 벽 사이 움푹 들어간 곳으로 다가갔다. 그리고 커튼을 홱 열어젖혔다. 나이가 들어 거의 성인에 가까운 소년이, 얼굴은 검게 그을리고, 눈은 제법 아름답고, 이마는 좁고, 턱은 견고한 소년이 거기 숨어 있었다.

"여긴 도대체 뭐 하러 들어왔니?" 페리캉 신부가 말했다.

그러다 페리캉 신부는 뒤쪽에서 무슨 소리가 나서 돌아보았다. 또 다른 소년이 거실 안에, 바로 그의 등 뒤에 서 있었다. 그 역시 열일곱 혹은 열여덟 살쯤 된 녀석이었다. 녀석의 노란 얼굴이, 가는 입술이 경멸의 비웃음으로 일그러졌다. 마치 녀석의 피부 속에 숨어 있던 야수가 정체를 드러내는 것 같았다. 필리프는 경계하는 자세를 취했지만, 그들이 더 빨랐다. 그들은 순식간에 달려들었다. 하나는 그의 다리를 걸어 넘어뜨렸고, 다른 하나는 그의 목을 잡았다. 하지만 필리프는 소리를 내지 않으면서 효과적으로 자신을 방어했다. 필리프가 멱살을 잡아 조이자, 목을 잡고 있던 소년이 손을 놓고 빠져나가려고 애썼다. 그 와중에 소년의 주머니에서 뭔가가 떨어져 바닥에 굴렀다. 돈이었다.

"축하해줘야겠군, 그새 훔치다니." 필리프는 마룻바닥에 주저앉아 반쯤 질식한 목소리로 이렇게 말하고는 생각했다. '무엇보다 너무 심각하게 여기지 말고 그들을 여기서 데리고 나가야 해. 그들은 강아지들처럼 날 따라올 거야. 내일

날이 밝으면 혼을 내줘야지!'

"자, 이제 그만! 바보짓은 할 만큼 했으니… 이제 나가
자."

필리프가 말을 마치자마자 소년들이 조용하고 필사적인
야수의 동작으로 다시 달려들었다. 그들 중 하나가 필리프
를 물었다. 피가 솟구쳤다.

'이 녀석들이 날 죽일 작정이로군.' 필리프는 경악을 금치
못하며 생각했다. 그들은 늑대처럼 그를 물고 늘어졌다. 필
리프는 그들을 다치게 하고 싶지 않았다. 하지만 자신을 방
어하지 않을 수 없었다. 필리프는 주먹질과 발길질로 그들
을 떼어놓았지만, 그들은 더 악착같이 달려들었다. 인간적
인 면모를 완전히 상실한 미치광이처럼, 짐승처럼…. 필리
프는 두 녀석을 감당해낼 만큼 강했지만, 청동 다리가 달린
원탁으로 머리를 얻어맞고 말았다. 필리프는 쓰러졌고, 쓰
러지며 소년 하나가 달려가 휘파람을 부는 소리를 들었다.
그러고 나서 필리프는 아무것도 보지 못했다. 스물여덟 명
의 소년이 벌떡 일어나 경주하듯 잔디밭을 가로질러 창문
을 기어오르는 것도, 그들이 부서지기 쉬운 가구에 달려들
어 그것을 망가뜨리고 창밖으로 내던지는 것도. 그들은 잔
뜩 흥분해 있었다. 그들은 쓰러져 있는 페리캉 신부를 둘러
싼 채 춤추고 노래하며 소리를 질러댔다. 여자아이처럼 생
긴 가장 어린 녀석이 발을 모은 채 소파로 뛰어오르자 낡은

용수철들이 일제히 신음하며 출렁였다. 지하실에서 술병들이 담긴 진열장을 발견한 나이 많은 녀석들이 그것을 거실까지 끌고 와서는 발로 걷어차 아이들 앞으로 굴렸다. 그들은 장을 부숴 속이 비어 있다는 것을 확인했다. 하지만 그들을 취하게 하는 데에는 술이 필요하지 않았다. 부수는 것만으로 충분했다. 그들은 파괴를 통해 무시무시한 쾌감을 느꼈다. 그들은 필리프의 발을 잡고는 창을 통해 성 밖으로 끌어냈다. 연못가에 도착한 그들은 필리프에게 달려들어 팔과 다리를 잡고 짐짝처럼 흔들었다. 던져버려! 죽여버려! 걸걸한 목소리들과 거세당한 것처럼 가는 목소리들이 외쳐댔다. 몇몇 목소리는 아직 어린아이의 음색을 띠고 있었다. 물에 빠졌을 때, 필리프는 아직 의식이 있었다. 그는 자기보호 본능 혹은 마지막 남은 용기를 모두 발휘해 두 손으로 나뭇가지를 부여잡고 머리를 물 밖으로 내밀려고 애썼다. 주먹질과 발길질에 만신창이가 된 필리프의 얼굴은 벌겋게 부어올라 눈 뜨고 못 볼 정도로 끔찍했다. 소년들이 필리프를 향해 돌을 던지기 시작했다. 필리프는 있는 힘을 다해 나뭇가지를 붙들고 버텼지만, 우지끈하며 나뭇가지가 꺾이더니 결국에는 부러지고 말았다. 필리프는 반대편 연못가로 피신하려고 애썼다. 그러나 돌이 비 오듯 쏟아졌다. 마침내 필리프가 두 팔을 들어 얼굴을 가렸다. 소년들은 그가 신부복을 입은 채 곧장 뒤로 고꾸라지는 것을 보았다. 필리프는 익사한 것이 아니었다. 그는 발이 진흙에 박히는 바람에 꼼짝 못 하고 쏟아지는 돌을 맞았고, 그렇게, 허리까지 차는 물속에 고꾸라진 채 한쪽 눈에 돌이 박힌 상태로 죽어갔다.

26

님의 노트르담 성당에서는 페리캉 말테트 가문의 망자들을 위한 미사가 해마다 거행되었다. 하지만 님에 남아 있는 사람이 페리캉 부인의 어머니밖에 없었다. 그래서 미사는 비만인데다 반쯤 눈이 멀고, 걸걸한 헐떡거림으로 신부의 목소리를 뒤덮어버리는 나이 든 부인과 30년 전부터 그 집안에서 일해온 식모를 곁에 두고 성당 한편에서 약식으로 치러지곤 했다. 페리캉 부인은 기름 장사로 큰돈을 번 마르세유의 크라캉 가문과 인척 관계에 있는 집안에서 태어났다. 물론 이 배경이 그녀에겐 대단해 보였지만(그녀의 결혼 지참금은 전쟁 전 화폐단위로 2백만 프랑에 달했다), 남편 집안의 광채에 비하면 내세울 것 없는 변변찮은 것이었다. 그녀의 어머니 크라캉 부인도 같은 생각을 갖고 있었다. 그래서 넘에 내려와서도 페리캉 집안의 의식들을 아주 충실하게 챙겼다. 망자들을 위해서는 기도를 했고, 살아 있는 사람들에게는 결혼과 세례를 축하하는 편지를 보냈다. 런던 사람들이 여왕의 생일을 축하하는 동안, 홀로 술을 홀짝이며 취해가는 식민지의 영국인들처럼.

망자들을 위한 미사는 크라캉 부인에게는 특히 기분 좋은 것이었다. 미사를 끝내고 돌아오는 길에 빵집에 들러 코코아를 마시며 크루아상 두 개를 먹을 수 있었으니까. 주치의는 지나치게 뚱뚱한 크라캉 부인에게 엄격한 식이요법을 따르게 했지만, 그날은 평소보다 훨씬 일찍 일어났기 때문에, 그리고 조각으로 장식된 문에서 자기 자리까지 성당을 가로지르느라 진땀을 뺐기 때문에, 그녀는 원기를 북돋우는 음식들을 아무런 가책 없이 먹을 수 있었다. 크라캉 부인이 어려워하는 식모가 손에는 미사 경본 두 권을 들고, 팔에는 주인의 검은 숄을 걸친 채 등을 돌린 채 말없이 뻣뻣하게 서 있는 동안, 크라캉 부인은 케이크 접시를 슬쩍 끌어당겨 딴청을 피우며 때로는 슈크림을, 때로는 버찌 파이를, 때로는 둘 다 순식간에 먹어치우기도 했다.

밖에서는 늙은 말 두 마리가 끄는, 크라캉 부인만큼이나 뚱뚱한 마부가 모는 마차가 파리들에게 시달리면서 뙤약볕 아래에서 기다리고 있었다.

그 해, 페리캉 집안은 발칵 뒤집혔다. 페리캉 집안사람들이 우여곡절 끝에 님에 도착하자마자 페리캉 노인과 필리프의 사망 소식을 접했던 것이다. 첫 번째 사망 소식은 양로원 수녀들에 의해 전해졌다. 생사크르망의 마리 수녀는 노인이 "아주 부드럽고, 아주 평온하고, 아주 기독교인다운" 죽음을 맞이했다고 썼다. 선의를 발휘해 곧 공식 문서로 전달될 유언의 내용까지 자세히 설명해가며.

페리캉 부인은 유언의 내용을 읽고 또 읽어보고는 한숨을 내쉬었다. 불안의 기운이 그녀의 얼굴에 번져갔다. 하지만 곧 사랑하던 존재가 선한 주님 곁으로 떠났다는 소식을 접한 기독교인의 엄숙한 표정으로 바뀌었다.

"할아버지께서 예수님 곁으로 가셨다는구나, 얘들아." 페리캉 부인이 말했다.

두 시간 후, 두 번째 사망 소식이 집안을 강타했다. 하지만 세부적인 내용이 전혀 없었다. 루아레 지방에 위치한 작은 마을의 이장이 필리프 페리캉 신부가 사고로 사망했다는 소식과 함께, 발견된 시신이 페리캉 신부라는 것을 확실하게 증명하는 서류들을 보내왔다. 필리프가 인솔하던 서른 명의 아이들은 흔적도 없이 사라져버렸다고 했다. 당시는 프랑스의 절반이 나머지 절반을 찾고 있을 때였기 때문에 그 일로 놀라는 사람은 아무도 없었다. 사람들은 필리프가 사망한 채 발견된 곳에서 그리 멀지 않은 강에 추락한 트럭에 대해 이야기했다. 친척들은 필리프가 그 불쌍한 아이들을 데리고 가다 강으로 추락한 것이라고 확신했다. 설상가상으로, 이번에는 위베르가 물랭 전투에서 전사했다는 소식까지 날아들었다. 이로서 완전한 재앙이 되었다. 절정에 달한 페리캉 부인의 불행은 절망에 빠진 외침을 끌어냈다.

"난 영웅과 성인을 낳았어. 우리 아들들이 남의 자식들 대신 대가를 치른 거야." 툴루즈에서 공습경보나 발령하며 편하게 생활하는 외아들을 둔 사촌 동생 오데트 크라캉을 바라보며 그녀가 침울하게 웅얼거렸다. "오데트, 내 가슴에 피가 철철 흘러. 너도 알다시피, 난 오로지 내 자식들을 위해서만 살아왔어. 엄마로서, 오로지 엄마로서만 살았지(젊은 시절을 문란하게 보낸 사촌 동생이 고개를 숙였다). 하지만 너에게 맹세하건대, 나는 자랑스러움으로 가슴이 뿌듯해. 그래서 슬픔도 잊을 수 있어."

페리캉 부인은 허리를 꼿꼿하게 세우고 자랑스러운 표정을 지었다. 그러고는 벌써 자기 주위에 크레이프 상장(喪章)들이 나부끼는 것을 느끼며, 겸허하게 한숨을 내쉬는 사촌 오데트를 문까지 배웅해주었다.

"언니는, 언니는 진정한 로마인이야."

"한낱 프랑스 여자일 뿐이지." 페리캉 부인이 등을 돌리며 차가운 어조로 말했다.

이 말들이 가슴을 에는 깊은 슬픔을 약간 진정시켰다. 페리캉 부인은 필리프를 늘 존경해왔고, 그가 이 세상에 속한 사람이 아니라는 것을 어느 정도 이해하고 있었다. 페리캉 부인은 필리프가 가톨릭 선교단의 일원이 되길 꿈꿨다는 것을 알았다. 그가 그것을 포기한 것은 주님에게 봉사하기 위해 가능한 한 자신을 낮추어 스스로에게 가장 힘겨운 일을, 하루하루 일상적인 의무들을 충실히 해내는 일을 선택했기 때문이라는 것도 알고 있었다. 페리캉 부인은 큰아들이 예수님 곁으로 갔다고 확신했다. 시아버지에 대해서는 과연 그럴까 하는 회의를 품었고, 그런 자신을 질책했지만, 필리프의 경우는 달랐다. '예수님과 함께 있는 그 아이의 모습이 보이는 것만 같아!' 그녀는 생각했다. 그랬다, 페리캉 부인은 필리프를 자랑스러워할 수 있었다. 그의 영혼의 광채가 자신에게까지 미치는 것 같았다. 그런데 아주 묘한 것은 위베르에 대해, 학교에서 걸핏하면 낙제를 했고 손톱을 물어뜯는 버릇이 있던 위베르, 잉크 자국이 묻은 손가락, 순박해 보이는 통통한 얼굴, 맑은 미소가 담긴 큰 입을 가진 위베르에 대해 그녀 내부에서 일어나고 있는 일이었다. 위베르가 영웅처럼 산화했다니, 어떻게… 그럴 수가…. 하지만 그녀는 감동한 친구들에게는 위베르의 가출에 대해 이렇게 이야기했다. "그 아이를 붙들려고 했지만 난 직감적으로 그게 불가능하다는 것을 느꼈어. 아직 어린아이였지. 히

지만 용감한 아이였어. 그 아이는 프랑스의 명예를 지키려
다 쓰러진 거야." 로스탕*의 말마따나 '돌이켜보면 뭐든 더
아름다운 법이다'. 페리캉 부인은 과거를 재창조했다. 그녀
는 자신이 그 모든 자랑스러운 말들을 실제로 한 것 같았고,
자신이 정말 아들을 전쟁터로 보낸 것 같았다.

　지금껏 페리캉 부인을 그리 곱지 않은 시선으로 바라보
았던 님 사람들도 조국에 자식을 바친 어머니에 대해 애정
어린 존경심을 보였다.

　"오늘, 님 사람들이 다 모이겠구나." 침울하지만 만족스
럽다는 듯 늙은 크라캉 부인이 한숨 쉬듯 말했다.

　그날은 7월 31일이었다. 너무나 비극적으로 죽음을 맞이
한 세 사람을 포함해, 망자들의 혼을 달래기 위한 미사가
10시에 열리기로 되어있었다.

　"오! 엄마, 그까짓 게 뭐가 그리 중요해요?" 페리캉 부인
이 대답했다. 그런 위안이 부질없다는 뜻으로 한 말인지 아
니면 평소에 님 사람들을 깔보는 그녀의 태도에서 비롯된
말인지는 알 수 없었다.

　쏟아지는 뙤약볕 아래 도시 전체가 환하게 빛났다. 인구
밀집 지역에는 음험하고 메마른 바람이 불어 문마다 걸린
구슬 커튼을 흔들어댔다. 파리들이 정신없이 날아다녔다.

---

* Edmond Rostand(1868-1918), 프랑스 극작가, 시인. 대표작으로 『시라
노 드 베르주라크』가 있다.

곧 소나기가 내릴 것만 같았다. 님은 평소 이 계절이면 잠든 듯 고요했지만, 지금은 사람들로 북적이고 있었다. 도시로 밀어닥친 피란민들은 휘발유도 부족한 데다 루아르강을 따라 그어진 경계가 잠정적으로 폐쇄되어 오도 가도 못했다. 거리와 광장은 거대한 주차장으로 변해 있었다. 빈방은 단 하나도 남아 있지 않았다. 그곳에 도착할 때까지 피란민들은 주로 길에서 잠을 잤다. 폭신폭신한 깔개로 사용할 수 있는 짚더미조차 사치품이 되어버렸다. 님 사람들은 피란민에 대해 자신의 의무를, 아니 의무 이상을 했노라고 자화자찬했다. 그들은 피란민을 양팔 벌려 맞이했고 품에 꼭 안아주었다. 불행한 사람들에게 호의를 베풀지 않은 가정은 단 한 곳도 없었다. 다만 이런 상태가 너무 오래 지속되는 게 유감일 뿐이었다. 물자 보급에도 문제가 있었다. 님 사람들은 오랜 여행에 지친 지저분한 피란민들 때문에 끔찍한 전염병이 창궐할지도 모른다고 걱정했다. 언론을 통해서는 보다 완곡하게, 주민들의 입을 통해서는 훨씬 더 노골적으로, 그때까지는 차마 피란민들에게 할 수 없었던 말들이 끊임없이 흘러나왔다. 피란민들이 하루라도 빨리 좀 떠나줬으면 좋겠다는 말들이.

크라캉 부인은 피란 온 집안사람들을 맞아들인 덕에 침대 시트 한 장조차도 고개를 꼿꼿이 세우고 거절할 수 있었다. 불만에 찬 웅성거림이 닫아놓은 블라인드를 넘어서 자신의 귀까지 전해졌을 때, 크라캉 부인은 내심 흡족해했다. 그녀는 성당에 가기 전에 외손주들과 함께 아침 식사를 했다. 배급이 제한되었지만, 전쟁이 선포되자마자 넓은 벽장 속에 닥치는 대로 식료품을 비축해둔 덕에 푸짐한 상을 차릴 수 있었다. 하지만 페리캉 부인은 손도 대지 않은 채 그들이 식사하는 모습을 바라만 보고 있었다.

크라캉 부인은 눈처럼 하얀 냅킨을 널찍한 가슴 위에 펼쳐놓고 버터에 구운 고기를 벌써 세 덩이째 해치우고 있었는데, 왠지 소화가 잘 안 될 듯한 느낌이 들었다. 딸이 자신을 매서운 눈초리로 뚫어지게 노려보고 있어서 거북했던 것이다. 크라캉 부인은 가끔 식사를 멈추고 곁눈질로 페리캉 부인의 표정을 살폈다.

"내가 왜 이렇게 먹어대는지 나도 모르겠구나, 샤를로트. 소화도 못 시키면서 말이야!"

페리캉 부인이 얼음장 같은 말투로 비꼬며 대답했다.

"억지로라도 먹어야죠, 엄마."

그러고는 뜨거운 코코아가 든 주전자를 크라캉 부인 앞으로 밀었다.

"그럼 딱 반 잔만 더 주렴, 샤를로트. 반 잔 이상은 절대 안 돼!"

"벌써 석 잔째라는 거 알아요?"

하지만 크라캉 부인은 갑자기 귀가 먹어버린 것 같았다.

"그래, 그래, 네 말이 맞아, 샤를로트. 슬픈 의식을 치르기 전에는 든든하게 먹어둬야지." 노부인이 희미하게 고개를 끄덕이며 말했다. 그러고는 한숨과 함께 거품으로 뒤덮인 코코아를 단숨에 마셔버렸다!

그러는 동안 누가 초인종을 눌렀고, 하인이 페리캉 부인에게 상자 하나를 가져다주었다. 상자 안에는 필리프와 위베르의 사진이 들어 있었다. 페리캉 부인이 두 아들의 사진을 액자에 끼우도록 미리 맡겨두었던 것이다. 페리캉 부인은 그 사진들을 한참 동안 들여다보더니 자리에서 일어나 콘솔 위에 올려놓고는, 사진이 잘 들어갔는지 확인하기 위해 약간 물러나 다시 바라보았다. 그러고는 침실로 가 장미꽃 모양의 크레이프 상장 두 개와 삼색 리본 두 개를 들고 돌아왔다. 페리캉 부인은 그것으로 아들들의 사진을 장식했다. 그때 에마뉘엘을 안고 문턱에 서 있던 유모가 울음을 터뜨렸다. 자클린과 베르나르도 울기 시작했다. 페리캉 부인은 아이들의 손을 잡아 일으킨 다음 천천히 콘솔로 이끌었다.

"얘들아! 두 오빠, 형의 모습을 잘 새겨두어라. 선하신 주님께 그들을 닮을 수 있게 해달라고 빌어. 그들처럼 얌전하고, 말 잘 듣고, 공부 열심히 하는 아이들이 될 수 있도록 말이야. 더없이 착한 아이들이어서 주님께서 그들에게 순교의 영예를 내려 보상하신 거야(이 부분에서 페리캉 부인의 목소리가 고통에 짓눌려 갈라졌다). 난 그것이 조금도 놀랍지 않아. 그렇게 울 필요 없다. 필리프와 위베르는 선하신 주님 곁에 있으니까. 지금 우리를 보고, 우리를 보호해주고 있어. 먼 훗날 저세상에서 필리프와 위베르가 우릴 맞아줄 거야. 그때까지 우리는 이 세상에서 그들을 독실한 기독교 인으로, 자랑스러운 프랑스인으로 기억해야 한단다."

이제 모두가 울고 있었다. 크라캉 부인조차도 코코아 잔을 내려놓고 떨리는 손으로 손수건을 찾았다. 사진 속 필리프의 모습은 실제 모습과 아주 흡사했다. 그가 가끔 지어 보이는 너그럽고 애정 어린 미소를 띤 채 그 맑고 깊은 눈으로 그들을 바라보고 있는 것만 같았다.

"…그리고 필리프와 함께 사라져버린 불쌍한 아이들을 위해 기도하는 것도 잊지 말아라." 페리캉 부인은 이렇게 말을 마쳤다.

"설마 그 아이들이 모두 죽은 건 아니겠죠?"

"그렇진 않을 거야. 그렇진 않겠지. 불쌍한 아이들…" 페리캉 부인이 멍한 표정으로 대답했다. "이 전쟁 통에 자선 사업을 꾸려나가는 게 만만한 일이 아닌데…" 시아버지의 유언을 떠올린 페리캉 부인이 이렇게 덧붙였다.

크라캉 부인이 눈물을 훔치며 말했다.

"가엾은 위베르… 개구쟁이였지만 더없이 착한 아이였지. 언젠가 네가 아이들을 데리고 내려왔을 때, 내가 점심

식사를 하고 거실에 누워 자고 있는데 아 글쎄 그 녀석이 들
보에 매달아둔 파리 끈끈이를 떼어 내 코앞에 몰래 늘어뜨
려놓지 않았겠니. 잠에서 깬 나는 당연히 놀라 기함을 했고.
그날 그 녀석 너한테 단단히 혼이 났었지. 기억나니, 샤를로
트?"

"기억 안 나요." 페리캉 부인이 냉랭한 어조로 대답했다.
"그건 그렇고. 엄마, 코코아 좀 빨리 마셔요. 서둘러야겠어
요. 마차가 문 앞에서 기다리고 있어요. 열 시 다 됐어요."

그들은 거리로 내려갔다. 지팡이에 무거운 몸을 의지한
할머니가 헐떡거리며 앞장을 섰고, 이어 온통 상장으로 치
장한 페리캉 부인 그리고 검은 상복을 입은 두 아이와 흰옷
을 입은 에마뉘엘, 끝으로 상복 차림의 몇몇 하인들이 그 뒤
를 따랐다. 마차가 대기하고 있었다. 마부가 문을 열어주기
위해 자리에서 내려왔을 때, 갑자기 에마뉘엘이 작은 손가
락을 뻗어 군중 속에 묻혀 있는 누군가를 가리키며 외쳤다.

"위베르, 저기 위베르가 있어!"

아이가 가리키는 쪽을 무심코 돌아본 유모가 창백하게
질린 얼굴로 억눌린 비명을 질렀다.

"오, 예수님! 선하신 성모 마리아님!"

걸걸한 울부짖음이 페리캉 부인의 입에서 튀어나왔다.
페리캉 부인은 검은 베일을 뒤로 젖히고 뛰어나가다가 인
도에 미끄러졌고, 마침 그녀를 부축하기 위해 곧바로 뛰쳐

나온 마부의 품 안에 쓰러졌다.

이마를 덮는 머리카락, 복숭아처럼 발그레하면서도 황금빛을 띤 피부, 가방도 자전거도 상처도 없이 환하게 웃으며 걸어오는 사람은 분명 위베르였다.

"안녕, 엄마! 안녕하세요, 할머니! 다들 잘 지냈어?"

"너니? 정말 너야? 살아 있었구나!" 울며 웃던 크라캉 부인이 말했다. "아! 내 새끼 위베르, 난 네가 안 죽었을 줄 알고 있었어! 너 같은 개구쟁이가 그렇게 맥없이 죽을 리가 있나!"

페리캉 부인이 정신을 차렸다.

"위베르? 정말 너니?" 페리캉 부인이 꺼져가는 목소리로 더듬거리며 말했다.

위베르는 이런 환대가 기쁘면서도 거북했다. 위베르가 페리캉 부인에게로 다가가 뺨을 내밀었고, 그녀는 자신이 뭘 하는지도 모르는 채 위베르의 뺨에 입을 맞추었다. 위베르는 라틴어 시험에서 낙제점을 받아왔을 때처럼 우물쭈물하며 그녀 앞에 서 있었다.

페리캉 부인은 한숨을 쉬듯 '위베르'라고 내뱉고는 그의 목을 꼭 끌어안고 입맞춤과 눈물 세례를 퍼부었다. 마음이 짠해진 사람들이 그들을 에워쌌다. 어떤 태도를 취해야 할지 몰랐던 위베르는 페리캉 부인이 뭘 잘못 삼키기라도 한 것처럼 그녀의 등을 토닥거려주었다.

"제가 올 줄 몰랐어요?"

페리캉 부인이 몰랐다는 몸짓을 했다.

"어디 가시는 길이세요?"

"불쌍한 녀석! 우린 네 영혼의 명복을 비는 미사를 거행하러 성당에 가는 길이었어!"

위베르가 갑자기 페리캉 부인을 밀치며 말했다.

"정말요?"

"너 도대체 어디 있었니? 지난 두 달 동안 어디서 뭘 하고 있었어? 사람들 말이 네가 물랭 전투에서 죽었다고 하더라."

"세상에, 이렇게 멀쩡하게 살아서 돌아왔잖아요."

"너 싸우러 갔었어? 위베르, 거짓말하는 거 아니지? 그 위험한 전투에는 뭐 하러 끼어들어, 멍청한 녀석. 그리고 네 자전거는? 자전거는 어떻게 했니?"

"잃어버렸어요."

"당연히 그랬겠지! 이 녀석 때문에 내가 제명에 못 죽지! 말해봐, 털어놔봐, 도대체 어디 있었어?"

"가족들을 찾느라 돌아다녔어요."

"그러게 처음부터 떠나지 않았으면 좋았잖아." 페리캉 부인이 엄한 목소리로 말했다. "네 아버지가 아시면 아주 기뻐하실 거야." 그녀가 끝내 울먹이는 목소리로 말했다.

페리캉 부인이 미친 듯이 울며 또다시 위베르에게 입을

맞추기 시작했다. 그사이 시간이 흘렀다. 페리캉 부인은 이따금 손수건으로 눈물을 훔쳤지만, 눈물은 계속 흘러내렸다.

"자, 이제 올라가서 좀 씻어! 배고프니?"

"아뇨, 점심을 푸짐하게 먹었어요."

"손수건도 바꾸고, 넥타이도 갈아 매고, 손도 깨끗이 좀 씻고! 단정하게 차려입고 서둘러 성당으로 오너라."

"예? 성당은 왜요? 제가 이렇게 살아서 돌아왔으니 즐거운 가족 식사로 대신하면 안 될까요? 레스토랑에 가서, 예?"

"위베르!"

"왜 그러세요? 제가 먹는 걸 너무 밝혀서 그러세요?"

"아니, 그게 아니고⋯."

'길 한복판에서 이런 식으로 비극적인 소식을 알릴 수는 없어.' 페리캉 부인은 생각했다. 페리캉 부인은 위베르의 손을 잡아 마차에 오르게 했다.

"얘야, 두 가지 큰 불행이 우리에게 닥쳤단다. 우선 할아버지께서, 가엾은 할아버지께서 돌아가셨어. 그리고 필리프가⋯."

위베르는 이상한 방식으로 충격을 받아들였다. 두 달 전이라면, 위베르는 울음을 터뜨려 발그스레한 뺨 위로 투명하고 짭짤한 굵은 눈물방울을 뚝뚝 흘렸을 것이다. 위베르의 얼굴이 극도로 창백해졌다. 그의 얼굴에 페리캉 부인이 전에는 보지 못한, 냉혹하리만치 남성적인 표정이 떠올랐다.

"할아버지야 어찌 됐든 상관없어요. 하지만 필리프 형은…."

긴 침묵 끝에 위베르가 입을 열었다.

"위베르, 너 미쳤니?"

"그래요, 상관없어요. 엄마한테도 마찬가지일 테고. 노환에 시달리던 분이 이 난리를 어떻게 견뎌낼 수 있었겠어요?"

"그걸 말이라고!" 충격을 받은 크라캉 부인이 소리쳤다.

하지만 위베르는 아랑곳없이 계속 말을 이었다.

"하지만 필리프 형의 경우는… 그런데 확실한 거예요? 혹시 저랑 똑같은 경우 아니에요?"

"불행하게도 확실하단다…."

"필리프 형…."

위베르의 목소리가 떨리며 갈라졌다.

"형은 이곳 사람이 아니었어요. 다른 사람들은 늘 하늘 얘기를 했지만, 줄곧 땅만 생각했죠… 형은 하느님이 보낸 사람이었어요. 그러니 지금 무척 행복해하고 있을 거예요."

위베르는 손으로 얼굴을 감싸고 오랫동안 꼼짝도 하지 않았다. 그때 성당의 종소리가 울려 퍼졌다. 페리캉 부인이 아들의 팔을 잡으며 말했다.

"갈까?"

위베르가 고개를 끄덕였다. 페리캉 집안사람들은 마차
두 대를 나눠 타고 성당으로 향했다. 위베르는 어머니와 할
머니 사이에 끼어 걸었다. 기도대 위에 무릎을 꿇을 때도 두
사람이 그를 에워쌌다. 사람들은 위베르를 알아보았다. 수
군거림과 억눌린 탄성이 여기저기서 들려왔다. 크라캉 부
인의 예상이 맞았다. 온 도시 사람들이 모두 그곳에 모여 있
었던 것이다. 사람들은 페리캉 집안의 망자들을 위해 기도
하는 바로 그날, 자신의 생환에 대해 주님께 감사드리러 온
생존자를 보기 위해 몰려들었다. 대체로 사람들은 기뻐했
다. 위베르처럼 착하고 어린 소년이 독일군의 총탄을 뚫고
살아 돌아왔다는 사실이 그들의 정의감과 기적에 대한 욕
구를 충족시켜주었던 것이다. 지난 5월부터 아들의 소식을
접하지 못한 어머니들은(그런 어머니들이 아주 많았다!) 희
망으로 가슴이 두근거리는 것을 느꼈다. 불쌍한 필리프가
(사람들 말로는 훌륭한 사제라고 했다) 죽었기 때문에, 그들
은 마음이 가는 대로 '운이 억세게 좋은 녀석도 있다니까'라
며 질시의 눈길을 보낼 수가 없었다.

이렇게 해서 엄숙한 장소임에도 불구하고 부인들은 위베
르에게 미소를 지어 보였다. 하지만 위베르의 눈에는 그들
이 보이지 않았다. 위베르는 비극적인 소식으로 인해 빠져
든 멍한 상태에서 벗어나지 못하고 있었다. 필리프의 죽음

은 위베르의 가슴을 찢어놓았다. 위베르는 필사적이고 헛된 물랭의 방어전을 목격하기 이전, 집단 패주 때 빠져들었던 끔찍한 정신 상태로 되돌아와 있었다. 미사에 모인 사람들을 바라보며 위베르는 생각했다. '우리가 다 똑같은 개돼지들이라면 이해하기가 한결 쉬울 거야. 그런데 필리프 형 같은 성인들은 도대체 어떤 일을 하라고 이런 곳에 보내졌던 걸까? 우리를 위한, 우리의 죄를 사하기 위한 것이라면, 그건 마치 진주 한 알과 자갈 한 자루를 맞바꾸는 것과 같아.'

위베르를 둘러싸고 있는 사람들, 가족과 친구들이 위베르의 내면에 치욕과 분노를 일깨워놓았다. 위베르는 길에서 그들을 보았다. 그리고 그들과 비슷한 사람들도 보았다. 아름다운 노란색 트렁크를, 예쁘게 치장한 아가씨와 함께 달아나는 장교들이 가득한 차를, 자신의 임지를 버리고 도망치는 공무원들을, 겁에 질려 도로에 기밀 서류를 흘리고 다니는 정치인들을, 휴전협정이 체결된 날에는 치를 떨며 눈물을 흘려놓고 나중에는 독일군과 놀아나던 젊은 여자들을 위베르는 떠올렸다. '그래놓고도 이제 곧 한바탕 거짓말 놀음이 벌어질 테고, 프랑스 역사의 영광스러운 한 페이지를 조작해내겠지. 눈 씻고 찾아봐도 보이지 않는 헌신적인 애국자, 불굴의 영웅을 찾느라 헛고생을 해가면서 말이야. 맙소사! 난 다 봤어! 물 한 잔만 달라며 아무리 두드려도 열

리지 않는 문을, 닥치는 대로 약탈하는 피란민들을. 어디나
그랬지. 위에서 아래까지 무질서하고, 비열하고, 허영에 들
뜨고, 무지하고! 아! 그 잘난 꼬락서니들이라니!

그사이, 위베르는 입술 끝으로 미사를 따라하고 있었다.
마음이 너무나 무겁고 딱딱하게 굳어 몸이 무척 안 좋았
다. 그가 여러 차례 거친 한숨을 내뱉는 바람에 페리캉 부인
은 불안한 눈길로 돌아보았다. 검은 베일을 아래서 눈물이
그렁그렁한 페리캉 부인의 눈이 반짝거렸다. 그녀가 속삭
였다.

"어디 아프니?"

"안 아파요, 엄마."

이래서는 안 된다고 자책하면서도 끝내 다스리지는 못한
냉랭한 눈길로 페리캉 부인을 바라보며 위베르가 대답했다.

가족에 대한 위베르의 판단에는 안타까움과 고통스러
운 신랄함이 배어 있었다. 위베르는 자신의 불만이 무엇인
지 명확히 인식하지 못했다. 그저 강렬하고 짤막한 이미지
의 형태로 마음속에만 품고 있었다. 공화국에 대해 "이 썩
어빠진 체제…"라고 말해놓고도, 저녁이 되면 가장 아름다
운 식탁보, 보기만 해도 군침이 흐르는 푸아그라, 귀한 포
도주로 24인분의 만찬을 차려놓고 다시 장관이 될지 모르
는 전직 장관의 환심을 사려고 하는 아버지 (오! 입술을 동
그랗게 말며 "친애하는 장관님…"이라고 아양을 떨던 어머

니). 귀한 천과 은 식기를 터질 듯이 실은 채 피란민들 사이에서 오도 가도 못하던 자동차들, 그리고 옷가지 몇 벌을 싼 보따리 하나 달랑 든 채 걸어서 피란길에 오른 여자와 아이들을 가리키며 "어린 예수님이 얼마나 선하신지 보아라. 우리 역시 저 불쌍한 사람들처럼 될 수도 있었다는 걸 좀 생각해봐!"라고 말하던 어머니. 위선자들! 파렴치한 사람들! 그렇다면 위베르 자신은? 위베르는 이곳에 무엇을 하러 왔을까? 위베르는 가슴에 반항심과 증오를 가득 담은 채 필리프를 위해 기도하는 척했다! 하지만 필리프는…. 오, 맙소사! 필리프, 내 소중한 형! 위베르가 속삭였다. 마치 이 말에 마음을 달래주는 신성한 힘이 있는 것처럼, 딱딱하게 굳었던 마음이 풀어지고, 뜨거운 눈물이 솟았다. 화해와 용서의 생각들이 마음에 스며들었다. 위베르 자신이 아니라 외부에서 온 것이었다. 마치 어떤 친구가 귀에 대고 이렇게 속삭이는 것 같았다. '필리프가 태어난 가문, 가족이 나쁠 리가 없어. 넌 너무 가혹해. 네가 본 건 겉모습들뿐이잖아. 넌 영혼을 몰라. 악은 눈에 잘 보여. 화려한 색깔로 사람들 눈을 현혹하지. 오로지 한 분만이 희생을 헤아리고, 흘린 피와 눈물을 가늠해서.' 위베르는 지난 전쟁 때 사망한 사람들의 이름이 새겨진 대리석 판을 바라보았다. 그중에는 솜, 플랑드르, 베르됭에서 죽은, 아무 의미 없이 죽었기 때문에 두 번 죽은 것이나 다름없는 크라캉과 페리캉 집안사람들, 그가 본 적

조차 없는 삼촌과 사촌들이 있었다. 거의 그와 같은 또래인
아이들도 있었다. 그 혼돈으로부터, 그리고 상반된 감정으
로부터 서서히 묘하고 씁쓸한 충만감이 생겨났다. 위베르
는 풍부한 경험을 얻었다. 위베르는 더 이상 책을 통한 추상
적인 방식으로 아는 것이 아니었다. 위베르는 미친 듯이 뛰
는 가슴을 통해, 물랭 다리를 방어하는 것을 도우면서 벗겨
진 손을 통해, 독일군들이 승리의 축배를 드는 동안 여인의
몸을 더듬었던 입술을 통해 알았다. 위험, 용기, 두려움, 사
랑이라는 말들이 의미하는 바를…. 그랬다. 사랑까지도….
위베르는 이제 스스로 강하다고 느꼈고 자신감이 있었다.
그는 이제 다른 사람의 눈을 통해 세상을 보지 않을 것이고,
좋아하고 믿는 것 역시 다른 사람의 영향력에 의해서가 아
니라 자신의 뜻에 따라 결정할 것이다. 위베르는 천천히 손
을 모으고 고개를 숙여 마침내 기도를 올렸다.

　미사가 끝났다. 성당 광장에서 사람들이 위베르를 에워
싼 채 그에게 입을 맞추고, 위베르의 어머니에게 축하의 말
을 건넸다.

　"뺨은 여전히 통통하구나. 굉장히 고되었을 텐데도 별로
야위질 않았어. 옛날 그대로야. 어이구, 얘야…."

27

가브리엘 코르트와 플로랑스는 아침 7시에 그랑 호텔에
도착했다. 그들은 너무나 피곤해서 비틀거렸다. 호텔 회전
문을 넘어서면 피란민이 복도를 점거한 채 크림색 양탄자
에 누워 잠을 자고, 그들을 알아보지 못한 지배인이 방을 내
주길 거부하며, 몸을 씻을 뜨거운 물 한 방울 나오지 않고,
로비에 폭탄이 떨어지는 기괴한 악몽의 세계로 다시 곤두
박질할 거라고 짐작이라도 하는 것처럼, 그들은 겁에 질린
표정으로 앞을 바라보았다. 하지만 오, 주님, 감사합니다.
프랑스 최고의 온천장은 예전의 모습을, 약간 시끄럽고 흥
분에 들떠 있긴 해도 정상적인 모습을 유지하고 있었다. 직
원들도 모두 자기 자리를 지키고 있었다. 물론 지배인은 모

든 게 부족하다고 엄살을 떨었지만, 커피는 그윽한 향이 풍겼고, 바에서는 칵테일을 내놓았으며, 수도꼭지에서는 냉수와 온수가 원하는 대로 흘러나왔다. 그들도 처음에는 걱정이 이만저만이 아니었다. 우호적이지 않은 영국의 태도 때문에 해양 봉쇄가 유지되어 위스키를 들여올 수 없을까 봐 걱정했다. 하지만 비축해둔 물량이 워낙 넉넉해서 당분간은 문제가 없었다.

로비의 대리석에 발을 들여놓았을 때, 가브리엘 코르트와 플로랑스는 마치 딴 세상에 온 것 같았다. 사방이 온통 고요했던 것이다. 멀리서 대형 승강기가 내는 윙윙거리는 소리가 어렴풋이 들려왔다. 자동 살수장치에서 뿜어져 나오는 물이 정원 잔디밭 위에 무지개를 그렸고, 열려 있는 창을 통해 그 광경이 내다보였다. 호텔 직원들이 그들을 알아보고 몰려나왔다. 코르트가 20년 전부터 매년 내려와 머문 그랑 호텔의 지배인은 하늘을 향해 양팔을 들고는 그들에게 모든 게 끝났다고, 온 나라가 구렁텅이 속으로 굴러떨어졌다고, 사람들에게 다시 의무와 위대함의 감각을 심어줘야 한다고 말했다. 그러고는 내각 각료들이 곧 도착할 예정이라고, 그래서 전날부터 호화 객실들이 모조리 예약된 상태라고, 볼리비아 대사가 당구대 위에서 잠을 잔다고, 하지만 단골손님인 가브리엘 코르트를 위해서라면 어떻게든 방을 마련해보겠노라고 넌지시 덧붙였다. 그것은 그가 부지배인으로 호텔업계에 첫발을 디뎠던 도빌의 노르망디 호텔에서 경마를 즐기러 몰려든 손님들에게 했던 말을 거의 그대로 속삭여준 것이었다.

가브리엘 코르트는 지친 손으로 고통에 짓눌린 이마를 쓸었다.

"이봐, 친구, 화장실에 푹신한 매트리스 한 장만 깔아줘도 난 만족하겠네!"

주변에선 모든 것이 사려 깊고, 조용하고, 적절한 방식으로 이루어지고 있었다. 더는 구덩이에서 아이를 낳는 여자들도, 부모를 잃고 헤매는 아이들도, 멜리나이트의 양을 잘못 계산해 터뜨리는 바람에 다리의 파편이 불화살로 변해 이웃집으로 날아가는 일도 없었다. 가브리엘이 들이치는 바람을 싫어할까 봐 누군가 나서서 창문을 닫아주었고, 지배인이 앞서가며 일일이 문을 열어주었으며, 발밑에는 푹신한 양탄자가 느껴졌다.

"가방은 잃어버리지 않으셨습니까? 다 갖고 오셨다고요? 정말 운이 좋으시군요! 파자마 한 벌, 칫솔 한 자루 없이 이곳에 도착하신 분들도 있었어요. 심지어 폭발로 옷이 갈기갈기 찢어진 분도 있었죠. 그 불쌍한 양반은 완전히 벌거벗은 채, 심하게 다친 몸을 모포로 둘둘 말고 투르에서 여기까지 왔답니다."

"나도 원고들을 잃어버릴 뻔했어요." 가브리엘이 말했다.

"오! 맙소사, 정말 큰일 날 뻔했군요! 그런데 원고는 모두 되찾으셨습니까? 참 별일이 다 있군요! 별일이 다 있어! 아, 죄송합니다, 선생님. 용서하세요, 부인. 절 따라오시죠. 자, 여기가 바로 제가 두 분을 위해 마련한 객실입니다. 오 층인데, 괜찮으시겠죠?"

"아, 이젠 어느 방이든 상관없어요." 가브리엘이 말했다.

"저도 이해합니다." 지배인이 슬픈 표정으로 고개를 숙이며 말했다. "그 끔찍한 참화를 겪으셨으니… 비록 스위스에서 태어나긴 했어도 저 역시 마음은 프랑스인입니다. 저도 이해해요." 그가 반복해 말했다.

그리고 지배인은 잠시 고개를 숙인 채 서 있었다. 마치 장례식을 찾았다가 유족에게 조문하고는 서둘러 식장을 나서기가 쑥스러워 머뭇거리는 사람처럼. 며칠 전부터 이러한 태도를 하도 자주 취하는 바람에 보기 좋게 통통했던 그의 얼굴은 완전히 변해 있었다. 서비스업에 종사하니만큼, 그는 늘 차분하게 걷고 정중한 목소리로 말했다. 하지만 유감스러운 감정을 지나치게 과장하려다 보니 호텔이 마치 장례식장이라도 되는 듯 조용히 돌아다니게 되었다. 코르트에게 "아침을 갖고 올라오게 할까요?"라고 말할 때도 마치 막 숨을 거둔 가까운 친척의 시신을 가리키며 "저분께 마지막으로 입을 맞춰도 되겠습니까?"라고 물어보는 것처럼 조심스러운 태도를 보였다.

"아침 식사요?" 일상적 현실과 자잘한 근심거리의 세계로 힘겹게 되돌아온 가브리엘 코르트가 한숨 쉬듯 말했다. "지난 스물네 시간 동안 아무것도 먹질 못했어요." 그가 창백한 미소를 지으며 덧붙였다.

그 말은 전날까지는 사실이었지만 이젠 사실이 아니었다. 가브리엘은 그날 아침 6시에 푸짐한 식사를 했다. 하지만 가브리엘이 거짓말을 했다고 할 수는 없었다. 극도의 피로와 조국을 덮친 불행으로 마음이 혼란스러워 음식이 입으로 들어가는지 코로 들어가는지도 모르고 먹었으니까. 가브리엘은 아직 아무것도 먹지 않은 것만 같았다.

"저런! 억지로라도 드셔야죠, 선생님! 오! 그리고 계시는 걸 보니 저까지 마음이 안 좋아요, 코르트 선생님. 건강을 챙기셔야 합니다. 앞으로 인류를 위해 하실 일을 생각해서라도."

가브리엘 코르트는 절망적인 작은 고갯짓을 했다. 자신도 그것을 알고 있다는 듯이, 자신에게 인류를 위해 뭔가를 해야 할 의무가 있다는 사실에는 전혀 이의가 없지만, 지금 당장은 하찮은 시민 이상의 용기를 요구하지 말아달라는 듯이.

"이봐, 친구, 지금 죽어가고 있는 건 프랑스뿐이 아니야. 정신까지 썩어가고 있네." 가브리엘이 눈물을 감추기 위해 고개를 돌리며 말했다.

"선생님이 계시는 한 결코 그렇게 되진 않을 겁니다, 코르트 선생님." 패주가 시작된 이후로 이미 여러 차례 이 말을 반복해온 지배인이 뜨거운 목소리로 대답했다. 코르트는 파리에서 그 호텔로 피란 온 열네 번째 유명 인사이자 다섯 번째 작가였다.

가브리엘 코르트가 희미하게 웃으며 아주 뜨거운 커피를 가져다줄 수 있느냐고 물었다.

"펄펄 끓는 걸로 갖다 드리죠." 지배인은 이렇게 장담하고는 전화로 필요한 주문을 한 후에 방을 나섰다.

플로랑스는 자기 방으로 물러갔다. 문을 걸어 잠그고 거울부터 들여다본 그녀는 망연자실하고 말았다. 평소 그토록 부드럽고 맑고 생기 넘치던 얼굴에 번질거리는 도료 같은 땀이 뒤덮여 있었다. 분과 크림은 전혀 흡수되지 않은 채 마요네즈처럼 두껍게 엉겨 있었다. 코는 뾰족했고, 눈은 쑥 들어갔으며, 입술은 축 늘어졌다. 질겁한 플로랑스는 서둘러 거울에서 눈길을 돌렸다.

"쉰 살은 족히 먹은 여자 같아." 플로랑스가 침실 하녀에게 말했다.

그것은 정확한 진실을 표현한 것이었다. 플로랑스의 나이가 실제로 쉰이었으니까. 하지만 플로랑스가 도저히 믿을 수 없다는 투로 그 말을 내뱉었기 때문에 하녀 쥘리는 그 말을 문자 그대로, 다시 말해 무척이나 늙었다는 것을 뜻하는 하나의 이미지, 하나의 메타포로 받아들였다.

"그 난리를 겪었으니 그럴 만도 하죠… 눈 좀 붙이세요."

"그럴 수가 없어… 눈만 감으면 폭탄 터지는 소리가 들려오고, 그 다리와 시체들이 떠오르는걸…."

"잊힐 거예요."

"아니! 결코! 넌 잊을 수 있겠니?"

"저야 경우가 다르죠."

"왜?"

"부인은 생각할 다른 일들이 많으시잖아요! 녹색 드레스를 준비할까요?" 쥘리가 말했다.

"녹색 드레스? 이런 얼굴을 하고?"

플로랑스는 눈을 감고 의자 등받이에 등을 기댔다. 플로랑스는 절대적으로 휴식이 필요하지만 부하들이 허둥대는 꼴을 보고는 다시 지휘봉을 잡는, 피로로 휘청거리면서도 직접 부대를 지휘하는 군 지휘관처럼 분산되어 있는 모든 에너지를 모았다.

"잘 듣고 시키는 대로 해. 우선 목욕물 틀어놓고 마스크팩을 준비해줘. 미국의 미용 연구소에서 들여온 것으로. 그런 다음에 미용실에 전화해서 뤼지가 아직 거기서 일하는지 물어보고, 일한다고 하면 사십오 분 후에 매니큐어 가지고 오라고 해. 끝으로, 내 회색 슈트하고 분홍색 얇은 블라우스를 준비해줘."

"목이 이렇게 파인 거요?" 쥘리가 손가락으로 목둘레가 파인 형태를 그리며 물었다.

플로랑스가 망설였다.

"그래… 아니… 그래, 그걸로. 수레국화 무늬가 있는 새 모자도. 아, 쥘리, 그 모자는 한 번도 써보지 못할 줄 알았어. 그래, 네 말이 맞아. 다 잊어야 해. 안 그러면 미쳐버릴 테니까. 미용실에 황토색 분이 아직 남아 있는지 모르겠네. 지난번에 왜…."

"물어볼게요. 있으면 여러 통을 한꺼번에 장만해두세요. 영국제니까요."

"그래야겠지? 이거야 원, 세상이 어떻게 돌아가는지 알 수가 있어야지. 어떤 변화를 이끌어올지 짐작조차 할 수 없는 사건들이 날이면 날마다 터지고 있으니… 앞으로 여러 세대의 삶이 변해버릴 거야. 당장 이번 겨울에는 먹을 게 부족할 테고. 금 자물쇠 달린 회색 가죽가방 좀 꺼내줄래? 아주 단순하게 생긴 거 있잖아. 파리가 어떻게 변해버렸을지…."

플로랑스는 욕실로 들어서며 몇 마디 더 웅얼거렸지만 쥘리가 틀어놓은 수도꼭지에서 쏟아지는 물소리에 묻혀버렸다.

그사이, 가브리엘 코르트는 플로랑스보다는 덜 사소한 생각에 빠져 있었다. 그 역시 욕조에 몸을 담그고 있었다.

처음 얼마 동안, 가브리엘은 어린 시절의 추억을, 얼려놓았던 머랭에 크림을 잔뜩 얹어 먹거나, 시원한 물에 발을 담그거나, 새 장난감을 품에 안았을 때의 행복감을 떠올리며 기쁨과 평화를 맛보았다. 더는 욕망도, 아쉬움도, 불안도 없었다. 텅 빈 그의 머리는 더없이 가벼웠다. 가브리엘은 따뜻한 액체 속에서 둥둥 떠다니는 느낌이 들었다. 따뜻한 물은 그의 피부를 부드럽게 간질이고, 먼지와 땀을 씻어주고, 발가락 사이로 스며들고, 잠든 아기를 안아 흔들어주는 엄마의 손처럼 그의 허리 아래로 미끄러졌다. 욕실에서는 타르 비누, 헤어크림, 쾰른 화장수, 라벤더 향수 냄새가 풍겼다. 가브리엘은 미소 띤 얼굴로 양팔을 한 번 쭉 뻗은 다음 창백하고 긴 손가락 마디를 뚝뚝 소리가 나게 꺾었다. 그는 뙤약볕이 쏟아지는 날 폭탄이 떨어질 염려가 없는 곳에서 개운한 목욕을 하는 단순하고도 엄청난 즐거움을 맛보았다. 대체 어느 순간에 과도가 과일의 심장을 파고들 듯 그 쓰라린 회한이 가브리엘의 내면에 파고들었는지는 자신도 짚어낼 수 없을 것이다. 아마 그것은 가브리엘의 눈길이 의자 위에 놓여 있는 원고 가방에 가 닿았을 때, 아니면 물속에 떨어진 비누를 줍기 위해 행복감에서 깨어나 몸을 움직여야 했을 때였을 것이다. 어쨌거나 한순간 그의 눈썹이 찡그려졌고, 평소보다 더 맑고 매끄러워 보였던 얼굴에 불안에 찬 어두운 표정이 떠올랐다.

그는, 가브리엘 코르트는 이제 어떻게 될까? 세상은 어디로 나아갈까? 내일의 정신은 어떤 것일까? 사람들이 먹고 살 궁리를 하느라 바빠져서 예술은 설 자리가 없어질까, 아니면 위기가 지나가면 늘 그랬듯, 새로운 이상이 대중을 사로잡을까? 새로운 이상? '새로운 유행이라고 해야겠지!' 원래 냉소적인 데다 지칠 대로 지쳐버린 가브리엘은 생각했다. 하지만 가브리엘은 새로운 취향에 적응하기에는 너무 늙어버렸다. 그는 1920년에 문체를 바꾼 적이 있었다. 또다시 문체를 바꾸는 건 불가능할 것이다. 가브리엘은 이미 늙어서 이제 막 태어나려고 하는 새로운 세상을 좇아가기에는 역부족이었다. 아! 이 끔찍한 전쟁을 모태로 삼아 탄생할 세상이 어떤 모습을 취할지 누가 예견할 수 있을까? 첫 태동이 희미하게 감지되는 그 세상은 거대하거나 기형적일 것이다. (아니면 그 둘 다이거나.) 그 세상에 관심을 갖고, 그 세상을 바라보는 것은… 그리고 아무것도 이해하지 못하는 것은 끔찍한 일이었다. 가브리엘은 아무것도 이해할 수 없었다. 그는 자신의 소설을, 불과 폭탄에서 구해낸, 지금 의자 위에 놓여 있는 그 원고를 생각했다. 그리고 걷잡을 수 없는 자괴감을 느꼈다. 가브리엘이 묘사한 열정은, 그의 정신 상태와 불안은, 그의 세대에 관한 그 이야기는 낡고, 불필요하고, 시대에 뒤처진 것이었다. 가브리엘이 낙담한 목소리로 중얼거렸다. "이제 한물가버린 거야!" 또다시 비누가 미꾸라지처럼 손에서 미끄러져 물속으로 사라졌다. 그는 욕을 내뱉고는 몸을 일으켜 미친 듯이 벨을 눌러댔다. 시중꾼이 황급히 달려 들어왔다.

"다리 좀 문질러줘." 가브리엘 코르트가 떨리는 목소리로 말했다.

시중꾼이 목욕 장갑을 끼고 쾰른 화장수로 다리를 문질러주자, 가브리엘은 기분이 한결 나아졌다. 그가 완전히 벌거벗은 채 면도를 하는 사이, 시중꾼이 가벼운 트위드 정장과 흰 넥타이를 준비했다.

"아는 사람들이 있던가?" 가브리엘 코르트가 물었다.

"전 잘 모르겠습니다, 선생님. 아직 유명 인사들을 본 적이 없거든요. 하지만 들리는 말로는 지난밤에 자동차 여러 대가 왔다가 곧 다시 스페인으로 출발했다고 합니다. 그중에 쥘 블랑 씨는 포르투갈로 갔다고 하더군요."

"쥘 블랑이?"

가브리엘은 코르트는 비누 거품이 잔뜩 묻은 면도날을 허공에 든 채 잠시 꼼짝도 하지 않았다. 쥘 블랑이 포르투갈로 달아나버리다니! 그 소식은 가브리엘에게 큰 충격을 주었다. 삶에서 최대한의 안락과 향락을 얻고자 하는 사람이면 누구나 그러듯, 가브리엘 코르트 역시 자신의 뒤를 봐주는 정치인과 유대를 맺고 있었다. 멋진 저녁 식사, 화려한 연회, 플로랑스가 베푸는 자잘한 호의의 대가로, 쥘 블랑에게 유리한 몇몇 기사를 써준 대가로, 가브리엘은 쥘 블랑(국무총리를 두 차례, 국방 장관을 네 차례 역임해 거의 모든 분야에 영향력을 발휘했다)으로부터 삶을 수월하게 해주는 온갖 종류의 특혜를 얻어냈다. 가브리엘의 『위대한 연인』 시리즈의 주문이 폭주한 것도 지난겨울 국영 라디오 방송에 출연해 그 책을 홍보할 수 있게 해준 쥘 블랑 덕분이었다. 쥘 블랑은 가브리엘에게 라디오에 출연해 시국에 맞는 애국적인 연설이나 도덕적인 설교를 해달라고 부탁하기도 했다. 또한 어느 유명 일간지의 사장에게 가브리엘 코르트의 소설 연재 고료로 원래 정해져 있던 8만 프랑 대신 13만 프랑을 지불하도록 압력을 가하기도 했다. 끝으로 쥘 블랑은 가브리엘 코르트에게 레지옹 도뇌르 3등 훈장을 약속했다. 쥘 블랑은 가브리엘이 출세하는 데 있어서 보잘것없긴 해도 없어서는 안 될 톱니바퀴였다. 천재도 하늘을 훨훨 날며 살 순 없는 법이었다. 살려면 진흙탕에서도 뒹굴어야 했다.

친구의 실추 소식을 접한(정치적 입지를 잃지 않고서야, 정치에서 패배는 승리의 어머니라고 즐겨 말하던 쥘 블랑이 그런 극단적인 선택을 할 리가 없었다) 가브리엘 코르트는 심연의 가장자리에 홀로 버려진 듯한 기분이 들었다. 또다시 가브리엘이 전혀 알지 못하는 완전히 다른 세상, 기적적으로 모두가 하나같이 순결하고, 사심 없고, 고귀한 이상으로 충만한 사람들로 변해버린 세상이 엄청난 힘으로 그에게 다가왔다. 하지만 식물과 동물 그리고 인간이 지닌 스스로를 보호하는 본능의 한 형태인 모방하는 본능에 따라 가브리엘은 이미 이렇게 말하고 있었다.

"아! 그가 달아났다고? 그런 향락주의자, 그런 타락한 정치꾼들의 시대는 지나갔어…."

그러고는 잠시 입을 다물고 있다가 덧붙였다.

"가엾은 프랑스…."

가브리엘은 천천히 푸른색 양말을 신었다. 상아처럼 노란빛이 감도는, 잔털 없이 반들반들한 하얀 맨몸에 양말과 검은 비단 밴드만 달랑 걸친 채 그는 몇 차례 팔을 흔들고 상체를 굽혀보았다. 그러고는 이 정도면 아직 쓸만하지 않느냐는 표정으로 거울에 비친 자기 모습을 바라보았다.

"훨씬 낫군." 이렇게 말하면 하인이 크게 기뻐할 것처럼 가브리엘이 하인을 바라보며 말했다.

가브리엘은 옷을 마저 입었다. 그는 정오가 약간 지난 시각에 호텔 바로 내려갔다. 로비에는 여전히 불안이 떠돌고 있었다. 무슨 일이 일어나고 있다는 것이, 멀리서 일어난 대재앙들이 나머지 세상을 뒤흔드는 것이 눈에 보였다. 사람들이 잊어버리고 두고 간 가방들이 평상시 무도회장으로 사용되는 곳에 아무렇게나 쌓여 있었다. 주방에서 떠들썩한 소리가 들려왔고, 머리를 풀어 헤친 창백한 여자들이 방을 찾아 이리저리 돌아다녔으며, 승강기는 작동되지 않았

다. 한 노인이 방을 내줄 수 없다는 호텔 직원을 붙들고 애
원하고 있었다.

"이해해주세요, 선생님. 나쁜 뜻이 있어서 안 드리는 게
아니라 없어서 못 드리는 겁니다. 드리지 못하는 거라고요.
저희도 이젠 지쳤습니다."

"방 한 귀퉁이라도 좋네." 가엾은 노인이 사정했다. "내
아내와 여기서 만나기로 미리 약속해놨어. 에탕프 폭격 때
헤어지고 말았거든. 내가 여기 없으면 죽었다고 생각할 거
야. 내 나이 칠십이고, 그 사람은 예순여덟이네. 여태껏 한
번도 떨어져본 적이 없어."

노인이 떨리는 손으로 지갑을 꺼냈다.

"천 프랑을 주겠네."

보통의 프랑스 사람이라 할 수 있는 정직하고 겸손한 그
의 얼굴에서 고통이 읽혔다. 생애 처음으로 뇌물을 제공하
는 데에서 오는 부끄러움과 큰돈을 손해 보는 데서 비롯된
것이었다. 하지만 직원은 노인이 건넨 지폐를 거절했다.

"방이 없다니까요, 선생님. 시내로 한번 가보세요."

"시내? 내가 지금 거기서 오는 길이라니까! 새벽 다섯 시
부터 문을 전부 두드리고 다녔는데, 다들 나를 개처럼 쫓아
냈어! 내가 이래 봬도 생토메르 고등학교 물리학 선생이야.
교육 공로 훈장까지 받았다고."

하지만 직원은 이미 오래전부터 등을 돌린 채 노인의 말

에 귀를 기울이지 않았다. 노인은 그 사실을 알아차리고 바닥에 떨어뜨린, 아마 그의 소지품이 들어 있는 것으로 보이는 작은 모자 가방을 주워 소리 없이 사라졌다. 이제 호텔 직원은 분을 잔뜩 바른 얼굴에 칠흑같이 검은 머리카락을 가진 스페인 여자 네 명 사이에서 몸부림을 치고 있었다. 넷 중 하나가 그의 팔에 매달렸다.

"평생 한 번 괜찮아. 하지만 두 번 너무해. 스페인에서 전쟁 겪고 프랑스 왔는데 또 이 꼴을 당하다니, 정말 너무해!"

그녀가 서툰 프랑스어를 사용해 크고 걸걸한 목소리로 외쳤다.

"저도 어쩔 수 없다니까요, 부인!"

"방 하나 정도 내줄 수 있잖아!"

"불가능해요, 부인. 불가능하다고요."

스페인 여자는 통쾌한 반격을 위해 욕설을 떠올리려고 했다. 하지만 도무지 욕설이 생각나지 않자 잠시 씩씩거리다 툭 던지듯 말했다.

"당신 남자도 아냐!"

"뭐요?" 갑자기 직업적인 냉정함을 잃은 직원이 모욕에 반발하며 외쳤다.

"자꾸 얌전한 사람 화나게 할 겁니까? 당신들, 외국인 맞죠? 그럼 입 다물어요. 안 그러면 경찰을 부를 테니까." 스페인어로 고래고래 욕을 해대는 네 사람에게 문을 열어주고, 그들을 밖으로 밀어내며 직원이 고압적인 어조로 말했다.

"요즘은 하루하루가 지옥이에요, 선생님. 지옥이라니까요. 세상이 온통 미쳐버렸어요!" 직원이 가브리엘 코르트에게 말했다.

가브리엘 코르트는 시원하고 조용하고 어두컴컴하며 긴 회랑을 거쳐 넓은 바로 들어섰다. 그가 바의 문턱을 넘어서자 모든 소란이 일제히 멈췄다. 닫힌 덧창과 커다란 창문들이 뇌우를 품은 태양의 열기로부터 그를 보호해주었다. 바에는 가죽과 고급 시가 그리고 고급 브랜디의 금속성 향기가 떠돌았다. 가브리엘의 오랜 친구로, 이탈리아 사람인 바텐더가 다시 뵙게 되어 기쁘다며, 프랑스가 이렇게 큰 불행을 겪어 마음이 아프다며 더없이 따뜻하게 그를 맞아주었다. 바텐더는 고난을 겪은 사람을 조심스레 배려하면서도 아랫사람이라는 자신의 신분을 잊지 않고 무척이나 정중하고 요령 있게 그를 맞이해주었고, 덕분에 가브리엘은 큰 위안을 얻었다.

"나도 자네를 다시 보게 되어 무척 기쁘네, 이 사람아."

그가 고마움이 담긴 어조로 말했다.

"파리에서 여기까지 오시느라 고생이 많으셨죠?"

"아!"

가브리엘 코르트는 이렇게 탄식하며 천장을 올려다보았

다. 바텐더 조셉이 마치 속내 이야기를 거절하는 듯한, 최근
에 겪은 고난의 기억을 일깨우고 싶지 않다는 듯한 조심스
러운 손짓을 하고는, 구급차에 실려 온 환자에게 "우선 이
것부터 한 모금 드시고 어디가 어떤지 차근차근 설명해주
세요"라고 말하는 의사의 말투로 정중하게 속삭였다.

"마티니 한 잔 드릴까요?"

가브리엘 코르트는 올리브와 감자 칩이 든 작은 접시들
사이에 김이 서린 잔을 놓았다. 그리고 자신을 둘러싸고 있
는 친근한 실내장식에 회복기 환자의 창백한 미소를 보냈
다. 그런 다음 방금 바로 들어온, 안면이 있는 사람들을 바
라보았다. 그랬다, 그들은 모두 거기 있었다. 전직 장관이었
던 아카데미 회원, 거물 실업가, 출판인, 신문사 사장, 상원
의원, 극작가 그리고 X장군이라는 이름으로 파리의 한 유
명 잡지에 기술적이며 확실한 자료에 바탕한 진지한 기사
들을 실었던 군사평론가. 그는 군사 사건들을 논평한 다음,
늘 낙관적이지만 그리 명확하지는 못한 설명을 덧붙임으로
써(예를 들면, "다음 군사작전의 무대는 유럽 북부나 발칸 반
도나 루르 지방 혹은 이 세 곳 모두가 될 것입니다. 아니면 딱
꼬집어 말하기 불가능한 지구상의 어느 지점이 될 것입니다"
같은) 독자들을 헷갈리게 했다. 그랬다. 그들은 아주 건강한
상태로 모두 그곳에 있었다. 가브리엘 코르트는 잠시 멍한
느낌이 들었다. 정확히 왜 그런지 말할 수는 없었지만, 지난

스물네 시간 동안 옛 세계가 무너지고 그 잔해 위에 자신이
홀로 서 있는 것만 같았다. 이젠 그리 중요하지 않지만, 한
때 친구이기도 했고 적이기도 했던 그 유명 인사들을 다시
만나게 된 것은 형언할 수 없는 위안이었다. 그들은 같은 배
를 타고 있었다. 그들은 함께였다! 그들은 아무것도 변하지
않았다는 것을, 모든 게 그대로라는 것을, 처음에 믿었던 것
처럼 자신들이 어떤 대재앙이나 세상의 종말을 겪고 있는
것이 아니라 그저 시공간 속에 한정된, 순수하게 인간적인
일련의 관계 속에서(결국, 고통은 그 관계에서 배제된 사람
들의 몫이었다!) 움직일 뿐이라는 것을 서로에게 증명했다.

그들은 가벼운 어투로 비관적인, 거의 절망적인 대화를
나눴다. 어떤 이들은 삶을 누릴 만큼 누린 사람들로, 젊은
사람들을 바라보며 "알아서들 하셔!"라고 중얼거릴 나이였
다. 다른 이들은 그들의 연설과 글 가운데 새 체제가 들어섰
을 때 내세울 만한 것이 있는지 서둘러 속으로 추려보고 있
었다(그들은 정도의 차이는 있을지언정 하나같이 프랑스가
위대함의 감각을, 위험을 무릅쓰는 용기를 상실해버렸다고
아이들을 더 낳지 않는다고 한탄했는데, 아이들 문제에 있어
서는 그들은 걱정할 것이 없었다!) 어떤 식으로든 프랑스의
패망에 책임이 있기에 걱정할 것이 더 많은 정치인들은 동
맹 관계의 전복을 궁리하고 있었다. 극작가와 가브리엘 코
르트는 서로 자기 작품 얘기를 하며 세상을 잊었다.

28

미쇼 부부는 결국 투르까지 가지 못했다. 폭격으로 철도가 파괴되었고, 기차는 멈춰 섰다. 도로로 쏟아져 나온 피란민들을 맞이한 것은 독일군 부대였다. 그들은 왔던 길을 거슬러 올라가라는 명령을 받았다. 파리로 돌아온 미쇼 부부는 반쯤 비어버린 도시를 발견했다. 그들은 걸어서 집으로 돌아갔다. 불과 15일 전에 파리를 떠났으면서도, 그들은 마치 기나긴 여행에서 돌아왔을 때처럼 모든 것이 변해 있을 거라고 예상했다. 하지만 떠날 때 모습 그대로 남아 있는 거리를 걷는 동안 미쇼 부부는 자신들의 눈을 믿을 수가 없었다. 모든 게 제자리에 있었다. 그들이 떠났던 날처럼, 집들은 덧창을 모두 닫은 채 소나기를 품은 태양 아래 우두거니

서 있었다. 갑작스러운 더위에 플라타너스 잎들이 떨어져 바싹 말라 있었지만, 아무도 쓸지 않아 피란민들은 지친 발로 그것들을 밟으며 걸어갔다. 식료품 가게들은 모두 닫혀 있는 것처럼 보였다. 때때로 황량한 모습에 섬뜩한 느낌이 들었다. 마치 페스트가 휩쓸고 지나간 도시 같았다. 하지만 옥죄는 가슴으로 "다들 떠나거나 죽어버린 거야"라고 외치는 순간, 점잖게 차려입고 화장까지 한 키 작은 부인과 마주치곤 했다. 아니면 미쇼 부부의 경우처럼, 빗장을 걸어 잠근 정육점과 빵집 사이에서 한 아주머니가 태평스럽게 앉아 파마를 하는 미용실을 발견했다. 그곳은 미쇼 부인이 다니던 미용실이었다. 미쇼 부인이 미용사의 이름을 불렀다. 미용사와 그의 아내, 그리고 손님이 문턱까지 달려 나와 소리쳤다.

"피란 갔다 오시는 길이세요?"

"보시다시피요!" 미쇼 부인이 맨다리, 찢어진 치마, 땀과 먼지로 얼룩진 얼굴을 보여주었다. "그런데 우리 집은 어때요?" 그녀가 걱정스럽다는 표정으로 물었다.

"저런! 그래도 집은 그대로예요. 오늘도 그 집 창문 아래로 지나왔는데, 손 하나 안 댄 것처럼 말짱했어요." 미용사의 아내가 말했다.

"그럼 제 아들 장마리는요? 혹시 그 애 못 보셨어요?"

"저분들이 어떻게 그 아이를 봤겠어? 말 같은 소리를 해야지!" 모리스가 나서며 말했다.

"당신은 애 소식이 궁금하지도 않아요? 내가 속이 터져 죽고 말지!" 미쇼 부인이 쏘아붙였다. "가만, 혹시 건물 관리인은…" 그녀는 이미 달려가고 있었다.

"헛수고하지 마세요, 미쇼 부인! 아무것도 없어요. 제가 지나가면서 물어봤어요. 게다가 이젠 우체부가 다니지도 않는걸요!"

잔은 미소 지으며 참혹한 실망감을 감추려고 애썼다.

"할 수 없죠, 기다리는 수밖에." 잔이 떨리는 입술로 어색한 미소를 지었다.

그러고는 털썩 주저앉으며 중얼거렸다. "이제 어떡하지?"

"제가 당신이라면 샴푸부터 하겠어요. 머리가 맑아질 테니까요. 제 아내가 뭘 좀 만드는 사이 미쇼 씨도 시원하게 머리 좀 다듬으시죠." 둥글고 온화한 얼굴에 땅딸막하고 뚱뚱한 체격의 미용사가 말했다.

미쇼 부부는 미용사의 충고에 따랐다. 미용사가 라벤더 향유로 잔의 머리를 마사지하고 있을 때, 미용사의 아들이 뛰어 들어와 휴전협정이 체결되었다는 소식을 전해주었다. 낙담과 피로에 절어 있던 잔은 그 소식이 무슨 뜻인지 제대로 이해하지 못했다. 죽어가는 사람의 머리맡에서 하도 울었던 탓에 막상 임종 때는 눈물조차 나오지 않는 것처럼. 히

지만 1914년의 전쟁을, 전투들을, 상처들을, 고통들을 생
생하게 기억하고 있는 모리스는 가슴속에서 치솟는 울분을
느꼈다. 그렇지만 할 말이 아무것도 없었기 때문에 입을 다
물었다.

미쇼 부부는 조세 부인의 가게에서 한 시간 이상 머무른
다음, 집으로 돌아가기 위해 나섰다. 사람들 말로는 프랑스
군 사상자 수는 그리 많지 않았지만, 포로의 수는 거의 2백
만 명에 달한다고 했다. 장마리도 그 포로들 가운데 섞여 있
을까? 그들은 감히 다른 것을 바랄 수는 없었다. 미쇼 부부
는 집으로 다가갔다. 조세 부인의 장담에도, 미쇼 부부는 자
기들 집이 지난주에 오를레앙의 마르트루아 광장에서 목격
한 건물들처럼 불길에 휩싸여 잿더미로 변하지 않고 멀쩡
하게 서 있으리라고는 좀처럼 믿을 수가 없었다. 하지만 대
문과 관리인실, 우편함이(텅 비어 있는!) 보였다. 관리인 아
주머니가 아파트 열쇠를 들고 그들을 기다리고 있었다! 나
사로가 부활하여 누이들과 화로에서 끓고 있는 수프를 보
았을 때도 아마 어리둥절함과 은근한 자부심으로 이루어
진, 이와 유사한 감정을 느꼈을 것이다. '결국 우린 돌아왔
어. 집에 돌아온 거야.' 미쇼 부부는 이렇게 생각했다. 잔이
곧 말했다.

"하지만 무슨 소용이에요? 만약 장마리가…."

잔은 희미하게 미소 짓는 모리스를 바라보고는 목청을

높여 관리인에게 소리쳤다.

"안녕하셨어요, 노냉 부인?"

관리인은 귀가 반쯤 먹은 노인이었다. 미쇼 부부는 번갈아가며 노냉 부인에게 피란길에 겪은 일을 가능한 한 요약해서 전해주었다. 노냉 부인은 세탁부로 일하는 딸을 따라 포트르디탈리까지 갔다가 사위와 다투고 집으로 되돌아오는 바람에 뭐가 어떻게 돌아가는지 알지 못했다.

"그 아이들은 내가 어떻게 됐는지도 몰라. 아마 죽었다고 믿고 있을 거야." 노냉 부인이 만족스런 표정을 지으며 말했다. "내가 모아놓은 돈은 이제 자기들 차지라고 생각하고 있겠지. 성격이 괄괄해서 그렇지 아주 못된 아이는 아냐." 그녀는 딸 얘기를 하면서 이렇게 덧붙였다.

미쇼 부부는 노냉 부인에게 피곤하다고 말하고는 아파트로 올라갔다. 그런데 엘리베이터가 고장 나 있었다.

"끝까지 이러네요." 잔이 그래도 웃으며 한탄하듯 말했다.

남편이 지친 걸음으로 계단을 터벅터벅 걸어 올라가는 동안, 젊은 시절의 다리 힘과 호흡을 되찾은 미쇼 부인은 계단을 단숨에 뛰어 올라갔다. 맙소사! 어두컴컴한 층계와 벽장도 욕실도 없고(그래서 미쇼 부부는 부엌에 욕조를 들여놓아야 했다), 몹시 추울 때마다 주기적으로 난방기가 고장이 나는 아파트에 그렇게 불평을 늘어놓았다니! 잔은 벌써 15년 동안이나 살면서 정을 붙인, 너무나 부드럽고 따뜻한 추억들이 배어 있는 그 작고 포근한 세계로 한시라도 빨리 돌아가고 싶었다. 잔은 난간에 기대 저 아래에서 헐떡거리며 계단을 오르고 있는 모리스를 내려다보았다. 그녀는 혼자였다. 잔은 문에 입을 맞추고는 열쇠를 돌려 문을 열었다. 이곳은 잔의 아파트, 잔의 보금자리였다. 여긴 장마리의 방, 여긴 부엌, 여긴 거실, 그리고 저것은 잔이 저녁마다 은행에서 돌아와 퉁퉁 부은 발을 올려놓던 소파.

은행에 생각이 닿자 잔은 갑자기 소스라쳤다. 일주일 전부터 은행 일은 까맣게 잊고 있었던 것이다. 가까스로 올라온 모리스는 벌써 귀가의 기쁨을 잃고 근심에 빠져 있는 아내를 발견했다.

"왜 그래요?" 모리스가 물었다. "장마리?"

잔이 잠시 망설였다.

"아뇨, 은행요."

"맙소사! 우린 투르로 가기 위해 사람이 할 수 있는 모든 일을 했어요. 아니 그 이상을 했지. 아무도 우릴 탓하진 않을 거예요."

"우릴 데리고 있으려고 한다면 아무 탓도 않겠죠. 하지만 난 전쟁이 발발한 이후에 들어간 임시직에 불과하고, 그리고 당신은 그들 사이에서 늘 따돌림만 당했잖아요. 그들이 우릴 내쫓으려 한다면 이보다 더 좋은 기회가 어디 있겠어요."

"내 생각도 그렇긴 해요."

모리스는 잔의 의견을 반박하지 않고 전적으로 동의할 때면 늘 그러듯 재빨리 의견을 바꿨다.

"그렇지만 피도 눈물도 없는 사람들이 아닌 다음에야…."

"그들은 피도 눈물도 없는 사람들이에요. 몰랐어요?" 모리스가 부드럽게 말했다. "우리도 할 만큼은 했고, 다행히 함께 집에 돌아왔으니 다른 건 잊어버립시다…."

미쇼 부부는 장마리 얘기는 꺼내지 않았다. 눈물 없이는 그 아이의 이름을 입 밖에 낼 수가 없었다. 미쇼 부부는 울고 싶지 않았다. 그들에게는 언제나 행복에 대한 열렬한 의지가 있었다. 서로를 몹시 사랑했기 때문에 그날그날 살아가는 법을, 내일을 의도적으로 잊는 법을 터득했다.

미쇼 부부는 배가 고프지 않았다. 그래서 잼 단지와 비스킷 상자를 열었다. 잔이 4분의 1 파운드밖에 남지 않은 커피를, 크게 축하할 일이 있는 경우에만 꺼내 마시는 불순물 없는 모카커피를 정성을 다해 준비했다.

"이보다 더 크게 축하할 일이 뭐가 있겠어요?" 모리스가 말했다.

"이런 종류의 축하는 앞으론 없어야죠." 그의 아내가 대답했다. "전쟁이 계속된다면 당분간 이런 커피는 맛도 못 볼 것 같네요."

"그 말을 들으니 마시기조차 겁이 나는군." 커피포트에서 풍기는 향기를 맡으며 모리스가 말했다.

가벼운 식사를 마친 후, 미쇼 부부는 창문을 열어놓고 그 앞에 앉았다. 각자 무릎 위에 책 한 권씩을 올려놓았지만 읽지는 않았다. 그들은 손을 맞잡은 채 나란히 앉아 마침내 잠이 들었다.

미쇼 부부는 이렇게 평화로운 며칠을 보냈다. 우체부가 다니지 않기 때문에 좋든 나쁘든 아무 소식도 얻을 수 없다는 것을 그들은 알고 있었다. 기다리는 수밖에 없었다. 7월 초, 퓌리에르 씨가 파리로 돌아왔다. 1914년 전쟁 때 퓌리에르 백작은 1919년 휴전협정 후에 사람들이 흔히 말했듯 정정당당한 전쟁을 했었다. 그는 몇 달 동안 위험을 무릅쓰며 영웅적으로 싸웠고, 이어 엄청난 유산을 물려받은 여자와 결혼했다. 그런 다음에는 아주 당연하게도, 목숨을 내놓고 싸우는 무모한 짓은 마다했다! 그의 아내는 영향력 있는 인사들을 많이 알고 있었지만, 그는 그 인맥을 이용하지 않았다. 더는 위험을 찾아다니지 않았지만, 그렇다고 피하지도 않았다. 퓌리에르 백작은 상처 하나 입지 않고, 자신과 자신의 무훈에 대해, 자신감에 대해, 자신이 얻은 별에 대해 만족해하며 전쟁을 끝냈다. 1939년에 퓌리에르 백작은 사교계에서 한창 잘나가는 유력 인사였다. 그의 아내는 살로몽보름스 가문의 사람이었고, 그의 언니는 매글 후작과 결혼했다. 경마 클럽 자키의 회원인 그가 주최하는 만찬과 사낭대회는 유명했다. 그에게는 매력적인 두 딸이 있었는데, 장녀가 얼마 전 약혼을 했다. 퓌리에르 백작은 1920년보다 가진 돈은 훨씬 적었지만, 돈 없이 지내거나 필요에 따라 돈을 손에 넣는 방법을 그때보다 훨씬 더 잘 알고 있었다. 그래서 퓌리에르 백작은 코르뱅 은행의 행장 자리를 수락했다.

코르뱅은 상스러운 인물이었다. 코르뱅은 저속하다 못해 비열한 방식으로 경력을 쌓기 시작했다. 사람들은 그가 예전에 트뤼덴 가에 있었던 은행에서 급사로 일했다고 수군거렸다. 하지만 코르뱅은 은행가로서의 탁월한 재능을 지니고 있었다. 요컨대 그와 퓌리에르 백작은 서로 잘 맞았다. 그들은 둘 다 아주 영리해서 자신들이 서로에게 쓸모가 있다는 걸 잘 알고 있었다. 따로 마시면 입안이 타들어가고 쓰지만 섞어놓으면 향긋한 맛이 나는 어떤 술들처럼, 그들은 서로에 대한 경멸감을 바탕으로 일종의 우정을 형성했다. 코르뱅은 "귀족은 다 그렇듯이, 살짝 맛이 간 친구야"라고 꼬집었고, 퓌리에르는 "그 천박한 인간이 음식을 손가락으로 집어 먹더라니까"라고 험담했다. 퓌리에르 백작은 경마 클럽 가입을 미끼 삼아 코르뱅에게서 원하는 모든 것을 얻어냈다.

간단히 말해, 퓌리에르는 자신의 삶을 아주 안락하게 꾸려가고 있었다. 2차 대전이 발발했을 때, 학교에서 열심히 공부하고 돌아와 평온한 마음으로 이제 한바탕 놀아보려는 와중에 또다시 놀잇감을 빼앗긴 아이의 심정 비슷한 것을 느꼈다. 어쩌면 그는 이렇게 외쳤을 것이다. "한 번은 어쩔 수 없다고 쳐. 하지만 두 번은 너무하잖아! 제기랄! 다른 사람더러 하라고 해!" 그는 의무를 다했다! 그런데 청춘의 5년을 앗아가놓고는, 곧 잃게 될 것을 깨닫고 서둘러 즐기고자 하는, 너무나 아름답고 소중한 남자의 장년기를 또다시 훔치려는 것이다.

"아무리 그래도 그렇지, 이건 너무 심해. 전쟁터를 벗어나지 못할 운명을 타고나지 않은 다음에야." 총동원령이 내려진 날 코르뱅에게 작별 인사를 하며 낙담한 표정으로 퓌리에르가 말했다.

퓌리에르는 예비역 장교였다. 그는 전장으로 떠나야 했다. 물론 손을 써서 빠질 수도 있었을 것이다…. 하지만 퓌리에르에게 아주 강하게 남아 있는 욕구 즉 그로 하여금 냉소적이고 신랄하게 세상을 대할 수 있게 해주었던 자긍심을 잃지 않고자 하는 욕구 때문에, 그는 차마 그럴 수가 없었다. 퓌리에르는 떠났다. 그와 마찬가지로 동원된 운전기사가 말했다.

"가야 합니다. 가시죠. 그들이 이번에도 1914년과 같을 거라고 여긴다면 단단히 잘못 생각하는 겁니다. (운전기사의 머릿속에서 '그들'이라는 단어는 다른 사람들을 죽이는 것이 직업이자 열정인 용병들의 집단을 신화적으로 가리키는 말이었다.) 그들이 이걸 빼가겠다고(손톱으로 이빨을 톡톡 두드리며) 설친다면, 저는 반드시 그 손가락을 놈들 눈에 쑤셔 박아줄 겁니다."

물론 이런 식으로 표현하진 않았지만 퓌리에르 백작의 생각 역시 크게 다르지 않았다. 말하자면, 운전기사의 생각은 옛 참전 용사들의 일반적인 심정을 반영하고 있을 뿐이었다. 두 번씩이나 그들에게 잔인한 짓거리를 해대는 운명에 대해 깊은 앙심 혹은 절망적인 반항심을 품은 채, 많은 사람이 전쟁터로 떠났다.

6월의 패주 동안, 퓌리에르가 이끄는 부대는 거의 모두 적의 수중에 떨어지고 말았다. 다만 퓌리에르에게는 살아남을 기회가 있었고, 그는 그 기회를 잡았다. 1914년이었다면 퓌리에르는 차라리 장렬하게 전사하는 쪽을 택했을 것이다. 하지만 이번에는 비굴하게 살아남는 쪽을 택했다. 퓌리에르는 이미 그를 죽은 사람으로 믿고 있는 아내, 매력적인 두 딸(장녀는 재무부의 젊은 감독관과 막 결혼한 상태였다), 그리고 자신의 영역을 되찾았다. 운전기사는 그보다는 운이 없었다. 그는 55,481번 번호표를 달고 7A 포로수용소에 수감되었다.

퓌리에르 백작은 돌아오자마자 자유 지역에 머물러 있던 코르뱅과 접촉했다. 그들은 사방으로 흩어진 은행의 부서들을 모으는 일에 몰두했다. 경리부는 카오르, 유가증권 담

당 부서는 바욘, 사무처는 툴루즈에 있었는데, 니스와 페르
피냥 사이에서 흩어져버렸다. 그래서 현재 증권이 어디에
있는지 아는 사람은 아무도 없었다.

"카오스가 따로 없어요, 완전 난장판에, 이런 무질서는
처음입니다." 처음 재회한 날 아침, 코르뱅이 퓌리에르에게
말했다.

코르뱅은 밤에 점령 지역과 자유 지역의 경계를 넘어왔
다. 그리고 하인들조차 모조리 달아나버려 텅 비어 있는 자
기 집, 파리의 아파트에서 퓌리에르를 맞았다. 코르뱅은 하
인들이 자신의 새 가방과 옷가지를 훔쳐갔다고 의심하고
있었다. 그것이 그의 애국적 분노를 더욱 부채질했다.

"날 아시잖아요? 난 감수성이 예민한 사람이 아니에요!
그런 내가 두 지역의 경계에서 독일군을 처음 봤을 때 아이
처럼 울음을 터뜨릴 뻔했다니까요! 그런데 그 친구, 참 깍
듯하더군. 프랑스 사람들처럼 '우리 함께 돼지를 쳤잖아' 하
는 식으로 무람없이 굴지는 않더라고요. 아뇨, 진짜 아주 괜
찮았어요. 깍듯한 인사, 단호하지만 뻣뻣하지도 않은 태도,
아주 괜찮았어…. 그런데 당신들은 도대체 뭘 한 겁니까?
도대체 뭣들 하고 있었어요? 장교랍시고 폼이나 잡을 줄 알
았지!"

"잠깐만, 장교들이 비난받아야 하는 이유를 난 잘 모르겠
군요." 퓌리에르가 냉랭한 어조로 말했다. "무기도 없이, 그

저 가만히 냅두… 내버려두기만을 바라는 그 썩어빠진 병사들을 데리고 도대체 뭘 어쩌라는 겁니까? 먼저 쓸 만한 병사들을 줘보세요."

"하지만 병사들은 오히려 '명령을 받은 게 없어!'라고 하던데." 퓌리에르의 안색이 붉으락푸르락하는 것을 보고 통쾌해하며 코르뱅이 말했다. "우리끼리 얘긴데, 차마 눈 뜨고 볼 수 없는 처참한 광경이 어쩌나 많던지…."

"민간인들이, 그 겁에 질린 사람들이 없었다면, 도로를 가득 메운 피란민의 물결이 없었다면, 우리도 어떻게 해볼 수 있었을 겁니다."

"아! 그건 나도 동감이오! 다들 겁에 질려가지고… 참 대단한 사람들이야. 몇 년 전부터 '전면전, 전면전…' 그렇게 떠들어댔으면 어느 정도 예상을 했을 만도 한데, 천만에! 이건 다들 혼비백산해가지고 달아나는데… 붙들고 물어보고 싶더라니까, 왜 그렇게 법석이냐고. 나야 은행은 모두 철수하라는 명령이 떨어졌으니까 떠났지, 안 그랬으면…."

"투르는 어땠습니까?"

"아! 끔찍했죠… 마찬가지로, 물밀듯 밀려오는 피란민 때문에요. 투르 인근에서는 빈방을 구할 수 없어서 시내에서 자야 했어요. 그러니 당연히 폭격을 당할 수밖에." 괘씸하게도 벨기에 피란민을 묵게 해주느라 그에게 방을 내주길 거절했던 시골의 작은 성을 떠올리며 코르뱅이 말했다.

그들은 전혀 피해를 입지 않았지만, 코르뱅은 하마터면 투르의 잔해 아래 묻힐 뻔했던 것이다. "다들 자기들만 생각하니 얼마나 무질서하던지! 그 이기주의… 아! 인간의 본성이 어떤 건지 여실히 드러나더군! 그리고 직원들도 조금도 나을 게 없었어요. 투르로 날 찾아온 직원이 단 한 명도 없었으니까. 도중에 모두 뿔뿔이 흩어져버린 모양입디다. 부처별로 모여 다니라고 누누이 강조했는데도, 웬걸! 하나는 남부에 있고, 또 하나는 북부에 있고… 이거야 원, 누구 하나 믿을 사람이 있어야지! 이런 위기 상황에 사람의 본색이, 용기와 기개, 배짱이 드러나는 법인데, 다들 바보 같아요, 얼간이들이라니까요! 은행이나 나는 안중에도 없이 그저 자기 한 목숨 지키겠다고! 내 반드시 몇 명은 잘라버릴 겁니다. 일도 크게 많지 않을 테니까."

대화는 보다 기술적인 부분으로 흘러갔다. 이 이야기들은 그들에게 지난 몇몇 사건들로 인해 다소 약해졌던 그들 자신의 중요성을 회복하는 느낌을 가져다주었다.

"독일의 한 그룹이 동부의 제강소들을 다시 사들일 겁니다. 그쪽으로는 우리 입장이 그리 나쁘지는 않아요. 하지만 루앙의 도크 사업은…" 코르뱅이 말했다.

코르뱅의 표정이 어두워졌다. 퓌리에르는 가봐야겠다며 인사를 했다. 코르뱅이 그를 배웅하고자 했다. 덧창이 모두 닫힌 거실에서 코르뱅이 전기 스위치를 올렸다. 하지만 불은 들어오지 않았다. 그의 입에서 욕이 튀어나왔다.

"개자식들, 전기까지 끊어버렸군."

'상스럽기는' 퓌리에르 백작은 생각했다. 퓌리에르가 충고했다.

"전화 한 통 하면 금방 고쳐줄 거예요. 전화는 되던데."

"우리 집이 얼마나 난장판인지 상상도 못 할 겁니다. 하인들이 모조리 달아나버렸거든요! 모조리! 그들이 내 은 식기를 슬쩍하지 않았다면 내 손에 장을 지지겠어요. 집사람도 없어요. 나 혼자서 도무지 뭘 어떻게 해야 할지…." 코르뱅이 화가 나 씩씩거리며 말했다.

"부인은 자유 지역에 계세요?"

"예." 코르뱅이 투덜거렸다.

코르뱅과 그의 아내는 크게 싸웠다. 서둘러 짐을 싸느라 경황이 없어서 그랬는지 아니면 짓궂은 의도를 품고 그랬는지는 몰라도, 하녀가 코르뱅 부인의 소지품 상자 속에 벌거벗은 아를레트의 사진이 끼워진 코르뱅의 작은 액자를 슬쩍 넣어두었다. 아를레트가 그냥 벌거벗고만 있었다면 코르뱅 부인이 그 정도로 흥분하진 않았을 것이다. 그 정도는 눈감아줄 배포를 지닌 사람이었으니까. 하지만 아를레트는 목에 화려한 목걸이를 걸고 있었다. "모조품이라니까!" 코르뱅은 거듭 주장했다. 하지만 그의 아내는 그 말을 믿으려 들지 않았다. 게다가 아를레트는 죽었는지 살았는지 더는 소식이 없었다. 들리는 말로는 아를레트가 보르도에 있다고, 독일군 장교들과 함께 있는 걸 종종 봤다고 했다. 그 생각을 하자, 안 그래도 부글거리던 속이 더욱 끓어올랐다. 코르뱅은 있는 힘을 다해 벨을 눌러댔다.

"부릴 수 있는 사람은 타자수 하나가 고작입니다. 니스에서 거둔 여자아이인데, 멍청하기 짝이 없지만 예쁘장하게는 생겼어요. 아! 자네 왔군." 급히 달려온 젊은 갈색 머리 여자에게 코르뱅이 불쑥 말했다. "전기가 나갔으니 어떻게 좀 해봐요. 전화를 해보든지, 직접 찾아가 욕을 퍼붓든지. 그리고 우편물 좀 가져다줘요."

"우편물 안 올라왔나요?"

"관리실에 있을 테니 후딱 가서 가져와요. 내가 가만히 앉아서 놀라고 자네를 고용한 줄 알아?"

"난 이만 가보겠어요. 이거야 무서워서 어디…." 퓌리에르가 말했다.

코르뱅은 백작의 입가에 맴도는 가벼운 경멸의 미소를 보았고, 그러자 화가 더욱 치밀어 올랐다. '사기꾼 같은 게 점잔 떨기는.' 그는 생각했다.

코르뱅이 목청을 높여 말했다.

"나더러 어쩌란 말이에요? 저들이 내 속을 이렇게 뒤집어놓는걸."

우편물에는 미쇼 부부의 편지도 들어 있었다. 미쇼 부부는 파리에 있는 은행 본사에 출두했지만, 그곳에 남은 직원들은 그들에게 아무런 구체적인 지시도 내릴 수 없었다. 그래서 그들은 니스로 편지를 보냈고, 그 편지가 돌고 돌아 막 코르뱅에게 도착했던 것이다. 미쇼 부부는 편지에서 업무 지시와 봉급을 요구하고 있었다. 코르뱅이 드디어 분풀이할 곳을 찾았다는 듯 소리쳤다.

"어허, 이거 참 기가 막히는군! 제멋대로야! 어떻게 돼먹은 인간들인지 도대체 염치가 없어! 프랑스의 모든 도로에서 사람들이 뛰어다니고, 넘어져 살갗이 벗겨지고, 코가 깨지고 있는데, 파리에서 느긋하게 휴가를 즐겨놓고는 배짱 좋게 나더러 돈을 내놓으라고? 그들에게 편지를 써서 보내요. 내가 불러주는 대로." 코르뱅이 겁에 질린 타자수에게 말했다.

파리, 1940년 7월 25일
파리 7구 루셀레 가 23번지
모리스 미쇼 씨에게

미쇼 씨,
지난 6월 11일 우리는 당신과 부인에게 은행의 철수지인 투르로 내려와 업무를 계속하라는 지시를 내린 바 있습니다. 이러한 결정적 순간에는 은행의 전 직원이, 특히 아무한테나 맡길 수 없는 직책을 맡고 있는 당신이 전투원이나 다름없다는 것을 당신도 모르지 않을 것입니다. 그리고 이런 시기에 자리를 비우는 것이 무엇을 의미하는지도 잘 알고 있을 겁니다. 당신과 당신 부인, 두 사람이 저지른 근무 태만의 결과는 당신들에게 맡겨진 부서의 ― 비서실과 경리부 ― 완전한 와해로 나타났습니다. 우리가 당신들에게 묻고자 하는 질책은 이것만이 아닙니다. 지난 12월 31일 당신이 상여금을 3천 프랑으로 인상해달라고 부탁했을 때, 우리는 당신에 대해 가진 선의에도 불구하고 당신 부서의 실적이 전임자가 거둔 실적과 비교해 저조하므로 그럴 수 없다고 밝힌 바 있습니다. 이러한 상황에서, 당신에게서 너무 오랫동안 연락이 없는 것을 유감스럽게 생각하며, 우리는 오늘까지 당신과 당신 부인의 소식 부재를 사직 의사의 표시로 간주하고 있었습니다. 이 사직은 아무런 예고도 하지 않은 당신의 자의에 따라 이루어졌으므로 우리는 당신에게 퇴직금을 지불할 아무런 의무가 없습니다. 그렇지만 당신이 은행에 오랫동안 재직했다는 것과 현 상황을 고려해 예외적이고 순수하게 인도적인 차원에서 당신의 두 달 치 봉급에 해당하는 퇴직금을 지불하고자 합니다. 따라서 이 편지에 당신 앞으로 발행된 파리 프랑스 은행 수표를 첨부합니다. 수표를 정히 수령했다는 연락이 있길 바라며, 그럼 부디 안녕히….

코르뱅

이 편지는 미쇼 부부를 절망에 빠뜨렸다. 장마리의 학비로 많은 돈이 들어갔기 때문에 그들이 저축해놓은 돈은 5천 프랑도 채 안 됐다. 그 돈에 모리스의 두 달 치 봉급을 합해봐야 만 5천 프랑밖에 되지 않았다. 게다가 세금까지 밀려 있었다. 이제 와 다른 일자리를 찾는 건 거의 불가능했다. 일자리가 없을뿐더러 보수 또한 변변찮았다. 미쇼 부부는 늘 고립되어 살았다. 친척들과도 왕래를 끊고 지낸 그들에게는 도움을 청할 사람이 아무도 없었다. 그들은 힘든 여행에 지쳐 있었고, 아들에 대한 불안 때문에 의기소침해 있었다. 장마리가 어렸을 때, 역경으로 점철된 삶을 살아가던 미쇼 부인은 자주 이런 생각을 했다. '저 아이가 혼자 힘으로 살아갈 수 있는 나이만 된다면, 우리에게 어떠한 고난이 닥쳐도 끄떡없을 텐데.' 미쇼 부인은 어려움을 견딜 줄 아는 강한 여자였다. 그녀는 자신에게 용기가 있다고 믿었고, 늘 일심동체로 여겨온 남편이나 자신에 대해서는 아무것도 두려워하지 않았다.

이제 장마리는 성인이었다. 어디에 있건, 살아 있기만 하다면, 장마리는 그녀의 보살핌 없이도 충분히 살아갈 수 있을 것이다. 하지만 잔은 마음이 놓이지 않았다. 무엇보다 그 아이가 엄마 없이 지낼 수 있다는 것을 잔은 상상조차 할 수 없었다. 동시에 잔은 이제 자신이 그 아이 없이는 살기 힘들다는 것을 깨달았다. 모든 용기가 그녀를 떠나버렸다. 잔은 모리스의 허약함을 똑똑히 지켜보고 있었다. 잔은 자신이 외롭고 늙고 병들었다고 느꼈다. 어떻게 해야 일자리를 찾을 수 있을까? 만 5천 프랑을 다 써버리면 어떻게 살아가지? 그녀에겐 변변찮지만 소중하게 간직해온 보석 몇 점이 있었다. 늘 "전혀 값어치가 안 나가는 물건들이야"라고 말하곤 했지만, 속으로는 젊었을 적에 모리스가 선물해준, 그리고 그녀 마음에 쏙 들었던, 작은 진주로 장식된 아름다운 브로치와 루비가 박힌 반지를 내주고도 큰돈을 받을 수 없다는 것을 잔은 좀처럼 믿기 어려웠다. 그녀는 그것들을 동네 보석 가게와 시내에 있는 대형 보석 가게에 들고 가 보여주었다. 두 군데 모두 구매를 거절했다. 브로치와 반지는 정성껏 세공된 것이었지만, 그들은 오로지 보석에만 관심을 보였고, 보석들이 너무 잘아 전혀 가치가 없다고 했다. 미쇼 부인은 그것들을 팔지 않아도 된다는 생각에 내심 기뻐했다. 그러나 그것들 말고는 처분해 돈을 마련할 만한 물건이 아무것도 없다는 게 문제였다. 그러는 사이, 미쇼 부부의 저축액을 눈에 띄게 축내며 7월이 훌쩍 지나갔다. 그들은 둘 다 처음에는 코르뱅을 찾아가서 자신들이 투르로 가기 위한 모든 행동을 했으며, 그대로 그가 자신들을 해고하고자 한다면 적어도 법에 정해진 퇴직금을 지불해야 한다고 설명하려고 했다. 하지만 미쇼 부부는 코르뱅의 됨됨이를 너무나 잘 알고 있어서 감히 그럴 수가 없었다. 우선 미쇼 부부에게는 코르뱅을 상대로 소송을 제기하는 데 필요한 돈이 없었다. 게다가 코르뱅은 소송을 건다고 해서 겁을 집어먹을 정도로 만만한 인물이 아니었다. 끝으로 그들은 그 경멸스러운 인간을 찾아가 사정해야 한다는 것이 무엇보다 싫었다. "난 그 짓은 못해요, 잔. 나한테 그러라고 요구하지 말아요. 난 그런 짓 도저히 못 하니까." 모리스가 부드럽고 여린 목소리로 말했다. "지금 그 인간과 마주하면 그 얼굴에 침을 뱉고 말 것 같아요. 그러면 문제가 더 어려워지고 말 거예요."

"그렇겠죠." 자기도 모르게 웃으며 잔이 말했다. "하지만 우리 상황이 너무 끔찍하잖아요, 여보. 마치 걸음을 내디딜 때마다 거리가 줄어드는 걸 뻔히 보면서도 어쩔 수 없이 커다란 구덩이를 향해 떠밀려가는 것 같아요. 정말 견딜 수가 없어요."

"그래도 견뎌내야만 해요." 모리스가 차분한 말투로 대답했다.

그 말투는 1916년에 모리스가 심각하게 다쳐 병원에 실려 갔을 때, 미친 듯이 달려온 잔에게 "내가 나을 확률은 사십 퍼센트 아니 더 정확하게 말하자면 삼십오 퍼센트밖에 안 돼요"라고 말했을 때와 똑같았다.

'아! 장마리가 있다면 이 궁지에서 우릴 꺼내주고 보호해 줄 텐데. 그 아이는 젊고 강하니까…' 절망에 빠진 잔은 이렇게 생각하며 애정 어린 손길로 남편의 이마를 쓸어주었다. 신기하게도 잔의 내부에서는 자식을 보호하고자 하는 엄마의 욕구와 보호받고자 하는 여자의 욕구가 뒤섞여 있었다. '내 가엾은 아기는 어디 있을까? 아직 살아 있을까? 부상을 당해 고통스러워하고 있는 것은 아닐까? 설마 죽은 것은 아니겠지?' 장마리 역시 부모에 대해 같은 걱정을 하고 있으리라 생각하자 잔은 가슴이 얼어붙었다. 그녀의 눈에서 지금까지 꿋꿋하게 억눌러왔던 눈물이 솟구쳤다. 잔이 울분을 터뜨리듯 외쳤다.

"도대체 왜 고통은 늘 우리 몫이죠? 우리 같은 사람, 평범한 사람, 서민들 말이에요. 전쟁이 일어나거나, 프랑스 화폐의 가치가 떨어지거나, 실업률이 올라가거나, 위기나 혁명이 닥치면, 다른 사람들은 멀쩡하지만 우린 늘 무참하게 짓밟히고 말아요! 왜죠? 우리가 도대체 뭘 어쨌기에? 모든 잘못의 대가를 왜 늘 우리가 치르냐고요. 물론, 사람들은 우릴 두려워하지 않죠! 노동자들은 똘똘 뭉쳐 자신의 권익을 지키고, 부자들은 막강한 돈의 힘을 휘두르니까. 그저 제일 만만한 게 우리죠! 난 그 이유를 묻고 싶어요! 도대체 지금 무슨 일이 벌어지고 있는 거죠? 난 이해할 수가 없어요. 당신은 남자니까 이해하고 있을 거예요. 누가 틀렸고 누가 옳죠? 코르뱅은 왜 그렇게 윽박지르는 걸까요? 장마리는 어째서 소식도 없고, 우리는 어쩌다 이 지경에 이른 거죠?" 잔은 자신들에게 닥친 불행을 누구 탓으로 돌려야 할지 몰라 모리스를 몰아세웠다.

"뭘 이해하고 싶은 거예요? 이해해야 하는 건 아무것도 없어요." 모리스가 잔을 진정시키려 애쓰며 말했다. "우리랑 상관없이 세상을 지배하는 법칙들이 있어요. 폭풍우가 몰아칠 때 당신은 아무도 탓하지 않아요. 상반되는 두 종류의 전하가 벼락을 만들었다는 걸 잘 알고 있으니까. 구름이 당신을 신경 쓰지 않는다는 것도. 당신은 그들을 탓할 수 없어요. 그건 우스꽝스러운 일일 거예요. 그들은 당신 말을 이해하지 못할 테니까."

"같은 문제가 아니잖아요. 이건 오로지 인간들의 일이니까요."

"겉보기에만 그런 거예요, 잔. 그 현상들이 어떤 사람이나 상황 때문에 일어난 것처럼 보이지만, 실상 그건 자연에서 평온한 시기에 이어 폭풍우가 닥치는 것과 똑같아요. 폭풍우가 절정에 이르렀다가 잦아들면 또다시 평온한 시기가 오겠지요. 불행하게도 우린 폭풍우가 극성을 부리는 시기에 태어난 거예요. 그것뿐이에요. 그리고 그 폭풍우는 곧 잦아들 거예요."

"그래요." 잔이 말했다. 하지만 잔은 모리스처럼 추상적인 영역으로 빠져들지는 않았다. "하지만 코르뱅은요? 그 사람은 자연의 힘이 아니잖아요, 안 그래요?"

"그 사람은 전갈, 뱀, 독버섯 같은 해로운 종이지. 사실 우리 잘못도 약간은 있어요. 코르뱅이 어떤 인간인지 잘 알면서도 그 사람 은행에 머물러 있었잖아요. 해로운 버섯에는 손을 대지 말고, 나쁜 사람들과는 상종을 말아야 하는 건데… 우리에게 약간의 용기와 참을성만 있었다면 다른 직장을 구할 수도 있었겠죠. 생각 안 나요? 우리가 젊었을 때, 내가 상파울루의 교사 자리 제안받았던 거? 하지만 당신은 잠시도 나와 헤어져 있으려 하지 않았지."

"그래요, 하지만 그건 이미 지난 이야기잖아요." 잔이 어깨를 으쓱하며 말했다.

"난 단지…."

"사람들을 원망해서는 안 된다고 말하고 싶었다고요? 하지만 당신 입으로 코르뱅을 만나면 그 얼굴에 침을 뱉고 말 거라고 말했잖아요."

미쇼 부부는 토론을 계속했다. 상대를 설득하고 싶어서가 아니라, 끊임없이 말하며 가슴을 짓누르는 근심을 잠시나마 잊기 위해서.

"우리의 호소에 귀를 기울여줄 사람이 누가 있을까?"

마침내 잔이 외쳤다.

"모두가 다른 사람들에 대해서는 나 몰라라 하고 있다는 걸 아직도 깨닫지 못했어요?"

잔이 물끄러미 모리스를 바라보았다.

"당신은 참 이상해요, 모리스. 가장 뻔뻔하고 파렴치한 사람들과 지내면서도 전혀 불행해하지 않아요. 마음속으론 말이에요! 내가 틀렸나요?"

"당신 말이 맞아요."

"도대체 무엇이 당신을 위로해주죠?"

모리스는 잠시 생각에 잠겨 있다 대답했다.

"나의 마음속 자유에 대한 확신. 그걸 잃거나 간직하는 것은 오로지 나에게만 달려 있어요. 그건 영원히 변치 않는 소중한 자산이지요. 지금처럼 끓어오르는 흥분도 결국에는 식어버릴 것이고, 시작이 있는 것은 끝이 있게 마련이에요. 한마디로 말해, 재앙도 언젠가는 지나갈 테니 그것보다 먼저 쓰러지지 않도록 애써야 해요. 그게 다예요. 그러니까 우리는 우선 살아남아야 해요. 그날그날을. 견디고, 기다리고, 희망해야 해요."

잔은 아무 말 없이 듣고만 있다가 벌떡 일어나 벽난로 위에 놓아두었던 모자를 집어 들었다. 그가 놀란 표정으로 그녀를 쳐다보았다.

"'하늘은 스스로 돕는 자를 돕는다.' 이게 내 신조예요. 그래서 지금 즉시 퓌리에르를 만나러 가려고요. 그 사람은 니한테 늘 친절하게 대해줬으니, 코르뱅을 곯려주기 위해서라도 우릴 도와줄 거예요."

잔의 예상은 들어맞았다! 퓌리에르는 잔을 정중하게 맞아들였고, 잔과 모리스에게 각각 여섯 달 치 봉급에 해당하는 퇴직금을 지불하겠다고 약속했다. 그 덕분에 미쇼 부부의 자산은 거금 6만 프랑으로 불어났다.

"여보, 내가 해냈어요. 하늘이 날 도왔어요." 잔이 집으로 들어서며 남편에게 말했다.

"난 간절하게 희망했고! 우리 둘 다 옳았어!" 모리스가 웃으며 대답했다.

미쇼 부부는 함께 해낸 일에 대해, 당분간 금전적인 근심에서 해방된 것에 대해 크게 기뻐했다. 하지만 미쇼 부부는 이제부터는 자신들의 마음이 아들에 대한 걱정으로 가득 채워지리라는 것을 느끼고 있었다.

29

샤를 랑줄레는 가을에 집으로 돌아왔다. 험난한 여행에도 도자기들은 전혀 망가지지 않았다. 직접 상자들을 풀고 서둘러 대팻밥과 비단 종이를 꺼내다가 세브르산(産) 조각상과 중국산 대형 도자기의 미끈하고 서늘한 표면에 손이 닿았을 때, 샤를은 기쁨으로 몸서리를 쳤다. 그는 자신이 집에 돌아와 있다는 사실이, 포기했던 부를 되찾았다는 사실이 좀처럼 믿어지지 않았다. 샤를은 가끔 고개를 들어 아직 접착 종이 띠가 창틀에 둘러진 창을 통해 유유히 흐르는 센강을 바라보았다.

정오가 되자, 여자 관리인이 청소를 하러 올라왔다. 샤를은 아직 하인을 고용하지 않았던 것이다. 좋은 일이든 나

쁜 일이든, 심각한 사건들이 사람의 영혼을 바꿔놓지는 않
았다. 하지만 갑자기 불어닥친 바람이 낙엽을 쓸어내고 나
무의 형태를 드러내듯, 그 영혼의 면면을 더욱 확연하게 보
여주었다. 그 사건들은 어둠 속에 묻혀 있던 것을 백일하에
드러내며, 이제 영혼이 가야할 방향으로 이끌었다. 샤를은
늘 자신의 돈을 꼼꼼하게 챙기고 아끼는 사람이었다. 탈주
에서 돌아온 샤를은 자신이 인색하다는 것을 깨달았다. 그
에게 있어 진정한 기쁨이란 가능한 한 돈을 아끼는 것이었
다. 샤를은 이번 시련을 통해 더욱 냉소적으로 변했기에 그
것을 깨달을 수 있었다. 이전 같았으면, 샤를은 먼지가 잔뜩
쌓인 이런 집에 짐을 풀 생각은 하지도 못했을 것이다. 집으
로 돌아온 날, 식당에서 밥을 사 먹어야겠다고도 생각하지
못했을 것이다. 하지만 너무나 많은 일을 겪은 샤를은 이제
그 무엇도 두렵지 않았다. 관리인이 그에게 하루 만에 청소
를 다 끝내지는 못할 거라고, 자기가 할 일이 얼마나 많은지
선생님은 짐작도 못하실 거라고 말했을 때, 샤를은 부드럽
지만 완강한 목소리로 대답했다.

"알아서 어떻게 좀 해보세요, 로그르 부인. 좀 더 빠르게
일하면 되잖아요."

"언제나 빠르게 일하면서 잘 해낼 수 있는 건 아니에요,
선생님!"

"이번에는 가능할 겁니다. 대충대충 하던 시절은 이제 지

나갔어요." 샤를이 엄한 목소리로 말했다. 그러고는 덧붙였
다. "여섯 시에 돌아올 테니, 그때까지는 모두 끝내놓으세
요."

　끓어오르는 분노를 다스리며 입을 다물고 있는 관리인에
게는 거만한 눈길을, 그리고 도자기들을 향해서는 애정 어
린 눈길을 던진 후에, 샤를은 집을 나섰다. 그는 층계를 내
려가며 자신이 절약한 것을 계산해보았다. 앞으로는 로그
르 부인의 점심 식대를 지불하지 않아도 될 것이다. 얼마 동
안 하루 두 시간씩 일을 시켜 큰 작업들만 끝내놓으면, 아파
트를 관리하는 데 크게 일손이 필요하지는 않을 것이다. 샤
를은 하인들은 나중에, 될 수 있으면 부부로 천천히 골라볼
작정이었다. 지금까지 그는 늘 부부 사이인 침실 시중꾼과
요리사를 고용해왔다.

　샤를은 가끔 드나들던 강둑의 자그마한 식당으로 점심을
먹으러 갔다. 그는 상황을 고려해 든든하게 먹어두었다. 샤
를은 본래 식탐이 많은 사람은 아니었지만, 향이 그윽한 포
도주만은 절대 마다하지 않았다. 식당 주인이 그의 귀에 대
고 비축해둔 아주 좋은 커피가 약간 있다고 속삭였다. 시가
를 피워 문 샤를은 삶이 아름답다고 생각했다. 말하자면, 아
니, 삶은 아름답지는 않았다. 사람들은 프랑스의 패배를, 그
로 인한 모든 고통과 치욕을 잊지 못했다. 하지만 샤를에게
는 삶이 아름다웠다. 되어가는 대로 받아들이며 살았으니

까. 과거를 아쉬워하지도 않았고, 미래를 두려워하지도 않
았으니까.

  '미래야 될 대로 되라지. 난 조금도 개의치 않아….' 샤를
은 생각했다. 그는 시가 재를 떨었다. 그의 돈은 미국에 있
었다. 다행히도 그 돈이 동결되어 있었기 때문에 샤를은 세
금을 경감받거나 어쩌면 한 푼도 내지 않아도 될지 몰랐다.
프랑의 가치는 당분간 계속 떨어질 것이다. 동결 조치가 풀
릴 때쯤이면 그의 재산은 자연히 열 배 이상 불어나 있을 것
이다. 생활비라면 이미 오래전부터 비축해둔 것이 있었다.
금을 사고파는 것은 금지되었지만, 암시장에서는 이미 부
르는 게 값이었다. 샤를은 놀랍다는 듯이, 언젠가 프랑스를
떠나 포르투갈이나 남아메리카로 건너가 살아야겠다고 마
음 먹었던 일을, 그렇게 마음먹도록 만들었던 바람이 슬그
머니 불어왔던 일을 떠올렸다. 그의 친구 몇몇은 실제로 그
렇게 했다. 하지만 샤를은 유대인도 프리메이슨 단원도 아
니었다. 하느님, 감사합니다, 그가 능글맞은 미소를 지으며
생각했다. 그는 정치에는 전혀 관여한 적이 없었다. 아무에
게도 해를 끼치지 않는, 오로지 자신의 도자기만을 사랑하
는, 전혀 위험하지 않은 불쌍한 노인네를 누가, 무엇 때문에
괴롭히겠는가? 그는 전쟁의 소용돌이 속에서도 자신이 행
복을 누릴 수 있었던 비결이 바로 그것이라고 생각했다. 그
는 아무것도, 적어도 살아 있어서 시간에 의해 변질되고 필

연적으로 죽음을 맞아야 하는 것은 아무것도 사랑하지 않았다. 결혼하지 않은 것도, 자식을 갖지 않은 것도, 모두 잘한 일이었다…. 다른 이들은 모두 바보였다. 오로지 자신만이 현명했다.

해외 도피라는 터무니없는 계획은 세상이 며칠 사이에 지옥으로, 참혹한 일들이 벌어지는 곳으로 변하고 말 거라는 희한한, 거의 미친 예상에 따라 세워진 것이었다. 그런데… 모든 게 그대로였다! 샤를은 성서와 대홍수 이전의 지상에 대한 묘사를 떠올렸다. 어땠더라? 그래, 그랬지. 사람들은 집을 짓고, 혼인하고, 먹고, 마셨다…. 저런! 성서는 불완전했다. 성서는 그 외에도 이렇게 덧붙여야 했다. '대홍수로 불어난 물이 빠지자, 사람들은 다시 집을 짓고, 혼인하고, 먹고, 마시기 시작했다….' 게다가 사람들은 그리 중요하지 않았다. 무엇보다 예술품, 박물관, 컬렉션들을 보존해야 했다. 스페인 내전이 끔찍했던 건 걸작들이 파괴되도록 내버려둔 데에 있었다. 하지만 이번 전쟁에서는 다행히도 주요 문화재들이 큰 피해를 입지 않았다. 루아르강 주변의 몇몇 성들을 제외하고는. 그것만으로도 용서받을 수 없는 일이긴 했지만, 목구멍을 적시는 포도주가 너무 달콤해서 샤를은 낙관적인 기분이 되었다. 세상에는 아주 아름다운 폐허들도 더러 있으니까. 예를 들어, 시농에 있는 성의 천장 없는 홀과 잔 다르크를 보았을 벽들보다 더 아름다운 것은 없을 것이다. 그곳에선 이제 새들이 둥지를 틀고 한쪽 귀퉁이에 야생 벚나무가 자라고 있을 터였다.

점심 식사를 끝낸 샤를은 잠시 거리를 거닐고 싶었다. 하지만 거리 풍경이 너무 을씨년스러웠다. 자동차는 거의 다니지 않았고, 깊은 적막 속에서 나치의 문장이 찍힌 붉은색 대형 깃발들만 곳곳에서 휘날리고 있었다. 한 유제품 가게 앞에서는 여자들이 줄을 선 채 차례를 기다리고 있었다. 그것이 샤를이 첫 번째로 목격한 전쟁이었다. 군중의 표정은 음울했다. 샤를은 서둘러서 유일한 교통수단인 지하철을 타고 1시 혹은 7시 무렵에 자주 드나들던 바로 향했다. 그곳은 마음의 안식처였다! 술값이 아주 비싸서, 손님들은 주로 전쟁에 동원될 나이를 훌쩍 넘긴 장년 이상의 부자들로 이루어져 있었다. 샤를은 얼마 동안 혼자 앉아 있었지만, 6시 반이 되자 옛날 단골들이 건강하고 활기찬 모습으로 하나둘씩 모습을 드러냈다. 그들은 세련된 화장에 말쑥한 차림을 하고 앙증맞은 모자를 쓴 매력적인 여자들을 대동하고 있었다. 그들이 서로 반갑게 인사를 나눴다.

"아니, 자네 샤를 아닌가? 어디 다친 데는 없고? 파리로 돌아온 건가?"

"파리가 끔찍하게 변했지, 안 그런가?"

그들은 예년이나 다름없이 아주 평범하고 평화로운 여름 휴가를 보내고 오랜만에 재회한 사람들처럼 활기차고 가벼운 대화를 시작했다. 그들은 모든 것에 관해 얘기했지만, 그 중 어느 것에도 무게를 두지 않았다. 심각한 주제가 나오면 샤를은 이렇게 말했다. "그냥 넘어가세. 얘기하면 뭐 하나." 대화 중에 샤를은 그들 자식 중 몇몇이 사망하거나 포로가 되었다는 소식을 접했다. 그가 말했다.

"오, 그럴 수가! 저런! 난 꿈에도 몰랐네. 정말 끔찍한 일이야! 가엾은 아이들!"

한 여자는 남편이 포로로 붙잡혀 독일로 끌려간 상태였다.

"소식이 주기적으로 오는데, 그럭저럭 지낼 만한가 봐요. 하지만 문제는… 이해하시겠어요? …다음번에는 석방되어야 할 텐데."

잡담을 나누는 사이, 음산한 거리 풍경 때문에 잠시 어두워졌던 샤를의 기분이 조금씩 풀어졌다. 하지만 그의 기분을 완전히 회복시킨 것은 바에 막 들어선 한 여자의 모자였다. 여자들은 모두 잘 차려입었지만, 한편으로는 "차려입다니, 천만에요! 돈도 없을 뿐더러 그럴 때가 아니잖아요. 그냥 예전에 입던 낡은 드레스를 입고 나왔어요"라고 말하는 듯한 일종의 수수함을 가장하고 있었다. 하지만 그 여자는 배짱 좋게, 용감하게, 그리고 뻔뻔스럽게, 검은담비 모피 두 장으로 만든, 냅킨 고리보다 약간 더 크고 멋진 새 모자를 붉은색 베일과 함께 황금빛 금발 위에 보란 듯이 쓰고 있었다. 그 모자를 봤을 때, 샤를은 완전히 평온을 되찾았다. 그는 저녁 식사를 하기 전에 집에 들러볼 생각이었다. 그러려면 지금 바를 나서야 했지만, 샤를은 오랜만에 만난 친구들과 헤어지기 싫었다. 그때 누가 제안했다.

"다 함께 저녁 식사나 할까?"

"아주 좋은 생각일세." 샤를이 반색하며 말했다.

그러고는 점심을 아주 맛있게 먹었던 그 작은 식당에 가자고 제안했다. 샤를은 좋은 대접을 받았던 곳에 유달리 집착하는 고양이 같은 본성을 지닌 사람이었다.

"그런데 또 지하철을 타야 하잖아! 악취가 어찌나 심하던지 죽는 줄 알았는데." 샤를이 말했다.

"저한테 휘발유도 있고 운전면허도 있는데, 모셔다드릴 수가 없네요. 여기서 나딘을 기다리기로 했거든요." 모자를 쓴 여자가 말했다.

"그 귀한 휘발유를 어떻게? 참 재주도 좋지!"

"웬걸요!" 그녀가 미소 지으며 말했다.

"그럼 한 시간, 아니 한 시간 십오 분 후에 거기서 보도록 합시다."

"제가 모시러 갈까요?"

"아뇨, 정말 친절하시군요. 집 근처라 괜찮아요."

"조심하세요, 등화관제를 하니까. 아주 엄격하게 통제해요."

'아닌 게 아니라 정말 깜깜하군!' 따뜻하고 환한 지하 바에서 어두운 거리로 나온 샤를은 생각했다. 부슬부슬 비가 내리고 있었다. 그가 예전에 그토록 좋아했던 가을날의 저녁이었다. 그때는 도시의 불빛 때문에 지평선이 환하게 밝았지만, 지금은 우물 속처럼 사방이 모두 어둡고 음산했다.

다행히도 지하철 입구는 그리 멀지 않았다. 집으로 돌아오자 청소를 아직 끝내지 못한 로그르 부인이 어두운 표정으로 열심히 비질을 하고 있었다. 하지만 거실 청소는 이미 끝나 있었다. 샤를은 반짝반짝 윤이 나는 치펜데일 장식 탁자 위에 그가 가장 아끼는, 거울을 든 세브르산(産) 비너스 조각상을 올려놓고 싶었다. 샤를은 상자에서 조각상을 꺼내 그것을 싸두었던 박엽지를 벗겨낸 다음, 그윽한 눈길로 바라보았다. 그가 조각상을 탁자로 조심스레 들고 가는데 초인종이 울렸다.

"누군지 나가보세요, 로그르 부인."

로그르 부인이 돌아와 말했다.

"선생님께서 부릴 사람을 찾으신다고 말해뒀더니, 6번지 건물 관리인이 일하고 싶어 하는 사람을 보내왔어요."

샤를이 잠시 망설이자 그녀가 덧붙였다.

"바랄뒤죄 백작부인 댁에서 침실 하녀로 일한 적이 있는 아주 쓸 만한 사람이랍니다. 결혼한 후에는 하녀 일을 하지 않으려 했는데, 남편이 포로가 되는 바람에 직접 생활비를 벌어야 한대요. 한번 만나보기나 하시죠!"

"그럽시다! 들어오라고 하세요."

샤를이 탁자에 조각상을 올려놓으며 말했다.

여자는 겸손하고 차분한 표정으로, 마음에 들고 싶어하는 기색이 역력하면서도 비굴하지는 않게 자신을 소개했다. 잘 훈련된 하녀라는 것을, 훌륭한 집안에서 일을 익혔다는 것을 곧바로 알 수 있었다. 한 가지 흠이 있다면 체격이 너무 건장하다는 것이었다. 샤를은 호리호리하고 약간 마른 하녀를 선호했다. 여자는 서른다섯에서 마흔 살 사이로 보였는데, 하녀로선 완벽한 나이, 그러니까 세상 물정을 이해하는 동시에 훌륭하게 일을 해낼 수 있는 건강과 힘을 가진 나이였다. 그녀의 얼굴은 넓적하고, 어깨는 떡 벌어졌으며, 옷차림은 수수하지만 단정했다. 원피스, 외투 그리고 모자는 옛 주인이 쓰던 걸 물려받은 게 분명했다.

"이름이 어떻게 됩니까?" 좋은 인상을 받은 샤를이 물었다.

"오르탕스 가야르입니다, 선생님."

"좋아요. 일자리를 찾으신다고?"

"예, 이 년 전에 결혼을 하느라 모시고 있던 바랄뒤죄 백작 부인 곁을 떠났습니다. 더는 하녀 일을 안 할 생각이었죠. 그런데 군에 동원된 남편이 포로로 잡혀가는 바람에 제가 이렇게 다시 생활 전선에 나서게 됐습니다. 일자리를 잃은 남동생, 병든 올케, 그리고 어린 조카까지 모두 제가 부양해야 하거든요.”

 “그렇군요. 난 부부를 고용할 생각이었는데….”

 “알고 있습니다, 선생님. 하지만 제가 두 사람 역할을 하면 안 될까요? 침실 하녀로 백작 부인을 모시긴 했지만, 그전에는 백작 부인 모친의 요리사로 일했거든요. 요리와 집청소, 두 가지를 모두 할 수 있습니다.”

 “그거 아주 흥미로운 제안이군요.” 그 제안이 자신에게 아주 유리하다고 생각하며 샤를이 말했다.

 물론 식사 시중 문제가 남아 있긴 했다. 손님들이 더러 찾아오긴 했지만, 그는 그해 겨울에는 식사 초대를 자주 하지 않을 작정이었다.

 “남자 옷은 잘 다릴 줄 압니까? 미리 말해두자면, 내가 다림질에 관한 한 아주 까다롭거든요.”

 “백작님의 셔츠를 제가 직접 다림질했습니다.”

 “그럼 요리는? 난 저녁 식사는 주로 식당에 가서 해요. 간단한 요리라도 정성을 기울인 게 아니면 도통 손이 안 가거든.”

 “추천서들을 가져왔는데 한번 보시겠어요?”

 그녀는 돼지가죽 핸드백에서 추천서들을 꺼내 샤를에게 내밀었다. 샤를은 한 장씩 꼼꼼하게 읽어나갔다. 추천서마다 일솜씨가 뛰어난 데다 성실하고 정직해 신뢰할 수 있으며, 일상적인 요리뿐 아니라 케이크까지 만들 수 있는 훌륭한 일꾼이라며 칭찬을 아끼지 않았다.

"케이크까지? 훌륭하군요. 우리가 서로 잘 맞을 것 같은 느낌이 들어요, 오르탕스. 바랄뒤죄 백작 부인 댁에서는 오래 일했나요?"

"오 년 있었습니다, 선생님."

"그 부인은 지금 파리에 계세요? 개인적으로 좀 알아봤으면 해서, 그 정도는 이해하겠지요?"

"물론이지요, 선생님. 백작 부인은 지금 파리에 계십니다. 연락처를 가르쳐드릴까요? 오퇴유 38.14번입니다.

"고마워요. 어디다 좀 적어두시겠어요, 로그르 부인? 보수는 얼마나 원하십니까?"

오르탕스는 6백 프랑을 요구했다. 그는 4백 50프랑을 제시했다. 오르탕스가 잠시 생각에 잠겼다. 날카롭게 번뜩이는 오르탕스의 작고 검은 눈은 잘 먹어서 얼굴에 윤기가 자르르 흐르는 그 거만한 남자의 영혼까지 꿰뚫어 보았다. 그녀는 생각했다. '쥐새끼, 좀생이. 하지만 받을 만큼 받아내야지.' 그렇지만 일자리가 드물었다. 오르탕스가 마음을 정한 듯 말했다.

"오백오십 프랑 이하로는 안 됩니다. 선생님께서도 이해하실 겁니다. 저축해놓은 돈이 좀 있었지만, 그 끔찍한 여행 동안 다 써버렸거든요."

"피란을 갔었나요?"

"예, 집단 탈주 때 남들처럼. 길에서 굶어 죽을 뻔한 건 그렇다 치더라도 폭격까지 당해가며… 그게 얼마나 끔찍한 일이었는지 선생님은 모르실 겁니다."

"나도 알아요, 나도 알아." 샤를이 한숨을 내쉬며 말했다. "나도 거기 있었으니까. 아! 정말 슬픈 사건들이죠. 그러니까 방금 오백오십 프랑이라고 했죠? 자격이 충분하니 나도 그 정도는 주고 싶어요. 하지만 절대 내 물건에 손대는 일은 없어야 합니다."

"오! 선생님." 마치 그런 생각을 떠올리는 것 자체가 모욕이라는 듯 은근히 화가 난 말투로 오르탕스가 말했다. 샤를은 서둘러 온화한 미소를 지어 그저 형식적으로 해본 말에 불과하다는 것을, 그녀의 엄격한 정직성을 한순간도 의심해본 적이 없다는 것을, 그리고 그런 부정을 떠올리는 것 자체가 그의 맑은 정신을 더럽히는 것이어서 벌써 그 생각을 떨쳐버렸다는 것을 알리고자 했다.

"당신이 능숙하고 세심하길 바랍니다. 나에겐 몹시 아끼는 컬렉션이 있어요. 아주 희귀한 걸작품의 먼지 제거는 아무한테도 맡기지 않지만, 예를 들어 이 전시품들은 당신에게 맡기지요."

샤를이 권하는 것처럼 보였기 때문에 오르탕스는 포장이 반쯤 풀어놓은 상자들에 눈길을 던졌다.

"아름다운 것들을 갖고 계시는군요. 백작부인이 모친을

모시기 전에 모티머 쇼라는 미국인 집에서 일한 적이 있었습니다. 그분은 상아를 수집하셨죠."

"모티머 쇼? 이런! 나도 그 사람 잘 알아요. 유명한 골동품상이죠."

"오래전에 은퇴하셨죠."

"그 사람 집에는 오래 있었습니까?"

"사 년 있었습니다. 그분 집에서 이 일을 시작했죠."

샤를이 일어나 오르탕스를 문까지 배웅하며 호의적인 어조로 말했다.

"내일 최종 답변을 들으러 한 번 더 와주겠어요? 조금도 의심치 않지만, 내가 알아본 정보가 추천서만큼이나 좋으면 당신을 고용하겠어요. 일은 곧 시작할 수 있습니까?"

"원하신다면 월요일부터라도요."

오르탕스가 떠나자, 샤를은 서둘러 셔츠를 갈아입고 손을 씻었다. 그는 바에서 제법 많은 양의 술을 마셨다. 샤를은 기분이 더없이 좋았고, 자신의 처지가 만족스러웠다. 샤를은 낡아서 굼뜬 엘리베이터를 기다리지 않고 젊은이의 발랄한 걸음걸이로 층계를 걸어 내려갔다. 샤를은 친한 친구들과 매력적인 한 아가씨를 다시 만나러 가는 길이었다. 그는 자신이 발견한 그 작은 식당을 그들에게 알려주게 되어 몹시 기뻤다.

'코르통 포도주가 아직 남아 있을지 궁금하군.' 샤를은 생각했다. 그는 사이렌과 트리톤이 조각된 나무 대문(파리 문화재 관리 위원회가 문화재로 분류한 걸작품)을 밀고 밖으로 나왔다. 샤를의 뒤에서 신음하는 듯한 묵직한 소리를 내며 대문이 닫혔다. 대문이 닫히자마자 샤를은 대번에 칠흑 같은 어둠 속에 빠져들었다. 하지만 그날 저녁, 마치 스무 살 때처럼 힘이 넘치고 쾌활하던 그는 괘념치 않고 강둑 방향을 향해 길을 건넜다. 그러다 손전등을 잊고 왔다는 게 떠올랐다. '이 동네야 손금 보듯 훤한데, 뭘. 센강을 따라가다가 마리 다리를 건너기만 하면 돼. 차도 별로 없을 거야.' 속으로 이렇게 중얼거리는 찰나, 샤를은 바로 앞에서 규정에 따라 푸르게 칠한 전조등을 통해 음산하고 불길한 빛을 발하며 전속력으로 달려오는 자동차를 보았다. 깜짝 놀란 샤를은 흠칫 뒤로 물러서다 미끄러지고 말았다. 균형을 잃은 그가 중심을 잡기 위해 허공에 양팔을 흔들어댔지만 붙잡을 것은 아무것도 없었다. 샤를은 앞으로 넘어지고 말았다. 자동차가 급히 방향을 틀었고, "조심해요!" 하는 불안한 여자의 외침이 들렸다. 하지만 너무 늦었다.

'난 끝장이야. 저 차에 치어 박살이 나고 말 거야! 그 많은 위기를 무사히 넘겨놓고 이렇게 허무하게 끝나다니, 이건 너무… 너무 터무니없어… 누가 날 희롱하는 거야… 어디서 야비하고 끔찍한 장난을 치고 있는 거야….' 갑자기 비친 환한 불빛에 질겁한 새가 둥지에서 후다닥 날아올라 시라

지듯, 이 의식적인 마지막 생각은 샤를의 정신을 관통해 목
숨과 함께 샤를을 떠났다. 샤를은 머리에 엄청난 충격을 받
았다. 자동차에 부딪힌 그의 머리는 산산조각이 났다. 피와
골수가 사방으로 튀는 바람에 차를 운전하던 여자에게까지
몇 방울이 떨어졌다. 검은담비 모피 두 장으로 만든, 냅킨
고리보다 약간 더 크고 멋진 새 모자를 붉은색 베일과 함께
황금빛 금발 위에 쓰고 있는 아리따운 아가씨, 지난주 보르
도에서 돌아온 아를레트 코라이는 이제 망연자실한 표정으
로 시체를 바라보며 이렇게 중얼거리고 있었다.

"이런 빌어먹을! 운도 지지리도 없지!"

아를레트는 준비성이 철저한 성격이라 손전등을 지니고
있었다. 그녀가 그나마 형체가 남아 있는 시체의 얼굴을 살
폈고, 샤를 랑줄레를 알아보았다. "이런! 그 노인네잖아! 내
가 좀 빨리 달리기는 했지만, 정신을 어디다 팔고 있었던 거
야, 멍청한 노인네 같으니! 이제 어떡하지?"

아를레트는 자신이 보험과 면허증 등 모든 것을 규정대
로 갖추고 있다는 사실을 떠올렸다. 그녀는 자신을 위해 모
든 것을 처리해줄 영향력 있는 인사를 알고 있었다. 냉정을
되찾은 아를레트는 여전히 두근거리는 가슴을 진정시키기
위해 자동차 발판에 앉아 담배를 피우며 잠시 쉬었다. 그러
고는 떨리는 손으로 얼굴에 다시 분을 바르고 도움을 청하
러 갔다.

로그르 부인은 마침내 서재 청소를 끝냈다. 그녀는 거실 콘센트에 꽂혀 있던 진공청소기 플러그를 뽑기 위해 거실로 나왔다. 그런데 그 와중에 청소기 손잡이가 거울을 든 비너스가 놓여 있는 장식 탁자에 부딪혔다. 로그르 부인은 비명을 내질렀다. 조각상이 마룻바닥으로 떨어져 비너스의 머리가 산산조각 났던 것이다.

로그르 부인은 앞치마로 이마를 훔치고는 잠시 망설였다. 잠시 후 로그르 부인은 깨진 조각상을 그대로 놔둔 채 청소기를 제자리에 갖다 두고는 그 큰 체격으로는 가능할 것 같지 않은 가볍고 조용한 종종걸음으로 아파트를 뛰쳐나갔다.

"그래 맞아, 문이 열리면서 갑자기 바람이 들이치는 바람에 조각상이 떨어졌다고 말해야지. 그 사람 잘못도 있어. 그걸 왜 하필이면 탁자 가장자리에 올려놓은 거야? 화가 나 퍼붓고 싶으면 퍼부으라지, 아니면 확 뒈져버리든가!" 로그르 부인이 화난 목소리로 말했다.

30

누군가 장마리에게 그가 어느 날 돈 한 푼 없이, 부모에
게 연락할 방법이 없어 그들이 파리에서 건강하게 지내고
있는지 아니면 다른 사람들처럼 포격으로 인해 길가에 파
인 구덩이에 처박혀 있는지 알지 못하는 채로, 자신의 부대
에서 멀리 떨어진 어느 시골 마을에 머물게 될 거라고 말해
줬다면, 그리고 프랑스가 전쟁에서 패해도 그는 계속 살아
갈 것이며, 심지어 행복한 순간들을 맛보게 될 거라고 말해
줬다면, 그는 결코 믿지 않았을 것이다. 하지만 그의 처지
가 그랬다. 맹독에도 해독제가 있듯, 최악의 재앙에도, 돌이
킬 수 없는 일에도 탈출구는 있었다. 장마리가 겪는 모든 아
픔은 치유할 수 없는 것이었다. 그의 능력으로는 적들이 마

지노선을 우회하거나 돌파하지 못하게(사람들은 정확히 알지 못했다) 할 수도, 2백만 병사들이 포로가 되지 않게 할 수도, 프랑스가 패하지 않게 할 수도 없었다. 장마리는 우편, 전신, 또는 전화를 작동시킬 수도, 21킬로미터나 떨어져 있는, 게다가 철로가 파괴되어 더 이상 기차도 다니지 않는 역까지 가기 위해 휘발유나 자동차를 구할 수도 없었다. 장마리는 심각한 부상을 당해 이제 간신히 일어설 수 있는 상태였기 때문에 걸어서 파리까지 갈 수도 없었다. 돈도 없고 돈을 벌 여력도 없어서 자신을 돌봐주는 사람들에게 대가를 지불할 수조차 없었다. 모든 것이 그의 능력 밖에 있었다. 따라서 장마리로서는 그대로 가만히 앉아 기다리는 수밖에 없었다.

외부 세계에 절대적으로 의존하고 있다는 느낌은 장마리에게 일종의 평온을 가져다주었다. 장마리는 입을 옷조차 없었다. 그의 군복은 군데군데 찢어지고 타버려 입을 수 없을 정도였다. 장마리는 농장에서 일하던 청년이 입던 카키색 셔츠와 작업용 바지를 얻어 입었다. 신고 있는 나막신은 읍내에 나가 산 것이었다. 그사이, 그는 점령 지역과 자유 지역의 경계를 몰래 건너 가짜 주소를 댐으로써 동원을 해제받는 데 성공했다. 따라서 장마리는 더 이상 포로가 될 위험이 없었다. 장마리는 여전히 농장에서 지냈지만, 몸이 나은 이후로는 부엌에 있는 침대에서 자지 않았다. 사람들이 그에게 건초 창고 위에 있는 작은 방 하나를 내주었다. 장마리는 둥근 창문 너머로 곡식이 익어가는 들판, 비옥한 땅, 무성한 숲 그리고 아름답고 평화로운 시골 풍경을 바라보았다. 밤이 되면 천장 위로 생쥐들이 돌아다니는 소리와 비둘기 집에서 비둘기들이 구구거리는 소리가 들려왔다.

치명적인 불안에서 시작된 이 같은 생활은 그날그날을 살아갈 때만, 날이 저물어 서로에게 "특별히 나쁜 일 없이 또 하루를 보낸 걸 주님께 감사합시다! 그리고 이제 내일을 기다립시다"라고 말할 수 있을 때만 견딜 만했다. 장마리를 둘러싸고 있는 모든 사람이 그렇게 생각하거나 그렇게 생각하는 것처럼 행동했다. 그들은 가축을 돌보고, 꼴을 삶고, 버터를 만들었지만, 내일에 대해서는 결코 말하지 않았다. 앞날을 내다보며 대여섯 계절이 지나면 열매를 맺을 나무들을 심거나 2년 후에 잡아먹을 돼지를 키우기는 했지만, 가까운 미래에 대해서는 큰 기대를 걸지 않았다. 장마리가 파리 사람들이 휴가철에 흔히 하듯 "내일 날씨가 좋을까요?"라고 물으면, "글쎄요! 우린 몰라요! 어떻게 알겠어요?"라고 대답했고, "올해는 과일이 많이 열릴까요?"라고 물으면, 가지마다 대롱대롱 매달린 딱딱하고 푸른 작은 배들을 불신의 눈초리로 바라보며 "아마 꽤 열릴 거예요. 하지만 알 수가 있나요… 몰라요… 그때 가서 봐야죠…"라고 웅얼거렸다. 대대로 이어져 내려오는 운명의 함정들. 4월의 몰아치는 한파, 곡식이 무르익은 들판을 죄다 망가뜨리는 우박, 채소밭을 태워버리는 7월의 가뭄과 같은 것들은 그들에게 지혜와 차분함을 심어주었다. 하지만 동시에 그들은 매일 하루 몫의 일을 했다. 호감이 가지는 않지만 존중받아 마땅한 사람들이라고, 시골을 잘 알지 못하는 장마리는 생각했다. 장마리의 집안은 5대째 도시에서만 생활해온 터였다.

마을 남자들은 넉살이 좋았고, 젊은 여자들은 애교가 많았다. 그들과 익숙해지자 놀라울 정도로 투박하고, 가혹하며 심지어 악독한 면모를 발견하기도 했다. 어쩌면 대대로 피를 통해 물려받았을 모호한 기억과 매우 오래된 증오와 두려움으로 설명될 수 있을 것이다. 동시에 그들은 너그러웠다. 원래 농장 주인은 이웃에게 달걀 하나 공짜로 나눠준 적이 없었고, 가축을 팔 때도 땡전 한 푼 깎아주는 법이 없는 사람이었다. 하지만 장마리가 돈이 조금도 없다고, 이렇게 신세만 지고 있을 수는 없으니 걸어서라도 파리로 돌아가겠다고 말하며 농장을 떠나려 했을 때, 가족과 함께 그의 말을 듣던 주인은 깜짝 놀란 표정으로, 그러나 묘한 자부심이 담긴 목소리로 이렇게 말했다.

"그런 말 말아요. 화가 다 나려고 하니까…."

"그럼 어떻게 해야 하죠?" 길을 나서기에는 아직 자신이 너무 약하다고 느낀 장마리는 이렇게 말하고는 두 손으로 머리를 감싼 채 꼼짝도 않고 그녀 곁에 앉아 있었다.

"아무것도 할 거 없어요. 기다려야 해요."

"그래야겠죠. 우체국도 곧 문을 열 테고, 제 부모님이 파리에 계신다면…." 장마리가 웅얼거렸다.

"그건 그때 가서 봐요." 농장 주인이 말했다.

여기보다 바깥세상을 잊기 쉬운 곳은 세상 어디에도 없었다. 편지도 신문도 오지 않는 이곳을 나머지 세상과 이어주는 유일한 끈은 라디오였다. 하지만 독일군이 라디오를 압수해 간다는 소문이 돌자, 그들은 라디오를 곳간이나 낡은 장롱 속에 감추거나 징발 때 내놓지 않았던 사냥총과 함께 땅에 묻어버렸다. 마을은 자유 지역과 아주 가까운 점령지에 있었다. 독일군 부대는 여기를 지나가기는 했지만 주둔하지는 않았다. 더군다나 그들은 읍내를 지나갔을 뿐, 2킬로미터에 달하는 험한 비탈길을 걸어 마을까지 들어오지는 않았다. 도시들과 몇몇 행정구역은 벌써 식량 부족에 시달리고 있었다. 하지만 생산물이 외부로 보내지지 않아 현장에서 모두 소비해야 했기 때문에 오히려 평상시보다 식량이 더 풍부했다. 장마리는 평생 버터와 닭고기, 크림, 복숭아를 그때만큼 많이 먹어본 적이 없었다. 그는 하루가 다르게 건강을 회복했다. 농장주는 심지어 그가 살이 붙기 시작한다고 말했다. 그녀가 장마리에게 베푸는 선의에는 선하신 주님과 화해하려는, 그분이 자기 아들의 생명을 보살펴

주시는 대가로 다른 생명 하나를 구해 그분께 바치려는 모호한 욕망이 숨어 있었다. 알을 품어주는 대가로 닭들에게 모이를 주는 것과 마찬가지로, 그녀는 장마리와 자기 아들을 맞바꾸고자 애썼다. 장마리도 그것을 잘 알고 있었다. 하지만 그렇다고 해서 자신을 보살펴준 주인에게 덜 고마워한 것은 아니었다. 장마리는 조금이라도 도움이 되고자 애썼다. 그래서 스스로 나서서 농기구를 고치거나 정원 일을 했다.

여자들은 가끔 장마리에게 전쟁에 관해, 이번 전쟁에 관해 묻곤 했지만, 남자들은 전혀 궁금해하지 않았다. 나이 든 사람들은 모두 지난 전쟁의 참전 군인들이었고, 젊은이들은 모조리 전쟁터로 끌려가고 없었다. 나이 든 남자들의 기억은 1914년 전쟁에 고정되어 있었다. 과거는 세월이라는 여과지를 거치며 찌꺼기와 독이 제거된 상태로 그들의 영혼에 흡수되었지만, 최근의 사건들은 모든 게 뒤죽박죽인, 유독한 혼돈으로 남아 있었다. 게다가 그들은 내심으로는 이 모든 것이 학교에서 교육을 잘못 받아 그들보다 건강하지도 못하고 참을성도 없는 젊은이들 탓이라고 여겼다. 장마리는 젊은이였기 때문에, 그들은 혹시라도 장마리와 그 동년배들을 비난하는 일이 생기지 않도록 애써 그를 피해 다녔다.

이처럼 모두가 힘을 모아 장마리가 힘과 용기를 되찾도

록 배려해주었다. 장마리는 거의 매일 혼자 지냈다. 한창 밭
일로 바쁠 시기였다. 남자들은 날이 밝자마자 집을 나섰고,
여자들은 가축을 돌보고 빨래를 했다. 장마리도 일을 돕고
자 했지만, 가서 산책이나 하라며 쫓겨나기 일쑤였다. "일
어선 지도 얼마 안 된 사람이 일은 무슨 일!" 그러면 그는
방에서 나와 칠면조들이 꽥꽥 울어대는 마당을 가로질러
울타리가 둘러진 작은 방목지까지 걸어갔다. 황금빛이 감
도는 갈색 암말 한 마리가 짧고 뻣뻣한 검은색 갈기가 난 커
피색 망아지 두 마리와 함께 한가롭게 풀을 뜯고 있었다. 망
아지들이 성가시다는 듯 꼬리를 흔들어 파리를 쫓으며, 계
속 풀을 뜯고 있는 어미의 다리에 대고 주둥이를 비벼댔다.
때때로 망아지 한 마리가 울타리 근처에 누워 있는 장마리
를 향해 고개를 돌리고는 축축하게 물든 검은 눈으로 물끄
러미 바라보았다. 그러다 신난다는 듯 힝힝거리기도 했다.
장마리는 지루한 줄 모르고 그들을 바라보았다. 그는 그 매
혹적인 망아지들에 대해 상상의 이야기를 쓰고, 7월의 하루
와 그 고장, 농장, 사람들, 전쟁 그리고 자신을 묘사하고 싶
었다. 장마리는 품에 감추고 있던 작은 공책을 꺼내 쥐가 반
쯤 갉아먹은 몽당연필로 글을 써내려갔다. 장마리는 조바
심이 났다. 그의 내면에 있는 뭔가가 보이지 않는 문을 마
구 두드려 그를 초조하게 만들었다. 글을 쓰면서 장마리는
그 문을 열었고, 막 태어나려고 몸부림치는 그것에 온 힘

을 실어주었다. 그러다 장마리는 갑자기 글쓰기를 멈추고 심한 구역감과 피로를 느꼈다. 그건 미친 짓이었다. 전우들은 감옥에 갇혀 있고, 부모는 절망에 빠져 그가 죽었다고 믿고 있으며, 미래는 너무나 불확실하고 과거는 너무나 암울한데, 농장 주인에게 빌붙어 지내면서 이런 멍청한 이야기나 쓰고 있다니! 하지만 장마리가 이렇게 생각하고 있는 사이, 망아지 한 마리가 쾌활하게 앞으로 달려 나오다 멈춰 서서는, 풀 위에 드러누워 말굽으로 허공을 차고 바닥에 몸을 비벼대며 애정과 장난기로 반짝이는 눈으로 그를 바라보았다. 장마리는 그 눈길을 묘사하고 싶었다. 그는 호기심과 조바심을 느끼며, 부드럽고 묘한 불안을 느끼며 멋진 표현을 찾아내려고 애썼다. 적합한 표현이 떠오르진 않았지만, 장마리는 그 작은 망아지가 느꼈을 법한 것을 이해할 수 있었다. 몸을 간질이며 흐트러지는 신선한 풀잎! 성가신 파리들! 전속력으로 질주할 때 벌름거리는 콧구멍을 파고드는 맑은 공기! 장마리는 몇 줄을 급히 써 내려갔다. 불완전하고 서툰 문장이었지만, 아무래도 괜찮았다. 그건 중요하지 않았다. 다음에는 더 멋진 문장이 떠오를 것이다. 행복했지만 몹시 피곤했던 장마리는 공책을 덮은 다음 양팔을 벌리고 눈을 감은 채 드러누워 꼼짝도 하지 않았다.

식사 시간에 맞춰 마을로 돌아온 장마리는 자신이 없는 사이 마을에 무슨 일이 일어났다는 것을 즉각 알아차렸다.

빵을 사러 읍내에 나갔다가 자전거에 아름다운 황금빛 빵
네 개를 왕관 모양으로 쌓아서 돌아온 꼬마를 여자들이 에워
싸고 있었다. 여자 중 하나가 장마리를 보고는 소리쳤다.

"미쇼 씨! 좋으시겠어요. 우체국이 문을 열었대요."

"그럴 리가! 꼬마야, 확실하니?" 장마리가 물었다.

"확실해요. 우체국 문이 열려 있는 것과 편지를 읽고 있
는 사람들을 제 눈으로 똑똑히 본걸요."

"그럼 나도 빨리 편지 한 통 써서 읍내로 달려가야겠다.
네 자전거 좀 빌려주겠니?"

읍내로 나간 장마리는 편지를 부쳤을 뿐만 아니라 막 도
착한 신문들도 샀다. 모든 게 너무나 생소했다! 그는 난파를
당했다가 고향 마을로, 문명 세계이자 그와 비슷한 사람들
이 사는 사회로 되돌아온 것만 같았다. 작은 광장에서 사람
들이 그날 저녁에 도착한 편지를 읽고 있었다. 여자들은 울
고 있었다. 포로들이 소식을 보내왔던 것이다. 그들은 사망
한 동료의 이름을 전하기도 했다. 농장에서 부탁받은 대로
그는 브뉘아가 있는 곳을 아는 사람이 없는지 물어보았다.

"아! 그 농장에 산다는 군인이 바로 당신이에요? 우리
도 전혀 몰라요. 하지만 이제 우체국이 문을 열었으니 우리
아이들이 어디 있는지 곧 알게 되겠죠!" 시골 여자들이 말
했다.

그들 중, 읍내에 나오기 위해 꼭대기가 인조 장미꽃으로

장식된, 뾰족하고 작은 검은색 모자를 꺼내 쓴 한 노인이 울음을 터뜨리며 말했다.

"그래, 곧 알게 될 사람들도 있겠지. 하지만 차라리 아예 소식이 없는 게 낫지 이게 무슨 날벼락이야! 내 아들놈이 수병으로 브르타뉴란 배에 타고 있었는데, 영국군 어뢰에 맞아 실종됐다지 뭐요. 아이고, 이를 어쩌나!"

"슬퍼하지 마세요. 실종됐다는 게 죽었다는 뜻은 아니니까요. 아마 포로로 붙잡혀 영국에 있을 거예요!"

하지만 그녀는 사람들의 위로에도 연신 고개를 가로저으며 대답했다. 그녀가 고개를 저을 때마다 인조 꽃이 놋쇠 줄기 위에서 흔들렸다.

"아냐, 아냐, 죽은 거야, 아이고, 불쌍한 녀석! 아이고, 이 일을 어쩌나…."

장마리는 마을로 돌아왔다. 그는 길가에 앉아 자신을 기다리고 있던 세실과 마들렌과 마주쳤다. 그들이 동시에 물었다.

"제 오빠 소식은 없나요? 브누아 소식은 없어요?"

"없어요. 하지만 걱정 말아요. 우체국이 오랜만에 문을 열었으니 배달이 늦어지는 편지가 얼마나 많겠어요?"

농장 주인은 아무것도 묻지 않았다. 그녀는 누렇고 메마른 손을 펼쳐 얼굴을 가린 채 장마리를 쳐다보았다. 장마리는 고개를 가로저었다. 식사가 차려졌고, 남자들이 돌아왔고, 모두 아무 말 없이 먹었다. 저녁 식사, 설거지, 청소가 끝나자 마들렌은 정원으로 완두콩을 따러 나갔다. 장마리가 그녀를 따라갔다. 곧 농장을 떠날 것이라고 생각하자, 눈에 보이는 모든 것이 더 아름답고 평화롭게 느껴졌다.

며칠 전부터 날씨가 갑자기 더워져서 선선한 저녁 무렵이 되어야 그나마 숨을 좀 쉴 만했다. 이 무렵이면 정원은 그야말로 감미로웠다. 채소밭 주위에 심어진 데이지와 하얀 카네이션들은 뜨거운 햇살에 바싹 말라 있었지만, 우물가에 심어진 장미 나무들은 활짝 핀 꽃들로 뒤덮여 있었다. 꿀벌 통 옆의 붉은 장미꽃 덤불에서 달콤한 향기와 사향 냄새, 꿀 냄새가 풍겨 올라왔다. 누런 호박색을 띤 보름달이 무척 밝아서, 하늘 깊은 곳까지 환하게 보였다. 달빛은 부드럽고 투명한 녹색을 띠고 있었으며, 가지런하고 평온했다.

"올여름은 정말 날씨가 좋았어요." 마들렌이 말했다.

마들렌은 바구니를 집어 들고 줄지어 서 있는 콩 지주대를 향해 걸어갔다.

"월초에 딱 일주일 동안 날씨가 안 좋더니, 그 후로는 비 한 방울, 구름 한 점 없었죠. 이대로 계속되면 예년에 비해 채소를 훨씬 많이 수확할 것 같아요… 더워서 일하기는 힘들지만 상관없어요. 참 재미있어요. 마치 하늘이 불행에 빠진 세상을 위로해주려는 것 같아요. 도와주고 싶으면 편한 대로 하세요." 그녀가 덧붙였다.

"세실은 뭐해요?"

"바느질하고 있어요. 일요일 미사 때 입을 예쁜 드레스를 만들고 있거든요."

푸르고 신선한 콩잎들 사이로 능숙하고 억센 마들렌의 손가락들이 사라졌다가, 콩깍지를 둘로 쪼개 콩을 훑어내서는 바구니 속으로 던져 넣었다. 마들렌은 고개를 숙인 채 일하고 있었다.

"…결국 우리 곁을 떠날 건가요?"

"가야 해요. 부모님도 뵙고 싶고, 일자리도 찾아봐야 하고. 하지만…."

그들은 둘 다 입을 다물었다.

"물론 평생 이곳에 있을 순 없겠죠." 마들렌이 고개를 더 깊이 숙이며 말했다. "우린 산다는 게 어떤 건지 잘 알아요. 만났다가 헤어지고…."

"그래요, 헤어지기 마련이죠." 장마리가 낮은 목소리로 반복했다.

"이제 회복이 다 되셨네요. 혈색도 돌아왔고…."

"당신이 정성껏 보살펴준 덕택이에요."

잎 사이에서 부지런히 움직이던 그녀의 손가락이 멈칫했다.

"이곳이 마음에 들었나요?"

"당신도 잘 알잖아요."

"그럼 소식 끊지 말고 편지 주세요." 마들렌이 말했다. 장마리는 아주 가까이에서 눈물이 그렁그렁 맺힌 그녀의 눈을 보았다. 마들렌이 이내 고개를 돌렸다.

"편지 꼭 할게요. 약속해요." 장마리는 이렇게 말하고는 살며시 마들렌의 손을 잡았다.

"어머! 누가 보겠어요… 당신이 가고 나면 생각이 많이 날 거예요… 아직은 농번기라 아침부터 저녁까지 숨 돌릴 틈도 없이 바쁘지만… 가을, 그리고 겨울이 오면 가축들 먹이 주는 것 말고는 할 일이 없으니 집에서 비나 눈이 내리는 걸 멍하니 바라보며 시간을 보내죠. 때로는 도시로 나가서 살면 어떨까 하는 생각이 들기도 해요…."

"아뇨, 마들렌, 그러지 말아요. 약속해줘요. 당신은 여기서 더 행복할 거예요."

"그렇게 생각하세요?" 마들렌이 나지막하고 낯선 목소리로 웅얼거렸다.

그러고는 바구니를 집어 들고 장마리에게서 멀찍이 떨어진 곳으로 갔다. 무성한 콩 잎사귀에 가려 그녀의 모습이 보이지 않았다. 장마리가 무의식적으로 콩을 빼다가 마침내 입을 열었다.

"내가 당신을 잊을 수 있을 거라고 생각해요? 나에게 이곳을 잊을 만큼 아름다운 추억이 있을 거라고 생각해요? 천만에! 내 기억 속엔 전쟁, 처참한 전쟁뿐이에요."

"하지만 그전에는요? 늘 전쟁만 있었던 건 아니잖아요? 그러니까 그전에…."

"그전에 뭐요?"

그녀는 대답하지 않았다.

"여자들, 젊은 아가씨들 얘길 하는 거예요?"

"그럼요, 물론이죠!"

"별것 없었어요, 마들렌."

"그래도 떠나잖아요." 마들렌이 더는 참지 못하고 통통한 뺨 위로 눈물을 흘리며 울먹이는 소리로 말했다. "난 당신이 떠나는 게 너무나 가슴 아파요. 이 말은 하지 말아야하는데, 당신이 날 놀릴 텐데, 세실은 더할 테고. 하지만 상관없어요… 마음이 너무 아파요…."

"마들렌…."

마들렌이 몸을 일으켰다. 그들의 눈길이 마주쳤다. 장마리가 마들렌에게 다가가 부드럽게 허리를 껴안았다. 장마리가 입을 맞추려 하자, 마들렌이 한숨을 내쉬며 그를 밀쳐냈다.

"아뇨, 내가 원하는 건 이런 게 아니에요… 이건 너무 쉬워요…."

"그럼 뭘 원하는 거예요, 마들렌? 당신을 결코 잊지 않겠다고 약속하길 원해요? 당신이 내 말을 믿을 수도, 믿지 않을 수도 있지만 이건 진실이에요. 난 당신을 결코 잊지 않을 겁니다." 장마리가 이렇게 말하며 마들렌의 손을 잡아 입을 맞추었다. 마들렌이 기쁨으로 얼굴을 붉혔다.

"마들렌, 정말 수녀가 되고 싶어요?"

"그래요. 전에는 그랬지만 지금은… 선하신 주님을 더는 사랑하지 않아서가 아니라, 내가 수녀가 되기 위해 태어나진 않은 것 같아요!"

"바로 그거예요! 당신은 사랑하기 위해, 행복해지기 위해 태어났어요."

"행복요? 난 잘 모르겠어요. 하지만 나도 남편과 아이들을 가지기 위해 태어난 것 같아요. 브누아가 죽지만 않았다면, 그렇다면…."

"브누아? 난 몰랐는데…."

"그래요, 우린 서로 얘길 나눴어요. 나는 전혀 그러고 싶지 않았지만… 수녀가 되고 싶다는 건 순전히 내 생각이었어요. 하지만 그가 돌아온다면… 좋은 사람이거든요…."

"난 몰랐어요." 장마리가 또 한 번 반복했다.

시골 사람들이란 얼마나 비밀스러운지! 그들은 경계심이 많고 신중했다. 열쇠로 잠가놓은 그들의 커다란 장롱처럼. 그들 틈에서 두 달 넘게 지내면서도 장마리는 마들렌과 농장집 아들 사이의 관계를 꿈에도 몰랐다. 이제 와 돌이켜 생각해보면, 사람들은 브누아에 대해선 거의 말을 꺼내지 않았다…. 그들은 무엇에 대해서도 말하지 않았고, 무엇에 대해서도 생각하지 않았다.

농장 주인이 마들렌을 불렀다. 마들렌과 장마리는 집으
로 돌아갔다.

며칠이 그렇게 흘러갔다. 브누아의 소식은 없었지만, 장
마리는 곧 부모의 편지와 돈을 받았다. 마들렌과는 이제 잠
시도 둘만의 시간을 가질 수 없었다. 장마리는 사람들이 마
들렌과 자신을 감시한다는 것을 잘 알고 있었다. 장마리는
문턱까지 배웅하러 나온 농장의 가족에게 작별 인사를 했
다. 몇 주 만에 처음으로 비가 내리는 아침이었다. 골짜기에
서 찬바람이 불어왔다. 장마리가 멀어지자 농장 주인은 곧
집 안으로 들어갔지만, 젊은 여자 둘은 길 위에서 마차가 삐
걱거리며 굴러가는 소리에 귀를 기울이며 오랫동안 거기
서 있었다.

"드디어 가버렸군!" 마치 속에서 부글부글 끓어오르는
말들을 오랫동안 힘겹게 참고 있었다는 듯 세실이 외쳤다.
"마침내 너한테 일을 좀 시켜먹을 수 있게 됐어. 요 며칠간
일이란 일은 모조리 나한테 맡겨놓고 멍하니 무슨 생각을
그렇게 하는지…."

"누가 할 소릴! 넌 허구한 날 바느질만 하고 거울만 들여
다봤잖아. 어제도 내가 소젖을 짰어. 내 차례가 아니었는데
도 말이야." 마들렌이 버럭 화를 내며 대꾸했다.

"내가 알 게 뭐야? 엄마가 너한테 시켰잖아."

"네가 허튼소릴 지껄였으니까 나한테 시켰겠지."

"흥! 좋을 대로 생각해!"

"위선자!"

"음탕한 것! 그러고도 수녀가 되겠다고…."

"너도 그 사람 주변에서 얼쩡거렸잖아. 그래도 그는 널 거들떠보지도 않았어!"

"그럼 너는? 그 사람은 떠났고, 넌 두 번 다시 그를 못 볼 거야."

그들은 분노가 이글거리는 눈으로 잠시 서로를 노려보았다. 그러다 마들렌이 갑자기 뭔가를 깨닫고 놀란 표정을 지었다. 부드러운 표정이 마들렌의 얼굴을 스쳐 지나갔다.

"오! 세실, 우린 친자매처럼 지냈는데… 전에는 한 번도 이렇게 싸운 적이 없었는데… 이렇게 핏대 세울 필요 없잖아. 너나 나나 그 사람 짝이 아니긴 마찬가지니까!"

마들렌이 팔을 뻗어 울음을 터뜨리는 세실의 목을 안았다.

"다 지나갈 거야. 곧 괜찮아질 거야… 눈물 닦아. 네가 울었다는 걸 엄마가 알겠어."

"오! 엄마… 아무 말도 않지만 엄마도 다 알아."

마들렌과 세실은 헤어졌다. 하나는 축사로 갔고, 다른 하나는 집으로 갔다. 월요일은 빨래를 하는 날이었다. 이야기를 나눌 시간조차 없었지만 그들이 나누는 눈길과 미소가 그들이 화해했다는 것을 여실히 보여주고 있었다. 바람이

구형 빨래 기구에서 나는 연기를 곳간 쪽으로 몰고 갔다. 그 날은 8월인데도 가을의 첫 숨결이 느껴지는, 흐리고 바람이 거센 그런 날 중 하나였다. 빨랫감에 비누칠을 하고 비비고 헹구느라 마들렌은 생각에 잠길 틈이 없었고, 그렇게 아픔을 잠재웠다. 마들렌이 눈을 들어 흐린 하늘과 폭풍에 미친 듯이 춤을 추는 나무들을 쳐다보며 중얼거렸다.

"여름도 다 간 모양이네…"

"차라리 잘됐어. 빌어먹을 여름." 농장 주인이 한 맺힌 목소리로 대꾸했다.

마들렌이 놀란 표정으로 그녀를 쳐다보았다. 그러고는 집단 탈주, 브누아의 부재, 만연한 불행, 아직도 멀리서 계속되고 있는 전쟁과 수많은 사망자를 떠올렸다. 마들렌은 입을 다물고 다시 일을 시작했다.

저녁 무렵, 닭들을 우리에 가두고 소나기가 내리는 마당을 서둘러 가로지르던 마들렌은 길에서 남자 하나가 성큼성큼 걸어오는 것을 보았다. 마들렌의 가슴이 마구 두근거리기 시작했다. 마들렌은 장마리가 돌아왔다고 생각했다. 걷잡을 수 없는 기쁨이 그녀를 사로잡았다. 마들렌이 남자를 향해 달려가다 비명을 내질렀다.

"브누아?"

"그래, 나야."

"아니, 어떻게? 오! 당신 어머니가 얼마나 좋아하실까…

그러니까 도망쳐 온 거야, 브누아? 네가 포로로 잡혀 갔을
까 봐 얼마나 걱정했다고."

브누아가 말없이 웃었다. 그는 당돌하고 맑은 눈에 넓적
한 갈색 얼굴을 가진 건장한 청년이었다.

"포로로 잡히긴 했지만 오래는 아니었어!"

"탈출한 거야?"

"그래."

"어떻게?"

"음, 동료들하고 같이."

그를 다시 만나게 된 마들렌은 갑자기 시골 여자의 수줍
음을, 장마리 때문에 잃어버렸던, 말없이 사랑하고 고통스
러워하는 그 능력을 되찾았다. 마들렌은 더 이상 꼬치꼬치
캐묻지 않았다. 아무 말 없이 곁에서 걷기만 했다.

"여긴 괜찮아?" 브누아가 물었다.

"괜찮아."

"새로운 건 없고?"

"없어, 아무것도."

그녀는 부엌의 계단 세 개를 먼저 훌쩍 뛰어올라 집 안으
로 들어서며 외쳤다.

"어머니, 빨리 와보세요. 브누아가 돌아왔어요!"

31

지난겨울, 그러니까 전쟁 첫해의 겨울은 길고 혹독했다. 그럼 1940년과 1941년의 겨울에 대해선 뭐라고 말할 수 있을까? 11월 말부터 한파가 찾아오고 눈이 내리기 시작했다. 폭격으로 파괴된 집, 다시 건설되는 다리, 더는 차도 버스도 다니지 않는, 여자들이 모피 외투를 입고 모직 두건을 쓴 채 종종걸음을 치거나 가게 문 앞에 장사진을 친 채 오들오들 떨며 기다리는 파리의 거리들 위로 눈이 떨어졌다. 눈은 기차 레일 위에도, 눈의 무게를 이기지 못해 땅바닥까지 늘어지는, 그러다 가끔은 끊어지기도 하는 전신줄 위에도, 부대 입구에서 보초를 서는 독일군 병사들의 군복 위에도, 건물 박공에 꽂힌, 나치 문장이 새겨진 붉은색 깃발 위에도 내려

쌓였다. 눈이 쌓이는 바람에 집 안으로 창백하고 불길한 빛
이 스며들어 더 춥고 불편한 느낌을 주었다. 가난한 집안의
노인과 아이들은 몇 주 내내 침대에 틀어박혀 지냈다. 거기
가 그나마 온기가 남아 있는 유일한 곳이었으니까.

그해 겨울, 코르트 부부의 테라스는 두껍게 쌓인 눈으로
뒤덮여 있어서 그들은 가끔 샴페인 병을 차갑게 하려고 눈
속에 꽂아두기도 했다. 가브리엘 코르트는 아무리 나무를
땔 때도 난방기의 열기를 대신하지는 못하는 난롯가에 앉아
글을 쓰고 있었다. 그의 코는 퍼렇게 질려 있었다. 가브리엘
은 추워서, 너무 추워서 눈물이 다 나올 지경이었다. 그는
한 손으로 펄펄 끓는 물을 채운 고무주머니를 가슴에 꼭 껴
안고, 다른 손으로 글을 썼다.

크리스마스 때는 추위가 더 극성을 부렸다. 사람들은 지
하철 통로에 들어서서야 꽁꽁 언 몸을 약간 녹일 수 있었다.
페리캉 집안사람들이 돌아온 들레세르 가의 나무들 위로
부드러운 눈이 쉬지 않고 집요하게 내렸다. 페리캉 집안은
아이들이 차라리 굶을지언정 학업을 포기하는 것은 결코
용납하지 않는 프랑스의 상류층에 속했다. 무슨 일이 있어
도 지난여름의 사건들 때문에 벌써 많이 뒤처진 위베르의
학업과 여덟 살이 되어가는데도 집단 탈주 전에 배운 것을
다 잊어버린 베르나르를 포기할 수 없었다. 엄마의 명에 따
라 그는 "지구는 허공에 뜬 커다란 공이다"라고, 여덟 살이

되어 일곱 살에 배우는 내용을 암송했다. (정말 재앙이었다!)

눈송이들이 페리캉 부인의 검은 베일에 들러붙었다. 그녀는 가게 앞에 늘어서 있는 사람들을 거만한 눈길로 노려보다가 가게 문턱까지 당당하게 걸어가서는 식솔이 많은 가정의 어머니들에게 발부된 우선권 카드를 깃발인 양 흔들어댔다.

미쇼 부부는 피곤에 전 말들이 다시 길을 나서기 전에 그러듯이, 눈을 맞으며 서로 어깨를 맞대고 그들의 차례를 기다렸다.

페르 라셰즈 묘지에 묻힌 샤를 랑줄레의 무덤과 지앙 다리 근처에 있는 폐차장에도 눈이 쌓였다. 폐차장에는 지난 6월에 폭격당하고, 불태워지고, 버려진 자동차들이 바퀴가 빠지거나 뒤집어지거나, 혹은 차 문이 다 떨어져나간 채로, 혹은 뒤틀린 고철 덩어리의 모습으로 길 양쪽에 쌓여 있었다. 전원은 온통 하얗고 광대하고 고요했다. 며칠 사이 눈이 녹자 농부들은 즐거워했다. "땅이 보이니 정말 기분이 좋군." 그들은 이렇게 말했다. 하지만 이튿날 또다시 폭설이 내렸다. 까마귀들이 하늘을 맴돌며 까악까악 울어댔다. "젠장, 올해는 많기도 하네." 전쟁터와 파괴된 도시들을 떠올리며 젊은 사람들이 이렇게 중얼거리면, 노인들은 "평소에도 저렇게 많았어!"라고 대답했다. 시골에는 변한 것이 아무것도 없었다. 사람들은 기다렸다. 전쟁과 해양봉쇄가 끝나기를, 포로들이 돌아오기를, 겨울이 끝나기를 기다렸다.

"올해는 봄이 아예 안 올 모양이야." 기온이 누그러지지 않은 채 2월, 이어 3월의 며칠이 지나가는 것을 보고 여자들이 한숨을 내쉬며 말했다. 눈은 다 녹았지만 땅은 회색으로 변해 단단했고 쇠처럼 쩡쩡 울렸다. 감자가 얼었고, 가축을 먹일 사료가 떨어졌다. 바깥에서 먹을 것을 찾도록 녀석들을 진작 방목해야 했지만, 들판에도 풀 한 포기 보이지 않았다. 사바리 농장의 노인들은 밤에 못을 박아 닫은 커다란 문들 뒤에 틀어박혀 지냈다. 여자들은 난롯가에 모여 앉아 말 한마디 나누지 않고 포로들을 위해 뜨개질을 했다. 마들렌과 세실은 낡은 천들을 기워 배내옷과 기저귀를 만들었다. 지난 9월 브누아와 결혼한 마들렌이 출산을 기다리고 있었던 것이다. "에고, 이런! 무슨 날씨가 이 따위람." 거센 바람이 문을 뒤흔들면 노인들은 이렇게 투덜거리곤 했다.

이웃 농장에서는 크리스마스 직전에 태어난 아기가 빽빽 울어댔다. 아버지는 포로로 잡혀가고 없는데, 엄마에게는 이미 자식이 셋이나 딸려 있었다. 그녀는 결코 불평을 늘어놓는 법이 없었고, 수줍음이 많은 대신 말수가 적고 무척 조신했으며, 키가 크고 비쩍 마른 체격이었다. 사람들이 그녀에게 "집에 남자는 없고 할 일은 태산같이 쌓여 있는데, 도와주는 사람 하나 없이 새끼 넷을 데리고 도대체 어떻게 살아갈 거야?"라고 물으면, 그녀는 차갑게 식은 슬픈 눈으로

서글프게 웃으며 "어떻게든 해봐야죠…"라고 대답했다. 날
이 어두워 아이들이 잠들면, 그녀는 사바리 농장으로 건너
왔다. 그녀는 뜨개질 거리를 들고 혹시라도 잠에서 깨어나
그녀를 부를지도 모를 아이들의 목소리를 놓치지 않기 위
해 문가 바로 앞에 앉았다. 사람들이 그녀를 쳐다보지 않으
면, 그녀는 순간적으로 고개를 들어 질투심도 적의도 없는,
단지 깊은 슬픔이 밴 눈길로 젊고 씩씩한 남편과 함께 있는
마들렌을 바라보았다. 그러다 그녀는 곧 일감을 향해 눈길
을 돌렸고, 15분쯤 후에는 슬며시 일어나 나막신을 든 채
낮은 목소리로 "그만 가봐야겠네요. 그럼 안녕히 주무세요"
라고 말하고는 집으로 돌아갔다. 3월의 어느 밤이었다. 그
녀는 잠이 오지 않았다. 텅 빈 싸늘한 침대에서 그녀는 그렇
게 잠을 찾아 뒤척이며 거의 매일 밤을 보냈다. 제일 큰 녀
석을 데리고 잘 생각도 했었다. 하지만 일종의 미신적인 두
려움 때문에 도저히 그럴 수가 없었다. 부재하는 남편의 자
리는 늘 빈 채로 남겨둬야만 했다.

　그날 밤, 바람이 미친 듯이 불어댔다. 모르방산에서 불
어온 폭풍이 마을을 휩쓸고 지나갔다. "내일 또 눈이 퍼붓
겠군!" 사람들은 말했다. 난파한 배처럼 사방이 삐걱거리
는 넓고 적막한 집에서 여자는 처음으로 참고 참았던 눈물
을 쏟았다. 1939년에 남편이 전쟁터로 떠났을 때도, 남편이
짧은 휴가를 마치고 귀대했을 때도, 그리다 그가 보로로 잡

혀갔다는 소식을 접했을 때도, 혼자 아이를 낳았을 때도 그
런 일은 없었다. 하지만 그녀에겐 더 이상 버틸 힘이 없었
다. 해도 해도 끝이 없는 일… 왕성한 식욕과 울음으로 그녀
를 지치게 만드는 막내… 추위 때문에 아무리 짜도 거의 젖
이 나오지 않는 암소… 모이를 먹지 못해 알을 낳지 않는 암
탉들… 빨래를 할 때마다 손을 호호 불며 깨야 하는 얼음….
너무 힘들었다. 그녀는 더 이상 버틸 수가 없었다. 건강 역
시 나빠질 대로 나빠졌다. 더는 살고 싶지도 않았다. 살아서
뭐 해? 그녀는 남편을 두 번 다시 보지 못할 것이다. 그는 아
내 걱정만 하다 독일에서 죽을 것이다. 그 큰 침대는 얼마나
썰렁한지! 그녀는 두 시간 전에 이불 밑에 넣을 때는 델 듯
이 뜨거웠지만 이제 온기가 남아 있지 않은 둥근 돌멩이를
꺼내 타일이 깔린 바닥에 조심스럽게 내려놓았다. 잠시 바
닥에 닿았던 손에서 차가운 한기가 가슴까지 파고들었다.
그녀는 목 놓아 엉엉 울었다. 그녀를 무슨 말로 위로할 수
있을까? "당신만 불행한 건 아니에요…." 그녀도 잘 알고
있었다. 하지만 다른 여자들은 운이 좋았다. 예를 들면 마들
렌 사바리 같은 여자들은…. 물론 마들렌에게 불행이 닥치
기를 바라는 것은 아니었다. 그래도 이건 너무하잖아! 세상
이 너무 불행했다. 그녀의 비쩍 마른 몸이 차갑게 얼어붙었
다. 털 이불을 뒤집어쓰고 아무리 웅크려도 소용이 없었다.
차가운 한기가 뼛속까지 스며드는 것 같았다. "다 지나갈

거야. 그 사람은 돌아올 거고, 전쟁은 끝날 거야!" 사람들은 이렇게 말했다. 아냐! 아냐! 그녀는 이제 그 말을 믿지 않았다. 이건 계속될 거야, 계속될 거라고…. 봄조차 돌아오지 않고 있잖아.

3월에 이런 날씨 본 적 있어? 이제 곧 3월 말인데, 땅은 그녀처럼 가슴속까지 얼어붙어 있었다. 웬 바람이 이렇게 분담! 지붕이 다 뜯겨나가겠어. 그녀는 침대에서 몸을 반쯤 일으킨 채 잠시 귀를 기울였다. 갑자기, 눈물에 젖고 고통에 일그러진 그녀의 얼굴에 믿을 수 없다는, 한결 부드러워진 표정이 떠올랐다. 바람이 잦아들었던 것이다. 어디서 어떻게 생겨났는지 알 수 없는 바람이 그녀가 알지 못하는 곳으로 떠나버렸던 것이다. 바람은 맹목적인 분노로 나뭇가지들을 꺾고 지붕들을 뒤흔들어놓았다. 바람은 언덕에 남은 마지막 눈의 흔적들을 쓸어가 버렸다. 이제, 폭풍으로 뒤집어진 어두운 하늘에서 아직은 차갑지만 풍성한 첫 봄비가 다급하게 내려 땅속에 묻힌 나무뿌리들을, 검고 깊은 대지의 가슴을 촉촉하게 적시고 있었다.

옮긴이 이상해

한국외국어대학교와 동 대학원 불어과를 졸업하고 프랑스 스트라스부르 대학교, 릴 대학교에서 박사 과정을 수료했다. 현재 한국외국어대학교에서 프랑스 문학과 번역을 가르치고 있다. 『측천무후』로 제2회 한국 출판 문화 대상 번역상을, 『베스트셀러의 역사』로 한국 출판 평론 학술상을 수상했다. 옮긴 책으로 미셸 우엘벡의 『어느 섬의 가능성』, 아멜리 노통브의 『너의 심장을 쳐라』, 『추남, 미녀』『느빌 백작의 범죄』, 『샴페인 친구』, 『푸른 수염』, 『머큐리』, 에드몽 로스탕의 『시라노』, 델핀 쿨랭의 『웰컴 삼바』, 파울로 코엘료의 『11분』, 『베로니카, 죽기로 결심하다』, 크리스토프 바타유의 『지옥 만세』, 조르주 심농의 『라 프로비당스호의 마부』, 『교차로의 밤』, 『선원의 약속』, 『창가의 그림자』, 『베르주라크의 광인』, 『제1호 수문』, 피에레트 플뢰티오의 『여왕의 변신』, 이렌 네미롭스키의 『무도회』, 『뜨거운 피』 등이 있다.

이렌 네미롭스키 선집 2

프랑스풍 조곡 1— 6월의 폭풍

초판 1쇄 발행 2023년 6월 21일

지은이	이렌 네미롭스키
옮긴이	이상해
펴낸이	윤석헌
편집	장서원 이승희
제작처	세걸음
펴낸곳	레모
출판등록	2017년 7월 19일 제 2017-000151 호
주소	서울시 서초구 서초대로 33길 99, 201호
이메일	editions.lesmots@gmail.com
인스타그램	@ed_lesmots
ISBN	979-11-91861-25-9 04860
	979-11-91861-27-3 04860 (세트)